KB014638

TWILIGHT

TWILIGHT

크리스티 골든 지음 / 심연희 옮김

제우미디어

스타크래프트 암흑 기사단: 황혼

초판 1쇄 | 2015년 6월 19일
2판 6쇄 | 2018년 3월 5일

지은이 | 크리스티 골든
옮긴이 | 심연희

펴낸이 | 서인석
펴낸곳 | 제우미디어
출판등록 | 제 3-429호
등록일자 | 1992년 8월 17일
주소 | 서울시 마포구 상수동 324-1 한주빌딩 5층
전화 | 02-3142-6845
팩스 | 02-3142-0075
홈페이지 | www.jeumedia.com

ISBN | 978-89-5952-279-8
ISBN | 978-89-5952-280-4(set)
• 파본은 본사나 구입하신 서점에서 교환해드립니다.

제우미디어 소설 공식 카페 | cafe.naver.com/jeunovels
제우미디어 페이스북 | www.facebook.com/jeumedia

만든 사람들
출판사업부 총괄 손대현 | **책임 편집** 신한길 | **기획** 전태준, 홍지영, 김혜리, 여인우, 윤여은
디자인 총괄 디자인수 | **제작** 김금남 | **영업** 김영욱, 박임혜
도와주신분 김정환, 김유수, 배윤호, 양유신, 정항, 김준형, 블리자드코리아 현지화팀, 홍보팀, 커뮤니티팀, 마케팅팀, 웹서비스팀

쓰러져도 끊임없이
일어나려 노력하는 모든 이들에게
이 책을 바친다.

프롤로그

황혼을 맞이할 시간이었다.

젊은 시종은 연구에 몰두한 나머지 수정들이 울리는 소리가 들리자 깜짝 놀라고 말았다. 그것은 그저 부드러운 알람용 소리로, 길고 타는 듯했던 하루의 끝을 알려 '지혜의 성소'인 알리사릴의 학자들을 불러 모으는 소리였다. 시종은 네 개의 손가락이 달린 손으로 귀중한 케이다린 수정을 떨어뜨리지 않게 꽉 움켜쥔 채 벌떡 일어났다. 이것은 어릴 적부터 이곳 알리사릴에서 엄한 훈련을 받아 생긴 행동이었다. 그 수정들은 무엇보다 중요했다. 수정들은 언제나, 항상 신중하게 다루어야만 했다. 그래서 이처럼 귀중한 물건을 부주의하게 떨어뜨리는 위험한 상황이 발생하지 않도록 신중함이 본능처럼 몸에 배도록 훈련해야 했다.

시종은 애써 긴장을 풀고 수정을 제자리에 조심스럽게 돌려놓은 다음, 뒤로 한 걸음 물러나 자신이 작업한 것을 자랑스럽게 훑어보았다. 오늘 그는 일곱 개나 되는 낡고 손상된 고대 수정들 안에 저장되어 있던 정보를 끄집어내고 새로 깎아서 빛나고 힘이 넘치는 새 수정들로 이동시키는 데 성공했다.

스승인 크리스칼이 미소를 지은 채 머리를 숙였다가 뒤로 젖히며 곁으로 다가왔다.

"잘했구나. 일곱이라. 참으로 인상적인 개수로구나. 하지만 일을 성급하게 하지 않도록 언제나 주의해야 한다. 불완전하게 백 개를 옮기는 것보다 하나의 수정에 담긴 내용을 정확하게 복구하는 것이 더 낫다."

젊은 알리사르는 치미는 짜증을 참았다. 그가 이곳에 있은 지 사십 년이 지났다. 더 이상 풋내기가 아니었다. 하지만 그는 고개를 끄덕였다.

"그 말씀이 맞습니다. 하지만 아직 해야 할 것들이 정말 많이 남아 있습니다."

젊은이는 손을 뻗어 기억의 성배를 가리켰다. 그 성배는 부드러운 돌을 깎아 만든 거대한 대접으로, 한때 칼라이 계급이었던 암흑 기사들 중 몇 명이 만들었다. 성배는 스승과 제자 앞에 몇 층은 족히 되는 높이로 솟아 있었고, 그 안은 케이다린 수정들로 가득 차 있었다. 두 학자는 공중 부양판을 타고 성배의 꼭대기로 올라갔다. 그들은 특수 안감을 댄 가방을 몸에 단단히 부착하고 수정들을 옮겼으며, 가방 안에는 한 번에 다섯 개 이상을 넣지 않았다. 어떤 수정들에는 하나의 기억밖에 들어 있지 않았지만, 어떤 것들에는 몇백 개나 되는 기억들이 들어 있었다. 어떤 수정들은 여전히 전체적으로 투명해서 약간만 다듬으면 되었지만, 어떤 것들은 지혜의 수호자들인 알리사르들이 발휘할 수 있는, 가장 예민하고 고도로 훈련된 정신을 쏟아 부어야만 그 기억들을 이해한 다음 더 순수한 수정들로 옮길 수 있었다. 그러나 그들 중 누구도 얼마나 많은 수정들이 성배 안에 있는지 감히 짐작할 수 없었다. 성배 안에 있는 수정들을 다 시간 순서대로 기록하는 일은 프로토스의 수명이 상당히 길다는 점을 감안해도 많은 이들이 평생 걸려 해야 할 일이었다. 게다가 거기에는 언제나 새로운 기억들이 더해지고 있었다.

크리스칼은 싱그레 웃으며 말했다.

"이 임무는 끝내는 것이 아니라 일을 하는 자체에 즐거움이 있지. 암흑기사가 하나라도 살아 있는 한 결코 끝나지 않을 테니까 말이다. 하지만 오늘은 이만 하자. 태양이 안식을 위해 저물고 있으니 우리도 쉬어야 한다. 피곤한 마음으로 임무를 수행하다 보면 세부적인 것을 놓칠 수 있다. 그리고 우리는 절대로 그런 상황이 일어나길 원하지 않으니까."

이들이 거주하는 작은 위성은 건조하고 참을 수 없을 만큼 뜨거웠다. 그래서 알리사릴에서 일하는 학자들은 겨우 여명과 황혼 때만 어둡고 추운 석조 홀 밖으로 나와 영양분을 섭취할 수 있었다. 삼백 년 전, 최초의 암흑기사단이 고향인 아이어에서 추방되어 젤나가 함선을 타고 이곳에 왔을 때, 그들은 이 장소를 그토록 빨리 찾게 된 일이 운명이라고 생각했었다. 이곳에는 우선 젤나가가 남긴 차원 관문이 있어서 위대한 스승들이 이곳을 방문했었다는 사실을 알 수 있었다. 게다가 여기서는 이곳에서 발견된 케이다린 수정의 성질을 변경하는, 혹자의 표현에 따르면 '정화하는' 에너지들의 드문 결합이 일어났다.

알리사릴은 이런 에너지가 무리지어 있는 장소 중 한 곳 위에 건설되었다. 이런 곳은 두 군데 더 있었다. 한 곳은 다양한 케이다린 수정들이 풍부하게 존재하는 것으로 밝혀진 지면 아래였다. 그리고 다른 한 곳은 이 위성에 존재하는 유일한 대양의 밑바닥으로, 발견은 했지만 한 번도 탐사하지 않았다.

그들은 이 위성을 엘나, 즉 '피난처'라고 불렀고, 정착지를 건설하는 데 많은 세월을 보냈다. 그리고 물론 알리사릴도 세웠다. 그곳에서 거주한 지 백 년이 족히 넘어갈 무렵, 이곳 말고도 더 많은 정보와 좀 더 살 만한 세상을 찾아 탐험해보자는 주장들이 시끄럽게 나오기 시작했다. 하지만 암흑 기사단은 계속해서 우주를 이리저리 헤매며 배우고 탐험하는 가운데서도 엘나를 잊지 않았다. 암흑 기사단이 처음으로 밟은 이 땅과 추방된 프로토스들이 찾아가는 다른 세계를 이어 주는 차원 관문은 여전히 이따금 윙윙거리는 소리를 내고 밝은 빛을 뿜으며 활성화되었다. 순례자들은 차원 관문을 통해 이곳으로 와서 그들이 발견한 것들과 기억을 더해 주었다. 순례자들은 환대를 받았고, 자신들의 기억을 수정으로 흘려보낼 때에는 알리사르가 동석했다.

고개를 끄덕인 젊은이는 아직 마치지 못한 임무에 빛나는 정신력장을 친 다음 스승과 함께 밖으로 나갔다.

황혼 무렵의 엘나는 아름다웠다. 낮 동안 위성을 피부와 옷처럼 감쌌을 먼지는 파랗고 푸른 태양빛들을 흩날리듯 반사시켰다. 그리고 해넘이는 장관이었다. 알리사릴을 지키기 위해 엘나에 남기로 목숨을 걸고 맹세한 백십삼 명의 프로토스들은 일어서서 얼굴을 하늘 쪽으로 향했다. 하늘은 노란색에서 주황색을 거쳐 보라색으로 변했다가 천천히 회색으로 물들었다. 짧은 겉옷만 걸치고 피부 대부분을 생명을 주는 빛에 노출시킨 채 젊은이는 해넘이로부터 영양분을 흡수했다. 그는 별이 하나씩 떠오를 때마다 스스로가 점점 더 강해지는 것을 느꼈다. 젊은이의 눈에는 별들이 작은 수정구들처럼 보였다. 물론 별들이 그 자체만으로도 각각 하나의 세계를 이루는 존재들이거나 태양들임은 알고 있었다.

젊은이는 저 너머, 다른 세계들에는 무엇이 있을까 궁금했다. 물론 이곳에 머물기로 한 선택에 만족했다. 그는 모험에도 굶주려 있었지만, 그보다는 지식과 전해 내려오는 지혜들에 더 굶주려 있었다. 하지만 케이다린 수정에서 다른 케이다린 수정으로 기억을 옮기는 단순작업은 점점 지루해져 갔다. 그들을 추방한 프로토스들에게는 계승자가 있었다. 하지만 각자의 능력과 힘을 중시했고, 개인의 의지를 칼라에 단체로 떠맡기기를 혐오했던 암흑 기사단에게는 계승자가 없었다. 그래서 암흑 기사단은 기억을 보존할 수 있는 대안, 즉 기술적인 방법을 찾아야 했다. 그다지 의문이 많지 않았던 어릴 적에는 이렇게 인공적으로 계승자들을 만들어내는 것이 현명한 방법이라고 믿었다. 하지만 지금은 그렇게까지 확신할 수 없었다. 그 방법은 그가 보기에…… 낭비 같아 보였다. 분명히 몇몇 기억들, 예를 들면 무기나 배를 만드는 방법이나 새로운 기술을 발전시킨 기억, 아니면 위대한 전투나 발견을 회상하는 기억들은 미래 세대를 위해 아주 유용했다. 그러나 나이 든 프로토스가 했던 우스꽝스러운 이야기를 기억하는 게 쓸모 있을까? 아니면 지금처럼 해넘이를 바라보는 것은? 이런 기억들이 개개인에게는 중요할 수도 있지만, 그들과 개인적인 이해관계가 없는 이들에게는 그렇지 않을 게 분명했다. 지혜의 수호자들은 이런 것들조차 경건하게 여기며 감탄했고, 젊은이는 이런 사소한 기억들 때문에 솟구치는 짜증을 감추기 어려웠다.

지식의 벽, 지금…… '그것'이야말로 젊은이가 탐구해 바라 마지않는 것이었다. 이곳에 남아 일생을 바쳐 지혜의 수호자로 살기로 결정한 이유 중

하나는 동족을 돕고 싶었기 때문이다. 다른 프로토스들과 자신의 가장 사소한 자아까지 공유하기를 원하지 않았다는, 전혀 끔찍할 것도 없는 범죄를 저질렀다는 이유로 암흑 기사단은 '형제'라고 여겼던 자들의 손에 의해 얼마나 가혹한 대접을 받았던가. 그 이야기를 떠올릴 때마다 젊은이는 분노가 치밀었다. 그는 암흑 기사단이 자기들을 추방한 이들을 능가하길 원했다. 독선과 자기만족에 휩싸인 채로 아이어에 남아 있는 프로토스들보다 더 강하고 더 현명하며 더 잘 살기를 바랐다. 이 수정들 안에 있는 지식들은 암흑 기사단이 그 목표를 달성하는 데 도움이 될 게 분명했다. 하지만 이제까지 형성되고 진화한 의례와 습관들 때문에 대부분의 지식의 벽은 아무도 만지지 않은 채로 남아 있었다. 모든 지식들이 중요했지만, 모두 건전한 것만은 아니라는 이유에서였다. 어떤 지식들은 세상에 밝혀지기에 너무 위험하다 여겨졌고, 알리사르에 속한 대부분의 프로토스들에게조차 금지되었다. 젊은이는 수십 년 동안 성배 일을 한 뒤에야 자신이 그토록 탐내던 임무를 맡을 대상으로 물망에 오를 것이다. 그리고 그는 '그' 지식을 얻고 싶어서 안달이 났다.

전에도 그런 생각을 해본 적 있었다. 지식의 벽은 젊은이에게 금지된 곳이었지만, 그렇다고 누가 지키고 있지도 않았다. 모든 학자들이 잠든 밤에는 확실히 아무도 없었다. 젊은이는 이미 모든 계획을 세웠다. 밤에 깨어 있을 방법과, 지식의 벽이 무엇을 담고 있으며 어떤 비밀을 그 안에 간직했는지 볼 방법, 그리고 파헤칠 만한 정보라고 여겨지는 것들을 몇 개 골라낼 방법에 대해서 말이다. 하지만 그럴 때마다 뭔가가 마음에 걸려 결국 행동으로 옮기지 못했다. 아마도 전통을 존중하는 마음 때문이었으리라. 아니면 스스로가 규율을 어기지 않는 믿음직한 존재라고 증명하려는 욕망이었을 수도 있다.

그도 아니라면 그저 공포 때문이었는지도 모른다.

바로 그 순간이었다. 수정들의 울림이 희미해졌고, 밤하늘은 완전히 캄캄해졌으며, 지혜의 수호자들이 원기를 회복시켜주는 깊은 잠에 들기 위해 침대로 간 그 순간, 불현듯 공포가 사라졌다. 더 이상 기다리지 않으리라. 주저하지도 않을 테다. 젊은이는 이곳에서 사십 년을 있었다. 자기 앞에 놓인 기회를 잡기가 무섭다고 사십 년을 더 기다릴 텐가?

그럴 수는 없어.

젊은이는 재빨리 자신의 생각을 숨겼다. 다른 프로토스들이 그 생각을 읽은 것 같지는 않았다. 사적인 대화를 나누면서 집중하지 않는 이상, 대개 들리는 것은 표면적인 생각들뿐이었다. 그리고 지금 모두의 관심은 자는 일에 쏠려 있었다. 젊은이는 다른 동료 알리사르들과 잠자리가 있는 방으로 들어오면서 피곤한 척했다. 잠자리는 돌바닥에 담요를 깐 것이 전부였다. 여기에는 이렇다 할 장식 같은 게 많지 않았다. 학자들은 소박하고 일과에 집중하는 삶을 살았다. 그러나 오늘 밤, 뇌의 저 깊은 곳에서 불타오르는 새로운 결심을 품은 젊은이에게는 모든 것이 새롭게 보였다. 알리사르들은 암흑 기사단이 소유한 가장 중요한 기억들을 관리하는 자들이었다. 그렇지만 그들은 그저 바닥에서 꾸벅꾸벅 졸거나 어스름 빛에서 양분을 얻으면서 수정들에 담긴 지식을 배울 생각은 하지 않은 채 다른 수정들로 옮기는 일에 만족했다.

이 빛나는 수정들은 그 안에 어떤 영광스러운 것들을 담은 채 잠겨 있을까? 어떤 정보와 통찰력들이, 어떤 놀라운 것들과 힘이 그 안에 들어 있을까? 암흑 기사단이 자신들을 추방한 프로토스들로부터 스스로를 방어하고, 심지어 그들을 넘어설 수 있도록 도와주는 방법들은 무엇일까? 젊은이는 너무 들뜬 나머지 다른 이들이 편안히 잠들 때까지 기다리며 가만히 누워서 자는 척하는 것조차 힘들었다. 잠시 후, 그는 가만히 자신의 마음으로 부드럽게 다른 이들의 생각을 만졌다. 모두가 꿈속에 깊이 빠진 것을 확인하자 젊은이는 일어섰다. 그의 발은 차가운 돌바닥 위로 작게 소리를 내며 스쳐 지나갈 뿐이었다. 그는 조용히 지식의 벽으로 향했다.

젊은이는 넋을 빼앗긴 채 탐욕스럽게 벽을 가만히 바라보았다. 어디서부터 시작하지? 너무나 많은 지혜가 이곳에 있는데…… 어떻게 수정을 딱 하나만 고른단 말인가? 그 작업은 주눅이 들게 만들면서도 한편으로 용기를 북돋아주었다. 젊은이는 마음을 가다듬고 미세하게 떨리는 손을 뻗었다. 그리고 손가락으로 거기 있던 수정을 아무거나 하나 꽉 쥐었다.

그러고는 손바닥으로 감싸 쥔 빛나는 파편을 가만히 내려다보았다. 젊은이는 가볍게 떨리며 은은한 빛을 뿜어내는 진정한 힘을 처음으로 경험했다.

제1장

'우리는 가야 해, 로즈메리.'

로즈메리 달은 뇌에 직접 들려오는 자마라의 목소리에 머리를 세차게 저었다. 그녀는 아무리 거듭해도 이런 식의 의사소통 방식에는 절대 적응할 수 없을 거라고 생각했다. 그러나 제이크의 의식 속에 있는 자마라와 함께 부서진 차원 관문을 고치는 작업이 막바지쯤 이르자 차츰 거기에 적응하기 시작했다. 로즈메리는 마음 편히 있기에는 너무 가까이 떼를 지어 온 저그를 향해 마지막으로 한 번 더 발포했다. 물론 저그들의 목표는 그녀가 아닌 다른 곳이었지만 말이다. 그러면서 로즈메리는 그들을 향해 육중하게 다가오는 불타는 암흑을 아주 잠깐 응시했다.

그들이 이곳에 온 이유는 자마라, 그러니까 말하자면…… 죽은 프로토스 계승자의 정신 때문이었다. 로즈메리는 정신이라는 단어가 가장 적합한 표현이라고 생각했다. 그 정신은 모든 프로토스들이 지녔던 기억 전부를 관장하는 존재였다. 그리고 그중에서도 아주 중요한 어떤 기억 때문에 자마라는 죽은 후에도 그 기억을 계속 이어나갈 방법을 찾기로 결심했다. 그 방법은 고고학자 제이콥 제퍼슨 램지와 기억을 공유하는 것이었고, 그 때문에 지금 램지는 아마도 죽어가고 있을 것이었다. 자마라는 그 기억들을 최고로 순수하고 강력한 수정에 넣으려고 이곳에 가져왔다. 그렇게 해서 제이크의 생명을 구할 생각이었다.

뭐, 다 좋았다. 하지만 그들이 계산하지 못했던 많은 일들이 있었다. 로즈메리 일행은 둘로 나누어진 완고한 프로토스 집단이 사실상 전쟁 상태일 거라곤 생각하지 못했다. 또한 아크튜러스 멩스크 황제의 아들이자 로즈메리의 고용주였던 발레리안 멩스크가 사냥꾼으로 돌변해 여기까지 이들을 추적하리라는 사실도 예상하지 못했다. 그리고 로즈메리의 옛 연인인 이선 스튜어트가 겉보기로는 죽음에서 부활했고, '여왕'이라는 존재에 의해 흉측하게 변형되어 저그 떼를 이끄는 상황과 마주하게 될 거라고도 예측하지 못했다. 그리고 단언컨대 프로토스 무리 중 하나인 단련된 자들이 암흑 집정관이라 불리는 괴물의 조종을 받고 있다는 사실을 알게 될 줄 몰랐다.

암흑 기사단 역사상 가장 무시무시한 일곱 명의 암흑 기사들을 포함한 존재, 그의 이름은 울레자즈였다. 아이어의 프로토스들은 암흑 집정관들을 매우 혐오했고, 로즈메리도 저기 있는 존재에게 개인적으로 깊은 원한이 있었다. 그 괴물 같은 존재를 따르는 추종자들은 오래전에 떨쳐버렸다고 생각했던 로즈메리의 가장 어두운 부분을 들춰냈다. 추종자들은 로즈메리를 포로로 붙잡아 '선드롭'이라는 일종의 마약을 피부에 발랐고, 그 즉시 로즈메리는 중독의 나락으로 빠지고 말았다. 지금도 그 마약이 그녀에게 한 짓을 떠올리면 눈살이 저절로 찌푸려졌다.

로즈메리는 억지로 어두운 기억을 떨쳐내고 앞에 놓인 즐거운 이미지에 집중했다. 삼면에서 공격을 받고 지금 위대하신 울레자즈가 비틀거리고 있었다. 로즈메리는 그 광경을 보고 싶어 가슴이 뛰었다. 이제껏 그 무엇도 이토록 바랐던 적은 없었다. 뭐, 어디까지나 제정신인 상태로 바랐던 것 중에서 말이다. 로즈메리는 살아 있는 카펫처럼 사방을 메운 채 재잘대는 저그들과 강력한 맹공격을 퍼붓는 발레리안 멩스크의 자치령 함선들, 적게나마 아이어에 남아 고집스럽게 공격하고 있는 프로토스들의 발치에 울레자즈가 쓰러져 죽는 꼴을 보고 싶었다.

'나도 너의 간절한 마음에 동감하지만, 곧 관문이 닫힐 거야.'

'알았다고요, 자마라.'

로즈메리는 최대한 빠르게 관문으로 달려갔다. 그리고 소용돌이로 뛰어들기 직전 어깨 너머로 소리쳤다.

"제이크, 서둘러요!"

로즈메리 옆으로도 몇 명의 프로토스들이 마지막으로 아이어를 탈출하기 위해 달려갔다. 뒤에 남겨진 자들은 죽을 것이다. 그 사실을 로즈메리도 알고 프로토스들도 알았다. 그리고 프로토스들은 그 선택에 만족했다. 관문으로 달려가는 동안, 로즈메리는 앞으로 어떻게 될지 확신할 수 없었다. 달리는 발 아래로 느껴지는 땅은 내내 단단한 듯했다. 그러더니 암흑이 순식간에 그녀를 덮쳤다. 로즈메리는 과연 성공한 건지 확신할 수 없는 상황에서 소총을 꽉 쥐고 몸을 천천히 일으켰다. 땅의 밀도가 달라진 듯했다. 이제는 딱딱한 게 아니라 모래처럼 물렁했다. 주위는 여전히 어두웠지만, 별빛처럼 희미하게 퍼지는 광원이 얼마간 있었다. 로즈메리는 주위에 있는 프로토스의 형체들을 막 파악할 수 있었고…….

'멈춰라!'

머릿속을 강타한 명령이 너무 강력해서 로즈메리는 숨을 헐떡이며 비틀거리다가 그 옆에 같이 멈춰 선 프로토스들 중 한 명에게로 쓰러졌다. 그 프로토스는 로즈메리를 재빨리 잡아 일으켜 주었다.

정보들이 물밀듯이 로즈메리의 뇌로 밀려들었다. 정신들이 한꺼번에 고함을 지르고 설명을 해대느라 불협화음이 생겼다. 로즈메리는 고통에 찬 신음을 삼켰다. 옆에 있던 프로토스는 로즈메리를 위로하듯 팔을 꽉 잡아주었다. 맙소사, 프로토스들의 의사소통은 항상 이런 식이었을까? 이제야 로즈메리는 자마라가 얼마나 자신을 보호해주었는지 확실히 깨달았…….

"아이어에서요. 아직도 누군가가 오고 있어요…….."

전쟁과 죽음과 울레자즈의 이미지, 프로토스의 고향 밑에 있는 지하실들에 널려 있는 죽은 프로토스들의 이미지…….

"저그와 암흑 집정관…….."

"선드롭, 비열한 마약…….."

"저그?"

로즈메리는 적은 무리의 피난민들을 둘러싼 프로토스들로부터 흘러나오는 공포에 몸을 움츠렸다. 그제야 로즈메리는 그들이 이곳, 샤쿠라스의 어디쯤에서 둘러싸여 있다는 사실을 깨달았다.

"무슨 생각을 했어요? 저그라고요? 당신들이 저그를 여기로 이끌고 올 거라고요! 재전송, 재전송을 하고 관문을 닫아버려요!"

로즈메리는 자신을 둘러싼 채 북새통을 이룬 프로토스들을 밀치며 빠져나갔다. 그러나 그들의 키가 너무 커서 새로운 프로토스들이 누구인지 볼 수가 없었다…….

그 순간, 사이오닉 뇌가 아니라 비루한 인간의 뇌를 가진 로즈메리의 머릿속으로 쏟아져 들어왔던 뒤죽박죽 뒤섞인 말들과 이미지들이 일순간 무장을 한 주먹으로 얻어맞은 것처럼 말끔하게 정리되었다. 저들은 관문을 닫을 것이다.

그렇다면 제이크는 오갈 데 없이 아이어에 남게 되리라.

"안 돼!"

로즈메리는 비명을 질렀다. 그리고 가장 가까이에 있던 프로토스에게로 돌진해서 그의 팔을 잡았다. 그러자 프로토스가 고개를 휙 돌려 로즈메리를 째려보았고, 로즈메리는 이들에게 자신이 얼마나 이질적으로 보일지 어렴풋하게나마 짐작할 수 있었다. 차원 관문을 통해 막 달려온 피난민들과는 달리 이들은 체구가 크고 건장했으며, 머리끝에서 발끝까지 완전 무장한 상태였다. 만약 프로토스들에게 치아라는 게 있다면 분명히 치아까지도 무장했으리라. 기사단원은 겁 없이 자신을 잡은 로즈메리를 가볍게 떼어내서 손등으로 탁 친 다음 부드러운 모래바닥으로 나가떨어진 로즈메리를 향해 무기를 겨누었다. 숨이 턱하고 막힌 로즈메리는 물고기처럼 볼썽사납게 숨을 헐떡이며 낮도 밤도 아닌 자주색 하늘을 멍하니 바라보았다. 로즈메리는 생각으로 말하는 게 더 낫다는 사실을 머리로는 알면서도 여전히 본능적으로 뭔가를 말하려고 바보처럼 애쓰고 있었다.

고맙게도 다른 프로토스들이 달려왔다. 그중 한 명은 조금 전에 그녀를 붙잡아주었던 바르타닐이었다. 로즈메리는 바르타닐이 그의 이름이라고 생각했다. 바르타닐은 친절하게 로즈메리를 일으켜주었고, 다른 프로토스들은 차원 관문을 지키는 문지기들에게 정보를 흘려보냈다. 바르타닐이 말했다.

"관문을 열어주어야 해요. 잠깐이라도 좋아요! 제이콥 제퍼슨 램지라는 남자 테란이 아직 아이어에 있어요. 그 테란은 마지막으로 남은 계승자를 몸 안에 지녔다고요."

로즈메리를 공격했던 문지기가 바르타닐을 차갑게 응시했다.

"당신은 사 년이 넘는 시간 동안 감내해왔던 어려움 때문에 인해 정신이 이상해진 게 분명하오, 바르타닐."

겨우 숨을 가다듬은 로즈메리는 문지기가 어떻게 바르타닐의 이름을 아는지 의아했다. 아, 그래, 프로토스들은 순간적으로 생각을 공유하지. 그리고 그 사실을 깨달은 순간, 로즈메리 역시 문지기의 이름이 뭔지 알았다. 진회색 피부에 각진 얼굴을 하고 날카로운 뿔처럼 생긴 돌기들과 함께 여기저기에 반점이 나 있는 이 못된 놈의 이름은 라즈투룰이었고, 다른 한 명은 투라비스였다. 로즈메리가 말했다.

"저 말은 사실이에요. 그리고 설명하자면 정말 길어요. 자마라가 거기에 대해서 말해줄 테지만, 그 전에 먼저 이 빌어먹을 관문을 열라고요!"

로즈메리는 제이크가 아이어에 남겨져 있다는 생각에 굉장히 화난 자기 모습을 깨닫고 깜짝 놀랐다. 어쩌면 제이크가 이미 발레리안이나 이선에게 잡혔거나 울레자즈에 의해 한 줌의 원자들로 변했을지도 모른다는 사실에 화난 것인지도 모른다. 하지만 이제까지 겪어왔던 온갖 일들을 차치하더라도, 제이크는 결코 그런 식으로 끝나버려도 괜찮은 사람이 아니었다. 그리고 자마라가 '죽었지만 아직 살아 있는 의식' 속에 품은 비밀은 아무리 사소하다 해도 프로토스들에게는 상당히 중요하다는 점은 분명했다.

라즈투룰은 어둑어둑해지는 황혼의 희미한 빛 사이에서 이글거리는 눈을 가늘게 뜨고 로즈메리를 응시했다. 그러더니 마뜩잖은 기색을 분명히 보이며 인정했다.

"당신들 모두가 같은 이야기를 하는군."

"그렇소, 라즈투룰. 하지만 이들 중 누구도 칼라에 들어갈 수 없으니, 우리는 이들의 주장이 진짜인지 확인할 수가 없소."

투라비스가 말했다. 투라비스의 얼굴은 옆에 선 못된 놈보다 부드러웠고, 단정하게 뒤로 당겨 묶은 신경삭을 허리에 늘어뜨려진 채였다. 라즈투룰은 바르타닐을 가리켰다.

"테란이여, 이자가 말하기를 당신과 함께 온 프로토스들이 선드롭이라는 마약에 중독되었다고 하는군."

로즈메리가 그 비열한 마약이 주는 고통에 매였던 동안 견뎌냈던 수치심과 자기혐오를 떠올리자, 라즈투룰의 눈이 그도 모르게 살짝 커졌다.

"아, 당신도 그 약물에 중독된 적이 있었군."

"그 일에 대해서는 부정하지 않겠어요."

로즈메리가 투덜거렸다. 그리고 분노와 공포를 꾹 참고 평소에는 자주 하지 않던 애원조로 말을 꺼냈다.

"제발, 부탁이에요. 내 친구와 그의 몸 안에 들어와 있는 계승자가 끔찍한 위험에 빠져 있어요. 아주 잠깐만 관문을 열어주세요."

투라비스는 동정 어린 어조로 말했다.

"너무 늦었소. 하지만 한 가지 위안이 될 만한 사실이 있소. 당신 친구는 이미 다른 관문으로 전송되었소."

로즈메리는 이해가 안 간다는 듯이 투라비스를 바라보았다. 투라비스가 계속 말을 이어갔다.

"이 차원 관문들은 젤나가의 기술로, 많은 세계들에 존재하고 있소. 모든 관문들은 다른 활성화된 관문들로 이어져 있소. 우리는 누군가가 침입하려는 모습을 보고서 그게 저그든 자치령에서 온 자들이든, 아니면 암흑 집정관이든 상관없이 이미 그 관문의 범위에 들어온 것들을 전부 다른 관문으로 전송시켰소. 제이콥은 당신이 그랬듯이 아마도 샤쿠라스에 도착한 거라고 생각하며 그 관문을 나서겠지만, 결국 완전히 다른 세계에 와버렸다는 사실을 알게 될 것이오."

로즈메리는 멍하니 입을 벌리고 투라비스를 쳐다보았다.

"아, 다행이네요. 그럼 그곳이 어딘지 알려주시겠어요?"

라즈투룰은 고개를 저었다.

"모르오. 장소가 수시로 다르기 때문에 수많은 가능성이 존재하오. 재전송은 적군의 경우 우리 종족에게 해를 입히지 못하는 곳으로 보내지도록 설정되어 있소. 하지만 우리 편이라면 그들은 살아남을 수 있을 것이오."

"뭐, 그렇군요. 하지만 댁들이 알아차리지 못했을까봐 하는 말인데, 난 프로토스가 아니라고요. 그곳의 대기가 인체에 해로우면 어떡해요? 거기에 포식자가 있으면요? 먹을 게 없을 수도 있잖아요? 우리 인간들은 당신들처럼 햇빛만 받고서는 살 수 없어요."

라즈투룰은 바르타닐에게 약간 못마땅한 눈길을 던지며 말했다.

"당신은 그 테란이 계승자와 같이 있다고 하지 않았소. 그게 사실이라면 그들이 도착한 곳의 환경이 안 좋을 경우 계승자가 다시 관문을 조작해서 다른 곳으로 갈 거요. 그러니 그 부분에 대해서는 걱정하지 마시오, 로즈메리 달. 내 생각에 당신은 본인 걱정부터 해야 할 것 같은데."

화가 난 로즈메리는 작은 몸집이지만 쫙 펴서 최대한 키를 늘린 채 언성을 높였다.

"뭐라고요? 이봐요, 삐죽빼죽 얼굴 씨, 지금 내 동료는 샤쿠라스가 아닌 어딘가에 떨어졌다는 사실을 깨달은 뒤 그곳이 어딘지 알아내려는 중일 거예요. 그는 샤쿠라스에 와서 머릿속에 든 계승자를 끄집어내서 빌어먹을 자기 '목숨'을 건져야 한다고요. 그런데 혼자 어딘지도 모르는 곳에 있는데다 도움을 어디에다 청해야 할지도 모르는 상황이라고요. 내가 보기에는 그 사람을 걱정하는 게 아주 당연한 거예요. 어, 그런데 지금 나를 위협하는 건가요?"

로즈메리는 두 부류의 프로토스 기사단 모두가 자신에게 이상하게 생긴 에너지 검을 겨누고 빙 둘러 서 있는 상황을 알아챘다. 라즈투룰은 평온한 어조로 말했다.

"위협이 아니오. 경고요. 우리와 함께 가도록 하시오, 로즈메리 달. 우리에게는 당신을 해칠 의도가 없소. 하지만 당신을 붙잡아 두고 심문을 해야겠소."

마지막 말을 들은 로즈메리의 눈이 살짝 커졌다. 테란 자치령에서 이 말이 뜻하는 바를 알기 때문이었다. 그렇다면 차라리 프로토스의 정신력이 물질화된 저 빛나는 검에 지금 당장 몸이 꿰뚫려 죽는 편이 낫다고 생각했다. 비인간적이고 계획적으로 뇌를 분해당하느니…….

간소하지만 불편해 보이지 않는 방과 질문에 답하는 이미지들이 그녀의 머릿속에 떠올랐다. 로즈메리는 살짝 긴장을 풀며 말했다.

"아, 좀 낫군요."

그 순간 로즈메리는 천박하다고 여길 만한 꾀가 하나 떠올랐다.

"내 친구들 말인데요."

그녀는 이제까지 함께 다녔던 프로토스들을 가리키며 말했다.

"저들은 어떻게 되는 건가요?"

투라비스는 몸을 돌려 현재 아이어의 지표면에서 일어나고 있는 대학살을 피해 이곳으로 온 프로토스들을 지켜보며 말했다.

"저들은 집에 왔으니 환영받아 마땅한 형제들이오. 우리는 그들이……선드롭……에 중독된 상태에서 회복하도록 도울 예정이오. 물론 저들에게도 역시 질문을 할 거요. 우리는 저들이 가진 정보를 일단 공유한 다음, 기꺼이 저들을 프로토스 사회에 받아들일 작정이오."

'그러면 나는 어떻게 되는 거죠?'

로즈메리는 어쩔 수 없이 이런 생각을 했다. 프로토스들은 그 생각을 읽었고, 투라비스가 말했다.

"두고 보면 알겠지. 집행관이 어떤 결정을 내리느냐에 달려 있소."

로즈메리와 소규모의 피난민들은 부드러운 파란 모래 위를 터벅터벅 지나 자신들을 기다리는 빛나는 함선으로 향했다. 로즈메리는 '집행관'이라는 말이 마치 '사형 집행인'처럼 들린다고 음울하게 생각했다.

제2장

제이크는 차원 관문 한가운데에 난 뿌연 소용돌이 속으로 뛰어들었다. 그는 들어가고 싶지 않다는 본능을 무시한 채 달리는 속도를 늦추지 않았다. 갑자기 시야가 아주 캄캄해졌다가 다시 밝아졌다. 그리고 아주 추웠다. 발아래 바닥이 아주 미끄러워서 두 발이 옆으로 쭉 벌어졌다.

제이크는 어떻게든 몸을 가누려고 했다. 바닥이 빙판만 아니었다면 몸을 가누는 게 가능했겠지만, 안타깝게도 그렇지 못했다. 제이크는 얼음 위로 꽈당 넘어져서 한참을 이리저리 미끄러지다가 눈 더미 속에 파묻혔다.

'샤쿠라스는 사막 같을 줄 알았어요.'

제이크는 짜증을 내며 자마라에게 생각을 보냈다. 그러면서 얼음 위에서 일어나려고 애쓰는 대신, 허벅지 높이까지 올라온 눈 더미 속에서 버둥거리며 일어나려고 애썼다.

'네 생각이 맞아.'

화가 날 정도로 조용하고 평온한 대답이 들려왔다.

'*우리는 샤쿠라스에 있는 게 아니야.*'

제이크는 살을 에는 듯한 바람에 몸을 떨었다. 관문에 뛰어들었을 때는 푹푹 찌는 아이어의 기후와 격심한 활동에 긴장까지 한 상태라 엄청나게 땀을 흘렸다. 그런데 지금은 땀으로 젖어버린 옷이 피부에 달라붙어 얼기 시작하는 게 느껴졌다. 제이크는 두 팔로 몸을 꽉 감싸 안았다.

'도대체 우리는 어디로 온 거죠? 뭐가 잘못된 거고, 지금 어떻게 해야 하죠?'

제이크는 눈에 반사된 환한 햇빛 때문에 두 눈을 찌푸리며 몸을 돌려 사방을 바라보았다. 극지방 같은 풍경 속에서 볼 수 있는 거라고는 오로지 눈, 눈 더미뿐이었다. 그 밖에는 저 너머로 빙산처럼 생긴 것들이 조금 보였다. 고등 생명체가 이곳에 왔다는 유일한 증거는 차원 관문뿐이었다.

'*우리가 있는 곳이 어딘지 모르겠지만, 그건 별로 중요하지 않아. 무슨 일이 일어났는지는 감이 왔어. 인간의 말로 표현하자면 말이야.*'

자마라는 잠시 동안 제이크의 몸을 그녀에게 맡겨 달라고 요구했고, 제이크는 어쩔 수 없이 그렇게 했다. 그러고는 자마라가 다리를 조심스럽게 움직여 미끄러운 바닥을 지나고 팔을 들어 은은하게 빛나는 관문의 표면을 만지는 모습을 보며 조용히 감탄했다. 젤나가의 기술에 다시 한 번 감탄한 제이크는 추위도 잠깐 잊었다. 한낱 인간인 제이크가 이해할 수 없는 자연과 과학의 조화, 정신력과 물질의 조화는…… 한 마디로 경이로웠다.

제이크는 자마라가 실망했음을 느끼고 두려움에 사로잡혔다.

'왜 그래요? 뭐가 잘못됐어요?'

자마라가 대답했다.

'*예상했던 대로야. 샤쿠라스로 가는 길이 막혔어. 우리는, 그러니까 네*

가 이해할 수 있게 말하자면, 갇힌 상태야.'

'갇혔다고요? 도대체 어쩌자고 그들이 우리를 가둔데요?'

'비록 우리는 불편하게 되었지만, 이건 현명한 예방 조치야. 지난번 프로토스들이 아이어에서 샤쿠라스로 피신했을 때 저그가 따라왔었거든. 그로 인해 샤쿠라스는 끔찍한 일을 겪었어. 상당한 노력 끝에 샤쿠라스와 프로토스 종족은 살아남을 수 있었지. 그리고 샤쿠라스는 오늘날까지도 그 전투에서 생긴 상흔을 지니고 있어. 내가 보기에는 관문을 지키던 프로토스들이 로즈메리와 그 일행이 아이어에서 왔다는 상황을 깨닫자마자 샤쿠라스의 관문을 닫고 우리를 여기로 재전송한 거야.'

자마라가 농담을 하는 기색이 스쳐갔다.

'물론 여기가 어디인지는 모르겠지만 말이야. 차원 관문은 젤나가의 기술이지 프로토스의 기술이 아니거든. 나는 이 장소에 대한 기억이 전혀 없어. 내가 이곳을 처음으로 본 프로토스라는 생각이 드는군.'

제이크 역시 학자였기 때문에 신비한 것들을 밝혀내는 데 심취했다. 그래서 다른 때 같았다면 자마라처럼 새로운 곳을 탐험하고 싶었을 것이다. 하지만 지금은 몸이 얼어붙고 있는데다 겁도 났고, 갑자기 관자놀이가 지끈거리며 아프자 자기가 죽어가고 있다는 사실을 떠올릴 수밖에 없었다.

'하지만…… 당신은 방금 로즈메리와 다른 프로토스들은 아이어에 갔다고 했잖아요. 그들이 관문을 열어야 한다고 문지기들을 설득하지 않을까요?'

제이크는 자마라도 걱정하는 중이라고 알고 있었다. 하지만 이 말을 듣자 자마라의 명랑한 기색이 따스하고 가볍게 제이크의 몸으로 퍼졌다.

'네가 프로토스라면 로즈메리에게 어떤 반응을 보일 거 같아?'

'아, 이런. 당신 말이 맞네요. 로즈메리는 분명 자기 앞을 가로막는 자가

누구든 때려눕히겠죠.'

'난 그렇게 생각 안 해. 로즈메리는 그러고 싶을 테지만, 이제까지 배운 게 있으니 그러지 않을 거야. 그동안 많이 누그러졌으니까.'

제이크는 자기도 모르게 울레자즈의 꾐에 빠져 이용당해왔던 추종자들이 스스로를 칭했던 말, 단련된 자들을 떠올렸다.

'그래, 어떤 면에서는 그게 적당한 말이지. 하지만 프로토스들이 결국 우리를 샤쿠라스에 가도록 허락할 거라고 믿어.'

'결국이라고요? 난 그렇게 오래 여기서 머물 수 없어요. 음식이나 피난처도 없는 상황이고, 몇 분도 못 있을 거예요.'

'나도 알아. 잠깐 생각 좀 하자.'

제이크는 자마라가 생각을 하게 두고 그녀에게서 자신의 몸을 도로 찾아왔다. 그리고 조금이라도 따뜻하게 있으려는 생각에 미끄러운 빙판 위를 가능한 빠르게 움직였다. 반바지에 조끼, 그리고 얇은 셔츠 차림은 아이어의 숨 막힐 듯한 습도와 작렬하는 햇볕에서는 더할 나위 없이 적당했지만 여기서는 전혀 도움이 되지 못했다.

'어떻게 할지 결정했어. 다시 손 좀 줘봐.'

제이크는 자마라가 손을 관문에 대고 무언가 시작하는 모습을 지켜보았다. 그게 뭐든 관문을 프로그래밍하는 데 필요한 작업이리라.

'그래서 이제 어디로 가는 거예요?'

'관문을 통해 돌아갈 거야.'

제이크는 기가 막힌 듯이 쇳소리를 내며 짧게 웃었다. 제이크의 얼굴과 사지는 얼어서 감각이 없어지고 있었다.

'샤쿠라스에 갈 수 없는 상황인데, 도대체 어디로 간단 말이죠? 당신이 찾

고 싶어 하는 그 암흑 기사단을 우리가 무슨 수로 찾아요?'

'암흑 기사단의 고향인 샤쿠라스로 가는 길이 잠시 동안 막혔다면, 샤쿠라스에는 없을 어떤 암흑 기사에게 도움을 청할 생각이야.'

'그게 누군데요?'

'정무관 제라툴이야.'

제이크의 머릿속은 순간 이미지들과 기억들로 가득 찼다. 제이크는 지금 그 이미지들과 기억들의 복잡한 맥락을 전부 이해할 수 없었지만, 모든 것들을 통해 그 암흑 기사가 어떤 존재인지 잘 알 수 있었다. 그에게는 연륜이 느껴졌고 상당히 우아했다. 제이크는 아이어의 프로토스들과 암흑 기사단이 같은 종족이라고 알고 있었지만, 그들 사이에는 미세한 신체적 차이가 있었다. 제이크가 친분을 맺었던 프로토스들은 피부가 파란색 아니면 회색 계열이었다. 하지만 제라툴의 피부는 거의 보라색에 가까웠고, 그 아래로 움푹 파인 두 눈두덩은 상당히 어두웠다. 피부색이 위로 솟은 융기선을 따라 희미한 연보라색으로 옅어지는 점 역시 다른 프로토스들보다 두드러지는 제라툴의 특징이었다. 알자다르와 라드라닉스는 피부가 얼추 매끈했고, 혹이나 각진 데가 없이 얼굴선이 부드럽게 이어졌다. 하지만 제라툴의 턱은 길고 뾰족했으며, 상아색이었다.

자마라가 제이크에게 알려준 두 프로토스들의 차이점에는 지각과 감각 인식 능력도 있었다. 아이어의 프로토스들은 태양 같은 금빛을 좋아했다. 하지만 머릿속에 보이는 암흑 기사는 그림자에 싸인 듯한 모습이었다. 제라툴의 한쪽 팔을 감싼 브레이서는 제이크에게 낯설지 않았다. 지금 자신의 조끼 주머니 속에 넣어둔 수정을 라드라닉스가 잘랐을 때, 라드라닉스도 비슷한 브레이서를 하고 있었다. 이 브레이서는 사이오닉 동력을 전달해서 기사단이 아름답고 우아하며 치명적인 사이오닉 검들을 휘두를 수 있도록 했다. 제라툴의 브레이서는 더 어두운 색이었다. 제이크는 제라툴의 갑옷 주위에서 소용돌이치는 그림자들이 진짜인지 아니면 자신의 상상인지 확신할 수 없었다. 제라툴이 입은 복장의 다른 부분들 역시 어두운 색이었다. 부드럽지만 무거워 보이는 녹슨 빛깔의 겉옷은 가장자리 단에 갈색 모피가 대어져 있었다. 제이크는 제라툴이 암흑 기사단의 전통에 따라 신경삭을 의식을 통해 절단했다는 사실을 알았다. 제라툴은 짧은 신경삭을 하나로 묶어 등 뒤로 늘어뜨렸다. 이런 자발적인 절단 의식을 거쳤기 때문에 암흑 기사단은 설령 다시 원한다 해도 결코 칼라에 들어갈 수 없었다. 절단 의식은 반항적이고 돌이킬 수 없는 행동이었다.

제이크는 자존심이 세고 놀랍도록 영리했던 젊은 라자갈을 다시 떠올렸다. 다른 암흑 기사들이 짐승처럼 수송선에 쫓겨 들어가던 일도 떠올렸다. 그 수송선은 외계에서 만들어져서 제대로 작동하는지도 확신할 수 없었다. 암흑 기사단들은 대의회가 그들을 두려워했기 때문에 추방되었다.

'나는 당신이 암흑 기사를 아는 프로토스의 기억을 가진 줄 몰랐어요! 내 말은, 그들이 추방된 이후를 아는 프로토스의 기억을 가진 줄 몰랐다고요. 나는 암흑 기사단을 직접 만나서 알아보고 싶어요. 계승자의 기억으로 할 수 있는 만큼 직접 말이에요. 그들은 아주 부당한 대우를 받은 것 같아요.'

'그들이 받은 대우는 부당했어. 하지만 진짜 비극은 대의회가 암흑 기사단을 죽이는 것이 프로토스 종족을 유지하기 위해 할 수 있는 최선의 선택이라고 확신했다는 사실이지. 그 태도를 나중에 아둔은 암흑 기사단을 추방하는 것으로 완화시켰어. 하지만 암흑 기사단은 게으른 이들이 아니었어. 그들은 추방당한 몇 세기 동안 우주를 탐험하며 정말로 많은 것들을

배웠지. 우리가 운이 좋다면 너 역시 제라툴을 만나게 될 거야.'

'어디서 그를 찾을 수 있는지 알아요?'

제이크는 이 강력한 암흑 기사를 만나고 싶다는 생각에 흥분했지만, 당장은 혹독한 환경에서 벗어나고 싶은 마음이 더 간절했다. 제이크의 생각에 대답하듯 관문이 윙윙거리며 빛나더니 다시 활성화되었다. 관문의 경계 안쪽에서 안개가 피어오르더니 시계방향으로 소용돌이치기 시작했다. 자마라가 주저하듯 말했다.

'정확히는 몰라.'

잘됐군. 그들은 이제 차원 관문으로 들어가 제이크의 생명을 구하는 데 도움이 될 수도 있고 아닐 수도 있는 암흑 기사를 찾아 은하를 이리저리 넘나들 예정이었다. 그동안 샤쿠라스에서는 로즈메리 달이 의도치 않게 테란의 대표가 되어 프로토스들과 마주하고 있으리라.

'언젠가 제라툴은 모든 진정한 강함의 원천이 되는 중심을 찾아서 얼마나 평온해지는지 말한 적이 있어. 모든 프로토스들은 명상을 하지. 우리는 생각을 집중하기 위해 케이다린 수정도 사용해. 하지만 정신적인 감각의 평온함뿐 아니라 육체적인 감각의 평온함이 필요할 때도 있어. 영혼을 진정시키는 데는 감각적인 쾌락도 한몫하거든.'

제이크는 삼무로 열매의 맛과 향을 떠올렸고, 자마라는 그 생각에 동의했다.

이렇게 정신적인 대화를 나눈 시간은 채 일 초도 되지 않았다. 관문이 완전히 활성화되자마자 제이크는 그 안으로 급히 뛰어들었다. 다시 어둠이 내렸고, 다시 온 세상이 환하게 밝아졌다. 하지만 이번에는 황량한 극지방도, 더위를 먹을 만한 열대우림도 아니었다. 눈을 깜빡이며 주변을 둘러본 제이크는 눈앞의 광경에 무척 놀랐다.

하늘이 분홍색이었다. 대기 중에 떠다니는 철분의 함량이 높아서 녹슨 붉은색으로 보이는 게 아니라 장미처럼 아름다운 분홍색이었다. 발밑에는 부드러운 자청색의 풀처럼 보이는 것들이 빽빽하고 부드럽게 나 있었다. 공기는 숨 쉬는 데 전혀 지장이 없었다. 제이크가 풍부한 향이 나는 대기를 깊게 들이쉬자 콧속으로 과일 향과 솔 향, 그리고 진한 흙냄새가 함께 훅 들어왔다. 장밋빛을 띤 노란 태양은 따스하게 빛났고, 산들바람은 부드럽게 향기를 싣고 왔다. 제이크는 맑게 갠 낮의 하늘이 장밋빛인 행성에서 어떻게 숨을 쉴 수 있는지 잠시 동안 어안이 벙벙했다. 뇌 속에 떠오른 산소와 질소 대기에 대한 얕은 지식과 레일리 산란에 따르면, 제이크는 여기서 숨 쉬는 게 상당히 힘들어야 했다.

'이건 드문 현상이지. 내가 자세히 설명해줄까?'

제이크는 눈을 감고서 피부에 느껴지는 온기를 즐겼다. 그러고는 축축한 재킷과 셔츠 아래로 어깨를 으쓱했다.

'아뇨, 그냥 그런가보다 할게요.'

그 순간, 우주선 하나가 제이크의 눈에 띄었다. 우주선은 아이어에서 봤던 작은 정찰선들처럼 생겼지만 살짝 달랐다. 제이크가 보기에 우주선은 길고 우아하기보다는 단단했고, 굳이 말하자면 땅딸막했다. 우주선을 만든 이는 프로토스 우주선들에 최우선으로 쓰이는 금색을 의도적으로 피하고 대신 검은색을 사용했다. 그래서 선체는 그 어떤 빛도 반사하지 않고 내리쬐는 분홍색 태양 광선을 전부 흡수하는 듯했다. 선체 여기저기에 칙칙한 구릿빛으로 빛나는 부분들이 있었다.

제이크는 자마라에게서 왈칵 솟아오르는 희망을 느꼈다. 그리고 동시에 고통도 느껴져서 비명을 억누를 수가 없었다. 제이크의 몸은 딱딱하게 경직되었다가 덜덜 떨리기 시작했고, 순간 정신이 아득해졌다. 제이크는 무릎과 손바닥을 땅에 대고 거칠게 숨을 몰아쉬다가 조심스럽게 똑바로 앉았다.

'자마라…… 이게 대체…….'

정신을 못 차리는 와중에 제이크는 자기에게 일어난 일이 외계 우주선이 주는 영향 때문이라고 생각했다. 아니, 솔직히 말하면 그 때문이기를 바랐다. 아니면 이 행성의 공기 중에 무언가 유독한 성분이 있어서 그랬을지도 모른다. 하지만 제이크는 진실을 알고 있었다.

'종양들이 더 악화되었어. 그게 커지면서 뇌를 누르는 압력의 영향을 네가 직접 느끼기 시작한 거야.'

자마라가 말했다. 제이크는 이상하게도 자마라의 퉁명스러운 말이 그릇되고 거짓된 동정심을 베푸는 것보다 더 위안이 되었다. 제이크에게는 자마라가 있는 그대로의 진실을 말해줄 거라는 믿음이 있었다. 제이크가 대답했다.

'뭐, 죽어도 그나마 멋진 곳에서 죽는 거니까요.'

제이크는 언제나 끔찍한 유머를 즐겼다.

'내 능력이 닿는 한 모든 지식을 동원해서 너를 안전하게 살릴 거야. 어떻게 해서든 말이야, 제이콥.'

'나도 알아요.'

발작이 지나갔다. 아직 두통이 가시지는 않았지만, 더 이상은 머리를 잡아 뜯고 싶은 마음이 들지는 않을 정도로 진정되었다. 제이크는 비틀거리며 두 발로 일어섰다. 자마라가 말했다.

'저 우주선은 암흑 기사단이 만든 디자인이야. 저게 제라툴의 우주선인 지는 모르겠지만 여기서 보다니 좋은 징조야. 가서 우리가 뭘 알아낼 수 있는지 보자.'

제이크는 상쾌한 향이 풍기는 공기를 깊게 들이쉬며 우주선으로 다가 갔다. 제이크가 손을 뻗어 우주선의 휘어진 옆 부분을 어루만지자 자마라 의 탄성이 느껴졌다. 우주선은 이곳에 꽤 오랫동안 정박해 있었던 듯 보였 다. 우주선을 뿌옇게 뒤덮은 꽃가루와 먼지, 잎사귀들이 제이크의 손에 묻 었다.

'프로토스들 중에서는 내가 암흑 기사단에 대해서 가장 많이 알지. 그들 의 태생과 최근 상태, 둘 다 말이야. 이제는 거의 모든 것을 다 알게 되겠 군. 그리고 이건…… 아, 이건 몰랐던 거야. 알아봐야겠어.'

제이크는 부드럽게 미소를 지었다. 그들은 지독하게 무시무시한 상황 에 처해 있었다. 그리고 제이크는 뇌에 종양이 난 상태였고, 정확히 말해 서 뇌종양은 하나가 아니라 여러 개인데다 점점 악화되고 있어서 시간이 촉박했다. 제이크는 물론이고 제이크가 죽으면 존재할 수 없는 자마라에 게도 시간은 촉박했다. 이제까지 자마라가 지켜온 지독히도 소중한 정보 가 무엇이든, 그걸 위해서도 시간은 촉박했다. 그리고 그 정보가 그토록 중요하다면, 어쩌면 우주를 위한 시간도 촉박할지 모른다.

하지만 여전히 자기 손길 아래 느껴지는 암흑 기사단 우주선의 매끈하 고 멋진 곡선과 거기서 흘러나오는 탄탄한 힘이 주는 느낌, 그리고 제이크 가 감히 이해하려고 시도할 수도 없는 엄청난 지식을 소유한 프로토스가 어린아이처럼 내보이는 경외감에다가 제이크 본인이 느끼는 경이로움 역 시 한데 어우러져서, 제이크 램지는 진심으로 자기가 정말로 운이 좋은 사람이라고 생각했다.

우주선은 자마라의 손길에 반응했다. 자신들의 기술을 어떻게 작동시키는지 본질적으로 안다는 면에서 암흑 기사단과 아이어 프로토스들은 다를 바 없었다. 우주선에서 발판이 천천히 뻗어 나왔다. 제이크는 두근대는 가슴으로 우주선에 올랐다. 내부를 둘러본 제이크의 눈에는 모든 것이 어느 정도 낯익으면서도 완전히 낯설게 보였다. 그는 자마라 역시 같은 느낌을 받았다는 사실을 감지했다.

제이크가 부드럽게 윙윙대는 소리를 듣고 몸을 돌린 순간 문이 닫혔다. 우주선 내부는 어두웠다. 최소한 앞쪽에는 조종석 화면이 있을 거라고 생각했지만, 예상보다 훨씬 어두웠다. 제이크는 순간 긴장했다.

'음…… 자마라, 이 우주선을 어떻게 조종하는지 알아요? 아니면 최소한 문을 다시 여는 법이라도 알고 있나요?'

'이 시스템을 이해할 수 있을 거라고 확신해. 제라툴은 암흑 기사단의 에너지 원천에 대해 태사다르와 많은 지식을 공유했으니까. 내가 그만큼 조종할 수 있을지는 모르지만 아마도 할 수 있지 않을까…… 직관으로라도 말이야…….'

제이크는 몸의 주도권을 자마라에게 내주고 의자에 앉아 자마라가 편하게 일하도록 했다. 우주선의 조종 장치는 거의 보이지 않았고, 평평한 표면 위에 버튼과 돌출 부분은 붙어 있었다. 자마라는 제이크의 손을 뻗어 손가락을 펴고 조종 장치 위에 댔다. 그러자 조종 장치가 윙윙거리면서 빛나는 초록색을 띠며 켜졌다.

'아! 좋았어. 그럼 이 우주선이 작동된 지 얼마나 됐는지 보자고.'

기호들이 그 위로 나타났다. 깜빡이는 속도가 너무 빨라 제이크는 그게 뭔지 알 수 없었지만, 자마라에게는 전혀 문제가 되지 않는 게 확실했다.

'우주선은 마지막으로 작동된 지 몇 달이 지났어.'

'좋은 소식이 아니네요.'

'좋지 않을 건 없으니 실망하지 마. 사실이 그렇다는 거야. 이 우주선의 주인이 누군지 알 수 있는 방법이 없네. 그럼 좌표들을 찾아보자.'

자마라는 조종 장치 위로 제이크의 손을 다시 흔들어 물결무늬를 그렸다. 그러자 스크린이 켜졌고, 그 위로 낯선 기호들이 빠르게 지나갔다.

'암흑 기사단은 분명히 고통을 당했고, 많은 이들이 아직도 원한을 품고 있어. 하지만 암흑 기사단은 여전히 아이어를 경외하기에 자신들의 프로토스 유산을 절대로 부정하지 않았지. 새로운 글자를 만들지도 않았고⋯⋯ 그게 우리에게는 다행인 셈이지. 이 우주선의 지식 저장소에는 여러 가지 항로가 입력되어 있군. 그럼 우리가 어디로 가게 될지 한 번 봐야겠네.'

'뭐라고요? 그럼 이걸 훔치자는 거예요?'

순간 제이크는, 뭔가 반짝이는 빛이 보여 하늘을 올려봤다가 그것이 자신을 두고 날아가는 우주선이라는 사실을 알고는 허탈하게 바라보는 프로토스의 다소 우스운 장면을 떠올렸다.

'나는 우주선에다 프로토스 생명체가 있는지 탐지하도록 명령어를 입력해났어. 반경 수백 킬로미터 안에는 아무것도 없어. 그리고 이미 말했지만, 이 우주선은 마지막으로 작동된 지 몇 달이 넘은 상태야. 내 추측으로는 우주선이 이렇게 차원 관문에 가까이 정박해 있는 걸 보면, 조종사가 관문을 통해 여행을 마치고 돌아올 때까지 우주선은 여기서 기다리는 거 같아.'

'음, 말이 되네요. 하지만 조종사가 돌아왔을 때 우주선이 없어진 걸 보면 어떡하죠?'

'그러면 조종사는 우리에게 연락을 취해야 할 거야. 그게 정확히 우리가 바라는 거잖아, 안 그래?'

그리고 제이크가 무슨 일인지 미처 알아채기도 전에 암흑 기사의 우주선은 시동이 걸리더니 공중에 떠올라 빠르고 조용하게 분홍색 구름 사이로 움직이기 시작했다.

제3장

한때 이선 스튜어트는 한낱 인간에 지나지 않았다. 물론 자신의 종족 중에서는 뛰어난 부류였고, 힘이 넘치는 거무스름한 육체에 잘 훈련받은 명철한 두뇌를 지녔지만, 어쨌든 인간일 뿐이었다. 하지만 이선은 이제 인간이상의 존재가 되었다. 커지고, 강해지고, 향상되었다. 이선은 칼날 여왕이자 저그의 지배자인 케리건의 동반자였다. 자기가 흠모하는 케리건을위해서라면 이선은 피는 아니지만 무엇이 되었든 지금 혈관을 흐르는 액체의 마지막 한 방울까지라도 짜내어 보필할 것이다.

한때 이선은 연인이었던 로즈메리 달을 진심으로 아꼈다. 하지만 지금은 여왕을 보필하기 위해 살고 있었다. 반은 인간이자 반은 저그인 이선에게는 케리건이 자신으로 인해 실망하는 상황보다 더 큰 불행이란 있을 수없었다.

그래서 어쩌다 머릿속에 프로토스 계승자를 담기는 했으나 평범한 고고학자일 뿐인 사냥감이 아이어의 차원 관문 안에 생긴 푸른 안개 소용돌이 속으로 뛰어드는 모습을 보고 분노와 고통이 뒤섞인 고함을 질러댔다. 램지와 그저 몇 발짝 떨어져 있었는데, 이제는 그 간격이 몇 광년일지 알수 없게 되었다. 그자는 도망가 버렸다.

캐리건 역시 그 사실을 알았다. 이선의 눈을 통해 케리건은 원할 때마다 상황을 보고 있었기에 이선이 본 상황을 케리건도 보았다. 케리건의 분노 때문에 이선은 간담이 서늘해졌다.

"너에게 맡긴 첫 번째 임무에서 너는 나를 실망시켰다! 내가 엄청난 군대의 통솔권을 주었는데도 불구하고 고작 인간 남자 하나를 잡는 일이 너에게는 너무 어려웠나 보군!"

"여왕이시여……. 우리는 자치령 함대나 암흑 집정관이 올 거라고는 예상하지 못했습니다……."

"예상치 못한 일이 일어났을 때 어떻게 대처하느냐로 그 기개를 가늠할수 있는 법이지. 나는 너에게 정말 실망했다, 이선. 아마도 내가 생각보다 너를 완벽하게 창조하지 못한 모양이야."

"저를 믿어주십시오, 여왕 폐하. 당신은 저를 뛰어나게 만드셨습니다."

"그렇다면 내 말이 틀렸다는 걸 증명해. 너는 램지와 그 여자가 도망치도록 내버려두었어. 그들을 찾아서 램지를 내 앞으로 데려와. 그러면 내 말을 취소하지."

이선은 아직도 격렬하게 벌어지고 있는 전투를 빤히 바라보았다. 자신과 자치령 함대, 암흑 집정관 모두 추적하던 목표물이 그들의 손가락들 사이로 빠져나간 상태였지만 전투는 끝나지 않았다. 로즈메리와 제이크, 그리고 제이크의 머릿속에 있는 프로토스는 활성화된 차원 관문을 통해 사라졌다. 그들은 다른 차원 관문이 열린 곳이라면 어디든 도착할 수 있었다.

어쩌면 이 우주 어딘가 알 수 없는 곳일지도 모른다.

도대체 어떻게 해야 그들을 찾을 수 있단 말인가?

이선은 자신의 지휘를 받는 저그들이 남아 있는 프로토스들을 닥치는 대로 베고 씹고 할퀴어대는 광경, 다른 저그들이 자치령 함선의 총에 맞아 곤죽이 되는 모습, 그리고 또 다른 저그들이 암흑 집정관이라는 거대한 진홍색 덩어리가 소용돌이치는 곳으로 날아드는 장면을 유심히 보았다.

이선은 차원 관문을 어떻게 작동시키는지 몰랐다. 작동법은 프로토스들만이 아는 지식인데, 대부분의 프로토스들은 죽어버린 상태였다. 몇몇은 그가 직접 죽였다. 프로토스들이 기쁜 표정으로 차원 관문 기술에 대해서 모른다고 말할 때마다 좌절한 나머지 빨리 해치워버렸다. 분명 작동법은 오롯이 프로토스의 기술일 뿐 아니라 소수만이 아는 기술이었다. 화가 치밀어 오른 이선은 정신을 차리고 피로 흠뻑 젖은 땅 위를 탐색했다. 아직 몇몇 프로토스들이 남아서 저기 있는 존재를 향해 고귀하지만 결국은 헛된 일이 될 마지막 공격을 하고 있었다. 설령 암흑 집정관이 쓰러지고 자치령 함대가 퇴각한다 하더라도 저그가 그들을 덮치리라는 사실을 이선은 물론 불운한 프로토스들도 알고 있었다.

이선은 케리건이 선사해준 큰 낫처럼 생긴 여벌의 외지를 휘두르며 주위를 둘러보았다. 그는 뭔가를 베어버리거나 사지를 잘라내고 싶어 몸이 근질거렸다. 저기에 있었다. 저기에 쓰러졌지만 아직 죽지 않은 프로토스가 하나 있었다.

아직 죽으면 안 돼지.

이선이 명령을 내리자 한 쌍의 히드라리스크들이 즉시 공격을 멈추고 부상을 입은 프로토스 쪽으로 급히 다가갔다. 그러고는 프로토스가 무슨 일인지 완전히 파악하기도 전에 들어 올려 이선에게로 데려왔다.

상처 입은 프로토스는 힘겹게 고개를 들고 이선을 뚫어져라 응시했다. 그의 갑옷은 여러 군데 찢긴 상태였고, 온몸은 피로 축축이 젖어 있었다. 치료를 받지 못한다면 오래지 않아 죽게 되리라. 이선은 그에게 질문했다.

"차원 관문 작동법을 아느냐?"

프로토스는 힘없이 고개를 끄덕였다.

"그렇다. 하지만 나는 너를 돕지 않을 것이다."

이선은 의기양양한 마음과 동시에 짜증이 솟구쳤다.

"넌 네 상황이 얼마나 심각한지 모르는 모양이군, 프로토스."

프로토스는 눈을 감더니 고개를 옆으로 기울였다.

"아무것도 모르는 자는 너다. 나는 구원받았다. 구원받은 상태에서 너와 타협하지 않겠다. 나, 알자다르는 예전처럼 기사단으로서 죽을 것이다."

이선은 투덜댔다.

"이럴 시간이 없어……."

그 말이 떨어지기가 무섭게 히드라리스크 중 한 마리가 갈고리처럼 생긴 검으로 알자다르의 허벅지를 찔렀다. 프로토스는 말 못할 고통에 몸을 움츠렸다. 그 모습을 본 이선은 핀에 꽂힌 곤충을 떠올렸다.

"너는 우리 종족 중 그 누구도 네가 제이콥 램지를 잡도록 도와주지 않으리라는 사실을 알게 될 것이다. 우리는 기쁘게 죽음을 맞이하니까."

"죽는 거야 그렇겠지. 하지만 고문을 당한다면 어떨까?"

희미해져 가던 프로토스의 눈빛이 순간 밝아졌다.

"그래도 상관없다. 나는 너를 동정한다. 너는 네 자신보다 무언가를 더 크게 사랑한다는 것이 무엇인지 모르는군."

알자다르는 몸을 떨었다.

"내…… 목숨을…… 아이어에……."

이토록 심하게 부상당하지 않았다면 알자다르는 결국 자신과의 약속을 깼을지도 모른다. 어쩌면 협력하라는 '설득'을 받아들였을 수도 있었으리라. 하지만 알자다르는 심하게 다친 상태여서 이선이 미처 깨닫기 전에 죽어버렸다. 이선은 욕지기를 내뱉었다.

불안해진 이선은 걱정을 억누르며 곰곰이 생각했다. 알자다르가 말했던 프로토스의 본성은 사실일 가능성이 컸다. 그렇다면 어떻게 해야 제이크를 추적할 수 있을까? 순간 마음속에 공포가 깃들었지만, 이선은 단호하게 그 마음을 억눌렀다. 그냥 다른 방법을 찾아야 할 것이다. 그러면 된다.

이선은 뮤탈리스크를 소환해서 다시 그 위에 올라 탄 다음, 잘 보이는 위치에서 치열하게 벌어지는 전투 광경을 면밀히 바라보았다. 새로운 관점에서 바라보면 영감이 떠오를지도 모른다.

• • •

지금 벌어지는 일은 절대로 생겨서는 안 되는 일이었다.

울레자즈는 자신이 죽을 수도 있다는 것을 깨닫고 격노했다. 어떻게 이런 일이 일어날 수 있단 말인가? 그는 울레자즈다! 울레자즈는 다른 이들이 잔혹하다고 기피하는 것에 대해서도 뛰어난 정신력으로 창조성을 발휘했다. 그 누구도, 그 무엇도 감히 시도할 용기조차 내지 못했던 상황에서도 과감하게 나아갔다. 오래전, 암흑 기사단은 두려움에 사로잡혀서 이런 힘을 창조하는 일을 금지했었다. 울레자즈는 그들이 왜 두려워했는지 알았다. 제어가 불가능하게 소용돌이치는 이런 힘은 좋은 의도로 쓰이기보다 더 많은 해로움을 끼칠 수 있었기 때문이다.

하지만 울레자즈는 완벽하고 완전하게 그 힘을 제어할 수 있었다.

적어도 지금까지는 그랬다.

고집불통인 프로토스들과 테란 자치령의 함선들, 그리고 저그. 예전이라면 그 누구라도, 그 어떤 것이라도 맹공격을 퍼부어 죽여 버렸으리라. 울레자즈는 그들을 모조리 격파하고 자마라와 그녀가 몰래 숨어 들어간 약해빠진 테란을 몇 줌의 살덩이로 부숴버렸을 터였다. 남아 있던 몇몇 프로토스들이 어찌된 영문인지 모르게 소환해낸 사이오닉 폭풍들만 아니었더라면 말이다.

울레자즈는 힘이 점점 줄어드는 것을 느꼈다. 공격이 계속되자 그는 비틀거렸고, 당황스럽고 화가 치밀어 오르는 마음으로 자기가 곧 쓰러질 거라는 사실을 알았다. 그러면 세 집단이 모두 달려들 테고, 그는 다시 회복할 수 없게 되리라. 모든 지식과 힘과 영광, 그 모든 것은 울레자즈의 소유가 될 예정이었다. 하지만 기회를 놓쳐버렸다.

울레자즈는 불과 조금 전까지 그런 일은 일어날 수 없을 거라 생각했다.

그런데 마치 태풍의 눈에라도 들어온 듯 정적이 찾아왔다. 대부분의 싸움이 멎었다. 그리고 다시 살아날 수도 있다는 희망에 새로이 힘을 얻었던 그 순간, 울레자즈는 먹잇감이 도망갔다는 사실을 깨달았다.

자마라, 영리하지만 쥐새끼같은 자마라가 두 번째로 그의 손아귀에서 벗어났다.

울레자즈는 관문이 아직 열려 있는지 보려고 앞으로 나가 싸우는 일로 소중한 시간과 힘을 허비하지 않았다. 관문이 열려 있지 않다는 사실을 이미 알았기 때문이다. 자마라가 바보가 아닌 다음에야 울레자즈가 따라오도록 허술하게 흔적을 남겨둘 리 없었다.

후퇴했다가 다시 기회를 노리는 수밖에 없었다. 울레자즈는 정신을 가다듬고 아직도 그와 함께 서 있는 단련된 자들에게 지시를 내렸다.

'셸나 크리하스의 반역자들과 새로 나타난 적들이 공격한 탓에 나의 힘이 약해졌다. 내가 방들로 돌아가는 동안 나를 보호하라. 거기서 쉬면서 다시 한 번 힘을 키울 것이다.'

'자바토르여, 명령을 들었으니 따르겠나이다.'

거대한 암흑 집정관이 방향을 바꾸어 안전한 곳으로 빠르게 이동하자 이때껏 공격을 퍼붓던 함선들은 울레자즈의 소용돌이 핵심 주위를 포위했다.

• • •

"부상을 입었군."

데본 스타크가 한숨을 내쉬었다. 그는 한때 유령 요원이었지만, 지금은 발레리안 멩스크의 헌신적인 부하가 되었다.

"프로토스의 정신 공격으로 그 존재를 해칠 수 있었어."

암흑 집정관의 정신에서 비롯된 힘으로부터 스스로를 보호하기란 힘들었다. 아니, 정신은 하나가 아니라 여럿이던가? 하나인지 여럿인지 구별하기는 어려웠지만, 어쨌든 데본은 간신히 자신을 보호할 수 있었다. 데본은 다른 테란에게 하듯이 암흑 집정관의 생각을 있는 그대로 읽어낼 수는 없었지만, 단편적인 생각들을 읽을 수 있었다. 그 생각들로도 프로토스들이 사이오닉 공격을 이용해 겉보기에는 아무도 막을 자 없이 무자비하게 다가오는 거대한 불가항력의 암흑 존재에게 치명타를 입혔다는 사실을 알아내기에 충분했다.

그리고 그 순간, 데본은 제이크와 로즈메리가 결국 달아났음을 깨달았다. 데본은 심하게 아파오는 머리를 문질렀다. 프로토스와 저그, 그리고 어디서 튀어나왔는지 모를 괴물 같은 존재와 뒤엉켜 싸우는 상황은 예상에서 한참 벗어난 일이었다. 데본은 그저 사람을 한 명 데려오라는 단순한 임무를 받았는데, 그 사람이 이곳을 떠나버렸다. 데본은 명령을 내렸다.

"브이 씨에게 연결해라."

그러나 조종사는 긴장된 목소리로 대답했다.

"다른 이들과 연결이 안 됩니다. 다른 함선들과도 연결할 수가 없습니다."

"뭐라고?"

"프로토스들이 벌인 알 수 없는 일 때문에 통신 시스템이 차단되었습니다. 우리가 죽지 않고 비행하고 있는 것도 천만다행입니다."

이런 제기랄. 데본은 명령을 받는 데 익숙한 사람이었다. 이제 어디로 가야 할지, 무엇을 해야 할지 알아야 했다. 다른 이들을 모아 대열을 정비하든가, 아니면 차원 관문을 어떻게 작동시키는지 알아내든가, 그도 아니라면 지금은 전진했던 속도보다 훨씬 빠르게 후퇴하고 있는 암흑 집정관을 따라가라는 명령을 받아야 했다.

데본은 눈을 감은 채 정보를 얻는 대가로 따라오는 고통에 기꺼이 몸을 내맡겼다.

그 존재는 정말로 고통받고 있었다. 심지어 부상도 입었다. 그리고 완전히 기진맥진해서 휴식을 취해야 했다. 회복해야 한다. 그러니까…… 아래에서 말이다. 그런 다음 다시 공격을 할 참이었다. 그 존재는 계승자를 찾아내 파괴할 것이다. 계승자가 이 세상에 숨을 곳은 없었다. 바로 그에게서 숨을 곳은 없었다.

"울레자즈."

데본이 속삭였다. 이제 그 존재의 이름을 알아냈다. 어쩌면 이게 도움이 될지도 모른다. 그동안 데본은 무엇을 해야 할지 알아냈다. 차원 관문을 통해서 제이크 램지를 따라갈 수는 없었다. 하지만 이 존재, 울레자즈 역시 발레리안만큼이나 간절하게 램지를 손에 넣길 바란다는 사실은 확실했다. 데본은 조종사에게 말했다.

"암흑 집정관은 지하로 내려갈 것이다. 우리들을 떼어버렸을 거라고 생각하게 두되 절대로 놓쳐서는 안 된다. 그가 움직이면 우리도 거리를 두고 따라간다. 곧 움직일 것이다."

조종사는 불안해 보였지만 고개를 끄덕였다.

"알겠습니다."

"그동안 나는 호크기를 타고 브이 씨의 함선으로 가서 그분께 여기서 일어난 일을 보고하겠다."

데본은 일어나려다 순간적으로 눈앞이 아찔해져서 의자의 팔걸이를 움켜잡았다. 울레자즈와 상당히 가까이 접촉한 데다, 그 뭐랄까, 폭풍에도 불안할 정도로 가까이 있었던 탓이었다. 예상을 뛰어넘도록 자신을 기진맥진하게 만든 그 현상은 프로토스들의 폭풍이라고 봐야 할 거라고 데본은 생각했다.

데본은 의자에 도로 털썩 주저앉아 웃을 수밖에 없었다.

"조금 있다가…… 가야겠다."

• • •

발레리안의 마음속으로 공포가 스쳐 지나갔다. 그는 데본 스타크가 마음에 들었다. 그래서 데본이 죽었을 거라고 생각하고 싶지 않았다. 발레리안의 옆에는 개인 보좌관인 찰스 휘티어가 서 있었다. 숨죽인 소리로 투덜대는 휘티어는 평소보다 훨씬 정신이 산만해 보였다. 그는 조종 장치 위로 미친 듯이 손을 움직이며 데본과의 연결을 시도했다. 사실 데본이 아니라 그 누구라도 연결을 하고 싶었다. 모든 스크린은 여전히 불길하게 꺼져 있는 상태였기 때문이다.

"태자 저하, 죄송하지만 프로토스들이 한 알 수 없는 일 때문에 통신이 끊어진 듯합니다."

발레리안은 고개를 끄덕였고, 눈앞으로 드리운 금빛 머리카락을 휙 쓸어 넘겼다.

"계속해서 연결을 시도하시오, 휘티어."

발레리안은 마음을 달래주려는 의미에서 그의 어깨를 꽉 잡았지만, 휘티어는 깜짝 놀라 자리에서 펄쩍 뛰어오를 지경이었다.

발레리안은 팔짱을 끼고서 생각에 잠겼다. 모든 함선을 잃어버린 상황이라고 봐도 무방했다. 발레리안은 이용 가능한 수단을 모두 동원해서 이곳으로 보냈다. 그러니 만약 그걸 전부 잃어버린 상황이라면 처음부터 다시 시작해야 할 것이다. 그는 데본에게서 들었던 마지막 말을 떠올렸다.

'암흑 집정관이 그들을 학살하지 못하게 막는 것이 저희가 할 수 있는 최

선입니다. 프로토스들이 뭔가를 하고 있습니다. 그게 뭔지는 확실치 않지만 집정관을 막고 있는 듯합니다.'

시간은 계속해서 흘러갔지만 응답하는 이는 아무도 없었다.

발레리안은 제이크를 생포하기 위해 자신의 함선을 제외한 모든 함선들을 아이어로 내려 보냈다. 그런데 그들 중 누구도 응답하지 않고 있었다. 이 상황에서 할 수 있는 최선의 가정은 함선들의 통신 시설이 망가진 상황일 테고, 최악의 가정이라면 프로토스들이 한 게 뭐든지 간에 그로 인해 모든 함대가 박살난 상황일 터였다.

"여기는 메이시 함장입니다. 브이 씨는 응답하십시오. 연결 가능하십니까?"

데니스 메이시 함장은 매끄럽고 자신감 넘치는 목소리를 가진 이였다. 그 목소리를 듣고 있노라면 이 우주의 그 무엇도 함장을 놀라게 할 수 없을 것 같았다. 지금 이 상황에서조차 그의 목소리는 너무나 평온하여, 언뜻 듣기에는 메이시 함장이 지루해하는 건 아닌가 생각될 정도였다.

발레리안은 몸을 숙이고 버튼을 눌렀다.

"여기는 브이. 아이어로 내려간 함선들에게서 연락을 받았는가?"

"아닙니다. 몇 분 동안 아무런 연락이 없습니다. 연결을 시도하고 있지만 불행히도 응답이 없습니다."

이제 발레리안에게 남은 방법은 단 하나뿐이었다.

"함장, 내가 함교로 가겠소."

발레리안은 대화를 마치고 휘티어에게로 몸을 돌렸다.

"아래로 내려가겠소. 휘티어, 내 호크기를 준비하시오."

"태자 저하! 그러실 수 없습니다! 아버님께서 아신다면 뭐라……."

발레리안은 휘티어를 마주보았다. 발레리안이 회색 눈을 가늘게 뜨고 지그시 쏘아보자 휘티어는 말을 마저 잇지 못했다.

"나는 이곳에 램지를 찾으러 왔소. 나는 램지의 생사여부를 알아야 하오. 내가 임무를 맡긴 사람의 생사여부는 그게 누구라 할지라도 나는 알아야 하오. 그게 내 책무요. 계속해서 상황을 파악하시오, 휘티어."

"아, 알겠습니다."

· · ·

커피색 피부에 키가 큰 메이시 함장은 과묵한 사람이었다. 함장의 눈은 절대로 무슨 생각을 하는지 드러내지 않았다. 그래서 자신을 고용한 황태자가 함선으로 들어왔어도 전혀 놀라는 기색 없이 그를 향해 고개를 끄덕였다.

발레리안은 거대한 창문 너머로 아이어 행성이 우주 안에서 천천히 회전하는 모습을 가만히 바라보았다. 이 거리에서는 지면에서 일어나고 있는 싸움을 전혀 볼 수 없었다. 발레리안은 함장에게 말했다.

"스타크는 프로토스들이 뭔가를 하고 있다고 했소. 사이오닉 공격 같은 걸 이용해서 말이오."

"저는 프로토스에 대해서 많이는 모릅니다만, 그들이 행성 하나 정도는 폐허로 만들 수 있다는 건 압니다. 그러니 우리 함선들이 전부 파괴되었을 가능성이 충분히……."

"일러스트리어스호, 일러스트리어스호는 응답하라."

지친 목소리가 들려왔다. 하지만 그게 데본 스타크의 목소리임은 충분히 식별할 수 있었다. 발레리안은 자기도 모르게 입가에 번지는 미소를 느꼈다.

"데본! 자네 괜찮은가?"

"괜찮은지에 대해서는 어떻게 대답을 드려야 할지 모르겠지만, 저는 살아 있습니다. 그리고 알려드려야 할 소식이 많습니다."

제4장

로즈메리는 자기가 마지막으로 감옥에 갇혔던 때를 떠올렸다. 그때가 그렇게 오래되지는 않았지만, 그 후로 평생에 일어날 일들이 다 일어난 듯 느껴졌다. 바로 발레리안이 그녀를 배신했을 때부터였다. 로즈메리는 제이크 램지를 살뜰하게 사랑으로 보살펴줄 회색 호랑이호의 해병들에게 넘기고 보수를 받을 예정이었다. 하지만 해병들은 로즈메리 역시 체포했다.

로즈메리는 임시로 만든 작고 비좁은 감옥에 갇혀서 그 안을 셀 수도 없이 왔다 갔다 했다. 화가 나서 조립식 벽들을 발길질했던 일도 기억났다. 그때는 그녀답지 않게 똑똑하지 못했던 순간이었다. 결국에는 로즈메리가 배신하려고 계획했던 바로 그 사람이 그녀를 풀어주는 은혜를 베풀었다. 감옥 문이 열리고 제이크가 안으로 들어왔을 때를 떠올리자 미소가 떠올랐다. 그때는 누구인지 확인도 안 하고 무조건 덤벼들어서 둘 다 바닥에 세게 부딪혔다. 당시 제이크는 자마라를 머릿속에 넣은 지 얼마 안 되었던 때였고, 닥쳐온 가혹한 시련에 완전히 기진맥진해 있었다. 뭐, 제이크가 감옥 문을 열어주기는 했지만, 기절해버린 제이크를 안전하게 데리고 나온 사람은 로즈메리였다.

로즈메리는 제이크가 안전한지, 또한 그의 머릿속에 든 프로토스도 괜찮은지 걱정됐을 뿐 아니라…… 그녀가 제이크를 그리워한다는 사실을 깨달았다.

로즈메리는 쓴웃음을 지으며 현재 있는 숙소를 둘러보았다. 이번에는 조립식 벽으로 지은 작은 감옥이 아니었다. 이 방으로 미루어 보면, 프로토스들은 인간보다 훨씬 세련된 수준으로 매사를 처리했다. 넓은 방 안에는 크고 부드러운 매트리스가 바닥에 깔려 있었고, 의자와 탁자도 있었다. 로즈메리가 아무리 작은 축에 속한다 해도 인간이 쓰기에는 너무 큰 감이 있었지만, 어쨌든 그것들은 의자와 탁자였다. 그리고 벽에는 벽의 반을 차지할 정도로 상당히 큰 창문이 나 있었다. 창문을 밀어젖히자 보라색을 띤 파란색 풍경 속에서 소용돌이치는 모래들과 건물들이 보였다. 건물들은 영원히 계속될 듯 보이는 황혼 속에서 희미한 조명으로 어렴풋이 보일 뿐이었다. 이제까지 로즈메리에게는 불만이 딱 세 개 있었는데, 그중 어떤 건 비교적 쉽게 해결할 수 있었다. 하나는 조명이었다. 조명은 분명 텔레파시로 조절하는 것 같았는데, 그 구역에서 로즈메리 혼자만 텔레파시를 할 수 없었다. 그래서 문을 두드리고 그녀를 지키는 간수에게 조명들을 켜거나 꺼 달라고 부탁해야 했다. 두 번째는 음식과 물이었다. 로즈메리는 프로토스들이 태양과 달, 별에서 필요한 영양분을 전부 얻는다고 했던 제이크의 말을 기억했다. 하지만 로즈메리는 뭔가 구체적인 음식이 있어야 했다. 거기서 세 번째 불만이 비롯되었는데, 다소 긴급하게 요강이 하나 필요했다.

이들 중 음식이 제일 큰 문제로 보였다. 로즈메리는 샤쿠라스가 어떤지 거의 보지 못했다. 다른 프로토스들과 함께 관문을 빠져나왔을 때 바깥을 얼핏 둘러봤던 게 대부분이었다. 그리고 안내를 받아 함선에 탔고, 얼마 안 되는 비행시간 중에도 바깥을 보면 안 된다고 제지를 받았다. 거기가 어디든 말이다.

로즈메리는 얼굴을 조금 찌푸렸다. 이제 네 번째 불만을 말하자면, 프로토스들이 그녀를 여기에 넣어 둔 후로 아무도 상황을 자세하게 말해주지 않는다는 점이었다. 이 방은 아주 멋지고 안락하며 넓기는 했지만, 결국 감옥일 뿐이었다.

배가 꼬르륵거렸다. 프로토스들은 요강을 갖다 주었지만 아직까지 먹을 것은 아무것도 주지 않았다. 지금이 몇 시인지 알 길은 없었지만 여기 있은 지 이미 몇 시간이나 됐다는 건 알 수 있었다. 마실 물은 이미 받았다. 로즈메리는 귀한 물이 담긴 대접으로 가서 물을 한 모금 마셨다.

그 순간 방문이 열리는 소리에 로즈메리는 뒤를 돌아보았다. 프로토스 문지기가 있을 거라고 생각한 자리에 낯선 이가 들어와 있었다. 신분이 높아 보이는 여성 프로토스로, 본인도 그 사실을 잘 인식하고 있었다. 여성 프로토스는 지도자의 존재감을 내뿜으며 당당하게 서 있었다. 로즈메리는 새로 온 프로토스가 기사단의 표식인 갑옷을 입었다는 사실을 알아챘다. 그리고 위압적인 존재를 눈으로 훑어 내리면서, 처음에는 그녀가 입은 갑옷이 주로 신분을 나타내는 장식이라고 생각했다. 갑옷은 무릎과 팔 안쪽 관절의 약한 부분들을 잘 보호해주었다. 그리고 어깨 위로 늘씬한 날개처럼 솟은 빛나는 금속 부분은 목 쪽으로 들어오는 타격을 효과적으로 방어할 수 있을 터였다. 하지만 허리와 허벅지는 매끈한 회색 살을 드러내고 있었다. 하긴 이 프로토스가 기사단의 수장, 즉 로즈메리가 이야기로만 들었던 집행관이 맞다면, 그녀는 적이 일격을 가할 만큼 가까이 오기도 전에 이미 상대를 죽일 것이다.

로즈메리는 아이어의 프로토스들이 입었던 갑옷 자투리들을 봤는데, 지금 생각해보니 그들이 입었던 갑옷은 전쟁을 치르며 끔찍할 정도로 닳고 닳은 것이라는 사실을 알게 되었다. 로즈메리 앞에 선 여성 프로토스가 입은 갑옷이 창문을 통해 들어오는 희미한 자청색 빛과 갑옷 자체에 붙어 있는 보석 같은 구체에서 나오는 빛을 받아 광채를 내뿜었다. 로즈메리는 그 프로토스가 머리 뒤로 늘어뜨린 줄기가 신경삭이라는 걸 알아차렸다. 그렇다면 분명 이 여성은 전통적인 프로토스였다. 암흑 기사단들 중 어느 누구도 이렇게 긴 머리 줄을 내려뜨린 모습을 본 적이 없었다. 여성 프로토스의 신경삭 끝에는 금색으로 빛나는 금속 장식이 달려 있었다. 그녀는 갑옷 밑에 몸매에 딱 맞게 재단된 치렁치렁한 긴 천을 걸쳤다. 천은 아주 고급스럽고 부드러워 보이는 칠흑같이 어두운 색을 한 벨벳 재질의 넓은 띠로, 빛나는 금색 갑옷으로부터 프로토스의 회색 피부를 보호해주었다.

여성 프로토스는 로즈메리에게는 아직도 이상하게 보이는 네 개의 손가락이 달린 손으로 그리 깊지 않은 황금색 대접을 들고 있었다. 그 안에는 뭔가 좀 둥그렇기도 하고 길쭉하고 털이 나 있기도 한 것들이 들어 있었다.

로즈메리는 대놓고 여성 프로토스를 뚫어져라 관찰했다. 그리고 새로 온 프로토스 역시 그녀를 아주 비슷한 태도로 이리저리 재보는 중임을 깨달았다. 로즈메리는 지치고 배고픈 데다 몰골도 더러운 지금 상황에서는 이런 기 싸움에서 자기가 이길 리 없다는 사실을 인정했다. 요구 사항에다 목욕도 추가해야겠다고 생각하며 로즈메리는 말을 걸었다.

"당신은 누구시죠?"

여성 프로토스는 의식이라도 집전하듯 정확한 동작으로 탁자 위에 대접을 놓고서 몸을 돌린 뒤 고개를 숙였다. 분명히 절하는 동작은 아니었지만 존경을 담은 표시였다.

"나는 집행관 셀렌디스라 하오. 당신이 우리 세계에 온 목적이 무엇인지 질문하러 여기 왔소."

셀렌디스는 대접을 가리켰다.

"우리는 적지 않은 수고 끝에 과일들과 덩이식물들이 있는 곳을 알아내었소. 당신이 이것들을 섭취할 수 있을 거라고 생각하오."

로즈메리는 대접 안에 든 것들을 살펴보며 셀렌디스가 말한 대로 자기가 먹을 수 있는 것들이기를 바랐다. 배가 고파 죽을 지경이었다. 하지만 더욱 간절히 원하는 건 음식이 아니라 정보였다.

"나는 로즈메리 달이라고 해요. 그리고 당신은 내가 왜 여기 왔는지 정확히 알고 있어요. 난 당신들이 인간보다 훨씬 더 오래 산다는 사실을 알아요. 그래서 여러 가지 의례나 의식 같은 게 당신들에게 상당히 중요하다는 사실을 이해하지만, 지금 당장은 그런 일들을 할 시간이 별로 없어요."

셀렌디스 집행관은 빛나는 눈을 깜빡이지도 않고 로즈메리를 쳐다보았다.

"일을 바르게 처리할 시간은 언제든지 있는 법이오, 로즈메리 달."

"바르게 처리한다는 건 누구 관점인지에 따라 다르겠죠."

셀렌디스는 눈을 반쯤 감고 고개를 갸웃하더니, 갑옷을 입은 어깨를 살짝 둥글게 구부렸다. 재미있다는 표시였다.

"그렇다고 생각하오. 그러면 이야기를 나누기 전에 먹이를 먹길 원하오?"

먹이를 먹는다. 마치 그녀를 애완동물이나 도살장으로 끌고 가기 전에 살찌우는 짐승으로 보는 말이 아닌가. 셀렌디스가 눈을 가늘게 찌푸렸다. 로즈메리의 생각들을 읽은 게 분명했다. 이런, 이렇게 가다가는 끝이 없겠어.

"끼니를 때우는 건 제쳐 두죠. 방금 말한 대로 우리는 시간이 많지 않으니까요. 당신은 어디까지 알고 있죠?"

"당신과 동행한 프로토스들이 한 말을 들었소. 하지만 아직 칼라에 들어가서 그들의 진술들이 사실인지 확인하지 못했소. 그자들은 아직도 암흑 집정관이 그들을 타락시키는 데 사용했던 마약의 영향을 받고 있기 때문이오."

프로토스의 말 속에는 엄청난 혐오감이 들어 있었다. 로즈메리는 그 혐오감이 마약 때문인지 아니면 암흑 집정관을 생각해서인지 정확히 알 수 없었다. 어쩌면 로즈메리를 향한 감정일 수도 있었다.

로즈메리는 시선을 돌렸다.

"그래요, 선드롭은…… 나쁜 물질이죠."

셀렌디스는 천천히 고개를 끄덕였다. 로즈메리는 집행관이 모든 일에 대해 아직 결론을 내리지 않았음을 감지했다.

"본론으로 바로 들어갈게요. 왜 당신네 문지기들이 내 친구 제이크를 재전송시켰는지는 알겠어요. 그건 현명한 행동이었죠. 하지만 불행히도 제이크는 머릿속에 엄청나게 중요한 정보를 가진 계승자를 넣은 상태에요. 그 정보를 보호하기 위해서라면 계승자는 무수하게 많은 사람들을 기꺼이 죽이려 들죠. 그리고 그 계승자를 뇌 속에 넣은 탓에 내 친구 제이크는 죽어가고 있어요. 계승자는 암흑 기사단의 수정에 정보를 잃어버리지 않게 저장하길 원해요. 제이크는 계승자를 머릿속에서 꺼내서 살 수 있길 바라고요. 그리고 내가 바라는 건……."

마구 쏟아지던 말문이 순간 탁 막혀버렸다. 로즈메리는 자기가 원하는 게 진짜 무엇인지 모른다는 사실에 직면했다. 몇 년, 아니 불과 몇 달 전까지만 해도 로즈메리는 자기가 원하는 게 안락함이나 개인적인 도전, 명예나 많은 돈이라고 여겼다. 최근까지도 고고학자를 이용해서 돈을 벌고 안전하게 살아보려고 했었다. 하지만 지금은…….

로즈메리 앞에 선 프로토스는 참을성 있게 기다렸다. 그동안 이어진 기묘한 침묵 때문에 마음이 심란했다. 프로토스의 시간관념은 테란과 아주 달랐다. 프로토스들의 수명은 몇백 년씩이나 되었지만, 테란들은 보통 백 년도 살지 못했다. 프로토스들은 얼마든지 참을성 있게 기다릴 여유가 있었다.

로즈메리는 뭐라 말하려고 입을 열었다가 이내 그만두었다. 그리고 다시 입을 열었다.

"나는…… 난 제이크가 무사했으면 좋겠어요."

"그게 전부요?"

로즈메리는 자책하며 미소를 지었다.

"뭐, 나도 무사하길 바라고요. 그러니까…… 난 이게 그냥 어떤 건지 더 이상 모르겠어요."

"알겠소."

로즈메리는 회색 빛깔의 당당한 여성 프로토스가 정말 자신의 말을 이해했는지 확신할 수 없었다.

"저기요…… 제이크를 찾아 여기로 데려온 다음 자마라를 머릿속에서 꺼내는 일이요. 얼마나 어려울까요?"

"테란이여, 당신이 부탁하는 게 얼마나 심각한 문제인지 당신은 모르고 있소. 난 이 일이 당신 동료를 위해 올바른 일일 뿐만 아니라 우리 종족을 위해서도 올바른 일인지 확실히 해두어야 하오."

로즈메리는 엄청난 분노에 차서 소리를 질렀다.

"빌어먹을 계승자가 있다니까요! 계승자가 사는 게 당신 종족에게도 옳은 일 아닌가요?"

로즈메리가 분노를 터트린 데 비해 셀렌디스는 완벽하게 침착한 목소리로 말을 이어갔다.

"당신이 스스로 고백하길, 의식을 바꾸는 마약에 중독되었다고 했소. 다른 이들 역시 마찬가지요. 마약 기운이 그들의 신체에서 모두 정화된 후, 우리는 칼라 안에서 그들의 생각들과 감정들을 만날 거요. 그때까지 난 기다리면서 이야기를 듣고 아는 수밖에 없소."

순간 로즈메리는 그 말의 속뜻을 알아차렸다.

"당신 말은…… 잠깐만요. 나와 함께 온 프로토스들이 탈다림, 그러니까 단련된 자들이라는 말인가요? 그렇다면 그중에 견뎌낸 자들은 없나요?"

"그렇소. 그들 중에는 없었소. 모두 정신이 선드롭의 영향을 받은 자들뿐이었소."

로즈메리는 이 소식에 심한 충격을 받고 거대한 의자들 중 하나에 털썩 주저앉았다. 그리고 저그의 손에, 그게 집게발이든 발톱이든 간에 그 손에 달려 있는 것들에 의해 이제 죽었구나 싶던 순간을 떠올렸다. 그때 프로토스 무리가 와서 그들을 구해주었다. 그녀가 거의 배신하다시피 했을 때도 견뎌낸 자들이 기꺼이 용서해주었던 일도 떠올렸다. 로즈메리는 떨리는 손으로 머리를 쓸어 넘기며 평소에 냉정했던 마음이 이 소식을 듣고 이다지

도 혼란스러운 이유는 지친데다 먹지도 못해서 그런 거라고 스스로를 다잡
았다.

"그들에 대한 당신의 마음 씀씀이로 인해 당신을 믿을 만한 존재라고 여
기게 되는군. 스스로를 그렇게 과소평가하지 마시오."

로즈메리는 화가 난 눈초리로 셀렌디스를 쏘아보았다.

"내 생각을 읽지 마세요. 내가 말할 때까지 기다리라고요, 제길."

"나는 당신이 진짜 아군인지 아니면 적군인지 아직 판단을 내리지 못했
소, 로즈메리 달. 나는 진실을 확인하기 위해서 적당하다고 생각하는 대로
행동할 것이오. 다른 이들은 당신의 요청을 받아들여 당신 생각을 읽지 않
을 수도 있겠지만, 나는 그런 약속은 못하겠소."

로즈메리는 자기도 모르게 불끈 주먹들을 쥐었지만, 이내 억지로 마음
을 가라앉혔다.

"이것 보세요, 셀렌디스. 당신은 귀중한 시간을 낭비하고 있다고요. 제이
크와 자마라는 위험에 빠진 채 고립된 상태예요. '우리가 말한 빌어먹을 모
두 똑같은 이야기'가 진실이라는 증거를 찾으려고 프로토스들이 마약에서
회복될 때까지 당신들이 기다리는 동안, 둘은 죽을 수도 있단 말이에요!"

셀렌디스의 눈이 번쩍였다. 로즈메리는 마침내 자기가 셀렌디스를 화
나게 했음을 알았다.

"내가 당신을 믿어야 할 이유는 전혀 없소. 그리고 당신을 의심해야 할
이유는 사방에 널렸소. 우리 프로토스들이 이제껏 만난 인간들은 아주 소
수였소. 또한 우리가 대했던 테란 여성은 하나뿐이었는데, 그 경우를 보면
우리는 당신을 함부로 환영할 수가 없단 말이오."

여기에 대해 로즈메리는 뭐라 할 말이 없었다. 그래서 여전히 의자에 앉

아 몸을 축 늘어뜨렸다.

"알았어요. 하지만 이것 하나만 말해두죠. 만약 당신네들이 빈둥거리며 가만히 앉아서 칼라에서 진실을 증명하려고 기다리고만 있는 바람에 제이크가 죽어버린다면, 나는 반드시 이 일에 대해 당신이 후회하도록 만들어 주겠어요."

셀렌디스는 다시 마음을 가다듬고 아까처럼 태연자약한 태도로 돌아왔다.

"당신의 말이 진실로 드러날 경우, 그리고 내가 결정을 미루었기 때문에 제이콥 램지와 그 안에 든 계승자가 죽게 될 경우 나는 인간인 당신의 뇌로는 이해할 수 없을 만큼 내 결정을 후회하게 될 것이오. 하지만 나는 기사단의 집행관이오. 이런 결정들은 내가 내리고 결과들에 대한 책임도 내가 지오. 더 필요한 게 있소?"

'제이크…… 이런 젠장.'

"당신은 나에게 주고 싶은 것도, 줄 수 있는 것도 없잖아요."

로즈메리는 순간 전의를 상실한 채 말했다.

셀렌디스는 주저하며 덧붙였다.

"우리가 제공한 양식이 먹을 만하지 못하다면 문지기에게 알려주시오. 그러면 다른 먹을 것을 주도록 노력하겠소. 그동안 따뜻한 물과 새 옷을 보내주겠소. 머지않아 당신이 설명한 일들이 사실로 밝혀지길 바라오."

로즈메리는 고맙다는 말을 해야 한다고 생각했지만, 너무 화가 나고 지친데다 의기소침한 상태였다. 그래서 셀렌디스가 방에서 나가는 동안 팔짱을 낀 채로 의자에 앉아 있었다. 드디어 혼자가 되자 로즈메리는 한숨을 쉬며 과일 같다는 생각이 드는 것을 집어서 베어 물었다. 물렁하고 밋밋한

맛이 났다. 아이어에서 제이크와 함께 먹었던 삼무로 열매를 생각했던 게 후회됐다. 그리고 그들을 위해 목숨을 걸어가며 과일을 구해주고 두 명의 테란을 위해 필요한 단백질을 담은 사냥감을 잡아주던 프로토스들이 떠올랐다.

셀렌디스의 말에 따르면 셀나 크리하스 중 누구도 살아남지 못했다. 그들은 모두 아이어에 시체가 되어 누워 있었다.

그들은 결국 견뎌낸 자들이 되지 못한 것 같았다.

제5장

바르타닐이 아주 어렸을 때 그의 인생은 극심한 혼란에 빠져들기 시작했다. 아이어의 모든 프로토스들이 알던 평화롭고 질서 정연한 삶을 살았던 시기는 바르타닐이 채 백 살도 되지 않았을 때 이미 끝나버렸다. 바르타닐의 가족은 퓨리낙스 부족으로, 그들의 특기는 아름다운 물건들을 만드는 것이었다. 다른 이들은 도시의 기반 시설들을 건설하거나 함선들과 무기들을 제조했다. 또 다른 이들은 기사단의 사이오닉 에너지를 전달해서 강력한 사이오닉 검을 구현하는 브레이서들이나 갑옷들을 만들었다. 하지만 바르타닐은 얼룩이 진 슈와크 나무의 연하고 어두운 색을 띈 부드러운 목재를 솜씨 좋게 손으로 다듬어서 고향과 외계에 사는 동물들의 모양을 멋지게 조각하는 일을 했다. 슈와크 나무는 다 마른 뒤에도 깨끗하고 치유해주는 듯한 좋은 향기가 났다. 바르타닐은 조각품들을 강가의 둥근 돌처럼 매끈하게 다듬었고, 자기가 창조한 이미지들이 보기에 좋다는 사실을 알았다.

그러나 저그가 아이어에 오면서 이 모든 것들이 파괴되었다.

많은 가족들이 난리 중에 그랬듯, 바르타닐의 가족들 역시 헤어진 채 뿔뿔이 흩어졌다. 바르타닐은 그 후로 가족들이 어떻게 되었는지 전혀 알 수가 없었다. 운 좋게 이 행성을 빠져나간 이들 중에 가족들도 있기를 바랄 뿐이었다. 바르타닐은 생각해보면 천만다행으로 저그를 피해 간신히 달아날 수 있었다. 딱 한 번 게걸스러운 옴하라에게 잡혀 죽을 뻔한 적이 있을 뿐이었다. 그때 적은 수의 프로토스 무리가 바르타닐을 구해주었다. 그무리 중 대부분은 바르타닐처럼 칼라이 계급이었고, 알자다르가 이끄는 기사단원 몇 명과 심판관인 펠라니스가 함께했다. 감정이 격해져서 얼룩덜룩하게 변해버린 피부를 한 채 바르타닐은 이 무리를 위해서 봉사하기로 다짐했다. 시간이 지나면서 펠라니스와 알자다르는 다른 프로토스들을 찾아냈고, 무리의 수는 점점 많아졌다.

바르타닐은 예전처럼 나무를 깎는 기술로 무리를 도왔다. 하지만 이번에는 활들과 화살들, 창들과 투창들을 만들었다. 이리저리 헤매는 저그들과 그만큼이나 위험한 토착 짐승들을 죽이는 용도였다. 알자다르는 바르타닐에게 무기들의 사용법을 가르쳐주었다. 바르타닐은 알자다르 같은 진짜 전사가 될 수 없다는 사실을 알았지만, 새로 만난 가족들을 보호하는 데 도움이 될 수 있다는 생각으로 자랑스러웠다.

그러나 무리 안에서 내분이 발생하여 프로토스들은 둘로 갈라졌고, 바르타닐은 펠라니스의 편, 그러니까 후에 자신들을 지칭하는 말로 하면 '단련된 자들'과 함께 떠났다. 라드라닉스나 다른 프로토스들에게 악감정을 갖고 있던 건 아니지만, 그에게 아주 친절하게 대해주었던 알자다르를 따라가기로 굳게 다짐했기 때문이다.

그 후 알자다르는 단련된 자들이 속아서 따랐던 은인의 끔찍한 참모습이 프로토스 역사상 가장 강력하고 무시무시한 암흑 집정관이었고, 단련된 자들을 보호하기는커녕 오히려 먹이로 삼았다는 사실을 밝혀냈다. 바르타닐은 열렬한 마음으로 다시 알자다르를 따라 그들을 속였던 은인을 버리고 그 추종자들과 갈라섰다.

자신이 이제껏 따르던 알자다르가 제이콥 안에 자리한 계승자가 도망치는 데 필요한 시간을 벌고 테란들을 지켜주려 뒤에 남아 죽기로 결정한 사실이 분명해졌을 때, 바르타닐은 자제심을 잃을 지경이었다. 그러면 누가 무리를 이끈단 말인가? 도대체 누가, 또 어떻게?

"계승자보다 더 현명한 프로토스란 없다. 제이콥을 따라가라. 그리고 제이콥과 그 안에 든 소중한 존재를 보호하거라."

알자다르가 말했다. 바르타닐은 그러겠다고 약속했다.

바르타닐은 샤쿠라스의 차원 관문에서 비틀거리며 나왔을 때 자기가 새로이 따를 지도자, 이제는 이 세상에 없을 알자다르에게 보호하고 돕겠다고 약속했던 그 사람이 어딘지도 모를 다른 곳으로 완전히 재전송된 상황을 알고서 엄청난 충격을 받았다. 그리고 텔레파시를 쓰지 못하는 한낱 인간인 로즈메리, 여전히 선드롭이 주는 감미로운 쾌감을 떨쳐버리려 애를 쓰는 중이던 그녀가 프로토스의 언어 전달 과정에서 충격을 받고 쓰러지자 바르타닐은 얼른 달려가 로즈메리를 지켜 주었다. 로즈메리는 제이콥 제퍼슨 램지와 가장 가까운 이였다. 그래서 바르타닐은 로즈메리를 도와주기로 작정했다.

바르타닐과 다른 프로토스들은 샤쿠라스에 도착한 직후 로즈메리와 헤어졌다. 그들을 어디론가 싣고 갈 작은 함선이 왔다. 바르타닐은 자그마한 테란 여성보다 오십 센티미터는 더 키가 큰 프로토스 기사단원 둘이 각각 로즈메리 양 옆에 서서 어디론가 그녀를 데려가는 모습을 지켜보았다. 바로 그때, 선드롭의 금단 증상에서 비롯된 첫 번째 고통이 느껴졌다. 바르타닐은 로즈메리나 제이콥은 물론이고 알자다르, 아이어와 샤쿠라스까지 잊어버렸다. 정말이지 몸을 괴롭히는 강렬하고 절실한 갈망 외에는 아무것도 떠오르지 않았다.

이 비열한 마약의 효과가 몸에서 완전히 없어지려면 얼마나 걸릴지 바르타닐은 알 수 없었다. 그러려면 족히 사흘은 걸린다는 이야기는 후에 들었다. 그 사흘 동안 바르타닐은 대부분 의식을 잃은 채였고, 간간히 깨어날 때면 다른 프로토스들이 자신을 둘러싸고 있는 모습을 보았다. 그들은 바르타닐에게 마음을 쓰고 배려하는 생각들을 보내주었고, 경련이 일어나서 바르타닐의 몸이 들썩이거나 팔다리가 허우적거릴 때마다 별빛을 받을 수 있는 장소로 그를 데려가서 생명의 빛을 받아 다시 몸이 안정을 찾고 편안한 무의식 상태로 돌아가게 해주었다.

바르타닐은 눈을 깜빡이며 깨어났다. 정신은 이제 맑았지만, 몸은 기진맥진했다. 바르타닐이 있던 방에는 다른 단련된 자들도 몇 명 있었다. 몇몇은 자고 있었고, 다른 몇몇은 조용히 움직였다. 그리고 많은 프로토스들은 커다란 창문 앞에 서서 생명을 주는 우주의 빛을 향해 얼굴을 돌리고 시련을 겪은 뒤 힘을 회복하고 있었다.

바르타닐 옆에 나란히 놓인 침상 위에서 누군가의 몸이 움직였다. 바르타닐은 코어렌디르를 알아보고 조심스럽게 동료에게로 생각을 뻗었다.

"코어렌디르, 괜찮은가요?"

바르타닐은 직접 생각을 읽어서 그가 어떤 상태인지 알 수 있었지만 그러려는 시도를 이내 그만두었다. 코어렌디르 역시 선드롭의 금단 증상을 이기는 동안 엄청난 고통을 받았을 게 틀림없었다.

"힘을 다 써버렸어. 지쳐버렸네. 힘이 전혀 없어."

바르타닐은 고개를 끄덕였다. 그도 같은 처지였다.

"하지만 이 상태는 지나갈 거예요. 우리는 울레자즈의 속임수에서 벗어나게 될 거고요. 선드롭은 방금 막 몸에서 빠져나갔어요. 이제 우리는 칼라에서 다시 만날 수 있어요."

"그래, 맞는 말이야."

바르타닐은 주위를 둘러보았다.

"여기에는 예전 탈다림이었던 이들만 있군요. 우리를 도와주던 이들은 어디에 있어요?"

"가버렸어. 보나마나 우리의 마음을 만져서 더러워진 자신들을 정화시키러 칼라에 들어갔겠지."

바르타닐은 코어렌디르의 생각에 심한 쓸쓸함이 배어 있어서 움찔 놀랐다.

"나는 그렇지 않다고 확신해요."

코어렌디르는 고개를 돌려 바르타닐을 바라보았다.

"정말로 그렇게 생각하나? 나는 아니야. 나는 거칠고 분노에 찬 데다 겁에 질려서 내 마음을 만졌던 이들에게 나를 그대로 드러내고 말았어. 나 역시 그런 생각을 만졌다면 그 때문에 더럽혀졌다는 느낌을 받았겠지."

"그랬을지도 모르죠. 하지만 칼라는 우리에게 무엇보다도 동정심이 중요하다고 가르쳤잖아요. 우리와 함께 앉았던 이들은 프로토스 존재의 의미에 우리가 연결되도록 해주었어요…… 우리를 아끼는 마음에서 그렇게 한 거라고요."

코어렌디르는 아무런 대답도 하지 않았다. 그때 문이 열리더니 깨끗한 겉옷을 입은 프로토스 몇 명이 들어왔다. 바르타닐은 그중 한 명, 자신의 옆에 오랫동안 앉아 있던 리샤갈을 알아보았다. 리샤갈은 대부분의 프로토스들보다 작은데다 애처로울 정도로 가냘픈 체형이었다. 리샤갈은 따뜻한 애정을 내뿜으며 바람에 밀린 듯 바르타닐에게로 다가왔다.

"일어나셨군요, 친구 바르타닐이여. 이제 당신의 마음은 슈샤리 연못들의 물만큼이나 깨끗하네요. 정말 기뻐요."

리샤갈은 가져온 옷을 침대 위에 올려놓았다. 바르타닐은 일어나 리샤갈에게 고개를 숙였다. 리샤갈은 손바닥을 위로 한 채 손을 뻗었고, 바르타닐도 같은 동작으로 손을 내밀었다. 거의 닿을 듯이 모인 둘의 손 위로 에너지가 형성되어 부드럽게 빛났다.

바르타닐은 리샤갈을 칼라에서 만났고, 다시 하나가 된 아름다움과 경이로움에 깜짝 놀랐다. 다른 이들과 연결되기를 그리워하지 않은 적이 한 번도 없었고, 그 열망을 항상 품고 있었지만, 칼라에 들어간 게 하도 오래 전의 일이라 그동안 바르타닐은 고립된 상태에 익숙해져 있었다.

'당신은 가혹한 시련을 겪어왔군요, 형제여.'

들려온 마음은 그 어떤 말이나 생각을 넘어섰다. 바르타닐은 이러한 정신적 의사소통을 말 그대로 느꼈다.

'하지만 당신은 살아남았어요. 이제 고향에 온 거예요.'

바르타닐은 이 말을 느끼고 어쩔 수 없이 조금 주저하는 기색을 드러냈다. 그러자 리샤갈의 당황하는 마음이 바르타닐의 주변으로 떠올랐다. 언어의 한계를 절감하면서 바르타닐은 마음의 눈과 감정을 통해 제이콥 제퍼슨 램지와 자마라, 로즈메리 달을 만난 사실을 나타냈다. 그리고 리샤갈에게 한때 경건한 자바카이였던 자들의 바싹 마른 시체들과 그를 피해 도망친 계승자와 그 계승자를 담고 있는 인간을 덮쳤던 성난 암흑 소용돌이 모양의 괴물을 보여주었다. 이제까지 리샤갈은 옆에 앉아서 선드롭에 중독된 바르타닐의 몸이 회복될 때까지 정신적으로 위로해주었다. 하지만 지금은 바르타닐의 갈망과 칼라에서 어쩔 수 없이 갈라져버린 데서 비롯된 공포, 다시 하나가 된 기쁨 등을 아주 깊은 수준까지 느꼈다.

둘은 서로에게서 부드럽게 떨어져 나왔다. 둘 다 따스함으로 가득 찬 상태였다.

"테란 여성이 한 말이 사실이었군요."

"그래요. 우리는 자마라를 반드시 찾아내서 구해야 해요. 제이콥 램지도 물론이고요. 제이콥은 프로토스의 친구예요. 우리는 상당히 많은 희생자를 냈어요. 제이콥 역시 그들처럼 죽게 된다면 난 정말 슬플 거예요."

리샤갈이 고개를 끄덕였다. 그리고 코어렌디르도 대화로 끌어들였다.

"셀렌디스 집행관이 당신과 이야기하고 싶어 할 거예요. 그리고 코어렌디르, 당신과도요. 집행관이 여러분 모두와 만나고 난 후에는 자유롭게 가셔도 좋습니다."

코어렌디르가 화를 냈다.

"어디로 가라는 말입니까? 이곳은 우리의 고향이 아닙니다. 고향은 불타서 폐허가 된 채로 저그들이 들끓고 있어요. 그런데 우리는 여기 앉아 아무것도 안 하고 있습니다."

리샤갈은 그 말에 고개를 끄덕였다. 코어렌디르가 흥분한데 비해 리샤

같은 아주 침착했다.

"셀렌디스 집행관도 우리의 원래 고향을 생각하는 마음이 아주 열렬하답니다. 이 소식을 들으면 집행관과 신관회가 어떻게 행동해야 가장 좋을지 결정할 거예요. 하지만 코어렌디르, 이제 여기가 당신의 고향이에요. 나의 고향인 것처럼요. 암흑 기사단도 우리를 환영하며 받아들이기 위해 최선을 다해왔어요."

바르타닐은 리샤갈과 방금 막 칼라에 있었다가 나왔기 때문에 리샤갈의 말 속에 살짝 주저하는 기색이 있음을 알아차렸다. 그는 리샤갈에게만 닿도록 생각으로 물어보았다.

"그러면 이곳 샤쿠라스에는 갈등이 있는 건가요?"

"누구나 알 만한 문제들만 있어요. 고대로부터 존재했던 서로에 대한 앙심은 하루 만에 풀리지 않았어요. 한 해는커녕 네 해가 넘은 지금에도 여전히 남아 있고요. 하지만 우리 대부분은 예전의 부족 관계를 회복하고자 열심히 노력하고 있답니다."

바르타닐은 이해가 되었다. 이러한 감정의 골은 깊게 이어졌다. 바르타닐은 차원 관문의 입구에서 라즈투룰이라는 암흑 기사를 보았다. 라즈투룰은 아이어에 있는 대부분의 프로토스, 즉 바르타닐이 몇 해 동안 영혼들이 아닌 생각들만을 만지며 알고 지냈던 이들과는 달랐다. 바르타닐은 선드롭 때문에 칼라에 들어가기를 거부당했다. 어떻게 보면 울레자즈는 단련된 자들 안에서 암흑 기사단에 대한 혐오감을 부채질해가면서 실은 자기 수하의 프로토스들이 고대의 추방당한 형제들처럼 고립되도록 강요했었다.

"모든 게…… 아주 복잡하군요."

바르타닐이 마침내 입을 열었다. 리샤갈은 눈을 반쯤 감았고, 바르타닐은 자신에게로 쏟아지는 따뜻한 웃음을 느꼈다. 하지만 코어렌디르는 여전히 화가 나고 더욱 혼란스러운 채로 둘 곁에 말없이 앉아 있었다.

• • •

집행관은 리샤갈의 바로 뒤를 따라 들어왔다. 코어렌디르는 한때 태사다르가 서 있던 권력의 자리에 이제는 이 여성이 서 있다는 사실을 알았지만, 여전히 이상하게 여겨졌다. 이제는 고인이 된 암흑 기사단의 여성 족장이었던 라자갈은 수 세기 동안 동족을 이끌었다. 암흑 기사단 가운데서는 여성이 권력자가 되어도 전혀 이상한 게 아니라고 들었다. 하지만 코어렌디르는 이 상황이 여전히 낯설었다. 대의회에는 여성 의원이 한 명도 없었고, 기사단 중에서도 여성은 드물었다. 그래서 이 강인한 여성이 아름답고 빛나는 갑옷을 입은 채 그를 바라보는 시선을 느끼는 이 상황이 편치 않았다.

코어렌디르는 별로 내키지 않는 마음으로 집행관을 따라 다시 칼라로 한 발짝씩 들어갔다. 마약 성분을 해독하느라 몸과 마음이 지친 상태에서 셀렌디스같이 강한 영혼을 가진 이와 함께 칼라에 다시 들어간다는 건 편안한 게 아니라 오히려 거슬리는 일이었고, 위안을 얻기보다는 긴장이 되었다. 하지만 코어렌디르가 살아서 탈출해 기쁘다는 셀렌디스의 마음은 진심이었고, 테란들을 걱정하는 마음도 그랬다.

'그렇다면 인간 여성이 한 말은 거짓이 아니었군요. 인간 남성 안에 계승자의 영혼이 갇혀 있다는 말은 사실이었네요. 그리고 테란 여성 역시 선드롭의 손아귀에 빠졌었고요.'

셀렌디스는 코어렌디르에게서 모든 것을 얻어냈다. 코어렌디르는 셀렌디스와 싸우지 않았지만, 흔들리는 마음을 그녀에게 숨길 수 없었다. 셀렌디스는 말수가 적었고, 칼라에서 나오기 전에 코어렌디르에게 고맙다고 한 다음 조용히 보내주었다. 그러자 어느 정도 마음이 진정되었다.

칼라에 결합하는 건 언제나 이랬던가? 코어렌디르는 기사단이었다. 그가 알던 여느 프로토스들과 마찬가지로 반란을 일으킨 암흑 기사단을 몹시 증오했고, 조금은 두려워했었다. 그렇게 배워왔다. 하지만 지금 이토록 친밀하게 서로 결합하다보니, 낯선 상대방에게 어떤 느낌이나 생각도 숨길 수 없는 상황에서 자신이 너무 연약하다는 느낌을 받았다.

셀렌디스는 알아낸 사실 때문에 고민하고 있는 게 분명했다. 그렇지만 칼라의 의식을 마치고 나서 코어렌디르에게 고개 숙여 인사한 다음 바르타닐에게 다가갔다. 코어렌디르는 이제 여기에서 나가도 되는 자유의 몸이었다. 수도인 탈레마트로스에는 기록을 보존하는 장소가 있었다. 다른 모든 프로토스들처럼 코어렌디르도 그곳에 가서 가족을 찾아보라는 권유를 받았다. 만약 그럴 수 없다면, 즉 가족이 아이어에서 모두 죽어서 아무도 찾을 수 없는 경우에는 셀렌디스와 다른 기사단이 그를 환영하며 맞아줄 것이다. 모든 프로토스에게는 있을 곳과 직위와 역할이 있었다.

하지만 코어렌디르에게는 아무것도 없었다.

코어렌디르는 피를 나눈 가족이 살아 있는지 스스로 그다지 개의치 않는다는 사실을 깨달았다. 자바토르가 수장이었던 단련된 자들이야말로 그의 가족이 되어주었다. 선드롭을 바르면 마음의 평화가 찾아오고 편안해졌다. 어쩌면 칼라에 들어가지 못한 이유가 그 때문일지도 모르지만, 방금 이러한 상황을 경험하고 나자 코어렌디르는 선드롭이 과연 나쁜지 확신할 수 없었다. 단련된 자들은 자바토르의 보살핌을 받으며 서로 가까이

71

지냈다. 자기들의 은인이 사실은 암흑 기사단 태생이며 더구나 암흑 집정관이라는 사실을 알게 되었음에도 불구하고 코어렌디르는 여전히 의문이 들었다. 어쩌면 울레자즈는 부당한 대우를 받았을지도 모르는 일 아닌가. 코어렌디르는 그런 생각을 조심스럽게 숨겼다.

코어렌디르는 바르타닐을 흘깃 보았다. 셀렌디스와 손바닥을 마주하며 앉아 있는 어린 칼라이 프로토스는 상당히 평화롭고 행복했다. 아주 잠시지만 코어렌디르는 바르타닐이 부러웠다.

코어렌디르는 한참 동안을 앉아 있다가 이윽고 일어서서 건물 밖으로 나섰다.

하지만 코어렌디르는 기록을 보관하는 방들이나 기사단의 탑으로 가지 않았다. 그저 발길이 이끄는 대로 이리저리 헤맸다. 코어렌디르는 끝없이 계속될 듯한 황혼을 받으며 도시 한가운데를 정처 없이 지나갔다. 그는 자기 위로 그림자를 드리우는 이상한 디자인의 건물들이 사실은 암흑 기사단의 전형적인 건물 모양새임을 알아채기 시작했다. 코어렌디르는 건물들을 한 번 노려보고는 고개를 숙였다. 하루 종일 걷고 나자 건물들이 가늘게 보이더니 보라색으로 흐렸던 하늘이 머리 위에서 개기 시작했다. 마침내 고개를 들고 시야에 들어온 것을 바라보자 그의 눈이 크게 떠졌다. 비록 지금 본 건물을 예전에는 한 번도 본 적이 없었지만 코어렌디르는 그게 무슨 건물인지 알았다.

그 건물은 저 멀찍이 위엄 있게 솟아서 황량한 주변 풍경을 굽어보고 있었다. 네 개의 삼각형이 꼭대기에서 만난 형상은 코어렌디르의 눈에 처음에는 여러 빛깔의 조명들로 이루어진 것처럼 보였다. 몇 시간을 걸었던 코어렌디르는 건물에 점점 가까워질수록 자기도 모르게 뛰어가고 있었다.

그리고 그 건물이 단단한 수정 구조물임을 깨달았다.

그곳은 젤나가 사원이었다. 암흑 기사단이 긴 여행을 하는 동안 찾아낸 다른 곳들을 제쳐놓고 이곳에 정착하기로 한 이유는 바로 이 사원 때문이었다. 암흑 기사단은 사원의 존재를 징조라고 생각했고, 지금 희망의 봉화라도 켜진 듯 빛나는 사원 쪽으로 달려가는 코어렌디르 역시 그 사원이 징조라고 여겼다.

지난 몇 년간 코어렌디르는 이와 같은 장소에서 살았다. 아이어의 지표에서 저 깊숙이 들어간 곳에는 아름답고 찬란하게 조화를 이룬 소용돌이 미로 같은 세상이 있었고, 단련된 자들은 그곳을 그들의 집으로 삼았다. 자바토르가 몇몇 장소는 단련된 자들이 탐험하지 못하도록 했기 때문에 모든 사원의 구석구석을 다 알지는 못했지만, 대부분의 사원 내부는 집이나 다름없이 환하게 알았다. 젤나가는 아이어 아래에 그런 건물을 지어 놓았고, 이곳에는 숨 막힐 듯이 아름다운 사원을 소용돌이치는 파란 구름에 닿을 듯 높이 지었다.

그러나 사원에 가까이 다가갈수록 발걸음이 느려졌다. 코어렌디르는 사원에 가서 어떤 대접을 받게 될까 걱정하는 마음에 올라가는 계단 위에 주저하며 서 있었다. 그때 소리가 들려왔다. 소음이 뒤섞인 소리가 아니라 어떤 가락을 웅얼거리며 노래하는 소리였다. 코어렌디르는 잠시 눈을 감고 노랫소리를 잘 들어보려고 했다. 그리고 마음을 홀리는 듯한 노래에 여전히 귀 기울인 채 다시 눈을 뜨고서 목을 길게 뽑아 극도로 아름다운 사원을 넋을 잃고 정신없이 바라보았다. 순간 누군가가 코어렌디르의 마음을 상냥하고 부드럽게 쓰다듬었다.

"어서 오십시오, 형제여. 젤나가 사원에 오신 것을 환영합니다."

코어렌디르는 고개를 돌려 사원의 시종이 분명한 프로토스를 응시했다. 옅은 회색 피부를 한 시종이 정중히 절을 했다. 시종은 군더더기가 없이 솜씨 좋게 만든 흰색 겉옷으로 몸을 감싼 차림이었다. 성스러운 장소에서 나오는 빛을 받아 그 옷은 마치 부드럽게 자체 발광하는 듯 보였다. 시종에게선 평화로운 기운이 흘러나왔다.

기사단으로 태어나고 자란 코어렌디르는 시종에게 경직된 자세로 의례적인 기사단의 인사를 했다. 타아림이라는 이름을 지닌 우아한 몸집의 사원 관리인 옆에 선 코어렌디르는 섬세한 아름다움이 가득해 보이는 이 장소 한가운데에 있는 자신의 존재가 저속하고 어색하게 느껴졌다. 아이어 아래에 있던 방들과 지금 그가 선 이곳은 같은 종류였지만 미묘하게 다른 점이 있었다.

코어렌디르가 드러낸 생각을 읽은 타아림의 얼굴빛이 밝아졌다.

"아! 그대는 우리가 갈망하는 태곳적 고향에서 드디어 돌아온 잃어버린 형제로군요! 진심으로 환영합니다. 그런데 어쩐 일로 이곳에 오게 되셨습니까?"

코어렌디르는 솔직하게 대답했다.

"나…… 나도 모르겠습니다. 나는 어디에도 속하지 않은 듯한 느낌을 받았습니다."

코어렌디르는 타아림과 칼라에 들어간 건 아니었지만 자기 생각과 이제까지의 경험을 어린 프로토스에게 숨기지 않고 다 보여주었다. 타아림도 코어렌디르처럼 생각을 보여주었다. 그래서 코어렌디르는 셀락 부족이 암흑 기사단은 아니지만 현재 사원의 주된 수호자들이 되었다는 사실을 알게 되었다. 셀락 부족은 젤나가의 유물을 이해하고 보호하는 일을 하며 오랜 세월을 보냈기 때문에 귀중한 성소의 관리를 그들에게 맡기기란 그리 어렵지 않은 결정이었다.

타아림은 사원을 안으려는 듯 두 팔을 벌리며 말했다.

"그렇습니다……. 나와 다른 셸락 후손들은 이 성소를 돌보기 위해 태어났지요. 하지만 때로 셸락 부족이 아니지만 여기로 부름을 받고 온 이들도 있습니다. 심판관이나 칼라이였던 이들이나……."

타아림은 눈을 반쯤 감고 고개를 옆으로 숙이다가 말을 계속 이었다.

"기사단 계급이었던 자들입니다. 하지만 여기서는 계급이 중요하지 않습니다. 심지어 암흑 기사단도 우리와 함께 일하려고 여기에 머무릅니다. 수정들의 노래가 어떤 이들에게는 그저 즐거운 소리일 뿐이지요. 하지만 어떤 이들에게는 수정들이 그들의 영혼까지 닿도록 노래합니다."

코어렌디르는 감정이 북받쳐 올랐다. 타아림은 비틀거리는 코어렌디르의 팔을 부드럽지만 단단하게 잡아주며 말했다.

"그대는 많은 시련을 견뎌왔습니다. 이리 오십시오, 형제여. 나는 확신이 듭니다. 그대가 여기에 속해 있다는 확신 말입니다."

타아림은 코어렌디르를 안쪽으로 이끌었다. 코어렌디르는 알자다르가 단련된 자들이 공유했던 침착함과 평온함을 부숴버린 이후로 느끼지 못했던 소속감에 압도당한 채, 그저 타아림이 이끄는 대로 서늘한 골방 안으로 들어갔다. 그리고 부드러운 방석들이 깔린 바닥에 고마운 마음으로 주저앉았다. 마치 보이지 않는 손이 들고 있기라도 한 듯 우아하게 공중을 떠도는 빛나는 수정들에서 광채가 뿜어져 나왔다. 수정들은 모두 코어렌디르를 둘러싸 멈추고서 노래했다.

그곳에는 다른 시종들이 있었고, 더 많은 시종들이 호기심을 드러내며 다가왔다. 코어렌디르는 타아림의 말이 진실이었음을 확인했다. 거기 있는 이들 대부분은 분명 셸락 부족이었지만, 어떤 이들은 다른 계급에서 왔다. 코어렌디르는 정말로 암흑 기사의 특징인 날카롭고 삐죽삐죽한 형체를 가진 이들도 보았다.

타아림은 이윽고 말을 꺼냈다. 사 년 전 그날, 이성을 넘어서도록 겁에 질린 채 수천의 프로토스들이 자신들의 고향을 버리고 황혼의 세계인 샤쿠라스로 피신했던 이야기였다. 그리고 태사다르의 희생과 샤쿠라스를 공격한 저그, 프로토스들의 두 번째 세계인 이곳을 저그에게서 구하기 위해 거대한 수정들, 즉 칼리스와 우라즈를 활성화시키려고 전통적인 프로토스들과 암흑 기사단의 에너지들을 둘 다 이용했던 일 역시 이야기했다. 코어렌디르는 넋을 잃고 이야기를 들었다.

코어렌디르는 프로토스를 보호하는 존재는 기사단이라고 믿으며 자라왔다. 전에는 그랬다. 하지만 지금 코어렌디르는 셸락 부족이야말로 프로토스 존재의 참된 의미를 생생히 간직하는 이들임을 깨달았다. 칼라이 계급은 도시 기반을 건설하고 과학과 기술을 이용하며 공기와 빛만큼이나 삶에 필수적인 요소인 아름다움을 위해 예술품들을 만들어내는 이들이었다. 심판관 계급은 법을 정하고 바른 길을 지키는 이들이었고, 기사단 계급은 프로토스의 신체를 보호하는 이들이었다.

그러나 이 모든 것을 넘어선 근본적인 것은 참된 본질, 즉 아파에서 온 방랑자들이자 위대한 스승들인 젤나가의 지식이었다. 젤나가와 그들의 지혜는 프로토스가 칼라를 찾기 전부터 이미 거기에 존재하고 있었다. 그리고 젤나가와 그 지혜는 이제 여기에, 프로토스 역사의 교차점이 될 중대한 시기에 존재하고 있었다.

"저도 이곳에서 여러분처럼 되고 싶습니다."

코어렌디르는 깊은 감정에 북받쳐 얼룩진 피부로 간청했다.

"오늘 여기에 왔으니 그대는 이미 우리와 하나입니다, 형제여."

타아림은 코어렌디르에게 장담했다.

"그대는 기사단의 길에서 떠나겠습니까? 그대는 고대의 것들을 지키는 수호자이자 옛 지혜의 보호자, 그리고 우리 종족을 위한 영광스러운 미래의 선구자가 되기를 원합니까?"

"저의 존재를 다하여 그러겠습니다."

그렇게 말하고 나서 그들은 칼라에 들어갔고, 타아림은 코어렌디르의 마음이 진실함을 볼 수 있었다. 타아림은 흰 옷을 입은 다른 프로토스를 바라보고 고개를 끄덕였다. 그러자 그 프로토스가 절을 하더니 급히 사라졌다.

"그대가 이 길을 가기 시작한 이상, 이제 돌이킬 수 없습니다. 이 길은 깊은 비밀과 지식, 지혜의 길이기 때문입니다. 이곳은 우리에게 단순한 사원이 아니라 그 이상을 의미합니다. 훨씬 더 많은 의미이지요. 만약 그대가 우리를 배신한다면 징벌은 가차 없고 신속하게 이루어질 것입니다."

"명심하겠습니다."

코어렌디르는 친숙하고 향기로우며 숨 막힐 듯이 달콤한 향기를 맡고서 뛸 듯이 기뻐했다.

코어렌디르는 이제 정말로 고향에 왔다.

제6장

만약 본인이 죽어가고 있는 상황이 아니었다면, 그리고 자마라가 공유해야 하는 것이 우주를 부숴버릴 수도 있는 중요한 비밀이 아니었다면 제이크는 아마도 더할 나위 없이 행복했으리라는 생각이 들었다.

이곳은 황홀한 장소였다. 제라툴이 어째서 여기를 피난처로 삼았는지 이해할 수 있었다. 제라툴이 아니라도 지적 능력이 있는 종족 중 분별 있는 이들이라면 당연히 이곳을 피난처로 삼았을 거라고 생각했다. 게다가 이곳에는 온갖 종류의 외계 종족이 남긴 유적들이 있었다. 제이크는 놀라운 속도로 조용하게 지표면 위를 날아가는 작은 우주선의 창 너머로 유적들을 갈망하는 마음으로 탐지했다.

자연적으로 생겨났을 리가 절대 없는 매혹적인 잔해들이 우주선 아래로 멀어져가는 광경을 바라보며 제이크는 자마라에게 말했다.

'언젠가 나는 이곳에 다시 와야 할 것 같아요.'

'나도 네가 여기 다시 올 수 있길 바라. 하지만 우리는 정무관을 만날 수 있는 장소를 찾아야 해. 이 폐허들 속에 숨어야 할 일 없이 정무관이 우리를 찾으면 좋으련만.'

제이크는 한숨을 쉬었다.

'폐허 속에 숨는 거, 내가 한때 좋아했죠.'

'하지만 지금 너는 모든 것을 송두리째 바꾸게 될 전쟁을 눈앞에 둔 거야.'

'내가 경험한 일을 누구한테 말해줄 수 있을 만큼 오래 살 수 있다면 말이죠.'

'우리는 살아남게 될 거야.'

확신에 찬 자마라의 대답에 제이크는 기운이 났다.

'그러면 이제 정확히 뭘 찾아야 하는 거예요?'

'제라툴이 있을 만한 곳이나…… 아니면 다시 돌아올 곳이지. 그게 어딘지는 내가 보면 알 거야.'

제이크의 마음은 다시 차원 관문에 대한 걱정으로 돌아갔다. 자마라는 관문이 결국은 다시 열릴 거라고 생각하는 것 같았다.

'그래, 제이콥. 내가 전에도 말했지만 언젠가는 샤쿠라스로 갈 수 있게 허락을 받을 거야. 그렇지만 지금은 샤쿠라스로 이어진 모든 관문들이 닫혀 있을 거라고 봐. 로즈메리와 다른 이들이 내가 가진 정보가 샤쿠라스에 닥칠 위험을 충분히 감수할 만큼 중요한 거라고 프로토스들을 설득하지 못한다면 아마도 관문들이 곧 열릴 리는 없다고 생각해.'

'그거 참 굉장하네요.'

'희망을 버리지 마, 제이콥.'

제이크는 희망을 버리지 않으려고 애썼다. 정말로 그랬다. 하지만 두통은 점점 자주 일어났고, 강도도 심해졌다. 제이크는 자마라가 차분한 태도로 확신에 찬 말들을 해주지만 그녀 역시도 시간이 점점 촉박해지는 상황을 걱정한다는 걸 알았다. 제이크는 한숨을 쉬었다.

'좀 서두를 걸 그랬군요. 내가 너무 꾸물거렸어요. 내가 차원 관문에 뛰어들기 전에 문을 닫을 시간을 충분히 줘버린 셈이네요.'

'그건 그래.'

자마라가 매정하게 대답하자 제이크는 조금 움찔했다.

'하지만 울레자즈가 파멸하는 모습을 보고 싶었던 네 간절한 마음을 탓하기는 어려워. 나도 그자가 더 이상 위협이 되지 않는다는 확신을 얻었다면 기뻤을 거라는 점을 인정할게. 어쨌든 지나간 일을 되돌릴 수는 없고, 후회해봤자 아무런 소용이 없어.'

제이크는 고개를 끄덕이며 아래로 멀어져 가는 풍경을 계속 응시했다. 부드러운 로즈 골드로 옅게 물들지만 않았다면 그 풍경은 옛 지구의 모습을 담은 홀로그램 비디오의 장면과 비슷해 보였다. 들판이며 대양, 산과 나무들…… 찬란했다.

'제라툴에 대해서 말해줘요.'

'보여주도록 할게. 하지만 이걸 이해하려면…… 우선 맥락을 알아야 해.'

완전히 자마라를 믿는 마음으로 제이크는 우주선의 조종을 자마라에게 맡겼다. 어쨌든 실제로 조종을 하는 건 자마라였고, 제이크는 그냥 거기에 동승하는 셈이었다. 이윽고 제이크는 파도처럼 밀려드는 기억을 열었다.

• • •

영광스럽고 우아한 의식용 갑옷을 입을 수 있는 것은 고위 기사이자 광대한 프로토스 함대를 이끄는 지도자인 태사다르에게 주어진 권리였다. 빛나는 갑옷 차림의 태사다르는 간트리서호의 함교에 서서 '차우 사라'라는 이름의 테란 식민지 잔해들을 응시했다.

"이제 끝났군."

태사다르는 슬픔이 깃든 마음의 목소리로 말했다.

제이크는 고개를 갸웃하고 태사다르를 쳐다보았다.

• • •

"이런 맙소사, 자마라, 나는 당신이네요! 그러니까 내가 들어간 기억은 당신 것이로군요!"

제이크는 언제나 자기가 기억을 공유하는 인물이 누구인지 곧바로 알아차렸다. 그럴 때 제이크는 본인의 의식을 잃어버리지 않으면서도 그 프로토스가 되었다. 하지만 제이크 램지이면서 동시에 자기가 아주 잘 알게 된 인물인 자마라가 되기란 아무래도 이상했다.

"네 말대로 너는 내가 된 것이고, 그건 내 기억이 맞아. 그 기억은 불과 몇 년 전의 것이고, 나만의 기억이지. 그 점을 분명히 알려줬다고 생각했어."

"안 알려줬어요. 하지만 정말 기분 좋게 놀랐어요."

• • •

"처음에 증거를 찾아낸 건 당신입니다, 집행관이여. 당신 덕택에 저그들은 더 이상 퍼지지 않게 되었습니다."

"그럴지도 모릅니다, 자마라. 하지만 나 때문에 이 세계에 살던 테란들은 이제 모두 죽었습니다."

제이크는 아니라는 듯 손을 내저었다.

"불행히도 그렇지요. 하지만 그럴 수밖에 없었습니다. 저그를 저지해야 했으니까요. 대울의 의무가 있다 하더라도 특단의 조치는 불가피했습니다."

• • •

"우리가 처음 만났을 때 당신이 얼마나…… 냉정했었는지 잊고 있었네요."

제이크가 투덜거렸다.

"나는 잊지 않았어. 하지만 내 생각이 변해서 나도 좋아. 태사다르가 그랬듯이 말이지. 우리는 전지전능하거나 절대 실수하지 않는 신적인 존재가 아니야, 제이콥. 우리는 많은 것을 알고 있어. 특히 나 같은 계승자들은 우리 종족이 아는 모든 지식을 기억하지만, 여전히 배워야 할 게 정말, 정말로 많아."

• • •

태사다르는 통신 수정들 중 하나를 켜고 대의회에게 임무가 완료되었다고 보고했다. 그러자 알다리스가 홀로그램 스크린을 가득 메운 위압적인 모습으로 말했다.

"잘했소, 집행관. 이제 첫 번째 단계가 성공리에 완료된 것 같소."

태사다르는 알다리스에게 물었다.

"첫 번째 단계라고요?"

"물론이오. 우주에는 이 행성 말고도 다른 행성들이 있소. 우리는 저그가 세력을 뻗은 곳이 이 세계뿐이라고 가정하는 여유를 부려서는 안 되오. 그대는 저그의 출몰 가능성을 모두 철저히 조사해서 저그들을 뿌리 뽑아야 하오. 오직 그런 후에야 우리 임무를 완수했다고 볼 수 있을 것이오."

제이크는 이 말을 듣고 혼자 생각했다. 확실히 이건 저들의 임무가 아니라 우리의 임무였다. 공격을 받는 입장이 될 수도 있는 상황에 직면했던 당사자는 태사다르와 그의 지휘 아래 있는 백 척이 넘는 함대들이었다. 알다리스와 다른 이들은 처음부터 극단적인 입장을 취해왔다. 그렇지만 사실 대의회는 이 임무를 수행해야 하는 이들이 아니었다. 칼라가 성립된 이후로 언제나 그랬고, 지금도 마찬가지였다.

언제나 대의회의 충실한 수족이었던 태사다르는 이번에도 고개를 숙였다.

"바라시는 대로 이곳이 끝나면 자매 세계를 조사하겠습니다. 그리고 그곳 역시 회복될 기미가 없을 정도로 감염되었다면 파괴하겠습니다."

알다리스는 마음에 들지 않는다는 태도로 어깨를 구부렸다.

"그곳이 조금이라도 감염이 되었거나 심지어 그럴 가능성이 있는 경우에도 전부 없애버려야 하오. 우리는 어떤 위험도 감수해서는 안 되오. 그것들이 그 대가 수행할 임무들이오."

알다리스는 태사다르가 무슨 말을 채 하기도 전에 대화를 끝내버렸다. 태사다르는 잠시 동안 굳어버린 듯 움직이지 않았다.

제이크는 자기 앞에 펼쳐진, 정확히 말하자면 남겨진 세계를 응시했다. 행성 표면으로 서로 어울리지 않는 아름다운 빛들이 얼룩져 무늬를 이루었다. 제이크는 그중 주황색으로 치솟은 부분이 프로토스들이 감염된 세계를 정화시키려고 행성의 핵 부분까지 파헤치고 내려가서 마그마가 지표면으로 끓어오른 곳임을 알았다. 주황색이 솟아오르는 지점들 중 몇 군데는 테란들이 정착한 부분이었다. 테란 거주지에서 멀리 떨어진 곳에 생긴 또 다른 주황색 부분들은 저그가 있는 곳이었다. 이제 대기의 팔십 퍼센트는 사라져버린 상태였다.

• • •

제이크는 음울하게 말했다.

"저 행성에 내 친구들이 살고 있었어요."

"이렇게 하지 않았다면 네 친구들은 저그가 되었을 거야. 감염은 피할 수 없었어."

"알아요…… 하지만…… 친구들이 죽게 된 상황을 보니…… 아…….."

• • •

태사다르는 방금 파괴한 행성의 자매 행성으로 이동하도록 지시를 내렸다. 그는 계속 홀로 생각에 잠겼고, 제이크는 그 생각을 엿보지 않았다. 태사다르는 방금 받은 명령대로 행동하기를 거부하는 일을 두고 격하게 논쟁하는 중이었다. 태사다르는 후회하게 될 거라고 예상했다.

"집행관님, 테란 함선들을 발견했습니다."

"우리가 이런 일을 한 직후이니 놀랄 것도 없지. 화면을 연결해라."

수정이 울리더니 그 위로 영상이 하나 떠올랐다.

"함선은 에드먼드 듀크 대령이 이끄는 노라드 Ⅱ호로 파악되었습니다. 베헤모스급의 전함으로……."

제이크는 테란 함선의 통계 수치에는 거의 신경 쓰지 않았다. 프로토스는 오랫동안 주의 깊게 테란을 관찰해왔다. 그것이 '위대한 의무'인 대울이 요구하는 것이었다. 프로토스는 이 신생 종족이 성장하고 세력을 뻗어나가는 모습을 지켜보았다. 그리고 이들이 언제나 끊임없이 서로 싸우는 중에도 어떻게든 번성해간다는 사실에 매우 놀랐다. 태사다르가 차우 사라를 철저히 파괴하라는 명령을 받았을 때, 그는 대울의 의무를 생각했다. 프로토스는 테란의 무기류와 함선들은 물론 테란의 능력이 얼마나 되는지에 대해 상당히 많은 내용을 알고 있었다. 확실히 노라드 Ⅱ호가 테란의 기준으로는 강력한 함선이었지만 겨우 한 척인데다 프로토스들에게 실제적인 위협을 주지 못했다. 귀찮게 날아다니는 날벌레 수준이라서 쉽게 쳐내면 그만이었다.

그러나 태사다르 집행관은 그러라고 명령하지 않았다.

조종사는 태사다르에게 물었다.

"집행관님? 테란 함선을 파괴할까요?"

제이크는 옆에 선 친구 태사다르와 함선을 지켜보았다. 함선은 요격을 하기 위해 빠르게 움직이고 있었다. 사정거리 안에 들어오는 즉시 프로토스를 공격할 거라는 사실은 보지 않아도 뻔했다. 태사다르는 말했다.

"저들에게는 이 함선 외에 다른 함선들이 없지 않나. 알아서 자멸할 것이다."

제이크는 태사다르가 테란에게 품은 존경심과 슬픔을 온몸으로 느꼈다.

"저들은…… 용감하오. 인간들 말이오."

"집행관님? 저들이 사정거리에 근접했습니다."

그러자 태사다르가 대답한 말에 모두는 깜짝 놀라고 말았다.

"보조 차원장을 열고 퇴각 명령을 내려라."

제이크는 태사다르를 응시했다.

"마 사라를 파괴하라는 명령을 받지 않았습니까, 태사다르. 이 함선은 우리에게 아무것도 아닙니다."

태사다르가 대답했다.

"그렇습니다. 아무것도 아니지요. 그러니 내가 무서워서 이런 행동을 하기로 결정을 내린 게 아니라는 사실도 아시겠지요."

제이크는 천천히 고개를 끄덕였다. 그리고 강력한 프로토스 함대들은 인간들의 눈앞에서 모두 사라졌다. 프로토스들은 뒤로 물러나 때를 기다리며 인간들을 다시 지켜보기 시작했다.

• • •

눈을 뜬 제이크는 자신이 떨고 있음을 깨달았다. 물론 자마라와 함께 그녀가 가진 기억들을 공유하는 순간은 언제나 참으로 심오했다. 그리고 그가 완벽하게 이해할 수 없는, 프로토스의 중요한 역사적 사건들이 실제로 어떻게 전개되었는지 보는 일이 인간인 자신에게는 상당한 특권이라는 점을 알았다. 하지만 이 사건은 외계인의 역사가 아니라 제이크가 속한 인간역사의 한 순간이었다. 제이크는 자기 세대, 아니 어쩌면 온 인류 역사상가장 격변기라 할 수 있는 시점을 목격한 것이다. 최초로 인류가 외계 종족과 접촉한 순간이었다. 정확히 말하자면 차우 사라에서 만난 저그도 쳐서 두 종족의 외계 생명체라고 해야 하리라.

제이크는 자마라의 초연한 태도에 오싹한 기분이 들었다. 물론 자마라가 그라는 인간의 내부를 장악해서 오랫동안 머물게 된 후부터 테란들에 대한 태도를 많이 바꿨다는 사실을 알고 있었다. 하지만 처음 만났을 때의 자마라에게는 아무것도 기대할 수 없었을 터였다. 그러나 태사다르의 행동에 제이크는 정말로 놀랐다. 대의회에 감정적으로 도전하는 기사단원이 어떤 대가를 치러야 하는지 태사다르는 알고 있었다.

제이크는 자마라에게 말했다.

'이 사건에 대해서는 나도 좀 알아요. 모두 자치령 입장에서 검열한 정보를 들은 게 전부지만요. 이 사건을 다른 쪽 입장에서 보다니 정말 놀랍군요.'

자마라는 작게 웃더니 제이크의 몸을 다시 조종해 우주선을 착륙시키기 시작했다.

'*이것 말고도…… 네가 알아야 할 게 아주 많아. 하지만 그건 네가 제라툴에게 직접 들을 수 있으면 좋겠어. 내 생각에 우리는 확실히 맞는 장소에 온 것 같아.*'

'왜 여기에 내리는 거죠?'

제이크가 질문한 이유는 이곳이 마음에 들지 않아서가 아니었다. 자마라가 착륙하려는 장소는 산 중턱에 펼쳐진 아름다운 초원이었다. 제이크에게 이곳은 임시 피난처 정도로 보였다. 폭포가 쏟아지는 목가적인 풍경은 아름다운 분홍색 하늘만 아니라면 한 장의 홀로그램 카드처럼 보였다. 심지어 그 분홍색 하늘도 계속 보고 있자니 제이크 눈에는 파란 하늘보다 더 멋있게 보이기 시작했다.

'모든 좌표들을 분석했어. 그랬더니 몇몇 장소는 한 번 이상 방문한 것으로 나오더라고. 그리고 이 우주선의 조종사는 이곳을 가장 많이 방문한 것으로 나왔어. 그러니까 이곳이 제라툴을 만날 확률이 제일 높은 곳이라는 논리적인 결론에 이르게 된 거야. 이 우주선 주인이 정말로 제라툴이라면 말이지.'

'난 여기 풍경이 멋있어서 고른 거라고 생각했어요.'

'그건 단지 기분 좋은 우연의 일치야.'

자마라는 제이크의 몸을 이용해 우주선을 부드럽게 착륙시켰다. 우주선에서 내린 제이크는 눈을 감은 채 맑고 부드러운 공기를 들이켰다. 그리고 자마라에게 말했다.

'제라툴이 이 장소를 왜 이토록 좋아하는지 알 듯해요. 인간과 프로토스가 가진 미의 기준이 이처럼 비슷할 거라고는 생각 못했어요.'

'내가 보기에 이곳을 택한 기준은 아름다워서가 아니라 그럴 만한 실용적인 이유들이 있기 때문이야. 제라툴은 자신을 회복시킬 수 있는 장소를 찾고 있었어. 대기 중에 음이온이 있으면 침착하고 안정된 기분이 들지. 그건 인간들과 프로토스들 모두에게 마찬가지야. 음이온은 고도가 높고 근처에 움직이는 물, 특히 폭포들이 있으면 농도가 높아져. 그리고 장밋빛에서 오는 파장의 진동은 마음을 진정시키고 편안하게 하는 기능을 한다고 알려져 있어.'

제이크는 어깨를 으쓱했다. 그는 단순히 여기가 예쁜 곳이라고만 생각했다.

'우리 역시 아름다움과 조화로움을 음미할 줄 아는 종족이야, 제이콥. 우리는 그저 모든 것이…… 아름다울 뿐만 아니라 쓸모도 있기를 바라는 거야.'

제이크는 폭포를 바라보던 시선을 돌려 그곳에 있던 작은 움막을 바라보았다. 움막은 단순한 구조였지만, 기능적이고 매우 튼튼해 보였다. 그래서 날씨가 어떻게 되든 상관없이 안으로 들어가면 충분히 몸을 피할 수 있을 것 같았다. 움막은 자연 재료들로 지어진 듯했는데, 나뭇가지들과 덩굴들, 이끼를 사용해 비가 새지 않도록 막아 놓았다. 이 움막을 지은 이는 사생활 같은 건 고려하지 않았다. 그나저나 이곳에는 아무도 머문 흔적이 없었다.

갑자기 제이크의 뱃속이 요동쳤다. 저기에 흐르는 물은 마셔도 좋다고 장담하고 싶었지만 그 전에 마실 만한 물인지 확인해야 했다. 피그는 로즈메리가 갖고 있었다. 제대로 된 이름은 휴대용 개인 정보 수집 및 항법 장치의 약자인 'HPIGNU'이지만, 간편하게 피그(돼지)라는 약칭으로 불렀다. 그래서 제이크는 자마라와 더불어 뭐든 여기서 찾을 수 있는 기술에 의존해야 했다. 제이크는 움막으로 다가가서 뭔가 둥글고 길쭉한 금속 상자 같은 것을 찾아냈다. 그리고 이리저리 만지던 그의 손길에 상자가 열렸다. 열린 상자 안에는 온갖 종류의 장비들이 들어 있었다.

자마라는 확실히 신난 채로 말했다.

'암흑 기사단의 기술이구나.'

'뭔가 아는 게 있어요?'

'아니, 없어. 하지만 이번에도 직관으로 알 수 있을 거야.'

흐르는 물소리에는 분명히 마음을 달래주는 효과가 있는 게 확실했지만, 제이크는 사실 목이 말라 죽을 지경이었다. 흙 속에 살거나 물에서 헤엄치는 것 안에 독성 물질이 있는 게 아니라면 물은 물이니까 보통은 별 문제 없다고 알고 있었다. 물론 제이크는 그전까지 물을 분석할 장비를 항상 갖고 다녔다. 제이크는 양 손에 방금 찾아낸 낯선 도구들을 하나씩 쥐고 물가에 섰다. 제이크는 폭포에서 튀어 피부에 떨어지는 물방울들을 느끼며 마른 침을 삼켰다.

'그 직관 좀 빨리 써봐요, 자마라. 안 그러면 작동법을 알아내기도 전에 목이 말라 죽을지도 모른다고요.'

하지만 제이크는 죽지 않았다. 대신 보라색이 도는 부드럽고 편안한 풀밭에 누워 나뭇잎들 사이로 보이는 분홍색 하늘 저 너머로 둥실 떠가는 구름들을 응시했다. 그러자 지난 며칠간 쌓였던 피로가 순간 한꺼번에 몰려드는 것 같았다.

'쉬어, 제이콥. 편안히 누워 꿈을 꾸렴.'

자마라보다 더 좋은 보호자란 없었다. 그렇게 자마라를 전적으로 믿은 제이크는 할 수 있는 한 크게 숨을 쉬어 더없이 깨끗한 공기를 한껏 들이마시고는 어딘지 모를 별에서 오는 따뜻한 햇볕을 받으며 그녀의 말에 따랐다.

• • •

케리건은 단호하게 말했다.

"우리는 충분히 오랫동안 기다렸어."

"여왕 폐하, 울레자즈가 지하에 내려간 지 겨우 이틀이 되었습니다. 그놈은 분명히 우리 공격을 받고 중상을 입었습니다. 일단 울레자즈가 여행을 떠날 만큼 회복이 된다면 우리를 곧장 램지에게로 이끌 거라 확신합니다."

케리건의 목소리는 으스스할 정도로 노기를 띠었다.

"우리가 다시는 램지를 찾지 못할 상황까지 끌고 온 게 누군데. 램지는 샤쿠라스에 있을 수도 있지만 완전히 다른 어딘가에 있을지도 몰라. 어쩌면 지금쯤 죽었을지도 모른다는 사실을 우리 모두 알고 있어."

이선은 아무런 대답을 하지 못했다. 케리건의 말은 사실이었다. 이선은 그 말을 인정하며 고개를 숙였다. 케리건은 이선의 이런 행동을 보지 못하는 상황이었지만 말이다.

"오, 여왕 폐하, 당신의 뜻에 따르겠습니다. 제가 어떻게 하면 되겠습니까?"

이선의 마음속으로 케리건의 미소가 느껴졌다. 그러자 이선의 마음은 갈망으로 가득 찼다. 여왕님 앞에 서서 즐겁고도 탐욕스러운 기쁨의 표정을 두 눈으로 볼 수만 있다면 얼마나 좋을까. 아, 나는 여왕님을 얼마나 사랑하는지.

"울레자즈는 땅 아래에 있는 방들로 도망쳤어. 나는 저 아래에 무엇이 있는지 확실히 몰라. 하지만 보아하니 울레자즈를 지키고 있는 건 그가 타락시켜 노예로 삼은 얼마 안 되는 프로토스들뿐인 듯해. 원래 울레자즈를 따랐던 프로토스 중 대부분은 사라져버렸어. 그자들은 울레자즈를 버리고 램지를 따라 도망쳤거나 전쟁터에서 죽었지. 그래서 지금 울레자즈는 약해진 상태이니 우리가 그를 쉽게 죽일 수 있을 거야."

"하지만 죽이려는 건 아니시죠, 안 그렇습니까?"

"네 말이 맞아. 하지만 울레자즈는 그렇다는 의도를 모르지. 우리는 절대로 맞설 수 없을 정도의 저그들을 데리고 터널들로 내려갈 거야."

케리건은 점점 더 즐거운 기색을 띠었다.

"그러고는 그 어두컴컴한 놈의 엉덩이에다 불을 질러버리는 거야. 그러면 우리 사냥감은 놀라 화들짝 날아오르겠지. 우리는 그 뒤를 따라가면 돼."

"그렇게 하겠습니다."

이선은 케리건 휘하의 장군이었다. 저그들은 아무런 의문도 품지 않고 지체 없이 자기들의 여왕을 따르듯 철저하게 이선에게 복종했다. 이선은 저그들이 마음껏 먹잇감을 찾아 스스로를 유지할 수 있게 무엇이든 죽이도록 허락했다. 저그들은 프로토스나 테란, 심지어 같은 동족인 저그의 썩은 시체도 마음껏 먹어치울 수 있었다. 그들은 주인의 발치를 졸졸 따라다니는 개들처럼 항상 이선의 명령이 떨어지기만을 기다렸다.

뮤탈리스크에 올라탄 이선은 무시무시한 저그 군대를 지하에 있는 공간의 입구 쪽으로, 틀림없이 낙담한 채 상처 입고 신음하고 있을 울레자즈가 도망친 곳으로 계속 이끌었다. 이선은 슬쩍 웃으며 자신의 군대를 쳐다보았다. 햇빛을 받아 환하게 빛나는 등딱지들은 수 킬로미터 반경의 대지를 가득 덮은 채 물결치며 밀려들었고, 공중에는 날아다니는 저그들로 빽빽하게 찬 상태였다.

저그 군대는 지하로 이어지는 입구에 도착했고, 안으로 밀려들어가기 시작했다. 그 광경을 본 이선은 예전에 족제비 굴에 물을 붓던 일을 떠올렸다. 족제비들이 굴속에서 물에 빠져 죽거나 견디지 못하고 뛰쳐나오도록 말이다. 생각만 해도 즐거운 일이었다.

• • •

차 행성에 홀로 남은 케리건은 자기가 만든 생물들을 차례차례 옮겨 다니며 그들의 눈을 통해 상황을 지켜보았다. 케리건은 땅 아래에 있는 미로가 얼마나 아름다운지 놓치지 않고 보았지만, 케리건이 잠시 뇌를 차지한 저글링은 그런 광경에 신경 쓰지 않았다. 아이어의 깊은 내부로 이어진 곳에 있는 자연미와 인공미가 어우러진 이 장소는 분명히 젤나가의 기술로 만들어졌다. 사실 케리건은 전에도 이것을 본 적 있었다. 예전에 여기에 와 봤다. 물론 정확히 이 구역을 보지는 않았다. 이곳이 엄청나게 넓었기 때문이다. 하지만 예전에 봤던 장소 역시 이 행성의 지하였고, 감탄하며 보는 가운데에도 최소한 낯익은 점이 얼마간 있었다.

저글링은 앞서 간 동료들을 따라가느라 바삐 움직였다. 저글링들은 서로 꽉 낀 상태로 밀어대며 계단통을 메워가다가 널찍한 동굴의 방 부분에서 폭발하듯 퍼졌다. 케리건은 약간 흥미 어린 눈길로 보석으로 장식된 제어장치들과 단상들, 그 위에 바싹 말라버린 시체들에 주목했다. 시체들은 체액과 생명력이 완전히 빠진 상태였다. 울레자즈는 보잘것없는 자신의 추종자들을 먹고 살았던 건가? 그렇다면 여느 암흑 집정관들처럼 짧은 시간 뒤에 분해되지 않고 어떻게 해서 계속 존재할 수 있었는지 설명되는 듯했다. 그리고 울레자즈가 정말로 프로토스들을 흡수한 것이라면, 그리고 케리건이 바랐던 대로 심하게 부상을 입은 상태라면 저그 군대가 만날지도 모르는 성가신 프로토스들을 이미 울레자즈가 처리해주었을지도 모를 일이었다.

그 방에 있는 다섯 개의 타원형 문들은 서로 다른 다섯 군데의 복도들로 이어져 있었다. 저그들은 자리에 멈춰 서서 명령을 기다렸다. 처음에 케리건은 그냥 프로토스의 냄새를 따라가라고 명령할까 생각했지만, 만약 울레자즈가 똑똑하다면 이런 종류의 공격이 있을 것에 대비해 추종자들을 미리 흩어놓았을 가능성이 있다고 보았다. 케리건은 어깨를 으쓱했다. 그러자 날개들이 구부러져서 뼈들이 날카롭게 할퀴는 듯한 소리가 잠시 허공에 울려 퍼졌다.

"다섯 무리로 나누어서 모든 통로를 조사해. 프로토스들을 마주치면 죽여라."

저그들은 즉시 명령에 따라 범람한 강이 다섯 줄기로 갈라지듯 우아하게 떼를 지어 사정없이 앞으로 나갔다. 케리건은 이곳저곳에 있는 저그들의 정신으로 옮겨 다니면서 모든 광경을 동시에 관찰하고 필요한 정보를 전부 골라냈다. 케리건은 자신을 위해 스스로 만든, 벌집무늬로 만든 높이 솟은 왕좌 같은 의자에 앉아서 팔걸이를 날카로운 손으로 잡고 있었다. 케리건은 눈을 빛내며 어둡고 음침한 붉은 암흑을 응시했고, 몇 광년은 떨어져 있는 무언가를 응시했다.

프로토스가 두 군데 복도에서 쏟아져 나왔다. 몇몇 프로토스들은 누더기가 된 기사단 갑옷을 입고 있었고, 다른 프로토스들은 찢어진 겉옷 차림이었다. 케리건은 다른 때 같았으면 이것들이 얼마나 빨리 죽을까 생각하며 즐거웠을 테지만, 지금은 그들을 죽여도 짜증만 솟구쳤다. 도대체 암흑 집정관은 어디에 있단 말인가?

다른 복도 두 곳으로 간 저그들은 아무 방해도 받지 않은 채 기세등등하게 전진했다. 저그들이 지나는 곳에서 보이는 젤나가의 기술들은 놀라웠다. 어떤 장소들에는 벽들에 빛나는 글자들이 새겨져 있었다. 그녀가 만든 생물들은 너무나 빨리 이동했기 때문에 케리건은 그 글자들을 읽을 새가 없었다. 이곳에는 곰곰이 생각하고 배우고 흡수해서 저그들을 강화시킬 만한 정보가 아주 많았다. 다음번에 다시 와서 여유를 갖고 이곳을 탐험해야겠다고 케리건은 다짐했다. 이곳에 온갖 종류의 흥미롭고 유용한 정보들이 숨겨져 있다는 확신이 들었기 때문이다. 하지만 지금 해야 할 일은 딱 하나였다.

케리건은 바싹 말라버린 시체들이 바닥에 여기저기 널려 있는 곳에 오자 이제 울레자즈 가까이에 왔음을 알아차렸다. 이곳의 시체들은 석판 위에 가지런히 놓여 있지 않았다. 프로토스들은 이미 몇백 년 동안 건조가 진행되어 말라버린 미라처럼 보였지만, 아무렇게나 던져져 있는 상태로 보아 최근에 자신들이 섬기던 주인에게 정기를 빨리고 죽었음을 알 수 있었다. 케리건은 흥분된 마음으로 날카로운 갈고리 손을 꽉 쥐고 미소를 지었다.

그리고 지능 없이 그녀의 지배만을 받는 부하들에게 따라가야 할 길을 새로 정해주었다.

"여기다."

곧이어 저그들은 수정들이 반짝이는 커다란 동굴 방에서 울레자즈를 찾아냈다. 케리건은 저그들에게 멈추라고 지시했다. 저그들은 갑자기 멈췄고, 그 때문에 앞으로 가던 타성을 미처 제어하지 못한 몇몇 저그들이 서로 뒤엉키는 상황이 벌어졌다. 케리건은 그 광경을 탐욕스럽게 마음껏 들이켰고, 암흑 집정관의 움직임에 따라 반응할 준비를 한 채 때를 기다리며 지켜보았다.

이 장소를 비추는 빛이라고는 저승의 불빛처럼 무시무시하게 빛나는 케이다린 수정에서 나오는 것밖에 없었다. 거기 있는 울레자즈의 모습은 빛의 부재 그 이상이었다. 마치 울레자즈가 이 행성 표면에서 가졌던 실체를 넘어선…… 존재의…… 부재였다. 자연현상으로는 설명할 수 없는 이 존재는 희미한 초록빛으로 윤곽을 알아볼 수 있을 뿐, 그곳의 모든 빛을 빨아들이는 듯 보였다. 울레자즈는 숨을 쉬기라도 하듯 맥박이 뛰었지만, 케리건은 그 존재가 호흡처럼 보통 생물들이나 하는 행동을 할 리 없다고 장담할 수 있었다.

오래도록 울레자즈는 움직이지 않았다. 케리건의 부하인 저그들도 조용히 서 있었다. 다만 이리저리 움직이는 더듬이와 때때로 경련하듯 움찔대는 아래턱을 보았을 때, 그들이 마주한 울레자즈보다는 저그가 살아 있는 생명체에 더 가까웠다.

이선은 뮤탈리스크 위에 앉아 안절부절 못하며 투덜댔다.

"뭐든 하십시오."

케리건은 몇 광년 떨어진 곳에서 울레자즈를 똑바로 응시하며 으르렁댔다.

"할 거다."

뭔가를 한 쪽은 울레자즈였다.

마치 암흑이 핵폭발이라도 한 것 같았다. 암흑 집정관으로부터 빛이 없는 어둠이 확 퍼지더니 주위에 있던 저그들은 소리도 없이 모두 쓰러졌다. 케리건은 자신의 눈으로 쓰던 저글링들이 순식간에 죽어버려서 깜짝 놀랐다. 그 때문에 무슨 일이 벌어졌는지 알아차리지 못할 뻔했다. 하지만 칼날 여왕은 재빨리 정신을 가다듬고 다시 저그들을 골라가며 하나가 죽으면 다른 하나로 옮겨 가기를 계속했다.

이 일은 상당히 빨리 일어나서 케리건은 상황을 제대로 파악할 수조차 없었다. 케리건은 장군인 이선의 마음을 어루만지며 속삭였다.

"저그들에게 후퇴하라고 해. 모든 것을 네게 맡기겠다, 나의 동반자여. 울레자즈가 올 거야."

하지만 울레자즈는 저그들과 싸우려 들지 않았다.

암흑 집정관은 그저 깜빡이다 완전히 사라졌다. 깜짝 놀란 케리건은 분통을 터뜨렸다. 여기에 있었다는 표시로 시체들만을 남긴 채 울레자즈가 떠나버렸다.

"안 돼!"

케리건이 비명을 지르며 왕좌에서 펄쩍 뛰어올랐다. 지금까지 바보처럼 당하기만 했다. 울레자즈는 케리건이 아는 한 우주에서 유례가 없을 정도로 강력하고 지능이 뛰어난 적이었다. 암흑 집정관이 순간 이동을 할 거라고는 짐작조차 할 수 없었지만…… 적어도 케리건은 울레자즈가 비범한 능력을 가졌으리라 예상했어야 했다. 케리건이 그렇게 인식하자마자 그 생각은 거의 동시에 다른 네 군데의 통로를 수색하던 모든 저그의 머릿속에도 전해졌다. 그러나 울레자즈는 그 어디에서도 찾을 수 없었다.

"이선! 울레자즈가 도망쳤다! 어서 찾아! 지금 당장 찾아!"

• • •

'지금 당장 찾아!'

이선은 이 말을 듣고 엄습해온 공포심을 애써 억누르며 저그들에게 흩어지라고 지시를 내렸다. 울레자즈는 도대체 뭘 어떻게 한 거지? 케리건은 조금 전까지 살아 있었던 저그의 눈을 통해 바라본 영상을 이선과 공유했다. 그 영상에 따르면 암흑 집정관이 어떻게 했는지 알 수는 없어도 안전한 곳으로 순간 이동을 한 것 같았다.

그 광경을 본 이선은 화도 났지만, 감탄할 수밖에 없었다. 이런 걸 할 수 있을 정도의 힘을 가졌단 말인가. 이선은 이런 능력이 있다고 들어본 적도 없었다. 순간 이동은 우주선이나 차원 관문에서나 가능한데, 어떻게 일개 생명체가 순간 이동을 한단 말인가?

바로 그때 머리를 스치고 지나간 생각에 이선은 쉰 소리로 짧게 헛웃음을 지었다.

"여왕 폐하, 암흑 집정관은 잠시 동안 우리의 공격을 피할 수 있었을지는 몰라도, 이런 묘기를 부리느라 지금 그 상태에서 가진 에너지보다 더 많은 에너지를 소모했을 겁니다. 울레자즈는 아이어를 떠난 게 아닙니다……. 지하 공간을 떠나지 않았을 수도 있습니다. 이건 우리를 당황하게 만들어서 속이려는 수작에 불과합니다. 하지만 우리는 결국 이기게 될 겁니다."

케리건의 칭찬과 기쁨은 이선에게 감미로운 포도주 같았다.

"그래, 맞아. 네 말이 옳다고 생각해. 저그들은 지하에 있는 갈라진 틈이며 방들, 저 깊숙한 곳들까지 구석구석 모두 다 들어차 있지. 찾아낸 출입구들도 다 막고 있어. 울레자즈는 도망칠 수 없어. 하지만 여전히 명심해야 해. 우리는 또다시 그자를 과소평가하는 풋내기 같은 실수를 하지 말아야 한다."

"물론입니다. 그런 실수는 이제 하지 말아야죠."

이선은 예상할 수 없을 일도 어떻게든 예상해야 한다는 사실을 알았다. 물론 무슨 수를 써서라도 그렇게 할 것이다.

안도감과 더불어 자기가 섬기는 여왕에게 전리품을 드리고 싶다는 간절함이 왈칵 솟아오른 이선은 뮤탈리스크에 탄 채 아래 방향을 뚫어져라 내려다보았다. 방금 전까지 재빠르게 동굴 속으로 밀고 들어가던 저그들은 이제 같은 속도로 밖으로 쏟아져 나왔다. 울레자즈가 숨었던 장소로부터 급히 빠져나온 저그들은 사방으로 퍼져 울레자즈가 도망쳤을 출구들을 찾아 수색했다. 다른 저그들은 미로 같은 지하의 더 깊은 곳들로 허둥지둥 달려 들어갔다. 저그들은 마침내 울레자즈를 찾게 되리라.

• • •

울레자즈가 사라져버린 지 채 삼 분이 지나지 않았을 때였다. 케리건은 흩어진 저글링 중 하나를 골라 그 눈을 통해 주위를 볼 수 있었다. 갑자기 저글링 중 한 마리의 눈앞에 보이는 땅 아래에서부터 하얀 빛이 반듯한 선을 이루며 뿜어져 나와 땅을 갈랐다. 하얀 선은 빠르게 퍼지더니 사각형 모양을 이루었고, 순간 바닥이 부서지며 위로 솟구쳤다.

젤나가 우주선이었다. 케리건은 순간 이것이 분명히 젤나가 우주선이라고 알아챘다. 우주선은 바닥에 뚫린 구멍을 통해 위로 올라왔다. 자연미와 기술력이 잘 어우러져 온통 소용돌이와 곡선들로 우아한 모습이었다. 저그들은 떼를 지어 다가가 선체로 덤벼들었다. 케리건은 이것이 충분히 그럴듯한 공격이기를 바랐다. 암흑 집정관이 우주선을 타고 날아가지 못하도록 저지하려고 노력하는 중인 것처럼 보여야 했다.

심장이 한 번 고동쳤을까, 그 물체가 갈라지듯 에너지를 내뿜었다. 저그들은 돌덩이처럼 바닥으로 떨어졌다. 그 물체 위로 올라타려 선체를 할퀴던 저그들은 물론 허공에서 그 주위를 빙빙 돌기만 했던 많은 저그들도 마찬가지 신세가 되었다. 젤나가 우주선은 계속해서 위로 오르며 도망치려 애썼다.

케리건이 프로토스 우주선에 대해 아는 바에 따르면, 우주선의 조종 시스템에서 가장 중요한 요소는 조종사였다. 케리건은 지금 경우도 마찬가지로 울레자즈가 본인의 사이오닉 에너지를 써서 우주선을 조종하는 게 아닐까 생각했다. 케리건은 자기 생각이 맞기를 바랐다. 그렇다면 그리 쉽게 빠져나갈 수 없을 터였다. 케리건은 그냥 기다리며 상황이 어떤지 알아볼 수밖에 없었다.

우주선이 뿜어낸 에너지로 대기가 진동했다. 이선은 자기가 탄 뮤탈리스크를 꽉 잡고서 사납고 높은 목소리로 소리를 지르며 머릿속으로 뮤탈리스크에게 도망치라고 명령했다. 지금은 반경 밖으로 자신과 뮤탈리스크가 안전하게 피하기를 바라는 수밖에 없었다. 뮤탈리스크가 너무 빨리 움직인 나머지 이선은 잡았던 고삐를 하마터면 놓칠 뻔했다. 이선은 도망치는 와중에도 무슨 일이 일어난 건지 보려고 고개를 돌렸다.

마치 발레를 보는 듯한 우아한 광경이 펼쳐졌다. 젤나가 우주선은 찬란하게 광채를 발하며 지옥에서 올라오는 천사처럼 아이어의 하늘로 솟아올랐다. 그리고 우주선이 뿜어낸 빛의 반경 내에 있던 모든 추격자들은 순간 땅으로 추락하고 말았다. 이번에는 울레자즈가 운이 좋았다.

이선은 암흑 집정관을 태운 젤나가 우주선이 완전히 사라지기 전에 겨우 베헤모스 한 마리를 소환할 시간이 있었다. 이선은 자신의 지휘 아래 있는 다른 저그들과 함께 베헤모스의 빽빽한 주머니 깊숙이 자리한 움푹한 공간으로 들어갔다.

"따라가라."

이선은 베헤모스에게 명령했고, 베헤모스는 그 지시에 따랐다.

제7장

   함대는 조용하고 침울한 분위기 속에서 고향으로 귀환하고 있었다. 태사다르가 망설일 때부터, 즉 대의회가 보기에 완전히 어긋난 동정심에 이끌려 명령을 불복종했을 때부터 이런 결과로 이어질 거라는 사실을 모두 알고 있었다. 집행관 태사다르, 가장 현명하고 견줄 이 없는 최고의 프로토스 전사는 본토로 소환되는 중이었다. 대의회가 내린 결정은 야비하고 옹졸하다시피 했다. 제이크는 대의회가 태사다르를 훈련시키려는 의도일뿐더러 수치심을 안겨주려는 의도라는 사실을 깨달았다. 대의회는 태사다르의 불복종에 대해 심기가 불편한 상태인데다 분명 이렇게 불복종한 상황이 야기하게 될 결과들을 걱정했다. 결국 저그들은 옴하라처럼 단순하게 처리할 수 있는 상대가 아니었다.

   하지만 대의회는 태사다르가 그런 결정을 내렸을 때 곁에 있지 않았다. 그리고 태사다르가 내면의 갈등을 겪으면서 받은 정신적인 고뇌와 걱정을 함께 느낀 것도 아니었다. 그러나 제이크는 태사다르의 곁에 있었다. 제이크는 또 다른 고위 기사를 떠올렸다. 필요 이상으로 잔인하고 부당하다고 여겨지는 대의회의 명령을 태사다르처럼 거부했던 이, 바로 아둔이었다. 아둔은 프로토스 종족의 영웅이었다. 왜냐하면 역사가 아둔을 영웅으로 원했기 때문이다. 그 역사는 당시의 대의회와 후대의 대의회가 조작한 것이었다. 당시의 권력자들은 진실 같은 귀찮은 것으로 아둔에 대한 기억에 오점을 남기려 하지 않았다. 특히 그 진실이 자신들과 타협하려는 시기에는 더군다나 그럴 수 없었다. 아둔은 이 세계에 과분할 정도로 선량하고 순수한 프로토스였고, 사악한 암흑 기사단을 추방한 뒤 무언가 신비한 방법으로 육신의 세계를 떠났다. 그것이 아둔의 유산이었다. 아둔은 암흑 기사단이라는 오점을 뿌리 뽑기 위해 지금도 알 수 없는 방식으로 스스로를 희생했다. 프로토스 종족을 안전하게 지키기 위해서 말이다.

· · ·

"하지만 사실은 그게 아니잖아요. 나는, 아니 당신은…… 정말 헷갈리네요. 그러니까 베트라스는 진실을 알잖아요! 아둔의 죽음은, 이렇게 말해도 될지 모르겠지만 암흑 기사단을 구하려고 애쓰다 그렇게 된 거잖아요!"

"맞아. 계승자들은 사건의 모든 내막을 알지. 우리는 모든 기억을 가졌으니까. 그 때문에 계승자들은 절대로 대의회의 일원이 될 수 없어."

제이크는 이 말을 이해하려고 노력했다.

"그렇다면 계승자들은 진실이 뭔지 말하면 안 되나요?"

"계승자들이 아는 사실을 대의회도 알아. 계승자들은 과거를 간직한 자들이야, 제이콥. 정책을 구상하는 자들이 아니라고. 우리는 나름의 규칙

이 있기 때문에 철저하게 중립을 지켜야 해. 어떤 일을 두고 판단을 내리거나 칭찬이나 비난을 하는 것은 우리의 역할이 아니야. 우리의 역할은 행동하는 게 아니라 오직 관찰하는 것이야. 최소한…… 지금까지는 항상 그래왔어."

"그럼 당신은 태사다르가 처형을 당하도록 내버려두었을 거란 말이에요?"

제이크는 자마라의 불편한 심기를 느꼈다.

"설명하기 참 어렵구나. 하지만 그래, 네 말대로…… 그렇게 했을 거야. 하지만 그때 그런 결정을 내리지 않아도 되었다는 게 기뻐."

• • •

"당신이 내린 결정을 철회하실 겁니까?"

제이크는 태사다르에게만 자기 생각이 들리도록 몰래 물어보았다.

"아닙니다."

태사다르는 주저하지 않고 단호하게 말했다.

"나는 복종하기로 맹세했던 이들에게 반항했다는 사실을 후회합니다. 하지만 똑같은 일이 일어나도 나는 같은 결정을 내릴 것입니다."

태사다르는 부드럽게 빛나는 눈을 제이크에게 돌렸다.

"이 지식으로 나는 편안하게 운명을 맞이할 수 있습니다. 내가 아는 건……."

순간 엄청난 기세로 누군가가 지른 비명이 들렸다. 프로토스들 중 가장 예민한 몇몇은 고통으로 몸을 떨 정도였다. 절망하고 좌절한 상태로 간절하게 도움을 청하는 목소리는 특정한 이름을 외쳐 부르고 있었다.

"태사다르!"

이미지들이 홍수처럼 제이크를 덮쳤다. 여린 회색 재들로 덮인 불타버린 세계, 무시무시한 고통, 그리고 저그, 너무 많은 저그……. 여기, 여기에 적이 숨어 있었다!

태사다르가 말했다.

"차 행성이로군. 저기가 어딘지 압니다. 도움을 청하는 비명은 차 행성에서 오고 있습니다."

그 순간 제이크는 자신들이 무엇을 해야 할지 알았다. 태사다르는 수정을 켜고 함대에게 자신의 생각들을 이야기하기 시작했다.

"여러분은 내가 대의회의 명령을 따르지 않기로 했을 때 아무런 말없이 나를 따라주었다. 그러니 모두 아이어로 계속해서 귀환하라는 나의 명령을 다시 한 번 따라야 한다. 하지만 간트리서호는 동행하지 않을 것이다. 나는 위험에 빠진 이가 보낸 텔레파시를 받았고, 이걸 조사해야 한다고 생각한다. 이곳, 이 행성에서 우리의 진짜 적인 저그를 최종적으로 박멸할 수 있는 기회라고 보기 때문이다. 다시 한 번 알린다. 모든 함대는 아이어로 귀환하라. 여러분이 내게 보인 충성은…… 가늠할 수 없을 정도다. 엔 타로 아둔."

수정에서 손을 뗀 태사다르는 자신의 기함 안으로 생각들을 전송했다.

"나를 따라 누가 이 응급 신호를 보냈는지 조사하고 싶지 않은 자는 고향으로 귀환해도 좋다. 나는 여러분에게 더할 나위 없는 칭찬밖에 해줄 게 없다. 그리고 대의회가 나에게만 노여움을 터뜨리고 여러분에게는 아무런 영향도 끼치지 않는 상황을 만들기 위해 최선을 다하겠다."

제이크는 긴장하며 이 말을 들은 프로토스들의 대답을 기다렸다. 그리고 간트리서호에 탑승한 프로토스들이 단 한 명도 이탈하지 않자 상당히 감동했지만 놀라지는 않았다. 승무원들은 모두 기사단원이었고, 자신들의 지도자를 따랐다. 주체할 수 없을 정도로 감동한 태사다르는 잠시 얼굴을 두 손에 파묻고 감정을 보이지 않도록 차단했다.

"내 전대의 사령관 중 그 누구도 여러분같이 충성스러운 부하를 둔 이가 없었다."

그 말은 진심에서 우러나왔다. 태사다르는 제이크를 돌아보았다.

"자마라, 당신은 돌아가야 합니다."

제이크는 고개를 저었다.

"나는 당신과 함께 있고 싶습니다."

"당신이 안전하게 성소로 돌아가는 걸 봐야 내 마음이 편하겠습니다."

제이크는 고개를 옆으로 기울이고 눈을 반쯤 감아 미소를 표현했다.

"태사다르…… 집행관이여……. 나는 아주 오랫동안 지식을 보유하고 간직하는 자로 살아왔습니다. 나는 나만의 지식을 만들어내기를 바랍니다. 그리고 당신을 믿습니다. 당신이 할 행동을 말입니다. 나는 당신과 함께 가기를 선택했습니다, 집행관이여. 나는 유일한 계승자가 아닙니다. 내가 죽는다 해도 다른 이들이 임무를 이어갈 겁니다. 우리는 끊임없이 계속되는 이들이니까요."

"그 말씀이 맞습니다. 하지만 나는 당신이 해를 입는 걸 원치 않습니다. 그렇다고 당신의 안전을 보장할 수도 없습니다. 자마라…… 당신은 우리 종족의 가장 큰 보물입니다. 계승자를 위험에 처하게 하는 일 말고도 나는 사회에서 격리되기에 충분한 일을 이제까지 저질러왔습니다. 게다가 나는 차 행성에서 우리가 어떤 운명을 맞이할지 모르는 상황입니다."

"당신을 부른 이가 누구든 엄청난 고통에 처했으며 강력한 텔레파시를 보냈다는 사실을 당신은 압니다. 나처럼 당신도 여기에 이해할 수 없는 점이 있다는 것을 감지했습니다. 만약 그곳이 저그의 본거지가 아니라면, 도움을 청한 이 말고도 다른 많은 이들을 찾을 수 있는 장소라는 사실을 당신도 알고 있습니다. 그리고 어떤 상황이든 제 목숨이 안전하리라는 보장은 없습니다. 이런 중대한 시기에는 더 이상 아무것도 안전하지 않습니다. 그래서 나는 이런 결정을 내린 겁니다."

태사다르는 제이크의 영혼 속 깊은 곳을 응시했다. 태사다르의 놀라운 정신력은 자마라만큼이나 강했고, 어떤 면에서는 그녀보다 더 강한 것 같았다. 태사다르가 손을 내밀었고, 제이크 역시 그를 따라했다. 잠시 동안 두 프로토스들은 칼라에서 만났다. 선택에 대한 그녀의 신념을 확인한 태사다르는 칼라에서 나와 가볍게 고개를 끄덕였다.

"그렇게 하십시오."

• • •

눈을 깜빡이며 깨어난 제이크에게 찌르는 듯한 통증이 찾아왔다. 제이크는 자마라가 자신을 편안하게 해주려 노력하고 있음을 느꼈다. 자마라가 말했다.

'먹어. 몇 가지는 네 지적 수준을 넘기 때문에 영상으로 보여줄 거야. 다른 건 그냥 말로 설명해줄 수 있으니까 웬만해서는 네게 부담이 되지 않을 거고.'

제이크는 지금 기억을 공유할 수 있어 좋았다. 하지만 어쩌면 뇌종양 때문에 죽지 않을 수도 있다고 생각하자, 그에게 부담을 주지 않으려는 자마라에게 찬성하는 뜻을 보냈다. 자마라는 진짜로 움막에 남겨진 암흑 기사단의 장비 몇 가지를 작동하는 법을 알아냈고, 그렇게 해서 알아낸 결과는 좋았다. 물은 마실 수 있을 만큼 깨끗하고 맑았으며 상쾌했다. 그리고 물 속에 살고 있는, 양서류와 곤충을 이종교배한 것처럼 정말 끔찍하게 생긴 생물들은 먹을 수 있었다. 여러 종류의 과일들과 나무뿌리들도 적게나마 또 다른 먹을거리가 되어주었다. 그러니 최소한 제이크는 여기서 굶어 죽지는 않을 터였다. 제이크가 과일 하나를 집어 들고 주머니칼로 두꺼운 검은 껍질을 벗긴 다음 깜짝 놀랄 정도로 달콤한 흰 과육과 작은 씨앗들을 먹는 동안 자마라는 이야기를 계속했다.

'차 행성에 도착한 우리는 태사다르를 불렀던 이가 누구인지 알고는 충격을 받았어. 그 존재는 한때 사라 케리건이라는 이름의 유령 요원이었던 인간 여성이었고, 우리가 갔을 때 이미 저그에게 감염된 상태였어. 조금 전에는 도움을 청했던 상태였지만, 곧바로 자신의 운명에 만족해버리고 말았지. 나중에 초월체가 죽게 된 후 케리건은 자기를 창조한 존재보다 한층 더 높은 단계에 이르렀어. 바로 저그의 여왕이 된 거야.'

깜짝 놀란 제이크는 그만 칼에 손을 베였다. 제이크는 상처를 핥으며 말했다.

'여왕이라고요? 그거 어디선가 들었던……. 오, 이런……. 이선이 여왕이라고 했던 게…….'

'이선은 정말로 그렇게 말했지. 그리고 넌 내가 케리건을 안다고 말했던 게 기억날 거야.'

'나도 조금은 알아요. 정부가 검열하고 읊어대던 정보가 아닌 내용을요. 그저 그 둘이 연결되는 사실이라고 결론을 못 내렸을 뿐이었죠.'

'명심해야 할 게 또 있어. 많은 프로토스들은 제임스 레이너와 만난 적이 있어서 인간 남성은 믿을 만한 아군이 될 수 있다는 걸 알게 되었지. 하지만 사라 케리건은 우리가 이제까지 접촉한 유일한 인간 여성이었어.'

'기막히네요. 그래서는 로즈메리에게 전혀 도움이 안 되겠군요.'

'그래, 로즈메리에게는 분명히 넘어야 할 편견의 장벽이 있어. 하지만 우리 종족은 대체로 이성적이야. 로즈메리는 진실을 이야기할 거야. 아직은 좌절하지 마, 제이콥.'

제이크는 한숨을 쉬었다. 그는 좌절하지 않으려고 애쓰는 중이었다. 제이크는 자마라에게 이야기를 계속하라고 부탁했다.

'하지만 프로토스들이 차 행성에 내려 케리건과 저그를 상대로 싸우려고 시도하는 동안, 우리는 정무관 제라툴과 그의 병사들을 만났어. 태사다르는 암흑 기사단의 존재를 즉시 알아차렸지. 그때는 암흑 기사단이라면 우선 지긋지긋했고, 다소 무섭기도 했을 뿐더러 생각만 해도 화가 치밀었어. 그렇게 그들을 만났지⋯⋯. 상황은 좋은 쪽으로 흘러가지 않았어.'

'하지만⋯⋯ 아, 그래요. 당신은 태사다르에게 라자갈과 그 무리에 대한 사실을 말해줄 수 없었군요. 암흑 기사단은 악하지도 않고 반역을 저지른 건 더더욱 아니라는 사실을 말이에요.'

거기에 대해 수긍과 더불어 자마라의 슬픔과 후회가 제이크에게 밀려왔다. 제이크는 틀림없이 자마라가 매우 힘들었을 거라고 생각했다⋯⋯. 이 두 파벌들이 서로를 미워할 아무런 이유가 없다는 걸 알면서도 서로 간의 불화를 치유하려는 어떤 행동도 할 수 없었기 때문이다.

'다행히도 태사다르는 진실에 눈을 뜨는 데 내 도움이 필요하지 않았어. 처음에 그들은 맞서 싸웠지. 어떻게 안 그럴 수가 있었겠어? 태사다르는 암흑 기사단이 나타내는 모든 것들이 죄다 혐오스럽다고 배우며 자랐거든. 하지만 결국에는 제라툴과 대화를 하기로 했지. 그리고 제임스 레이너와 함께 지내면서 계승자 외에는 아무도 모르던 암흑 기사단의 진실에 대해 알게 되었어. 암흑 기사단이 나에게 위험을 끼칠 가능성 때문에 오랫동안 나는 간트리서호에서 떠나도 된다는 허락을 받지 못했어. 그래서 나는 이 장면들을 내 눈으로 직접 보지 못했지…… 그땐 그랬어. 그 후에 태사다르의 죽음을 비롯해 슬프게도 많은 이들의 죽음을 통해 나는 이 모든 게 어떻게 된 일인지 알고 이해했어.'

그러면서 자마라는 제이크에게 몇 가지 이미지를 보여주었다. 이미지는 그다지 강하지 않아서 부담이 없었다. 제이크는 바라본 장면으로 인해 상당히 놀랐다. 양측을 대표하는 최고의 기사들은 상상조차 할 수 없을 정도로 우아하게 싸우고 있었다. 집행관이 치명적인 일격이라 볼 수밖에 없는 공격을 날리자 정무관은 순간 참으로 신비하게도 몸을 옆으로 피했다. 아니, 옆으로 피한 게 아니었다. 파랗게 빛나는 검이 가른 그 자리에 존재하지 않았다고 봐야 했다. 초록빛을 흩뿌리는 휘어진 검이 허공을 가르는 순간, 아이어 고위 기사의 빛나는 푸른 검과 소리를 내며 부딪치는 장면도 보았다.

시간은 흘러 이미지가 바뀌었다. 두 프로토스 지도자들은 앉아서 대화를 했고, 제라툴은 태사다르를 가르치기 시작했다. 제이크는 그 둘이 대화를 나누는 동안 테란인 짐 레이너가 많은 시간 함께 자리하는 광경을 보고 자랑스러웠다. 어쩌면 그보다 훨씬 더 신기한 것은 제이크 자신이 태사다르가 레이너처럼 동족의 일원인 양 그를 굉장히 자랑스럽게 생각하고 있다는 점이었다.

'너는 이제 보통 테란 이상의 존재인 거야. 프로토스의 일원으로 자라난 것보다 더 프로토스와 가까워질 수는 없는 법이지. 어떤 면으로는 제이콥, 너는 우리 프로토스들이 자신을 이해하는 것보다 더 잘 이해한다고 볼 수 있어.'

제이크의 얼굴이 빨개졌다.

그리고 점차 지금 일어난 일이 무엇인지 서서히 이해되기 시작했다.

'제라툴은 태사다르에게 사건의 진실을…… 자기가 아는 한에서 이야기하고 있군요. 그리고 태사다르는 그 이야기를 듣고 있어요!'

'그래.'

'자마라…… 당신이 나에게 부담주지 않으려는 걸 알지만, 제발 부탁입니다. 나는 이 사건을 그저 보기만 하는 게 아니라 더 알고 싶습니다.'

자마라는 잠시 주저했지만 이내 승낙했고, 제이크는 다시 자마라가 되었다.

• • •

상대 프로토스들을 전적으로 신뢰할 수 있다는 확신이 든 태사다르는 정무관 제라툴이 간트리서호에 탑승하도록 허락했다. 태사다르의 전사들은 자신들의 지도자와 똑같이 제라툴에게 경의를 표하라는 말을 들었다. 제라툴이 제이크가 기다리고 있는 함선으로 향했을 때, 손님을 향한 적대적인 생각은 없었다.

제이크는 긴장과 더불어 흥분도 되었다. 암흑 기사라……. 제이크는 암흑 기사단을 아는 이들의 기억을 갖고 있었지만 자기가 직접 이들을 만나게 되리라고는 꿈에도 상상해본 적 없었다. 정무관 제라툴이 들어오자 제이크는 옷매무새를 정리하고 생각을 가다듬었다.

제라툴은 정중히 절을 했다.

"계승자이시군요."

제라툴이 보낸 마음의 목소리는 바스락거리는 낙엽처럼 건조했고, 그의 연배와 지식의 연륜을 드러냈다. 제이크는 첫눈에 제라툴이 마음에 들었다.

"계승자를 만나다니 다시없을 특권입니다. 오래 살다 보니 이런 일도 있군요. 거듭 말하지만 나는 살면서 우리 종족이 다시 화합하리라고 생각해본 적이 없었습니다."

제이크는 어떤 이름과 모습을 떠올렸다. 바로 라자갈이었다.

"라자갈…… 그분은 지금 당신들의 지도자이십니까?"

"그렇습니다. 그분은 우리의 여족장으로, 현명하고 공정하신 지도자입니다. 그리고 아이어에서 추방될 당시를 기억하고 계실 정도로 연세가 많으십니다. 우리 종족 중에서는 우리의 형제를 기억하는 이가 이제 거의 없습니다. 나와 같은 마음으로 그분 역시 우리 종족이 다시 연합하기를 바라고 계십니다."

제이크는 천천히 고개를 끄덕였다. 라자갈은 천 년이 넘는 세월을 살아왔으니 이제 노령이었다.

"나는 여러분의 여족장께서 어린아이였을 적의 기억을 가지고 있습니다. 그분을 만나보면 아주 흥미롭겠지요."

제라툴은 너무나 바란다는 듯 간절한 모습으로 제이크를 바라보았다.

"우리 암흑 기사단은 신경삭을 절단한 걸 후회하지 않습니다. 우리는 당신들처럼 칼라가 필요하지 않습니다. 하지만 자마라, 당신이 나타내는 것을…… 나는 존중합니다. 우리도 가질 수 있었으면 얼마나 좋을까요."

"그렇다면 여러분에게는 과거의 지식을 간직할 방법이 전혀 없단 말입니까?"

제이크는 섬뜩한 기분이 들었다. 암흑 기사단이 이제까지 해온 여정으로 이뤄낸 모든 역사와 거기서 발견한 것들이 시간이 흐르며 사라져버렸다고 생각하니 슬퍼졌다.

"계승자처럼 완벽한 방법을 갖고 있진 않습니다. 하지만 우리는 케이다린 수정들 안에 기억을 보존하는 방법을 터득했습니다. 그 방법은 완벽하지 않은데다 감정을 보관할 수도 없지만, 정보를 잃어버리지 않고 보관할 수는 있지요."

• • •

제이크는 탄성을 질렀다.

"이렇게 알게 된 거군요! 당신은 이걸 확실한 정보통에게 들었네요."

"나는…… 맞아. 본인에게서 직접 들은 거지. 너희 인간의 표현은 정말 다채롭구나, 제이콥."

• • •

제이크는 잠시 주저했다.

"나는…… 두 분이 거짓을 넘어서 진실을 알게 되어 기쁩니다. 여러분께 용서를 구해야겠지요. 나는 태사다르, 당신이 이제야 알게 된 진실을 이미 알고 있었습니다. 하지만 그 진실을 모르는 자에게 사실대로 말하는 것은 예로부터 금지된 일이었습니다. 제라툴이 당신에게 한 말은 모두 진실입니다. 아둔은 사악한 기운으로부터 아이어가 확실히 벗어나게 하려고 스스로를 희생한 게 아닙니다. 바로 암흑 기사단을 도우려고 그랬습니다…… 언젠가는 우리가 그들을 다시 받아들일 거라는 희망을 품고 말입니다."

태사다르는 충격을 받았다. 그리고 제라툴은 크게 기뻐하는 듯 보였다.

"우리 종족에게는 '아둔 토리다스'…… 즉, '아둔이 우리를 숨겨주시리라'라는 축복의 표현이 있습니다. 우리는 그분이 우리의 구원자였음을 알았습니다."

제라툴은 뭔가 더 말하려는 듯했지만, 이내 두 명의 아이어 프로토스들로부터 생각을 닫았다.

"때가 되면 이것에 대해 더 알려드리겠습니다. 지금은 그저 당신을 훈련시키는 데 만족하도록 하지요. 당신이 배우고 싶어 하는 만큼 열심히 가르치겠소, 태사다르."

태사다르는 몸을 곧추세웠다. 그의 눈에서 빛이 났다.

"나는 당신이 가르치는 것을 배워서 우리 종족 모두를 구하겠습니다……. 나의 친구여."

• • •

제이크는 놀라움에 사로잡혀 조용히 고개를 흔들었다.

"정말 굉장하군요. 둘 다 말이에요. 카스나 아둔만큼 굉장해요. 태사다르…… 그분은 아이어를 구하기 위해서 죽었어요, 그렇죠?"

"이 기억은 태사다르가 우리 종족을 위해 희생하고 저그에게 일격을 가하리란 걸 암시하고 있어. 맞아, 그는 우리를 위해 희생했지. 태사다르는 마침내 대의회에 반기를 들었어. 그들은 태사다르의 말을 결코 들으려 하지 않았거든. 그러다 결국 대의회 의원들은 모두 살해되었지."

"뭐라고요? 그럼 태사다르가 대의회의 의원들을 죽였단 말이에요? 모조리?"

"그래. 심판관 계급은 아직까지 살아 있지만 이제 대의회는 더 이상 존재하지 않아. 태사다르는 깊이 후회하면서 대의회의 의원들을 죽였지만 그렇게 할 수밖에 없었어. 그렇게 하지 않았다면 태사다르가 꼭 필요했던 시기에 대의회는 그를 구금했을 테고, 결국 아이어와 프로토스 종족 전체는 파괴될 수밖에 없었겠지. 태사다르는 제라툴이 그에게 가르치려 했던 것, 바로 암흑 기사단이 수 세기 동안 공허의 신비들을 탐험하며 습득한 에너지와 힘들에 대해 배웠어. 우리 중 어느 한쪽만으로는 저그의 초월체를 절대로 파괴할 수 없었지. 태사다르는 초월체를 물리치고 우리 종족을 구하기 위해 두 종류의 기술을 모두 사용했어. 그 일은 태사다르가 암흑 기사단을 이해하고 연민을 느꼈기 때문에 가능했어. 태사다르는 제라툴의 편이 되었고, 제라툴 역시 태사다르의 편이 되었거든. 그래서 우리는 암흑 기사단이 있는 샤쿠라스에서 환영받을 수 있었어."

태사다르는 정말 대단한 프로토스였다. 태사다르는 천 년 동안 거짓말들로 봉인하려고 애썼던 마음을 열었고, 프로토스의 존재 의미를 파괴하려고 한다는 평판을 듣던 이들을 받아들였을 뿐 아니라 능동적으로 포용하기까지 했다. 태사다르는 자신의 생각을 진실이라고 믿기보다는 진짜 진실이 무엇인지 아는 길을 택해서 종족을 구했다.

어쩌면 더욱 비범한 이는 제라툴과 암흑 기사단일지도 모른다. 만약 테란 중 한 부류가 반역자로 몰렸고, 처형의 위협을 받았으며, 살아남을 수 있을지 알 수 없는 공허의 영역으로 추방되었다면, 그들은 자신들을 적대했던 이들에게 결코 온정을 베풀지 않았을 거라고 제이크는 확신했다.

'나는 샤쿠라스에 얼마 안 있었어. 그래서 지난 사 년이 넘는 시간 동안 무슨 일이 벌어졌는지 몰라. 하지만 제라툴과 태사다르를 보며 희망을 얻었지. 내가 없어도 아이어 프로토스들과 암흑 기사단이 연합해 다시 한 종족이 될 수 있다는 희망 말이야. 그리고 우리는 그래야만 해. 만약……'

제이크는 즉시 주의를 기울였지만, 자마라는 다시 제이크에게서 마음을 닫아버렸다.

'앞으로 무슨 일이 일어날지 이야기해줄 마음은 있나요, 자마라?'

'나도 그리고 싶어, 제이콥. 너는 네 목숨을 바치라는 요구를 받을지도 모르는 상황에 대해 최소한 알 권리를 가졌으니까. 하지만 나는 우리가 제라툴이나 아니면 우리를 도와줄 누군가를 찾을 때까지 기다려야 해.'

'하지만 오래 기다려야 할 수도 있잖아요.'

강력한 정신력이 생각 속에서 울리는 바람에 제이크는 기절할 뻔했다.

'침입자들아! 도둑들아! 누가 감히 내 성소를 침범했느냐!'

그렇다면…… 그리 오래 기다리지 않아도 될 것 같았다.

제8장

자마라는 멀리서 들려오는 마음의 소리에 재빨리 대답했다.

"제라툴, 나의 오랜 친구여. 자마라입니다. 당신은 예전에 이 세계에 대해 나에게 말한 적이 있었지요. 이름은 가르쳐주지 않았지만 말입니다. 나는 당신의 도움과 지혜를 얻고자 여기에 왔습니다."

자마라가 기억을 전하자 제이크는 찌르는 듯한 고통을 느꼈다. 자마라가 이 기억을 아주 명료하고 두말할 필요 없도록 빠르게 전해야 한다는 사실을 알고 있었다. 그래야 제라툴이 화를 누그러뜨리고 그들을 도와줄 터였다. 하지만 여전히……

• • •

제라툴이 발밑의 먼지를 털자 쌓여 있던 재가 나릿하게 일어나 작은 회색 먼지구름을 이뤘다. 호기심 어린 눈길로 주위를 둘러본 제이크는 두 눈으로 이곳을 직접 보니 듣던 대로 차영어로 '숯'이라는 뜻. 역자 주라는 이름에 어울리는 행성이라고 생각했다.

제라툴은 질문을 던졌다.

"기억들을 간직해서 부담스럽지 않습니까? 불편한 점은 없습니까?"

"이 일은 나에게 영광이자 짊어져야 할 의무입니다. 때로는 말씀하신 것처럼 부담이 되기도 합니다. 기억 자체는 간직하기 쉬운 편입니다. 다만…… 기억들이 내게로 전해질 때 고통스럽습니다."

"기억들이 당신에게 전해진단 말입니까?"

제이크는 차분하게 제라툴을 응시했다.

"나는 프로토스가 죽을 때 그 기억을 받습니다. 그 일은 전혀 즐겁지 않아요. 그리고 어딘가에서 한꺼번에 많은 이들이 죽는 경우에는…… 기억을 흡수하는 일이 아주 고통스럽습니다."

제라툴은 이해한다는 듯 고개를 끄덕였다.

"정말로 어려운 일이 틀림없겠군요."

"갈등은 대부분 내가 진실을 알면서도 나눌 수 없을 때 생깁니다. 그래서 당신과 태사다르가 서로 싸우지 않고 평화에 이르게 되어 기쁩니다."

제라툴은 제이크를 사려 깊은 표정으로 응시했다.

"그렇다면 당신은 어떻게 마음의 평화를 얻습니까, 자마라? 이렇게 많은 기억을 짊어지는 존재로 살아가면서 그로 인해 자아를 잃고 기억에 압도당할 위험은 없습니까?"

"태사다르도 설명했듯이 칼라에 들어간다고 해서 우리 자신을 전부 잃어버리지는 않습니다. 나는 어린이들을 양육하는 장소 같은 곳에서 수많은 마음들과 접촉하며 기분을 전환하고 활기를 얻습니다. 하지만 자유로이 다른 이들과 나눌 수 없는 것들이 너무 많기 때문에 반드시 명상의 시간을 갖고,

내 감정들과 생각들의 흐름을 가다듬으며, 수정들로 마음을 조용히 가라앉혀야 합니다."

제라툴은 눈을 반쯤 감고 고개를 옆으로 기울였다. 재미있다는 몸짓이었다. 제이크는 아이어의 프로토스와 암흑 기사단이 다르다고 하지만 적어도 재미있다는 감정은 같은 방식으로 표현한다고 생각하니 감격스러웠다.

"놀랍고도 흥미롭습니다. 계승자들은 아마도 우리가 거부하는 사상의 상징인 듯합니다. 당신은 기억들을 간직하기 위해 칼라에 들어갈 뿐더러 그 기억들을 통해 다른 이들의 삶에 깊이 관여하게 되는군요. 말하자면, 당신은 그 기억들의 당사자가 되고…… 당신을 통해 그들이 살아가는 것입니다. 그렇지만 때때로 당신은 그 삶에서 벗어나 수정들과 함께 안식을 찾는단 말씀이군요. 우리처럼 말입니다."

제이크 역시 고개를 옆으로 기울이며 제라툴이 정확히 파악한 데 대해 미소를 지었다.

"그렇다면 당신들도 그런 방법을 사용한단 말입니까? 분명히 당신과 암흑 기사단은 각자 견뎌야 하는 짐들을 짊어질 테지만, 그 짐이 너무 무거워도 다른 이들과 칼라에서 나눌 수 없잖아요."

"나는 명상을 합니다. 조용한 정지의 상태, 즉 공허 속에 자리를 잡습니다. 그리고 아무도 모르는 나만의 작은 세계가 있습니다. 편안한 장밋빛 하늘과 더불어 근처에 물이 흐르는 산속에서 나오는 에너지가 마음을 달래 주는 곳입니다. 확신이 없거나 기분이 좋지 않을 때…… 나는 그곳으로 갑니다. 그러면 대자연이 나를 치유해주지요."

· · ·

"자마라…… 당신이군요……. 그리고 당신이 아니기도 하네요. 다른 이의 마음이 있군요. 아니, 공허에 맹세코, 이것은······ 인간입니까?"

제이크는 신음했고, 자신의 약함에 맞서 이를 악물었다. 제이크는 제라툴이 그토록 강력한 존재라는 사실을 이제야 알았다. 제라툴은 여전히 먼 곳에 있었다. 자마라는 아직까지도 생각을 전송하느라 열심이었고, 부담감에 머리는 고동치듯 울려댔다.

"우리는 당신이 아주 오래전에 말했던 곳에 있습니다. 물이 흐르는 곳이요. 이리로 오시면 내가 온 이유와 당신을 찾은 목적에 대해 말씀드리겠습니다."

"당신이 이곳에 오지 않았다면 좋았을 것입니다, 나의 오랜 친구여."

제라툴은 알 수 없는 말을 했다. 제이크는 제라툴이 마음을 닫아버렸음을 알아차렸다. 자마라가 즉시 자신의 존재를 누그러뜨리자 제이크의 고통이 잦아들었다. 제이크는 감칠맛 나고 가슴이 시원할 정도로 차가운 강물을 들이킨 뒤 얼굴에도 끼얹었다. 그 사실을 부인할 수는 없었고 부인한다 하더라도 어리석을 뿐이었다.

'자마라······ 제라툴은 우리를 도와줄 거예요, 그렇죠?'

'난 제라툴이 반드시 우리를 도와줄 거라고 생각해. 제라툴은 진실을 회피하는 자가 아니야. 그 진실을 직면하기가 아무리 힘들고 불쾌하더라도 말이야. 아이어의 파괴에 간접적으로 책임이 있었지만, 제라툴은 자신의 역할을 받아들였고 남은 종족들을 구하기 위해 안간힘을 썼어.'

제이크는 깜짝 놀라 눈을 깜빡였다.

'뭐라고요? 제라툴이 아이어를 파괴했다고요? 저그가 아이어를 파괴한 게 아니고요?'

자마라는 대답하지 않았다. 제이크는 그제야 다가오는 우주선을 볼 수 있었다. 그 우주선은 그와 자마라가…… 빌렸던 우주선과 비슷했다. 하지만 크기는 더 컸고, 짐작컨대 대기권 비행은 물론이고 우주 비행도 가능해 보였다. 우주선의 디자인 역시 암흑 기사단의 특징을 띠고 있었다. 보랏빛이 도는 검은색 선체를 초록빛 에너지들이 너울거리며 감싸고 있었고, 비슷한 규모의 전통적인 프로토스 우주선보다 더 크고 육중해 보였다. 제이크는 긴장도 되고 흥분도 되는 마음으로 일어섰다. 하지만 아이어가 파괴된 사건에 대한 질문에 답을 얻지 못해서 계속 신경이 쓰였다. 정말 대단한 사건이 아닌가. 자마라는 마음을 차분하게 가라앉혀주었지만 설명은 해주지 않았다.

우주선이 드디어 착륙했다. 선체 위로 이리저리 움직이며 깜빡이던 빛도 사라졌다. 그리고 발판이 뻗어 나오더니 우주선의 문이 조리개가 펴지듯 열렸고, 그곳에 제이크가 처음으로 보게 된 암흑 기사가 서 있었다.

제라툴은 약간 구부정한 자세였다. 그가 걸친 겉옷들은 자마라가 기억한 모습과 비슷했지만 입은 이가 외모에 그리 신경을 쓰지 않아서인지 옷단들이 조금 해져 있었다. 그러나 제라툴의 눈은 여전히 날카롭게 빛났고, 그가 몸을 돌려 바라보자 제이크는 태어나서 한 번도 누군가의 눈길을 받았던 적이 없는 사람처럼 움츠러들었다. 제라툴의 날카로운 시선에 제이크는 완전히 까발려진 기분이 들었다.

제라툴이 부드럽게 말했다.

"요즘 들어 내가 인간들과 엮이는 것 같아 보이는 건 왜입니까?"

"아마도 약간의 기분전환할 거리가 필요해서 그럴지도요."

제이크는 애원하듯이 말했다. 제라툴은 눈을 반쯤 감고 고개를 옆으로 기울였고, 제라툴의 웃음이 제이크의 몸을 뒤덮었다. 고고학자 역시 제라툴에게 어설프게 웃어보였다.

제라툴은 프로토스 종족의 특징인 우아하고 보폭이 큰 걸음걸이로 발판을 내려오면서 말했다.

"나는 레이너가 테란 종족을 대표하는, 어쩌면 특별하고 주목할 만한 인간이라고 생각했습니다. 그렇지만 이것 보십시오. 사색과 명상을 하려고 은둔할 장소에 와보니 머릿속에 프로토스 계승자를 모시고 있는 인간을 만났군요."

제라툴이 들려준 마음의 소리에는 스스로를 겸손히 낮추는 기색도 있었지만, 그보다는 감탄하는 기색이 더 컸다. 그리고 호기심도 있었지만 궁금해 못 참겠다는 정도는 아니라는 듯 점잖게 누그러뜨린 것도 느껴졌다.

"자마라."

제라툴은 자마라에게 바로 말을 걸었지만 제이크 역시 대화를 들을 수 있게 해주었다.

"어떻게 나를 찾아온 것입니까?"

자마라는 조용히 대답했다.

"나의 몸은 이미 죽어 부패하였습니다. 하지만 나의 뜻과 정신은 살아 있습니다."

자마라가 그렇게 말한 뒤로 제이크는 어떤 소리도 들을 수 없었다. 하지만 제라툴은 주의 깊게 들으며 고개를 끄덕였다. 그제야 제이크는 자마라가 이제껏 있었던 일을 제라툴에게 빠르고 효율적으로 전달하고 있음을 알았다.

'기껏해야 몇 가지만 알려줬을 뿐이야. 몇몇 일들에 대해선 네가 직접 말하는 게 더 좋겠어, 제이콥. 그리고 정보들은 제라툴과 너에게 동시에

알려주도록 할게.'

제이크는 자마라의 세심함에 묘하게 감동했다. 그는 자신이 그저 둘이 재회한 자리에 꿔다 놓은 보릿자루 같을 거라고 생각했다. 하지만 자마라는 제이크에게 능동적인 역할을 주기로 결정한 듯했다.

"당신의 의지는 감탄할 만합니다, 자마라."

제이크는 제라툴의 이 말에서 뭔가 석연치 않은 기색을 느꼈다.

"하지만 당신이 도움을 청할 프로토스를 제대로 찾아온 것인지는 모르겠습니다."

제라툴은 자줏빛 얼굴을 하늘로 향하고선 눈을 감았다. 제라툴의 목소리에는 피곤함과 더불어 알 수 없는 무언가가 담겨 있었다. 단순히 지치거나 좌절했다는 느낌이 아닌, 더 큰 무언가가 있었다. 그것은 바로⋯⋯.

제이크는 자마라에게 말했다.

'완전 망했어요. 제라툴, 저분은 영혼이 병들었어요.'

자마라는 대답하지 않았다. 제이크는 자마라 역시 자신만큼이나 크게 당황했음을 알아챘다. 어쩌면 더 많이 당황했을지도 모른다.

제이크는 조심스럽게 말했다.

"제라툴? 나는 자마라가 당신에게 뭐라고 말했는지 정확히 모릅니다. 하지만 여기에 달려 있는 일이 아주 많습니다. 우리는 정말로 당신의 도움이 필요합니다."

"나는 당신들을 돕기 위해 여기에 온 게 아닙니다, 인간이여. 그리고 돕고 싶다고 해도 도울 수 있을지조차 모르겠습니다. 자마라는 알 겁니다."

제라툴은 몸을 돌려 제이크를 응시했지만, 실제로 바라보고 있는 상대는 자마라였다.

"여기는 나의 성소입니다. 여기에 당신이 함부로 들어와도 좋다고 말했던 적도 없고, 당신을 봐서 기쁘지도 않습니다, 계승자여. 당신은 전에 한 번 내가 실패한 모습을 목격했고, 이제 그 사실은 당신의 기억들 안에서 모든 세대에게 알려지겠지요. 바로 내가, 정무관 제라툴이 저그에게 아이어의 위치를 알려준 존재라고 말입니다. 죽은 이들의 피는 전부 내 책임입니다."

'헉! 나는 저분이 좋은 프로토스라고 생각했어요!'

'제라툴은 좋은 프로토스가 맞아.'

자마라는 제이크에게 확실히 대답했다. 그 마음에는 한 점의 의심도 없었다. 자마라는 제라툴에게 말했다.

"당신은 정신체를 파괴하고 완전히 죽였습니다. 공허에서 암흑 기사단이 배운 것을 사용했지요. 당신 없이는 우리가 절대로 할 수 없었던 일을 당신은 해냈습니다. 그때 초월체가 당신의 생각을 알아차리고 고향의 위치를 알아낸 건 당신 잘못이 아니라는 걸 당신도 잘 아시잖아요."

이 말을 들은 제이크는 동정심이 왈칵 밀려들었다. 그로 인한 죄의식은 정말로 상당히 무거울 터였다.

제라툴은 화가 났다는 듯 손을 내저었다.

"내가 고의로 아이어를 배신했을 리 없다는 건 나도 잘 압니다. 그렇지만 배신은 배신이고, 그 때문에 정말 많은 이들이 죽었습니다. 나는 그 사실을 견디며 살아야 합니다. 그것 말고도 또 다른 일들이 있습니다. 자마라, 내가 이제까지 보아온 것들, 그리고 내가 한 일들 중 어떤 것들은 공허 그 자체보다도 더 어둡고 냉혹합니다. 그리고 이 우주 안에 존재하는 그 어떤 합리적이고 이성적인 논리로 반박한다 하더라도 그 죄의식은 없앨 수 없습니다.”

‘무고한 행성에 저그를 불러들이는 상황보다 더 끔찍한 게 있단 말인가요? 제라툴은 도대체 무슨 짓을 한 거예요?’

제이크는 충격을 받고 적지 않게 겁이 난 반면, 자마라는 화를 냈다. 제이크가 자마라를 보아온 이래로 이처럼 화낸 적은 없었던 것 같았다.

“당신 말이 맞을지도 모르죠, 제라툴. 나는 이곳에 현명하고 통찰력 있는 프로토스가 있을 거라 기대하고 온 거예요. 내가 찾던 제라툴은 그런 프로토스니까요. 그런데 내가 막상 찾은 건 제라툴의 껍데기에 불과하군요. 종족의 미래보다는 오로지 자신의 고통과 죄의식만 신경 쓰는 껍데기 말이에요. 나는 예전에 대의회의 행위들에서 우리 종족이 얼마나 오만한지 본 적 있어요. 하지만 그런 오만함을 암흑 기사단 중에서, 그것도 암흑 기사단이 배출해낸 기사 중 가장 훌륭한 분이라고 내가 감탄해 마지않던 제라툴에게서 보게 될 줄은 몰랐네요.”

제라툴은 벌떡 일어서서 몸을 꼿꼿이 세웠다. 두 눈에선 초록색 불꽃이 이글거렸다.

“오만하다고요? 당신은 스스로 무슨 말을 하는지 모르고 있습니다. 당신이 아무리 많은 것을 보았다고 하지만, 만약 내가 본 것을 당신도 봤다면 그렇게 함부로 판단할 수 없을 겁니다.”

“그럴지도 모르지요.”

자마라는 그 말에 동의했다. 제이크는 어안이 벙벙한 채로 두 프로토스가 격렬하게 대립각을 세우는 상황 속에서 침묵을 지켰다. 두 프로토스 중 한쪽은 정말로 합리적이고 침착하다는 사실을 제이크는 알고 있었고, 다른 한쪽도 그만큼 이성적일 거라는 말을 믿어왔다.

"하지만 당신은 스스로 이름 붙인 수치심과 자기 연민에 너무나 깊이 사로잡힌 나머지 나를 신뢰하지 않아요. 그러니 여기 있는 게 당신에게는 좋겠지요, 제라툴. 현재의 당신 상태를 보니 샤쿠라스에 있는 우리 종족은 물론이고 제이콥이나 나에게도 별로 쓸모 있을 것 같지 않네요. 제이콥과 나는, 바로 아이어에서 우리와 내가 지닌 지식을 보호하려고 다른 이들이 죽어가는 모습을 지켜봤던 곳에서 왔어요. 우리는 샤쿠라스로 가는 길이 막혀서 당장 어디로 가야 할지 모르는 상황입니다. 하지만 안심하세요. 당신이 제대로 행동하지 않는 이상 당신에게 가지 않을 테니까요."

이 절체절명의 순간, 제이크는 제라툴이 자마라를 한 대 칠 거라고 생각할 수밖에 없었다. 그러면 본체인 제이크 자신이 맞게 되는 셈이었다. 제이크는 예전에 자마라의 조종을 받아 이선 스튜어트의 총애를 받던 암살자 필립 랜들과 싸워서 이길 수 있었다. 하지만 자마라가 이번에 제라툴과 싸운다면, 그녀가 사이오닉 검들로 무장을 해도 절대로 이길 수 없음을 확실히 알았다. 제라툴이 아무리 감정이 혼란스럽고 우울한 상태라고 하더라도 여전히 실력 있는 기사임에는 틀림없었다.

하지만 이글이글 타오르던 제라툴의 눈빛이 이내 사그라지는 모습을 보고 제이크는 안도감과 동시에 왠지 모를 실망감이 들었다.

"어디로 가야 할지는 계승자가 제일 잘 알겠지요, 자마라. 도움을 줄 상대를 찾게 될 겁니다. 하지만 여기서는 찾지 못할 겁니다. 여기까지 타고 온 우주선을 가져가십시오. 이미 내게서 훔쳤으니 말이오. 그걸 타고 관문으로 가서 썩 물러나십시오."

제라툴은 제이크와 자마라에게로 다가오더니 바로 옆을 스치고 지나갔다. 그 거리가 너무 가까워서 제이크는 맨살이 드러난 팔에 제라툴의 부드러운 옷깃이 스치는 소리가 들릴 정도였다. 제이크는 자마라가 깜짝 놀랐지만 이내 감정을 억누르는 것을 감지했다. 분명히 자마라는 대화가 이런 식으로까지 격해질 줄 몰랐으리라.

자마라는 다시 완전하게 냉정함을 되찾고 차가운 마음의 목소리로 말했다.

"우리는 떠나야겠습니다. 하지만 세상은 좁지요, 제라툴. 지금 도와주지 않는다 해도 언젠가는 꼭 도와야 할 날이 올 겁니다."

자마라는 제이크의 몸을 빌려 인사를 했다. 그러나 제라툴은 그 모습을 보지 못했다. 지금 그는 임시 처소 옆에서 몸을 뻣뻣이 세운 채 뒤돌아 서 있었기 때문이다. 제라툴은 그 어떤 생각도 드러나지 않도록 마음을 꼭 닫고 침묵을 지켰다.

제이크와 자마라는 제라툴이 적나라하게 훔쳤다고 말했던 우주선으로 향했다. 제이크는 자마라가 우주선을 조종하도록 그녀에게 몸을 맡겼고, 이제껏 벌어진 일에 완전히 지친 상태로 몸속 한 구석에 틀어박혔다. 장밋빛 하늘로 날아올라도 제이크의 지친 영혼은 달래지지 않았다.

'자마라…… 난 당신이 프로토스 영웅을 찾아온 거라고 생각했어요. 저 아래 있는 프로토스는…… 완전히 폐인이네요.'

'나도 알고 있어.'

'나는…… 암흑 기사단의 수정에 당신의 기억들을 넣는 방법이 우리가 품은 마지막 희망이었어요. 그렇게 못하면 나는 여기서 죽게 되겠죠.'

'그것도 알고 있어.'

'그럼 이제 어떻게 해야 할까요?'

완전한 침묵이 흘렀다. 잠시 동안 제이크의 마음속에 공포가 차올랐지만, 환한 불꽃처럼 미친 듯이 타오르던 공포심도 곧이어 찾아온 완전한 절망이라는 깊은 어둠 앞에서 빠르게 사그라졌다.

둘은 행성에 갇힌 것과 다름없는 상태였다. 그곳에 있는 다른 고등 생명체라고는 트라우마와 자기 연민에 빠져 닿을 수 없는 상태가 되어 버린 프로토스뿐이었다. 제이크의 머릿속에 있는 종양들은 나날이 커져만 갔다. 그리고 많은 것을 보고 많은 것을 알고 있는 계승자, 모든 문제의 해답들을 가진 것처럼 보였고 언제나 냉정함과 침착함으로 모든 역경에 맞서 왔던 자마라는 이제 어떻게 해야 할지 전혀 모르고 있었다.

제9장

　로즈메리는 벽 아니면 자신을 지키는 문지기를 한 대 치고 싶은 마음을 참기 위해 최선을 다하는 중이었다. 대부분은 그럭저럭 잘 참았다. 하지만 벌써 나흘이나 지났다. 샤쿠라스의 특성상 날이 밝는다고 해서 정말로 환해지지는 않았지만, 어쨌든 밤과 낮의 구별 정도는 할 수 있었다. 그렇게 시간은 흘렀지만 아무런 움직임의 징조가 없었다.

　로즈메리는 천성적으로 고집불통인 여자였지만 똑똑했고, 이제껏 많은 일들을 겪어왔기 때문에 침착하게 참아야 할 때와 덤벼야 할 때를 알고 있었다.

　이전까지는 침착하게 참아보려고 했다. 그러나 드디어 문이 열리고 나타난 이가 문지기도, 셀렌디스도 아닌 엉뚱한 프로토스라는 사실을 안 로즈메리는 나타난 손님에게 한바탕 퍼부어대려던 마음을 말 그대로 혀를 깨물다시피 하며 참아야 했다.

"저예요, 바르타닐."

프로토스는 정중하게 허리를 숙여 인사하며 말했다. 로즈메리는 프로토스들을 구별하는 일이 여전히 힘들었지만, 조금씩 나아지고 있었다. 마음의 목소리들이 모두 달랐기 때문에 구별하는 데 도움이 되었다. 로즈메리는 이 프로토스가 누군지 안다고 깨닫자 성급한 마음이 좀 누그러졌다. 그러고는 기억을 떠올리며 말했다.

"당신은 우리가 차원 관문에서 나왔을 때 나를 옹호해준 분이네요. 그때 문지기들에게 문을 열고 제이크를 들여보내라고 설득했던 분이 맞죠?"

바르타닐은 부끄럽다는 듯 고개를 숙였다. 로즈메리는 그를 향해 미소를 지었다. 과도하게 시퍼런 이 행성에 발을 디딘 이후 처음으로 마음에서 우러나온 미소였다.

"고마워요."

"제가 좀 더 설득을 잘 할 수 있었다면 좋았을 텐데요."

"뭐, 최소한 시도는 했었잖아요. 그리고 솔직히 말하면 그들을 탓할 수도 없지요. 신빙성이 없는 이야기만 듣고서 저그한테 '어서 옵쇼'하고 문을 열어주는 위험을 감수할 수는 없으니까요. 이해할 수 있어요."

순간 로즈메리는 뭔가를 깨닫고 눈을 깜빡였다.

"잠깐……. 당신이 여기 있다는 의미는 풀려났다는 거군요. 어떻게 된 거예요?"

"이곳의 분들이 내 몸속에서 선드롭이 없어지도록 도와주었어요. 많은 이들이 내 곁에 앉아서 마음으로 내 마음에 닿았죠. 그리고 내가 깨끗해진 다음에 칼라를 통해서 나를 편안하게 해줬어요. 로즈메리, 당신은 도와줄 이가 제이콥과 자마라밖에 없었잖아요. 당신은 정말 강한 분이에요."

그 말대로 로즈메리는 강했고, 스스로도 그렇다고 자부했다. 사실이 그랬기 때문에 자아도취는 아니었다. 로즈메리는 언제나 자신의 강점과 단점, 모두를 예민하게 인식했다. 그 장단점을 모두 겸허히 인정하는 게 아주 현명한 태도였다. 하지만 바르타닐의 칭찬을 들으니 어쩐지 좀 쑥스러웠다.

"뭐, 그런가요. 어쩌면 선드롭의 효과가 나한테는 그리 강력하지 않았나 보죠. 당신이 이제 괜찮아졌다니 다행이네요. 그럼 여기 프로토스들은 당신 말을 믿던가요? 제이크랑 자마라에 대한 걸?"

바르타닐은 고개를 끄덕였다. 바르타닐의 마음의 목소리에서는 경외감이 느껴졌다.

"마약에서 정화되고 난 다음에 나는 셀렌디스 집행관에게 직접 이야기를 했어요. 그분은 다른 이들과도 이야기를 했죠. 우리 모두는 당신의 말이 맞다고 입증했어요. 그리고 그분은 우리의 말을 믿어줬죠."

한계에 도달했던 로즈메리의 인내심이 이 말을 듣고 폭발해버렸다.

"그러면 그녀는 도대체 어디에 있대요? 왜 날 아직까지도 이 빌어먹을 감옥에 가둬 두는 거죠?"

"여기는 감옥이 아니에요."

로즈메리는 고함을 쳤다.

"내가 살던 곳에서는 나가고 싶을 때 마음대로 나갈 수가 없는 곳을 감옥이라고 해요."

"셀렌디스는 집행관이에요. 그분은 막중한 책임을 짊어지고 있어요. 우리가 칼라에서 서로 연결되었을 때, 나는 셀렌디스가 제이콥과 울레자즈는 물론 남겨진 프로토스들에 대해서도 걱정하는 마음을 느꼈어요. 하지만 현명한 결정을 하려면 판단하고 고심해야 할 일들이 많을 거예요."

로즈메리는 바르타닐을 돌아보았다. 왜 그런지는 모르겠지만 로즈메리는 바르타닐이 자기가 지금까지 만났던 프로토스들보다 어리다는 느낌이 들었다.

"바르타닐…… 제이크는 병에 걸렸어요. 정말로 아픈 상태라고요. 자마라가 안에 있기 때문에 죽어가고 있어요. 그리고 제이크가 죽어버리면 자마라는 물론이고 당신들이 그토록 소중하다고 말하는 정보들도 모두 따라서 죽는 거예요. 그러니까 이 일은 당신 종족들이 일순위로 놓아야 할 문제라고요."

바르타닐은 매우 초조한 기색을 보였다. 로즈메리는 그 모습을 보고 자신의 생각대로 어린 프로토스가 맞다고 확신했다. 다른 프로토스들이 이토록 초조해하는 모습은 본 적이 없었다. 보통 프로토스들은 쓸데없는 행동을 하나라도 하는 걸 질색하는 듯 보였다.

"나는 풀려나면서 자유로이 가도 좋다는 말을 들었어요. 그래서 여기로 온 거예요. 당신에게로요. 무슨 일이 일어났는지 곧바로 알려주고 싶었거든요. 그리고…… 당신을 섬기도록 맹세할 수 있었으면 좋겠어요."

로즈메리는 당황한 나머지 바르타닐을 빤히 쳐다보았다.

"응? 나를요?"

바르타닐은 열성적으로 고개를 끄덕였다.

"당신과 제이콥, 그리고 자마라를요. 알자다르는 당신들을 믿었어요. 그 믿음 때문에 알자다르가 죽었다는 사실이 너무 두렵지만요."

로즈메리는 아이어에서 빠져나왔을 때 벌어진 살육전을 떠올리고는 바르타닐이 느끼는 공포에 공감했다. 관문에 들어오지 못한 자들은 아마 죽었을 터였다. 로즈메리는 제이크가 관문에 들어갔다고 확신했다. 문지기는 누군가가 재전송되었다고 말했다. 하지만 제이크가 살아남기에는 이미 늦었을지 모른다는, 그녀가 며칠 전 샤쿠라스에 발을 디뎠을 때 이미 늦어버렸을지 모른다는 생각이 들자 로즈메리의 목으로 뭔가가 북받쳐 올라왔다.

"알자다르는 뒤에 남기로 했었죠."

로즈메리는 말한 뒤 목소리를 가다듬었다.

"그리고 우리를 위해 시간을 벌어주었어요."

"그분은 기사단원으로서의 최후를 맞이하면서 자진해 목숨을 바쳤죠. 로즈메리 달, 나는 기사단이 아니에요. 나는 퓨리낙스 혈통이고 칼라이 계급이에요. 저그가 쳐들어오기 전에는 나무를 깎아 물건들을 만드는 기술자였어요. 난 내가 가진 기술에 자부심이 있었고, 지금도 그래요. 하지만 전쟁에서 싸우도록 훈련을 받지 못한 점이 정말 안타까워요. 그랬다면 당신을 더 잘 섬길 수 있었을 텐데. 하지만 내가 할 수 있는 거라면 뭐든지 할 거예요."

그래, 정말 어린 게 맞았다. 이토록 무시무시할 정도로 열정을 품는 일은 어린애들한테나 가능했다. 그럼에도 불구하고 그 모습은 이상하게 감동적이었다. 이제까지 로즈메리를 찬미하는 사람들은 예상 외로 많았지만, 그들은 보통 하나같이 그녀에게 뭔가를 바랐다. 원하는 것도 제각각이어서 돈이나 지위, 아니면 좀 더 사적인 관계까지도 있었다. 하지만 결국 다 들어보면 비슷한 이야기였다. 그러나 바르타닐의 생각은 로즈메리가 이제까지 들었던 이야기 중 가장 순수했다. 로즈메리는 약간 감동도 받았고, 지나친 찬사라는 생각에 마음이 불편했다. 하지만 이런 마음이 실제로는 그녀가 아니라 제이크와 정확히는 자마라를 위한 마음이라는 생각이 들자 상관없을 거라고 결론을 내렸다.

"음…… 고마워요."

바르타닐은 환한 표정으로 로즈메리를 보고 방긋 웃었고, 로즈메리는 마주 보며 미소를 지었다. 잠시 동안 둘은 조용히 서 있었다. 이윽고 로즈메리가 말했다.

"그러면…… 당신은 그냥 여기에 있을 건가요?"

"우리가 제이콥과 자마라를 찾으러 떠날 때까지는 그래야죠."

로즈메리는 자신의 생각을 잘 숨길 수 없었다. 그녀의 생각을 읽은 바르타닐은 고개를 갸웃거렸다.

"내가 같이 가는 게 싫은가요?"

"그런 게 아니에요. 단지…… 나는 언제든 떠날 준비가 되어 있어요. 뭔가 할 준비 말이에요. 그런데 혹시 셀렌디스가 언제쯤 결정을 내릴지 알고 있나요?"

"나는 이미 결정을 내렸소."

집행관의 생각이 들렸고, 이내 집행관이 문을 열고 안으로 들어왔다. 다시 본 셀렌디스는 예전처럼 머리끝에서 발끝까지 아주 침착하고 평정심을 유지한 모습이었다. 로즈메리는 어깨를 쭉 펴고 셀렌디스를 차분히 응시했다.

"그래서 결론은요?"

셀렌디스는 고개를 고쳐 들고 로즈메리의 시선을 마주했다.

"당신과 함께 온 프로토스들은 칼라에서 당신 말이 맞다고 확인해주었소. 그들은 당신을 별로 좋아하지 않았는데도 말이오."

이 말은 로즈메리를 어느 정도 비난하려는 의도였지만 오히려 그 효과는 반대로 나타났다. 로즈메리가 갑자기 씩 웃었다. 미움받는 데 익숙했던 로즈메리에게는 이런 말이 어쩐지 희망적으로 들렸다.

"뭐, 잘됐군요. 그러면 언제 떠나는 거죠?"

"우리가 과연 그들을 구하러 떠나게 될지 나는 아직 모르오. 우리는 이 임무가 위험을 감수하고서라도 할 만한 가치가 있는 일이라고 아르타니스를 비롯한 다른 이들을 설득해야 하오."

이제까지 로즈메리는 셀렌디스만 자기편으로 끌어들이면 될 거라고 생각했다. 하지만 지금 보니 셀렌디스를 설득하는 것은 첫 관문에 불과했다. 도대체 몇 명이나 더 설득해야 하는 걸까.

로즈메리가 묻지 않았건만, 셀렌디스는 미리 생각을 읽고 대답했다.

"당신이 그런 인상을 받아서 유감이오. 최종 결정을 내리려면 나 말고도 많은 이들의 의견을 들어야 하오."

"그만 좀 해요! 내가 내 생각을 말하도록 놔둬요! 함부로 내 머릿속에 들어와서 내 생각을 읽지 말라고요!"

그러자 놀랍게도 셀렌디스가 사과했다.

"미안하오. 상대방이 떠올린 생각을 자유로이 읽는 데만 익숙해서 그랬소. 이제부터는 꼭 필요한 상황이라 여길 때가 아니면 당신 생각에 함부로 들어가지 않겠소."

"어…… 알았어요. 고마워요. 당신이…… 나를 믿어줘서 기쁘군요."

어쨌든 예전보다는 나아졌다. 로즈메리는 다시 마음을 가라앉혔다. 로즈메리 옆에 선 바르타닐은 자기 생각을 남이 읽는 게 아무렇지도 않았기 때문에 그저 즐거워했다. 셀렌디스가 말했다.

"나는 면담을 하게 해달라고 요청했소. 그리고 요청이 허락될 거라 생각하오."

"그럼 난 여기서 나가도 되나요?"

"그들은 당신이 우리 손님으로 그냥 여기 머무르기를 바랄 것이오. 당신이 면담을 하게 될 때까지 말이오."

"그런 상황이라면 난 죄수이지 손님이 아니에요."

"그렇게 생각하고 싶다면 그건 당신의 자유요."

로즈메리는 예전에 자마라가 사람을 미치게 하는 성격이라고 생각했었다. 하지만 이토록 자존심으로 똘똘 뭉쳐서 눈빛도 흔들리지 않고 우아한 갑옷으로 완전무장한 프로토스의 인정사정없는 태도를 보니 이쪽을 대하기가 훨씬 피곤했다.

"상황이 어떤지 이해가 안 돼요? 당신들이 일의 절차들을 따지는 동안 제이크는 죽어가고 있단 말이에요. 어쩌면 벌써 죽었을지도 몰라요! 그리고 자마라와 그녀의 귀중한 비밀들이 제이크와 함께 있다고요. 나는 정말 이해를 못하겠어요. 혹시 그냥 신경이 안 쓰이는 건가요? 프로토스들은 항상 이래요? 당신들 모두가 빌어먹을 관료제 나부랭이에 빠져 있는 건가요?"

"로즈메리! 셀렌디스는 집행관이에요! 그런 식으로 무례하게 대하면 안 돼요!"

바르타닐은 로즈메리에게만 들리도록 마음속으로 말했다.

"하지만 이 여자와 다른 프로토스들도 자마라와 제이크에게 무례하기는 마찬가지에요."

로즈메리 역시 생각으로 맞받아쳤다.

방 안에는 오랫동안 긴장감이 감돌았다. 셀렌디스는 아무런 대답이 없었다. 그녀는 로즈메리에게 들리지 않도록 생각을 가린 채 미동도 없이 조용히 서 있었다. 잠시 후 로즈메리는 자세를 고쳤다. 집행관은 무슨 말을 할 작정일까?

"사 년 전, 우리의 세계는 아름다웠소. 푸르고도 안전한 곳이었지. 태사다르는 기사단의 집행관이었고, 나는 아르타니스와 함께 그분의 연락 장교였소. 우리에게는 질서와 조화로움이 있었고, 모든 이들이 자기의 재능과 기술, 성격에 맞춰 사회 전체에 가장 잘 기여할 수 있는 자리에서 일하도록 돕는 제도가 있었소. 암흑 기사단은 과거에 일어났던 작은 사건에 불과했고, 프로토스 존재의 모든 의미를 지키기 위해 필사적으로 제거해야 할 암적인 존재였소. 우리의 문화는 번성했었지. 그때의 우리는 행복했었고, 또한 오만했었소."

셀렌디스가 말을 이었다.

"지금 나의 세계는 파괴되었소. 예전 아이어의 모습과 아이어가 표방하던 것들은 더 이상 존재하지 않소. 상처받은 세계 위에는 저그가 날뛰는 상태요. 상상할 수도 없는 어둠의 존재가 젤나가가 창조한 성스러운 동굴에 뿌리내렸소. 그 존재는 내 종족에게 해를 끼쳤고, 마약 중독의 고리에 빠져들게 했고, 정신을 일그러뜨리고 비틀어 놓았소. 뜻대로 되지 않는 프로토스들은 죽여 버렸지."

셀렌디스는 미동도 하지 않았다.

"나는 더 이상 푸릇푸릇한 정글 세계에 서 있지 않소. 피부에 햇빛과 달빛을 받으며 순수함에 만족하며 살았던 시기는 지났소. 나는 이제껏 알던 지식에 혼란과 의문을 품고 황혼이 영원히 끝나지 않을 것 같은 파란 모래 땅에 서 있소. 그리고 한때 내 온몸으로 악하고 타락한 존재라고 믿었던 암흑 기사단과 함께 살고 있소. 암흑 기사단이 자비를 베풀었기 때문에 나와 동료 프로토스들은 살아남았소. 그렇지만 암흑 기사단은 한때 내가 지키리라 맹세했던 유산을 위협하고 있소. 당신도 전장의 함성을 들었을 것이오, 로즈메리 달. '내 목숨을 아이어에.' 나는 내 목숨을 아이어에 바칠 수 없었소. 나는 아르타니스와 함께 이곳에 왔고, 여전히 그와 함께 서 있소. 그리고 프로토스의 존재 의미를 지키고 있소. 하지만 나는 그게 과연 무엇인지 더 이상 확신할 수 없소. 가볍게 결정하기에는 내 결정에 너무 많은 것이 달려 있소. 나는 우리 종족의 지도자들에게 당신, 테란 여성을 옹호하기로 결심했소. 그리고 그 다음 결정은 그들이 내려야 하오. 지금 이 시기에는 당신을 위해 내가 더 이상 할 수 있는 일이 없소."

로즈메리는 눈을 깜빡였다. 분노가 치솟았지만 이내 사그라졌다. 이보다 전에 천 번은 겪었던 일들에 대한 반응, 즉 자신이 원하던 것을 얻지 못하도록 갖은 훼방을 받았을 때 나오는 반응이었다. 그러나 셀렌디스가 한 말에…… 로즈메리는 부끄러워졌다. 로즈메리는 집행관에게 화낼 권리가 없었다. 셀렌디스는 그녀 편이었다. 제이크라면 먼저 이렇게 말했으리라. '자기를 도와주려는 자를 비난하는 것은 어리석은 짓이에요.' 제길, 그것은 어리석음을 넘어서 잘못된 짓이었다. 로즈메리는 말했다.

"미안해요. 난 내 친구가 걱정되어서요."

셀렌디스는 고개를 숙였다.

"나는 면담이 곧 이루어지도록 계속 요구하겠소. 나는 아르타니스의 제자요. 그러니 그는 내 말을 들을 것이오. 낙심하지 마시오, 로즈메리."

셀렌디스는 바르타닐에게 고갯짓을 했고, 바르타닐은 정중히 절을 했다. 셀렌디스는 몸을 돌려 방을 나갔다. 로즈메리는 셀렌디스의 뒷모습을 빤히 바라보았다.

'낙심하지 마시오.'

낙심할 마음조차 없는 무정한 사람이라는 비난을 자주 받아온 그녀에게 한 말치고는 이상했다.

'견뎌요, 제이크. 우리는 여기서 할 수 있는 한 최선을 다하고 있으니까.'

· · ·

제이크는 다음 날 아침에도 계속 현기증이 났다. 제이크와 자마라는 시냇물이 흐르는 작은 숲 옆으로 펼쳐진 풀밭에 숙소를 만들었다. 이제 뭘 해야 하냐는 질문에 자마라는 그녀답지 않게 아무 말이 없었다. 그래서 제이크는 자기가 알아서 먹을 것을 구하러 갔다. 그는 이상하게 생긴 과일나무 하나를 찾아냈다. 처음에는 기묘하게 보였던 과일의 맛은 아주 좋았다. 빵 같은 하얀 과육은 벗길 수 있는 작은 초록색 비늘로 덮여 있었다. 제이크는 장밋빛 햇살 아래 앉아 무릎 위로 엄지 손톱만한 과일 껍질을 벗겨내고는 부드러운 속살을 한 입 베어 물었다.

'그걸 다 먹고 씻은 다음에 다시 제라툴에게 가보자.'

그 말을 들은 제이크는 먹다 체할 뻔했다.

'뭐라고요? 제라툴은 우리 중 누구와도 함께하기 싫다고 아주 분명하게 말했잖아요.'

'그랬지. 그렇지만 제라툴이 물러가라고 말할 때까지 다시 가봐야 해. 그리고 오지 말라고 그러면 다음 날 또 가고, 그 다음 날도 또 가야지. 내가 하는 말을 들어줄 때까지 말이야.'

제이크는 부드러운 빵 같은 이상한 과일을 한 입 더 물었다.

'그러다 제라툴이 한계에 다다르면 어떡해요? 제라툴은 처신을 잘하는 프

로토스라 나를 때리지는 않았지만요.'

'제라툴은 네가 표현한 것처럼 한계에 다다르지 않았어. 사리분별이 정확한 자야. 다만 지금은 좌절감과 죄책감 속에서 헤어나오지 못하고 있을 뿐이지. 나에게 보여주지 않았기 때문에 그게 정확하게 무엇 때문인지 모르지만, 그래도 얼핏 볼 수는 있었어. 제라툴은 결코 계승자를 해치지 않아. 우리는 다만 계속해서 제라툴에게 다가가야 해. 우리는 여기까지 왔어. 이곳에 오려고 내가 얼마나 많은 일들을 겪었는지……. 그리고 너는 나보다 더 억울하겠지. 이건 사실 네 일도 아닌데.'

'당신이 안전하게 간직해야 하는 비밀이 그토록 엄청난 거라면, 그건 내 일이기도 해요. 그리고…….'

제이크는 잠시 망설이다 말을 이었다.

'그리고 이게 내 일이 아니라 하더라도…… 나는 당신 종족을 존경하고 좋아하게 되었어요. 그러니 할 수 있는 한 도울게요.'

제이크는 프로토스가 그 나름의 방식으로 울 수 있다는 사실을 알고 있었다. 그래도 이렇게 자마라가…… 울 거라고는 한 번도 생각한 적 없었다. 하지만 감사와 놀람, 후회와 죄책감, 두려움 등 여러 가지가 뒤섞인 감정들이 제이크를 휩쓸고 지나가자, 만약 자마라가 살아 있었더라면 아마도 고개를 숙인 채 어깨를 둥글게 말고 슬픔 때문에 피부에 얼룩이 생겼을 거라는 생각이 들었다. 자마라를 안아줄 수 있다면 그렇게 했으리라.

'자기연민 때문에 그런 게 아니야, 제이콥.'

'알아요.'

'하지만 이 정보는 꼭 후세에 이어져야 해. 반드시 계승되어야 한다고. 그리고 너도 반드시 살아남아야 해.'

'나는 두 번째입니까?'

제이크는 언짢다는 생각이 들었지만, 자마라에게 동의했다. 자마라가 그 정보를 아직 그와 공유하지 않았지만, 제이크는 그녀를 믿었다.

'내가 죽지 않았더라면 매사가 훨씬 쉬웠을 텐데.'

'그러게요. 나도 그렇게 생각해요.'

제이크는 과일을 다 먹고 허기를 달랜 뒤 분홍색 태양 쪽으로 얼굴을 들었다. 제이크는 눈을 감고 잠시 동안 온기를 조용히 만끽한 다음 한숨을 쉬고 말했다.

"좋아요. 가서 암흑 기사에게 말을 걸어보도록 하죠."

제10장

　제이크와 자마라는 폭포 옆 커다랗고 둥근 바위에 앉아 있는 제라툴을 찾아냈다. 폭포에 가까이 있었던 까닭에 물이 튀어 제라툴의 피부는 축축했다. 제라툴은 이전에 제이크가 봤던 두껍고 어두운 겉옷과 갑옷을 벗어 놓고 짙은 색의 소박한 천으로 사타구니만 가린 차림이었다. 제라툴은 차분했다. 제이크가 잘 알게 되었고 또 너무나 그리운 아이어 프로토스들만큼이나 차분한 상태였다. 익숙하게 웅크리고 앉은 자세로 손을 마르고 긴 다리 위에 얹은 제라툴은 마치 돌처럼 보였다. 제이크는 제라툴이 이번에도 자마라의 말에 틀림없이 저항할 거라고 생각했다.

　제이크는 명상하는 제라툴 옆에 앉았다. 제라툴은 단 일 밀리미터도 꼼짝하지 않았지만, 제이크는 암흑 정무관이 언제든 마음만 먹으면 벌떡 일어나 그를 공격할 수 있음을 알았다. 제이크 같은 테란은 눈 깜빡할 새도 없이 죽이리라. 제이크는 계승자가 말을 하도록 내버려두었다. 어쨌거나 제라툴을 아는 이는 자마라였다.

"제라툴, 나의 오랜 친구여. 우리는 아이어가 파괴되었을 때 함께 살아남았지요. 우리 둘 다 고귀한 태사다르, 자신의 생명을 바쳐 저그를 물리치고 우리 종족을 살린 그를 사랑했습니다. 당신은 암흑 기사단의 성소를 우리에게 제공했지요. 모든 게 사라졌을 때……."

"잠잠하라 하였습니다, 계승자여."

제이크는 머릿속에 들려온 말이 너무 차가워서 순간 기가 꺾였다.

'와, 이거 찔러도 피 한 방울 안 나오겠는데요, 안 그래요?'

'겉으로 보이는 것보다는 덜한걸. 갑옷은 몸이 아니라 마음에도 두를 수 있는 거니까.'

자마라는 다시 제라툴에게 집중했다. 제이크는 계속 말을 거는 자마라에게서 어떻게든 이야기하려는 열망과 더불어 좌절감도 느낄 수 있었다.

"난 잠잠히 있지 않을 겁니다. 그럴 수도 없습니다. 나는 너무 무서운 기억들을 갖고 있습니다. 그렇지만 엄청나게 용감한 기억들도 있지요. 그중에는 태사다르와 아둔의 용기도 있습니다. 나는 당신이 위대한 정신의 소유자임을 압니다. 당신은 실수를 저질렀지만, 모든 생명체는 실수를 하는 법입니다, 제라툴. 당신이 그렇게 생각하는 것은 최고로 오만한 행동이 아닐……."

"당신은 내가 한 짓에 대해서 아무것도 모르면서 또 다시 나를 오만하다는 죄목으로 비난하는군요!"

제이크는 프로토스가 빠르다는 사실을 이미 알고 있었지만, 제라툴이 엄청난 속도로 벌떡 일어선 모습을 보고 그만 깜짝 놀랐다. 제라툴은 자마라가 너무 심하게 몰아붙인다면 공격할 준비가 되어 있었다.

"당장 이곳을 떠나십시오! 내가 고통 속에서 명상하도록 내버려두란 말입니다! 여기는 나만의 장소지, 당신 것이 아닙니다."

"아니요. 우리는 떠나지 않을 겁니다."

제이크는 제라툴이 분노를 터뜨리며 공격할 거라고 생각하고 바짝 긴장하며 대비했다. 하지만 다시 한 번 놀랍게도 제라툴은 프로토스 식으로 그저 어깨를 으쓱할 뿐이었다.

"그럼 마음대로 하십시오. 나는 가겠습니다."

제라툴은 이렇게 말하더니 웅크린 자세에서 일어났다. 그 모습은 이제까지 제이크가 직접 보았거나 자마라가 기억하는 대부분의 프로토스들보다도 장대하고 당당했다. 제라툴은 일부러 우주선 쪽으로 성큼성큼 걸어갔다. 그리고 잠시 후 떠나버렸다.

'이런, 어쩌면 잘 될 수도 있었는데요.'

'그러게. 내일 다시 한 번 해보자.'

• • •

그리고 그들은 다음 날 또 왔다. 그 다음 날도 또 왔다. 그러나 두 번 다 제라툴은 그 어떤 대화도 하지 않은 채 차가운 모습만을 보였다. 마침내 사흘째 되던 날, 자마라가 불쑥 말했다.

"당신은 나의 정수가 어떻게 해서 테란의 몸으로 들어가게 되었는지 궁금하지 않습니까?"

제라툴은 눈빛을 빛내며 제이크와 자마라 쪽으로 고개를 돌렸다. 제이크는 순간 긴장했다. 물론 제라툴도 기본적인 내용들, 즉 자마라가 울레자즈가 보낸 암살자들을 피했고 자신의 피로 암호를 남겨 누군가가 자신을 찾아주기 바랐다는 내용들은 알고 있었다. 하지만 자마라는 자세한 사항을 제라툴과 공유하지 않았다. 제이크는 제라툴이 그 정보를 알고 싶어 한다고 확신할 수 없었다.

"나는…… 궁금합니다."

제라툴은 그 사실을 인정했다. 제이크는 언제나 프로토스 종족이 고양이 같다는 인상을 받았다. 어찌 보면 고양이와 닮은 그들의 외모 때문이 아니었다. 그들의 우아함, 강한 힘, 그리고 그들의 세상, 더 나아가 그들을 둘러싼 우주에 대한 넘치는 호기심 때문이었다.

"나는 계승자의 정수를 인간들이 수용할 수 있다는 사실을 몰랐습니다."

자마라가 쌀쌀맞게 말했다.

"제이크는 수용할 능력이 없습니다. 이 임무를 수행하느라 죽어가고 있으니까요."

제라툴은 눈을 가늘게 뜬 채 고고학자를 주시했다. 제이크는 지금 제라툴이 보고 있는 건 자마라가 아니라 자신이라는 사실을 깨달았다.

"인간이여, 이 임무를 자발적으로 맡았습니까?"

제이크는 불편한 기색으로 고개를 저었다.

"아닙니다. 하지만…… 점차 자발적으로 수행하게 되었죠."

제라툴은 제이크의 생각을 전부 읽고서 고개를 끄덕였다. 그는 제이크가 계승자를 머릿속에 담으면서 품은 감정과 미묘한 뉘앙스는 물론, 그것들이 상충한다는 것까지 모두 파악했다.

"무슨 말인지 알겠습니다. 고백하건대 당신 종족은 정말 놀랍기 그지없습니다. 당신과 아주 비슷한 이를 만난 적 있지요. 바로 제임스 레이너입니다."

제이크의 얼굴은 환하게 밝아졌다.

"예! 당신은 전에 그 사람에 대해 말씀하신 적이 있었죠. 레이너를 아십니까?

"그렇습니다."

제라툴은 이렇게만 대답하고 더 이상 말하려 들지 않았다.

"나는 레이너에 대해 알고 있습니다. 레이너는 아이어에서 프로토스와 함께 싸웠죠. 그리고 피닉스를 도와 차원 관문을 부쉈지요. 자마라와 로즈메리가 그 차원 관문을 고쳤습니다. 그래서 우리가 여기에 올 수 있었어요."

호기심이야말로 제라툴의 철벽 수비를 뚫을 수 있는 방법이었다. 제라툴은 제이크와 자마라가 조금씩 던지는 미끼를 알고 싶지 않다고 거부하기에는 호기심이 너무 많았다.

"나와 제이크가 어떻게 한 몸에 두 정신을 가지게 되었는지 말해드릴까요?"

제라툴은 몸을 폭포 쪽으로 다시 돌렸다. 잠시 동안 제이크는 제라툴이 또 다시 그들을 두고 갈 거라고 생각했다. 하지만 제라툴은 잠시 동안 아무 말도 없었다.

마침내 제라툴이 고개를 끄덕였다.

"나는 공허 속에서 많은 것을 배웠습니다. 그리고 지난 사 년간 배운 것도 참으로 많았습니다. 하지만 이토록 오랜 세월을 살았어도 이런 일은 들어본 적조차 없습니다. 그러니 말씀해주시지요, 계승자여. 어떤 기술을 사용해서 당신과 당신이 지닌 기억을 보존해왔는지 말입니다."

•   •   •

제이크는 절망 어린 기색으로 빛나는 눈을 감고 네 손가락이 달린 손으로 버티며 일어섰다. 한 번도 예상하지 못했던 일이었다. 동족에게 공격을 당하다니……. 아니면 다른 외계 종족이 프로토스 함대를 조종하는 것인지도 몰랐다. 하지만 사실이 어떤지는 알 수 없었다. 공격해오는 함선들 중 어디에서도 여기서 보낸 신호에 응답하지 않았다. 그들은 어디선가 불쑥 나타나 우주모함을 둘러싸더니 설명도 없이 발포했다.

자로어호는 요동치며 기울어졌다. 지금 애써 견뎌내고 있는 공격이 상당히 심한 게 분명했다. 능숙한 조종사들이 할 수 있는 온갖 노력을 기울였지만, 소중한 승객인 계승자 자마라는 우주모함의 금속 판에 세게 부딪히고 말았다. 제이크가 손잡이를 잡고 몸을 일으키기도 전에 누군가가 이미 도와주려고 손들을 뻗었다. 제이크는 전혀 오만하지 않은 태도로, 하지만 당연하다는 듯이 도움을 받았다. 제이크는 계승자였고, 우주선에 탑승한 그 누구보다도, 어떤 대가를 치르고라도 보호받아야 하는 존재였다. 제이크는 신경삭을 고정시킨 보석 머리띠 바로 아래에 난 상처에서 핏방울이 떨어지는 걸 느꼈다. 자신을 내려다보는 승무원들이 따뜻한 파장으로 걱정해주는 것도 느꼈다. 그 파장에는 승무원들이 가진 공포와 더불어 단호한 결심 역시 어려 있었다.

집행관 아무르의 마음이 제이크의 마음을 어루만졌다.

"자마라, 내가 보기에 이 공격은 당신이 지닌 지식을 겨냥했다고밖에 설명할 수 없습니다."

제이크는 슬프지만 차분한 태도로 고개를 끄덕였다. 그렇게밖에 설명할 수 없는 상황이었다. 아무르는 말을 이었다.

"보유한 우주선의 수로 봤을 때 우리가 열세입니다. 우리 모두가 탈출할 수 있을지는 장담할 수 없습니다. 하지만 당신은 살아야 합니다. 당신이 품은 것은 계속 계승되어야만 합니다. 구명정들이 어디 있는지 아실 겁니다. 그리로 가십시오.”

그 말이 들렸을 때, 동정심에서 우러나온 깊은 고통이 제이크의 몸 안을 쓸고 지나갔다. 하지만 집행관의 판단이 옳다는 것 역시 알았다. 자마라라는 이름을 가진 프로토스는 이 우주선에 탑승한 여느 승무원들보다 중요할 게 없었지만, 자마라가 지닌 기억은 그녀와 함께 사라지도록 내버려둘 수 없었다. 그것은 오래되었고, 절대로 사라지면 안 되는 비밀이었다. 이 우주선의 동료들과 함께하는 죽음은 고귀하리라. 좋은 최후이리라. 하지만 제이크에게는 사치나 다름없었다. 제이크는 살아남아야 했다…… 최소한 자신이 품은 귀중한 짐을 다른 이에게 넘겨줄 때까지는 반드시 살아남아야 했다. 이전에도 비슷한 상황에서 도망친 적이 있었다. 정확히 말하자면 최소한 그랬던 기억이 있었다.

제이크는 걱정과 염려, 슬픔이 미묘하게 섞인 태도로 응낙했다. 그러자 이제야 집행관이 말한 게 무슨 뜻인지 완전히 이해되었다.

“비상탈출선이라고요? 왕복선이 더 안전하다고 확신합니다만.”

“왕복선이 구명정보다 훨씬 중무장되어 있는 건 맞습니다. 하지만 왕복선은 더 크기 때문에 눈에 잘 띕니다.”

“그렇군요…… 알겠습니다. 엔 타로 태사다르, 아무르여.”

집행관 역시 축복의 말이자 전장의 함성을 나타내는 말로 대답하고 뒤돌아섰다. 아무르의 관심은 이제 다른 곳으로 옮겨갔다. 곧 때가 오리라.

제이크는 급히 복도를 내달렸다. 입고 있던 얇고 섬세한 재질의 연보라색과 흰색 겉옷들은 계승자로서의 위엄을 나타내는 옷으로, 몸 주위에서 물결치며 나풀거렸다. 제이크는 어떤 무기나 갑옷도 없었다. 스스로를 방어해야 한다고는 생각하지 못했다. 자신이 지닌 정보를 위해서라면 기꺼이 목숨을 버릴 이들이 언제나 엄청난 수로 대기하고 있었다. 그리고 곧 자로어호의 승무원들도 그렇게 죽을 예정이었다. 이제 제이크는 혼자가 될 것이다.

'나는 살아남아야 해!'

자마라는 구명정에 탑승해 자리를 잡으며 필사적으로 생각했다. 그리고 재빠르고도 차분하게 조종 장치들 위로 긴 손가락들을 움직였다. 살아야 한다는 강박관념은 본능적으로 치솟은 두려움조차 압도했다.

아무르는 생각으로 말했다.

'이제 곧…… 준비하시지요.'

아무르는 거기에 더해서 말이 아닌 이미지들도 보냈다. 제이크는 함선 전체가 민첩하게 움직인다는 걸 느꼈다. 다른 격실에서는 전투기들이 황금빛의 반짝이는 곤충들처럼 빠르고 강력하게 우주로 솟아오를 것이었다. 물론 자로어호도 중무장을 했지만, 제이크는 수송선 한 대로 전투에서 승리할 거라는 환상은 갖지 않았다.

제이크는 집행관이 무엇을 할지 알고 있었다. 절박할 때에는 타이밍이 정말 중요하다는 사실 역시 잘 알았다. 그래서 강력한 뇌로 좀 더 집중하고 생각들을 열기 위해 눈빛을 부드럽게 풀었다. 아무르는 상대방이 우주모함을 파괴하게 둘 작정이었다. 그리고 우주모함이 폭발하기 몇 초 전에 제이크는 떠날 것이었다. 그러면 우주모함 주변으로 부서진 잔해들이 흩어질 테고, 귀중한 얼마간의 시간 동안 적들은 계승자가 어디에 있는지 찾느라 분주할 것이다. 적들은 동족인 프로토스일까? 동족일 수도 있다는 생각에 상당히 괴로웠다.

그리고 운이 좋다면 그 몇 초 사이에 제이크는 충분히 탈출할 수 있으리라.

제이크는 떠나야 할 순간을 기다렸고, 드디어 그 순간이 왔다.

'지금입니다!'

제이크는 그때 찌르는 듯한 고통을 느꼈다. 이제까지 아무르를 알고 지냈지만, 그가 이토록 집중해서, 이렇게 순수하게 생각을 보냈던 적은 없었다.

자기가 하고 있는 일이 필요한 일이라는 침착한 확신 가운데, 이토록 확신하지 않았다면 스스로가 놀랐을 만큼 또렷하고 고요한 마음으로 제이크는 조종 장치를 힘차게 눌렀다. 작은 구명정은 우주 공간으로 나아갔다.

구명정은 작았지만 다른 프로토스 함선들과 마찬가지로 아름답고 우아하게 금빛으로 빛났다. 자기 작품에 대해 자부심을 가진 칼라이 계급은 모든 사물을 상당히 기능적일 뿐 아니라 미적으로도 높은 수준으로 만들었다. 구명정은 앞으로 쏜살같이 나아갔다. 옆에는 다른 구명정들도 있었다. 적들을 교란시키기 위해 남은 구명정들도 모두 내보냈던 것이다.

몇 초 후, 제이크는 마음속으로 비명을 지르며 빛나는 눈을 손으로 재빨리 가렸다. 우주 모선에 함께 탔던 승무원들과 동료들, 친구들의 죽음을 느꼈기 때문이다. 그들이 받은 고통에 현기증이 일고 아팠다. 너무 많은 목숨들의 기억이 마음속을 폭격하듯 몰려와 감당할 수 없을 정도였다. 그러나 제이크는 의지를 모아 애써 생각을 다잡으려 노력했다. 뒤에서 벌어진 참사는 보지 않기로 했다. 보지 않아도 이미 알고 있었다.

제이크는 마음을 정돈하고서 다른 구명정들이 어디에 있는지 알아보았다. 이런 와중에서도 정찰기들은 아름답게 보였다. 프로토스 한 명 혹은 두 명이 탈 수 있을 정도로 작은 정찰기들은 속도와 방향을 조정할 수 있었지만 장착된 무기가 없었다. 제이크는 자기가 탄 탈출선이 어디론가 향하는 것처럼 보이지 않도록 조심하면서 다른 비상탈출선들 사이를 조종해가며 마음을 꼭 닫았다. 그래서 우주 공간에서 황금빛으로 빛나는 무수한 다른 비행정들 중 하나로만 보이도록 했다.

과도한 관심을 끌지 않고 있다는 사실에 안심한 제이크는 이 지역 프로토스 함선들의 목록과 별자리표를 떠올렸다. 조만간 누군가에게 구조를 받거나 차원 관문이 있는 세계를 찾아야 했다. 자신의 임무를 더 이상 지체할 수 없었다.

다행스럽게도 제이크는 예전에 많이 여행했던 경로상에 있었다. 집행관 아무르가 이미 구조 신호를 보낸 사실도 알았다. 만약 너무 멀리 표류하지만 않는다면, 그리고 추적을 피할 수만 있다면 조만간 누군가 그를 구해줄 가능성은 충분히 있었다.

만약에, 만약에. 지금 상황에서는 모두 지나치게 희망적인 생각들이었다.

운 나쁘게도, 누군가 도와주지 않을 경우 갈 만한 행성은 근처에 없었다. 이 속도로 운항한다면 두 시간이나 가야 행성이 나왔다. 속도를 낸다면 그보다는 빨리 가겠지만 우주선들 사이에 묻어가려는 현재의 계획은 버려야 했다. 게다가 그 행성에는 숨 쉴 수 있는 대기가 없었기 때문에 간다 한들 좋은 선택이 아니었다. 아니야, 여기서 기다리는 게 최선의…….

순간, 작은 비행정이 심하게 요동쳐서 제이크는 하마터면 조종석에서 굴러 떨어질 뻔했다. 결국 추적을 따돌릴 수 없었던 것 같았다. 운항 장치로 쓰던 수정은 제멋대로 고동쳤고, 조종부에서는 귀가 찢어질 듯한 다급한 소리가 났다. 제이크는 최대한 방어막을 칠 수밖에 없었다. 결국 비행정에 누군가가 탔다는 신호가 되고 말았다.

제이크는 자신을 따라오는 추격선이 한 대밖에 없다는 걸 확인했지만, 이미 조종사는 추격하던 목표물을 찾았다고 사령관에게 보고했을 게 틀림

없었다. 이제 잃을 것이 없는 제이크는 아까 찾아냈던 대기가 없는 행성을 향해 속력을 높였다. 어쩌면 아직 저들을 따돌릴 수 있을지도 모른다.

방어막을 쳤건만, 공격을 받은 비행정은 또다시 비틀거렸다. 제이크는 제대로 공격당했다는 사실을 깨달았다.

'구명정은 선체에 손상을 입었음. 선체 제어 능력 감소. 기체 손상은 회복될 수 없으며 악화되고 있음. 시스템이 완전히 정지될 때까지 남은 시간은 이십팔 분 오십일 초로 추정.'

빠르게 확인한 결과, 만약 비행정이 추락해도 망가지지 않는다고 가정한다면 비행정에는 행성에서 열흘을 더 살아갈 산소가 있었다. 물론 그럴 가능성은 희박했지만 불가능한 것은 아니었다. 그 후에는 보호복을 착용해서 여섯 시간을 더 버틸 수 있었다. 물론 암살자가 제이크를 죽이지 못했거나 다른 이유로 그가 죽지 않았다는 전제가 달려 있었다.

안 돼! 절대로 잃어버리면 안 돼. 이 정보는 그가 담긴 프로토스 껍데기와 함께 죽어버릴 수 없었다. 제이크는 한 시간도 안 되서 죽게 될 거라고 말하는 수정구의 차가운 목소리를 받아들이지 않았다. 황폐한 행성으로 가는 것만이 그녀에게 남은 유일한 선택이었다. 제이크는 목에 건 가느다란 사슬에 매달린 케이다린 수정을 긴 손가락으로 감쌌다. 수정의 힘을 이용해 마음을 차분히 가라앉히고 집중한 상태를 유지하기 위해서였다.

제이크는 자기가 무엇을 찾고 있는지조차 알 수 없었다. 아마도 희망이 꺼지지 않게 해주는 무언가가 아닐까.

그리고 그 무언가를 찾았다. 제이크의 눈이 번쩍 뜨였다. 이 버려진 세계에 젤나가가 만든 유물이 있었다. 이것은 어떤 징조가 아닐까?

암살자는 더 이상 제이크에게 발포하지 않았지만, 그렇다고 추격을 멈추지도 않았다. 아마 어렵지 않다면 생포하려는 의도임을 제이크는 깨달았다. 적어도 당장 죽이지는 않겠지. 그래야 제이크가 아는 게 정확히 뭔지, 어떻게 알게 되었는지, 그리고 누구에게 그 지식을 알려주었는지 확실히 알게 될 테니 말이다.

생각할 수도 없는 일이었다. 제이크는 적들에게 그 지식을 알려주느니 그 전에 스스로 목숨을 끊을 것이다.

비장한 결심을 한 제이크는 젤나가 사원을 도착지로 설정하고는 행성으로 향했다. 행성의 창백하고 냉랭한 풍경이 눈에 들어왔다. 제이크는 더 가까이 접근해서 우아하고 빛나는 우주선을 대기권으로 진입시켰다.

여기구나. 제이크는 이제 사원을 볼 수 있었다. 하지만 멀리서 보기에도 사원의 외곽은 생생한 초록색이 아니라 진한 갈색이었다. 제이크가 가진 다른 이의 기억에 따르면 사원에 아직도 그 소중한 보물이 있다면 분명히 초록색이어야 했다. 한때 사원에 거주했던 에너지 생명체는 어떤 영광스러운 운명을 향해서인지 몰라도 떠나버렸다. 그 운명이 무엇인지는 모든 프로토스의 지식을 지닌 제이크조차도 추측할 수 없었다. 사원의 윗부분에는 에너지 생명체가 나왔을 때 생긴 걸로 보이는, 커다란 구멍이 입을 쩍 벌리고 있었다. 이제 제이크는 그 구멍으로 들어갈 참이었다. 제이크가 가진 기억을 이용한다면 분명히 고치를 이루고 있는 엄청나게 많은 복도 안으로 숨어들어갈 수 있을 테고, 그렇다면 그를 쫓아온 자들을 피할 좋은 기회가 될 것이었다.

제이크는 들쭉날쭉한 입구에 모든 집중력을 모았다. 그는 안쪽에서 희미하게 빛나는 뭔가를 언뜻 볼 수 있었다고 생각했다. 그게 수정들이라면, 아마도 그녀는…….

이미 부서진 비행정이 또 공격을 받았다. 제이크를 놓칠까봐 두려웠던 추격자들은 그냥 비행정을 격추시키기로 한 게 분명했다. 그리고 그 계획은 성공했다. 제이크는 구멍의 가장자리로 추락하면서 정신을 잃었다.

• • •

아프다…….

얼마나 지났을까, 제이크는 눈을 깜빡이며 깨어났다. 제이크의 몸 안으로 세포 하나하나에 이르기까지 고통이 찌르듯 했고 더불어 웅얼대는 소리가 진동해 댔다. 제이크는 계기판에 깔린 상태였고, 잠시 동안 왜 이렇게 된 것인지 이해하지 못했다. 조금 뒤에야 무슨 일이 일어났는지 깨닫게 되었다. 비행정은 거의 수직으로 심하게 기울어져 있었다. 제이크는 부상을 입은 걸 알고 조심스럽게 움직였다. 하지만 얼마나 심하게 다쳤는지는 아직 확실히 알 수 없었다. 호리호리한 몸을 만지자 손에 검붉고 진한 뜨거운 피가 묻어났다.

제이크는 죽어가고 있었다. 그가 죽으면 모든 기억도 곧 사라지겠지…….

제이크는 목을 길게 늘이고 눈을 크게 떴다. 그는 지금 거대하고 빛을 발하는 수정 위에 있었다. 수정은 정말로 아름다웠다. 그리고 노랫소리……. 제이크는 지금 들리는 소리가 카스와 템라를 비롯한 프로토스들에게 들렸던 것과 같은 수정들의 노랫소리라는 걸 깨달았다. 그 노래가 얼마나 아름답고 우아하던지, 제이크는 거대한 수정의 모습에 놀라는 것도 잊을 정도였다. 이제야 제이크는 자기가 타고 온 우주선이…… 거대한 수정에 꿰뚫렸다는 사실을 깨달았다.

제이크는 어찌어찌 문으로 다가갔고, 또 어찌어찌 문을 열었다. 그러다 제이크는 그만 몇 미터 아래로 떨어져 세게 부딪친 나머지 다시 정신을 잃었다. 믿을 수 없게도, 제이크는 두 번째로 또 살아났다. 어찌어찌하여 비틀거리며 두 발로 일어난 제이크는 피범벅이 된 연보라색과 흰색의 겉옷들을 빤히 내려다보았다.

그를 쫓던 추격자들이 여기까지 따라온 흔적은 보이지 않았다. 왜 그런지는 알 수 있었다. 그럴 필요가 없었다. 추격자들은 제이크의 비행정에 상당한 타격을 입혔고, 비행정이 박살나서 떨어진 지역은 길을 찾기가 너무 어려웠다. 이곳에는 대기가 없기 때문에 제이크의 신체 상태가 어떤지 읽었다면 몇 시간 안에 죽을 거라는 사실을 알았을 터였다. 그러고 보니 정말 제이크는 이미 죽은 목숨이어야 했다. 그만큼 부상은 아주 심각했다. 하지만 그럴 거라는 예상을 뒤엎고 상처는 아물기 시작한 데다 숨 쉴 공기가 없어도 전혀 해가 없는 듯 보였다. 여기에 있는 무언가가 제이크를 살려두고 있었다. 하지만 그게 얼마나 갈까?

제이크는 주변을 둘러보았다. 그러자 엄청나게 영광스러운 광경이 눈에 들어와 고통조차 덜 느껴질 지경이었다. 이…… 동굴이라고 해야 할까……. 이곳은 수천 개의, 최소한 수백 개의 케이다린 수정들로 가득 차 있었다. 각각의 수정이 부르는 노래는 저마다의 음조를 더해 완벽한 조화를 이루었고, 그 조화로움은 마치 실체인 듯이 제이크를 감쌌다. 수정들이 파란색과 자주색, 초록색으로 빛나는 가운데 제이크는 그 안에서 빛으로 목욕하는 것 같았다. 어쩌면 이 빛이 그를 치유해주고 공기가 없어도 숨 쉴 수 있도록 보호막 같은 걸 쳐주는 것이리라. 아니면 지금은 버려진 고치 같은 이 사원 전체에서 여전히 윙윙 소리를 내는 강력한 생명력의 잔재가 그녀를 살리고 있는지도 모른다. 이곳에는 분명히 에너지가 있었다.

그리고 이제까지 태어났던 모든 프로토스의 기억을 가진 제이크는 어쩌면 이 에너지를 좋은 쪽으로 사용할 수 있을지도 모른다고 생각했다.

제이크는 찢긴 배를 손으로 감싸고 주의 깊게 방 안을 돌며 출구를 찾아보았다. 출구는 없었다. 어떻게 보면 잘된 일이었다. 마음속에 떠오르고 있는 계획이 성공하려면 출구가 없는 편이 나았다. 하지만 꼭 그렇지도 않은 게, 그 계획이 성공하기 위해서는 그가 알고 있는 걸 다른 이들도 알아야 한다는 게 문제였다. 누군가는 제이크를 찾아내야 했다.

다시 고통이 찾아왔다. 손 아래로 새로 흘러나온 피가 흥건했다. 아직까지는 숨이 붙어 있었지만 오래가지 못할 것이다. 부서진 이 몸으로는 살 수 없었다.

제이크는 수정 사이를 이리저리 빠져나갔다. 수정 사이를 지나갈 때마다 어두운 보라색의 핏방울들이 떨어지며 자국을 남겼다. 마침내 제이크는 비교적 평평한 벽에 도착해 손으로 그 위를 쓸었다. 순간, 템라와 사바산이 정확한 순서대로 황금비율인 아라도에 맞춰 수정을 만졌던 기억이 떠올랐다. 조개껍질에서도, 또 손에서도 나타나는 황금비율은 프로토스들이 이제껏 발견해온 모든 세계에서 거듭 나타났다. 프로토스들은 숨겨진 문을 황금비율을 이용해 열기도 했다. 그렇다면 비슷한 방식으로 전에는 없던 문을 새로이 만들어낼 수도 있지 않을까?

제이크는 고통 때문에 얼굴을 찡그렸지만 단호하게 깨끗한 쪽 손을 벽에 대고 밀었다. 수정 안에는 아직도 에너지가 있었고, 여전히 그 에너지는 실제로 피부를 찌르는 것처럼 생생했다. 1:1.6의 비율로 서로에 맞닿도록 그려진 도안은 문 위에 아름다운, 그러나 보이지 않는 나선을 만들어냈다. 그런 다음 제이크는 자기가 만들고 싶은 문의 직사각형 윤곽선을 다시 한 번 최대한 정확하게 측정해 그렸다. 그리고 손을 위로 올려놓고 기다렸다.

이 거대한 고치는 젤나가 만들어낸 것이었다. 그리고 어떻게 그럴 수 있는지 몰라도 고치는 그 사실을 기억했다. 시간을 초월해 존재해온 이 비율을 인식했던 것이다. 제이크가 이제까지 보이지 않게 손으로 그렸던 나선이 눈앞에서 서서히 빛나기 시작하더니 갑자기 밝은 빛이 번쩍였다. 조금 뒤 제이크는 아래로 이어진 어두운 계단을 들여다보고 있었다.

"제발 부탁해."

제이크는 중얼거리며 누군지 모르는 이에게 애원했다. 어쩌면 이 고치에게, 자기가 담은 기억 속의 영혼들에게, 아니면 언젠가 이 복도를 찾아낼 이름 모를 프로토스에게 한 말일 수도 있었다. 제이크는 주변을 둘러보다 쉽게 깨뜨릴 만한 작은 수정을 발견했다. 광원으로 쓰려고 자줏빛이 도는 초록색으로 빛나는 수정을 손에 쥔 제이크는 복도가 끝날 때까지 앞으로 나아갔다. 그리고 막다른 벽 앞에서 다시 문 만들기를 반복했다. 다시 한 번 나선은 빛을 발하다 번쩍였고, 그 뒤로 연이어서 길이 나타났다. 이곳의 에너지와 그녀가 알고 있는, 젤나가 중시한 황금비율로 만들어낸 길이었다. 제이크는 모퉁이를 돌려다가 다시 돌아섰다. 문을 어떻게 닫지? 황금비율을 그리면 문이 다시 나타날까? 제이크는 직감으로 빈 공간에 아라도의 도안을 그린 후 한 발짝 물러섰다. 아니나 다를까 그 자리에 벽이 다시 나타났다. 무언가 전언을 남겨야 했다. 하지만 아무나 들어올 수는 없게 암호처럼 만들어야 했다. 결국 적들이 이 장소를 찾을 수도 있었기 때문이다.

제이크는 문 반대편 쪽 벽으로 돌아가서 긴 손가락으로 자신의 피를 찍어 글을 적기 시작했다.

・ ・ ・

'이곳까지 오게 된 나의 형제자매여, 이 안에는 비밀이 보존되어 있도다. 들어오고 싶은 이는 아파에서 온 방랑자들처럼 생각할지어다. 완벽함을 생각하라.'

・ ・ ・

제이크는 비틀거리며 눈을 깜빡였다. 사원의 심장부에 자리 잡은 에너지에서 멀어질수록 상처는 심해졌다. 이미 너무 지체했을지도 모른다는 생각에 공포가 왈칵 밀려들었다. 제이크는 문을 다시 연 다음 등 뒤로 문을 닫고 최대한 서둘러서 가장 안쪽에 있는 방으로 향했다.

제이크는 그곳에 도착하기도 전에 거의 쓰러질 지경에 이르렀다. 눈앞이 잿빛으로 흐려지며 정신이 몽롱해졌고 현기증이 일었다. 하지만 제이크는 단호하게 정신을 차렸다. 아직 안 돼. 지금 당장은 안 돼.

이와 비슷한 고치에서 부화한 유충이 뿜어낸 에너지는 황량한 세계였던 베카 로를 수 킬로미터나 녹음이 우거진 들판으로 바꿔놓았다. 어쩌면 여기 남겨진 에너지로도 제이크가 하려는 일을 충분히 할 수 있으리라. 그리고 어떤 프로토스보다도 계승자인 그녀는 누군가의 생각을 사용하는 방법에 대해 잘 알았다.

제이크는 다시 비행정으로 갈 수조차 없었다. 그러니 일은 여기서 진행해야 했다. 심하게 넘어져서 다리들이 구부러졌기 때문에 그의 몸 상태에 따라야 했다. 제이크는 한쪽 손으로 가까이에 있는 수정을 쥐고서 그 수정의 힘과 더불어 사원 자체의 힘을 자기 몸으로 빨아들였다.

생명 에너지는 다른 종류의 에너지들처럼 실제로 존재했다. 제이크는 그 사실을 알고 있었다. 그리고 생명 에너지를 불운하게 망가진 자기 몸에서 조심스럽게 끌어내어 끈 모양으로 만들었다. 이제 제이크는 깊고 깊은 힘이 넘치는 이곳에서 시간을 멈출 때까지 자기가 살 수 있기를 바랄 뿐이었다. 제이크는 빛나는 금빛 끈 모양으로 만든 자신의 생명 에너지를 수정 둘레에 감았다. 바라는 대로 일이 잘 풀린다면 누군가가 와서 이 끈을 발견해 손에 쥘 때가 언젠가 오리라. 자기가 가진 치명적인 정보를 전해줄 만한 누군가가 말이다.

그녀의 몸 안에서 격렬한 감정이, 수천 년 전 분노에 사로잡혀 서로를 살해하던 최초의 프로토스가 남긴 유산이 요동치고 있었지만, 제이크는 생각을 차분히 가라앉히고 케이다린 수정에 집중했다. 손을 올려놓은 부분은 따스했고, 그 안에서 발산되는, 희미하게 울리는 무언가를 느꼈다.

'할 수 있는 일을 다했어. 이걸로 충분하기를 바랄 뿐이야.'

제이크는 눈을 감았다. 마지막으로 눈에 들어온 것은 손에서 흘러나온 핏방울 하나가 손끝에서 떨어져 공중에 정지한 채로 머물러 있는 광경이었다.

제11장

"그 핏방울이 떨어졌던 게 기억납니다."

제이크가 조용히 중얼거렸다. 제이크는 자마라의 망가진 육체를 보고서 저 깊은 곳에서부터 죽은 이를 애도하려는 마음이 우러나와 그 손을 잡으려고 다가갔다. 핏방울은 어두운 보라색 보석으로 만들어진 듯 완벽하게 둥근 형태로 떠 있다가 갑자기 점성을 잃고 그의 손바닥 위에서 퍼졌다. 그 피는 방금 몸에서 흘러나온 듯이 신선하고 축축했다.

마치 둘의 기억을 통합해서 떠올리듯, 제라툴은 같은 사건을 경험한 자마라와 제이크의 시점 모두를 보았다. 제이크는 아무것도 숨기지 않고 자기가 느꼈던 공포며 고통, 걱정과 옹졸한 마음까지 모두 드러내서 보여주었다. 제라툴은 지금 확실히 각별한 관심을 보이고 있었다. 제라툴이 마침내 말했다.

"자마라가 남긴 메시지를 해독할 수 있었다니 참으로 놀랍습니다. 우리 프로토스 중에서도 그런 식으로 생각했을 이는 거의 없었을 겁니다. 우리 중 몇 명은 풀 수 있었겠지만 확실히 인간 중에서는 당신이 유일할 테지요."

제이크는 칭찬에 거북한 기분이 들어 어깨를 으쓱였다.

"그냥 어찌어찌하다 보니 열게 된 것뿐입니다."

"그리고 그대는 계속 협력해왔습니다. 자마라가 한 일 때문에 그대가 아끼는 많은 사람들이 희생을 당했는데도 말입니다. 그리고 자기 목숨을 잃을 수 있는데도요."

"그렇죠. 뭐, 정무관님이 자마라의 부탁을 들어주시기만 한다면 제가 살아남을 확률도 좀 올라갈 테죠."

이 말에 제라툴은 눈을 가늘게 떴고, 순간 제이크는 숨이 턱 막혔다. 자신이 정말 이 말을 내뱉은 게 맞나? 물론 맞지만, 평소의 그는 이렇게…… 퉁명스러운 사람이 아니었다. 이런 말은 로즈메리나 할 법했다. 하지만 이곳 자연 환경이 아무리 아름답다 해도, 자마라가 확신을 준 대로 온갖 음이온이 공기 중에 가득하다 해도 점점 병세가 악화된다는 사실을 제이크는 알았다. 지금 제이크는 항상 달고 사는 거나 다름없게 된 무디고 욱신거리는 두통 때문에 성미도 급해지고 말도 함부로 내뱉게 되었다. 두통이 정점을 찍을 때면 아무것도 못하고 그저 머리를 쥐어뜯으며 억누를 수 없는 신음을 흘렸다. 그렇기는 해도 자신이 내뱉은 말로 인해 모든 게 수포로 돌아가지 않기를 제이크는 간절히 바랐다.

갑자기 제라툴이 웃었다. 메마르지만 따스하고 감싸 안는 듯 느껴지는 웃음소리를 들으니 제이크는 마음이 차분해졌을 뿐 아니라 어쩐지 두통조차도 견딜 만해졌다.

"정말이지 그대는 레이너와 비슷한 점이 많습니다. 그대처럼 레이너도 우리 종족의 친구였습니다."

제라툴의 눈에서 순간 광채가 났다. 그걸 본 제이크는 비록 암흑 기사가 죄책감과 슬픔으로 자기를 단단히 싸맸지만, 아직 불씨가 남아 있어서 기회만 된다면 확 타오를 것임을 감지했다.

"레이너는 나를 이야기꾼 같은 자라고 생각했었지요. 수수께끼를 내는 자 내지는 질문을 던지고 아이를 구슬려가며 가르치는 교사라고 여겼습니다. 나는…… 수수께끼를 내거나 이야기를 들려주거나 누군가를 가르칠 기분이 들지 않았습니다. 얼마간은 말입니다. 당신들은 나에게 우리 종족의 고귀함에 대한, 그리고 완전히 다른 종족의 고귀함에 대한 심오한 이야기를 공유해주었습니다. 물론 당신이 나눠준 것보다 더 많은 이야기가 있음을 나는 느낍니다. 자마라, 당신을 잡으려 했던 이들의 정체 같은 것 말입니다."

제이크는 자마라의 미소를 느꼈다.

"참으로 그렇습니다. 아직 이야기가 많지요. 물론 내가 이야기를 더 하기 전에 당신이 뭔가 할 말이 있음을 나도 느꼈습니다만."

제라툴은 고개를 끄덕였다.

"나는 암흑 기사단에게만 알려진 이야기로 보답해야겠지요. 영웅에 대한 이야기입니다. 단 하나뿐이지만 하나보다 많은 존재이지요."

이것은 정말 수수께끼였다. 제라툴은 마침내 무슨 일이 일어났는지 그들에게 말해줄 참인가? 아니, 그런데 왜 이렇게 안색이 어두워 보이지?

제라툴은 그리 위축되어 보이지는 않았지만 눈빛에 서려 있던 광채가 순간 사라졌다. 물론 제라툴은 이미 제이크의 생각을 읽었다.

"아니오. 나는 내 자신을 절대로 영웅이라 칭하지 않을 것입니다, 인간이여. 그렇다고 완전히 악인도 아닙니다. 나는 내가 생각하기에 최선이라 여기는 대로 행동했기 때문입니다. 하지만 나는 영웅이 아닙니다. 그대 역시 나를 그렇다고 생각하지는 않게 될 겁니다. 만약…… 흠.”

말을 흐린 제라툴은 부드럽고 시원한 물방울이 떨어지는 폭포 쪽으로 고개를 돌리더니 잠시 동안 침묵했다.

“당신들에게 아나크 순, 즉 ‘황혼의 인도자’에 대해 말해드리지요.”

제이크는 잠시 동안 마음이 불편했다. 한시가 급한 일이 너무도 많았다. 제이크는 암흑 기사단의 전설 같은 걸 듣고 싶은 게 아니라 빨리 뭔가를 하고 싶었다. 자마라는 본인의 요구도 급박한 상태였지만 그런 제이크를 차분하게 만들어주었다.

‘제라툴은 느긋하게 수다 떠는 걸 좋아하지 않아. 이 이야기를 하고 싶다는 건 그럴 만한 충분한 이유가 있다는 거니까 안심해도 괜찮아.’

제라툴의 눈에는 살짝 주름이 졌다. 분명히 제라툴의 유머감각은 아직 살아 있었다.

‘자마라의 말이 맞습니다, 성미 급한 젊은이여.’

꾸짖음에는 가시가 돋쳐 있지 않았다. 급박한 상황에도 불구하고 제이크는 그저 싱긋 웃은 뒤 풀밭 위에 자리를 잡고 귀를 기울였다.

“자마라는 우리 종족의 불화에 대한 기억을 갖고 있습니다. 암흑 기사단이 짐승처럼 몰려 강제로 고대의 함선에 올라 우리가 알지 못하던 세계로 추방되었을 때의 기억입니다. 그때 프로토스들 중 단 한 명만이 우리를 지켜주었습니다. 바로 아둔이지요. 아둔은 우리를 처형하라는 대의회의 명령을 따르지 않았고, 그 대신 우리에게 새로운 정신 능력을 발견하고 그 능력을 제어할 수 있는 방법을 알려주려고 노력했습니다. 오로지 우리를 보호하려는 마음에서였지요. 아둔은 우리가 따르지 않기로 한 칼라와 연결하는 것과는 다른 방법을 알려주려 했습니다. 명령에 복종하지 않은 사실이 드러났을 때조차도 아둔은 자기가 할 수 있는 한 우리를 보호하려고 했습니다. 대의회는 우리를 그들 사회의 일원으로 받아들이려는 생각을 하지 않았겠지만, 아둔은 그들이 우리에게 내린 사형 선고를 추방으로 완화시켰습니다."

제이크는 고개를 끄덕였다. 여기까지는 그도 알고 있었다. 제이크는 베트라스의 기억을 통해 그 사건을 실제로 보았다.

"하지만 우리가 떠날 때조차 폭력 사태가 일어났습니다. 그때 아둔은 우리를 다시 한 번 구해주었지요. 아둔은 우리를 보호하고자 빛과 어둠의 힘들을 모두 소환했고, 그 덕에 우리는 살아남았습니다. 아둔은 우리를 구하기 위해 목숨을 버린 겁니다."

제이크는 말했다.

"그건 아이어 프로토스들의 견해와 다르군요. 아이어에서는 상황을 정반대로 보고 있습니다. 아둔은 프로토스들이 서로 연결되어 통일성과 힘을 찾을 수 있는 칼라의 신성함을 보호하기 위해서 죽은 거라고 말입니다. 그래서 이런 말이 있지요……"

그때 자마라가 대답했다.

"엔 타로 아둔."

"우리 암흑 기사단도 같은 방식으로 그분을 기리고 있습니다. 하지만 우리는 '아둔 토리다스'라고 합니다……. 보통 이 말은 '아둔이 그대에게 성소를 주시리.'라는 의미로 쓰이지만, 글자 그대로 해석하자면 '아둔이 숨겨주신다.'라는 뜻입니다."

제이크는 베트라스가 본 것을 생각하며 암흑 기사의 설명을 납득했다. 아둔은 암흑 기사단을 보호하기 위해 죽었다. 제이크가 불쑥 물었다.

"하지만 아둔은 죽은 겁니까? 그러니까 아둔은 분명히 소멸했고 그 후에 프로토스들은 칼라에서 그분을 감지할 수 없었습니다. 하지만 아둔이 어떻게 된 건지 정확히 아는 이는 아무도 없습니다."

제라툴은 고개를 끄덕였다.

"아둔이 사라진 것은 확실합니다. 하지만 죽었다는 사실을 확증할 시체는 남아 있지 않았습니다. 추모의 길로 메고 가 의식에 따라 목욕을 시키고 함께 앉아 있다가 불태워야 할 시신은 없었지요. 아둔은 그저 사라져버린 겁니다."

제이크는 제라툴을 응시했다.

"정무관님은 이 모든 사실이 별로 놀랍지 않으신 듯합니다. 그렇다면 정무관님은 아둔에게 무슨 일이 일어났다고 생각하십니까?"

자마라는 침묵을 지켰지만, 제라툴은 대답했다.

"우리는 아둔이 죽지 않았다고 믿습니다. 우리는 그분이 다른 존재의 단계로 넘어갔다고 생각합니다."

"자마라처럼 말이군요."

"나는 아둔이 아니에요."

자마라는 난색을 표했다.

제라툴은 자마라의 말에 동의했다.

"물론 당신은 아둔이 아닙니다. 하지만 당신은 테란의 몸 안에서 나름의 방식으로 살아가고 있습니다."

"내 힘만으로는 해낼 수 없었을 겁니다. 사원의 에너지를 이용해 내 기억이 다른 이에게 전해질 때까지 죽음을 유예한 것이지요."

제라툴은 제이크의 눈을 깊이 응시했다. 그리고 인간인 제이크와 인간의 눈을 통해 자기를 보고 있는 자마라를 보며 말했다.

"맞습니다. 당신의 경우는 정말이지 필요와 기회가 절묘하게 맞아떨어진 상황이었습니다. 하지만 당신처럼 존재가 육체화하는 일이 불가능할 거라고 말할 수는 없겠지요. 자마라, 당신이 바로 그 증거입니다. 당신의 영혼은 다른 육체 안에서…… 살아가고 있습니다. 당신이 가진 지식과 기억이 제이콥의 두뇌 속에 저장되어 있는 것 이상으로 말입니다. 당신이라는 존재는 살아 있습니다."

제라툴이 한 말속에 담긴 의미를 이해한 제이크는 긴장으로 배가 당겼다. 그러나 어떻게든 내부의 충격을 극복하고 나자 자신이 머릿속에 프로토스의 정신을 담고 있다는 사실이 그리 이상하게 여겨지지 않았다. 제이크는 언제나 이성적인 사고를 하는 사람이었다. 그는 과학적으로 설명할 수 있는 정신 에너지 같은 것들이 있음을 이해했지만 '영혼'이라든지 '육체화'라는 말은 사용한 적이 없었다. 그러나 지금은 그런 말을 써야 하는 게 아닐까 의아해졌다. 자신의 두 눈으로 아니면 자마라가 공유해준 기억을 통해서 제이크는 이제까지 수많은 것들을 보고 경험했다. 그럼에도 그는 제라툴이 조금씩 감질나게 설명해주려는 개념들을 받아들일 준비가 되었다고 확신할 수 없었다.

자마라는 천천히 말했다.

"나는 그런 식으로 생각해본 적이 없습니다. 흥미로운 의견이군요. 그렇다면 당신은 아둔에게도 비슷한 일이 일어났던 거라는 말입니까?"

"당신은 젤나가 사원의 극도로 강력한 에너지들을 사용해서 어느 정도는 살아 있습니다. 당신은 자신의 정수를 제이콥에게 넣을 수 있었습니다. 아둔은 아이어 프로토스의 전통적인 에너지와 우리 암흑 기사단이 수천 년 동안 사용해온 공허에 존재하는 어둠의 에너지들을 모두 무기로 사용한 최초의 프로토스였습니다. 이렇게 말해도 될지 모르겠지만, 당신과 아둔이 사용한 에너지가 예상보다 훨씬 더 큰 결과를 초래한 거라고 생각해도 무방할 겁니다."

제라툴은 이글거리는 눈동자를 반쯤 감고 즐겁다는 태도로 고개를 기울였다.

"그러나 이런 생각을 가진 우리에게조차 황혼의 인도자인 아나크 순의 이야기는 그저 그런 이야기를 넘어선 상당히 신비한 것입니다. 우리는 그분이 바로 우리 눈앞에서 승천하는 걸 봤습니다. 이 세계의 육신을 희생하여 다른 차원, 더 높은 영적인 세계로 간 것입니다. 믿을 수 없을 정도로 놀라운 이 사건을 둘러싸고 점차 예언 하나가 형성되기 시작했습니다. 우리는 아둔이 그때처럼 그가 간절히 필요하게 될 상황이 되면 돌아오려고 때를 기다리고 있는 거라 믿습니다. 아이어 프로토스와 암흑 기사단, 우리 모두에게 말입니다. 아둔은 두 힘을 모두 쓰지 않았습니까? 그분은 우리 암흑 기사단을 보호하려다 죽지 않았습니까? 죽거나 추방당해야 마땅한 이들이 다름 아닌 동족이라는 걸 너무나 잘 알기 때문이 아닙니까?"

이렇게 말하는 제라툴의 눈에서 불꽃이 일었다. 제이크는 제라툴이 더 꼿꼿이 앉은 모습을 보았다. 그 자세를 보니 실제로 제라툴을 만나서 실망하기 전에 자마라가 정무관에 대해 알려준 이미지가 떠올랐다. 그 이미지에서 봤던 제라툴은 강력한 전사였고, 자신을 냉정하게 추스르면서도 열정이 넘쳤던, 상당히 감동적인 존재였다. 그리고 제라툴을 만난 후 처음으로 제이크의 눈에 제라툴이 기억에서 봤던 그 프로토스처럼 보였다.

"나는 확실히 믿습니다. 아둔은 우리를 안전하게 보호하고 싶었던 동시에 아이어 프로토스가 다시는 돌이킬 수 없을 포악무도한 짓을 저지르지 못하게 막고 싶었던 거라고 말입니다. 우리 모두를 살육했다면 그런 오점은 절대로 씻을 수 없었을 것입니다. 그랬다면 우리 사이에는 거대한 피가 강처럼 흘렀을 테고, 다시는 힘을 모을 수 없었겠지요. 아둔이 두 힘을 소환해 우리를 보호하고 자신의 몸을 희생한 건 그 행동이 우리만큼이나 아이어 프로토스에게도 도움이 될 것이라 믿었기 때문입니다."

제이크는 그 사건에 대해 제라툴이 품은 연민의 깊이에 압도당할 지경이었다. 제라툴의 말 속에는 모든 암흑 기사단 역시 이런 관점으로 그 사건을 본다는 의미가 담겨 있었다.

"큰 재능을 가진 이들은 이 예언에 대해 묵상했습니다. 그리고 그들은 아둔의 귀환에 대해서 징조와 계시를 받았습니다. 아둔이 어떻게 돌아올지 우리는 아는 바가 없습니다. 하지만 이 징조들이 실현된다면 그분은 돌아오실 겁니다."

"그러면…… 당신은 아둔이 이미 왔다고 생각하십니까?"

제이크가 제라툴에게 물었다. 제이크는 여전히 옛 버릇을 버리지 못하고 입을 움직여 그 말을 뱉었다. 그리고 생각만 하면 되는데 굳이 말로 하고 있는 자신의 모습을 말하는 도중에 알아차렸을 때, 자마라 역시 질문을 던졌다.

"그 징조란 무엇입니까?"

제라툴은 나지막이 웃었다.

"아, 정말 질문들이 많군요. 나는 충분히 말했다고 생각합니다. 자마라도 아주 마음 아프고 강력한 이야기를 해주었고 말입니다."

제라툴은 존경을 담아 고개를 숙였다.

"나는 우리 종족의 전설 이야기를 들려주었습니다. 그 전설은 처음에 듣기와는 다르게, 그럴듯하게 꾸며낸 이야기가 절대 아닙니다. 이제 그대가 이야기를 들려줄 차례라고 봅니다, 제이콥 제퍼슨 램지."

"어……."

제이크는 이야기를 잘하는 사람이 아니었다. 두 프로토스들은 그보다 훨씬 더 오랜 세월을 살아왔고, 훨씬 더 많은 것들을 보았다. 훨씬 더 많이 알기도 했다. 그런데 도대체 무슨 수로 이들이 흥미를 가질 만한 이야기를 할 수 있겠는가? 자마라는 말 그대로 제이크를 뼛속까지 속속들이 알고 있었다.

"제겐…… 사실 이야기라고 할 만한 게 없습니다. 솔직히 말하자면 땅이나 파대는 사람에 불과하니까요."

제이크는 살짝 민망해하면서 어깨를 으쓱였다. 그러자 제라툴이 물었다.

"어떻게 해서 우리 친구 자마라를 만나게 되었습니까, 제이콥?"

제라툴은 제이크에게 큰 관심을 보였고, 그 시선은 상당히 강력하고 흔들림이 없었다.

"그저 땅이나 파대는 사람이라고 보기에 그대는 그대의 종족이 살던 세계에서 아주 멀리 떨어져 있습니다. 자마라가 낸 수수께끼는 대부분의 프로토스들이 해독할 수 없었을 것이고, 테란들 중에서는 아마 그대가 유일할 겁니다. 어떻게 거기에 가서 수수께끼를 풀 수 있었습니까? 나는 알고 싶습니다."

제이크는 지금이 결정적인 순간임을 알았다. 그리고 자신이 이제까지

만났던 이들 중 가장 통찰력 있고 현명한 이 앞에서 분석당하고 있다는 사실도 알았다. 플린더스 페트리 고고학상 지명 위원회 회원들은 제라툴에 비하면 아무것도 아니었다. 어쩌면 뛰어나게 영리하고 상당히 신중하기도 한 젊은 황태자인 발레리안이라면 이에 비견할 수 있을 거라 생각했지만, 설사 그렇다 하더라도 제이크는 둘 중 누가 더 까다로운가 내기한다면 암흑 정무관 쪽에 돈을 걸 작정이었다. 자마라가 제라툴에게 품은 존경심은 아둔이나 태사다르에게 보였던 존경심 못지않았다.

제이크와 자마라는 이 프로토스를 그들 편으로 만들어야 했다. 그가 자신의 고통을 핥으면서 동떨어진 행성에 주저앉은 상황을 떨치고 게임에 다시 참여하도록, 그래서 그들을 돕도록 설득해야 했다. 자마라는 프로토스라면 누구나 가진 특성인 커다란 호기심과 지식에 대한 욕망을 자극해서 제라툴이 미끼를 물도록 만들어놓았다. 이보다 더 교묘하게 다뤄야 하는 일이 또 어디 있을까 싶지만, 이제 제라툴을 낚아 올리는 것은 실제로 제이크의 몫이었다. 제라툴은 자마라를 돕는 일에 동의할 수 있었다. 하지만 제이크는 이 암흑 기사가 그 역시 돕겠다고 마음먹어야 한다는 사실을 깨달았다. 그러려면 제이크는 너무나 많은 것을 보아온 빛나는 눈의 프로토스에게 그럴 만한 가치가 있는 인물이 되어야 했다.

"알겠습니다. 그러면 어떻게 해서 네마카에 가게 되었고, 자마라를 찾게 되었는지 말씀드리겠습니다. 상당히 지루한 이야기입니다."

제이크는 이야기에 앞서 주의를 주었다. 그러자 제라툴이 대답했다.

"그런지는 내가 듣고 결정할 겁니다."

이 말을 들은 제이크는 이 상황이야말로 이제까지 자기가 해왔던 그 어떤 면접보다 수천 배는 더 중요하리라는 생각을 한층 굳히게 되었다. 발레리안을 만났을 때도 이렇지는 않았다. 제이크는 한숨을 쉬었다.

'밑져야 본전이죠.'

자마라에게 이런 생각을 보낸 뒤 제이크는 이야기를 시작했다.

제이크는 자기가 고고학자로서 처음에는 테란 연합에서 일하다가 후에 자치령 소속이 되었던 걸 짧게 이야기했다. 페가수스에서 일했던 걸 언급할 때에는 생각과 목소리에 슬며시 자랑스러운 기색도 살짝 비쳤다.

"안타깝게도, 그곳에 언뜻 겉으로 보이는 것 말고도 뭔가가 더 있다는 내 이론을 입증할 만한 증거를 발굴하기도 전에 지원금이 고갈되었습니다. 하지만 그 이론 때문에 나는 관심을 끌게 되었죠. 좋은 쪽과 나쁜 쪽, 모두 말입니다. 많은 사람들이 나를 보고 미친놈이라고 했습니다. 하지만 거기서 일한 경력과 그 이론들에 대해 쓴 논문을 보고 발레리안 멩스크가 관심을 갖게 되었습니다."

이 말에 제라툴은 분명히 관심을 보였다.

"멩스크라고요?"

"네. 발레리안은 아크튜러스 황제의 아들입니다. 발레리안은 젤가리스에 있던 나에게 자기와 함께 일해달라고 요청했습니다. 모든 경비를 지원하고 최첨단 장비를 주는 건 물론이고, 이 작업이 엄청난 지적인 성과를 낼 거라는 약속도 했었죠. 아주 좋은 조건이었습니다."

"그렇군요. 그래서 테란 자치령의 황태자가 갑자기 이름도 없던 그대를 뽑았군요. 그거 참 지루한 이야기가 아닐 수 없습니다."

분명히 비꼬는 말이었다. 프로토스 역시 테란처럼 비아냥거리는 법을 아는 모양이었다.

제이크는 계속 말을 이었고, 이야기는 점점 생기를 띠었다. 발레리안과 만난 이야기를 하면서 제이크는 그 젊은이가 고대 문명에 대해서 얼마나 큰 열정과 호기심을 가졌던지, 그리고 탐사 작업이 얼마나 영광스러우며 편안할지 약속했던 일에 대해 설명했다.

"나는 발레리안이 나를 첫 번째로 선발한 게 아니라는 사실을 나중에야 알았습니다. 이미 다른 탐사대들이 그곳에 갔었더군요. 신전 안에는 빈 공간이 하나, 즉 방이 하나 있는 것 같았고, 발레리안은 그곳에 들어가기를 간절히 바랐습니다. 하지만 먼저 간 탐사대는 그곳에 들어가지 못했습니다. 나는 들어갔습니다만…… 순전히 운으로 그 길을 가기 시작했던 겁니다. 말 그대로 엉덩방아를 찧어서요."

제라툴은 눈을 깜빡이더니…… 제이크가 이제껏 봤던 것보다 더 온화한 마음으로 웃었다. 제이크도 입꼬리를 올리고 씩 미소를 지으면서 속으로 나지막이 웃었다. 자마라가 말했다.

"위대한 발견들에는 적절한 우연들이 따르는 경우가 생각 외로 많은 법이야, 제이콥. 그리고 너는 그냥 엉덩방아를 찧기만 한 게 아니야……. 더 많은 걸 이루었어."

제이크는 고개를 끄덕였다.

"그렇게 떨어져서 출입구를 찾게 된 겁니다. 순전히 우연이었죠. 터널을 두 개나 연이어 떨어진 다음에 문 앞으로 바로 도착했거든요."

제이크는 좀 더 정신을 가다듬고 기억을 해냈다.

"나는 피로 쓴 글자들을 봤습니다. 그때 뭔가 발견하게 될 거라는 사실을 알았죠. 그리고 사원 안에 방이 있는 걸 알고 그곳으로 들어가려고 했던 이가 내가 처음이 아닐 수는 있어도, 그 안에 들어갈 수 있는 수수께끼를 풀 단서를 얻은 건 내가 처음이라는 걸 깨달았습니다."

"자마라는 쉽게 풀리는 수수께끼 같은 건 내지 않지요."

제라툴이 말했다.

"정말로 내가 낸 수수께끼는 쉽지 않았습니다. 나는 심오한 지식과 영적인 힘을 가진 프로토스만이 내가 남긴 메시지를 이해할 거라고 생각했습니다. 그렇지만 제이콥은 그 글을 읽지 못하면서도 문을 열었지요."

"나는 막판에 가서야 수수께끼를 인간의 관점에서 생각하면 그 안으로 들어갈 수 없다고 봤습니다. 심지어는 프로토스처럼 생각해도 갈 수 없을 거라 생각했습니다. 좀 더 원대하고 우주적인 관점에서 바라봐야 했죠. 그리고 우연히 화석에 새겨진 소용돌이를 보았을 때, 생각이 떠올랐습니다. 로즈메리와 나는 방에 들어가서 부서진 비행정과…… 자마라를 발견했습니다."

제이크는 침묵에 잠겼다.

"자…… 제 이야기는 이게 끝입니다."

"그러면 여자는 어떻게 되었습니까?"

"로즈메리 말입니까? 로즈메리는 우리보다 먼저 관문에 들어갔습니다. 다른 프로토스들과 함께 샤쿠라스로 갔지요. 우리는 관문에서 나온 다음에야 재전송되었다는 사실을 알았습니다. 자마라는 당신이 여기 있을지도 모른다고 추측했고, 그래서 여기로 온 겁니다."

제라툴은 눈을 가늘게 떴다.

"어쩌면 그 여자가 당신들을 샤쿠라스에 오지 못하도록 했을지도 모릅니다."

"그건 아닙니다."

자마라가 말했다. 제이크는 자마라가 이렇게 말해줘서 고마웠지만, 한

편으로는 이토록 단호하고 빠르게 로즈메리의 편을 들어준 데 놀랐다. 하기야 잘 생각해 보면, 자마라는 언제나 로즈메리가 쓸모 있을 거라고 주장해왔다. 그리고 그 말은 옳았다. 그렇지만 제이크는 여전히 자마라에게 고마웠다.

"로즈메리 달은 배신할 사람이 아닙니다. 모든 테란 여성들이 사라 케리건 같지는 않습니다, 제라툴. 당신도 그 점은 아실 거라 봅니다. 암흑 기사단은 언제나 여성들을 남성들과 동등하게 대해 왔지요. 당신들의 지도자도 여성이 아닙니까? 여족장 라자갈 말입니다."

제이크는 제라툴을 응시했다.

"라자갈! 나도 그분을 압니다! 그러니까…… 그분을 봤습니다. 기억에서요. 라자갈이 활기찬 소녀였을 시절의 기억을 봤습니다. 그분이 당신들의 지도자입니까? 그것 참……."

자마라의 말을 들은 제라툴의 반응을 보고 제이크는 말을 잇다가 그만 속으로 삼켜버렸다. 제라툴은 아주, 아주 고요하게 꿈쩍도 하지 않고 있다가 갑자기 벌떡 일어섰다.

"나에게 그분의 이름을 말하지 마십시오!"

제라툴이 소리를 질렀다. 그 마음의 소리가 너무 강력했던 나머지 제이크는 고통스럽게 숨을 헐떡였다. 순간, 제라툴이 이해할 수 없게 분노를 폭발시켰기 때문인지 아니면 그저 끔찍한 우연의 일치 때문인지 몰라도, 제이크는 고통으로 눈앞이 하얘지더니 잠시 동안 정신을 잃었다. 온몸의 근육이 경직되었다. 고문 같은 고통이 서서히 가라앉기 시작하자 제이크는 정신을 차리고서 숨을 헐떡였다. 그리고 자기 몸이 축축한 게 옆에 있는 폭포에서 물을 맞아서가 아니라 식은땀 때문이라는 사실을 깨달았다.

게다가 제이크는 손가락 네 개가 달린 튼튼한 근육질의 팔 두 개가 자기를 부축하고 있다는 사실을 알아챘다. 제라툴이 말했다.

"이게 그대가 자마라와 한 몸이 되어서 받는 고통이군요."

제라툴의 마음의 목소리는 동정 따윈 없이 그저 사실만을 말하고 있었다. 제이크는 고개를 끄덕이기 시작하다가 그러면 두통이 도로 찾아올지도 모른다는 생각이 들어 대신 말을 했다.

"그렇습니다. 가끔 이런 상태가 되죠. 하지만 보통 때는 둔한 통증 정도가 있을 뿐입니다."

제이크는 목소리가 떨리지 않는다는 게 자랑스러웠다.

제라툴은 제이크를 내려놓았다. 무엇 때문인지는 몰라도 제라툴은 아직 화가 난 상태였지만, 그가 일으킨 발작 때문에 다소 정신이 산만해졌다는 사실을 제이크는 알아볼 수 있었다. 고통의 여파 때문에 아직도 생각을 명확하게 못하는 상태로 제이크가 말했다.

"말씀드린 대로, 나는 라자갈을 압니다. 그분은 뛰어난 지도자였을 거라 확신합니다."

제라툴은 고개를 돌렸다. 그리고 이번에는 제이크가 제라툴이 움츠리는 모습을 보았다.

"왜 그러십니까?"

자마라는 사실을 알았지만 이상하게도 침묵을 지켰다.

"라자갈은…… 현명한 지도자셨습니다."

제라툴이 대답했다. 그 마음의 소리에 묻어나온 무거움과 고통을 육체적으로도 느낄 수 있을 듯했다.

"지도자셨다고요?"

제이크는 제라툴의 말에서 라자갈이 이미 죽었다는 사실을 알아챘다.

"정말 안타까운 일입니다······ 어쩌다가 돌아가신 겁니까?"

제라툴은 그 말에 대답하지 않았다. 그러나 마침내 고개를 돌리고는 제이크를 보며 천천히 자세를 똑바로 했다.

"내가 그분을 죽였습니다."

제12장

바르타닐은 놀랍게도 좋은 동료가 되었다.

바르타닐이 함께 머물겠다고 했을 때, 로즈메리는 그와 잘 지낼 수 있을지 전혀 장담할 수 없었다. 바르타닐은 어린데다 굉장히 열성적이었다. 보통 이렇게 어린 나이와 열성적인 성격을 모두 갖춘 부류들은 로즈메리를 상당히 골치 아프게 만들었다. 로즈메리가 이런 유형을 이다지도 싫어하는 이유는 전투 상황에 돌입했을 때 이들이 제일 먼저 죽기 때문이었다. 로즈메리는 그런 개죽음이 짜증났다. 하지만 바르타닐은 인간이 아닌 프로토스라는 강점이 있었고, 그래서 그의 열정은 어느 정도 완화가 되었다.

게다가 로즈메리는 숙소에 갇혀 있어서 별달리 할 일이 없었다. 그래서 둘은 서로 이야기를 했다.

바르타닐은 로즈메리의 허락을 받았을 때만 생각을 읽도록 조심했다. 로즈메리는 처음에 바르타닐이 자기도 모르게 로즈메리의 생각을 읽어버리는 경우를 스스로 감지하고 조심한다는 걸 자주 느꼈다. 그녀는 그가 당연히 그래야 할 거라고 생각했다. 나중에야 프로토스가 생각을 읽지 않는다는 건 로즈메리의 입장에서 보면 말을 하는 것이 주된 소통 방식인데도 굳이 글을 써서 대화하는 것과 마찬가지라는 사실을 깨달았다. 하지만 바르타닐은 이런 방식에 빠르게 적응했고, 최근 들어서는 로즈메리의 생각에 함부로 들어오는 일이 전혀 없게 되었다.

이전에도 바르타닐이 말했듯이, 저그가 오기 전까지 그는 별다른 일 없이 행복한 삶을 살았다. 로즈메리는 바르타닐이 자세히 설명해주는 가족 집단이나 장인들의 거래에 대한 이야기를 들으며 자기도 모르게 동경하는 마음으로 미소 짓고 있음을 깨달았다. 로즈메리가 이런 종류의 평화를 얼핏 보기라도 했던 건 참으로 오래전 일이었다. 그녀가 마약에 너무 쉽게 중독되었던 이유도 이런 데 있는 게 아닐까 싶었다. 마약을 먹으면 지금처럼 일종의 평안함이 찾아왔다. 그게 어마어마한 대가를 치러야 하고 오래 가지도 않는 거짓말인데도 말이다.

대화가 흘러 그녀에 대한 이야기로 넘어오자, 로즈메리는 난색을 표했다.

"그냥 이렇게만 알아둬요. 난 어렸을 때 고생하며 자랐어요. 그리고 다 크고 나서는 다른 사람들한테 고생스러운 일을 시켰죠."

바르타닐은 어리둥절한 채로 고개를 옆으로 기울였다. 제길, 이제 로즈메리는 프로토스의 몸짓이 무슨 의미인지 읽기 시작했다.

"하지만 당신은 죄 없는 사람들을 괴롭히지 않았잖아요."

바르타닐이 너무 단호하게 말해서 로즈메리는 양심의 가책을 느꼈다. 이것 역시 참 오랜만에 느껴보는 감정이었다.

"죄 없는 사람들을 괴롭혔을 때도 있었어요. 그건, 그러니까 직업상 필요한 일을 한 거예요."

로즈메리는 가녀린 두 어깨를 으쓱였다. 이렇게 말하는 게 자기에게는 언제나 논리적이라고 생각했다. 하지만 지금에 와서는…… 음…… 나쁘게 들렸다.

"알겠어요."

물론 바르타닐이 납득했을 리 없었다. 그렇지만 바르타닐은 로즈메리와 함께 있는 편을 택했다. 그는 선드롭을 끊으려 했던 로즈메리의 강인한 의지를 높이 평가했다. 그리고 제이콥을 그저 몇 푼의 보수를 받고 기꺼이 넘겨주는 대신에 도와주기로 했던 점에 초점을 맞췄다. 정확히 말하자면 몇 푼 이상이었고, 로즈메리 달을 싼값에 고용할 수 있다는 건 어디서든 들을 수 없는 말이었다. 하지만 분명히 그녀는 돈만 받으면 무슨 일이든 할 수 있는 인간이었다.

제이크야말로 이들과 많이 비슷했다. 본인의 생각 이상으로 말이다. 만약 자마라가 로즈메리의 뇌에 들어왔다면, 아마 그녀와 자마라는 함께 세 발짝도 걷지 못했을 거라고 생각했다. 둘은 성격이 안 맞았기 때문에 아마 로즈메리의 머리는 폭발해버렸으리라. 이런 생각을 하자 제이크가 실제로 뇌에 종양이 생겨 머리가 터지려는 중이라는 사실이 자연스럽게 떠올랐다. 그러자 절대 기분 나쁜 농담으로라도 여길 수 없었다. 그 생각에 로즈메리는 훨씬 더 화가 치밀었다.

그래서 셀렌디스가 방에 들어왔을 때, 로즈메리는 그녀에게 매섭게 소리를 질렀다.

"도대체 뭐 하러 또 여기에 왔어요? 나를 더 심문하려고요?"

셀렌디스는 눈 하나 깜빡이지 않고 말했다.

"아니오. 나는 신관 아르타니스가 당신과 면담하고 싶어 한다는 말을 전하러 왔소."

이런 제길. 이렇게 프로토스들 앞에서 얼빠진 짓을 한 게 도대체 몇 번째란 말인가. 로즈메리는 앞으로도 얼빠졌다는 말에 절대 익숙해질 것 같지 않았다.

"아, 그거 잘됐군요. 음, 내 일에 신경 써줘서 고마워요."

로즈메리의 말은 부자연스럽게 들렸지만, 그 말 속에는 마음에서 우러난 고마움이 담겨 있었다. 로즈메리는 셀렌디스에게 진심으로 고마웠다.

셀렌디스가 고개를 숙였다. 그때 로즈메리는 집행관이 이제까지 본 것 중 가장 화려한 차림새임을 알아챘다. 셀렌디스의 갑옷은 항상 꼼꼼하게 손질되어 있었지만, 지금은 그 어느 때보다도 훨씬 더 찬란하게 빛났다. 셀렌디스는 갑옷 아래로 작은 보석들을 섞어 짠 검푸른 색의 예복을 입었는데, 로즈메리가 추측하기에 그 보석은 케이다린 수정 같았다. 예복은 두꺼운데다 무겁고 화려해서 보는 이에게 한 번 만져보라고 소리치는 듯했다. 전체적으로 셀렌디스는 마치 밤하늘을 걸친 듯한 인상을 주었다. 함께 입은 빛을 발하는 황금 갑옷은 태양처럼 보였다. 머리 위에는 신경삭을 잡아주는 보석 띠를 착용하고 있었다.

"상당히 멋지군요."

로즈메리는 이렇게 말하며 자기 몸을 대충 내려다보았다. 프로토스들은 로즈메리에게도 예복 비슷한 옷들을 주었다. 그리고 원래 입었던 가죽 옷들은 깨끗하게 세탁하고 수선한 뒤 돌려주었다. 로즈메리는 인생의 반이라고 느낄 만한 시간 동안 가죽옷을 입었다.

"당신이 원한다면 좀 더 격식에 맞는 의복들을 가져다주라고 할 수 있소."

로즈메리는 먼저 프로토스 의복을 본 다음 침대 위에 개켜져 있는 가죽 옷들을 바라보았고, 셀렌디스는 그런 로즈메리의 눈을 쳐다보며 말했다.

"당신 역시 신관회 앞에 설 때 좀 더 제대로 된 모습으로 나가고 싶을 테니 말이오."

"잠깐만요……. 나는 아르타니스를 보러 가는 거라고 생각했는데요."

셀렌디스는 순간 몸을 홱 움직였다. 로즈메리는 고개를 살짝 꼬고 어깨를 으쓱하는 셀렌디스의 모습에 살짝 짜증이 났다.

"나는 면담이 사적으로 마련될 거라 생각했소. 하지만 내 생각은 틀렸소. 잠재적으로 상당히 많은 일이 걸려 있기 때문에 수많은 부족 혈통의 대표들이 이 상황을 판단하고 결정하기를 원했소."

"아, 그것 참 대단하네요. 그럼 나는 프로토스의 위원회를 대해야 하는군요."

셀렌디스는 계속해서 그녀를 바라볼 뿐이라 로즈메리는 한숨을 쉬었다.

"음, 그럼 파티를 시작하자고요."

"좀 더 격식에 맞는 의복을 입고 싶지 않소?"

로즈메리는 다시 한 번 자신의 가죽옷을 보았다. 물론 밤하늘 같은 예복에다 완벽하게 윤을 낸 갑옷을 입은 셀렌디스는 대단히 멋있어 보였다. 그녀도 그런 옷을 입는다면 기가 막히게 멋있어 보일 거라고 확신했다. 로즈메리 역시 어떤 자리에 나가기 위해 제대로 차려입었던 적이 있었다. 로즈메리는 돈을 받고 일하는 용병이었기 때문에 자기가 가진 무기를 최대한 활용했다. 필요하다면 자기 몸까지도 활용했다. 그러나 로즈메리는 나름의 기준이기는 해도 매력적인 인간 여자의 몸이 프로토스 무리에게는 아무런 영향도 줄 수 없다는 걸 알았다. 그리고 공들여 만든 옷을 빌려 입는다 해도, 결국 로즈메리라는 인간의 본질을 훨씬 더 잘 나타내는 것은 그녀의 가죽옷이었다. 로즈메리는 프로토스가 아니었다. 아주 의심스러운 과거를 지닌 인간 여자였다. 이제 만날 프로토스들은 이 점을 이미 알고 있었다. 그들은 모든 것을 알고 있었다.

로즈메리는 얼마 되지 않았지만 굉장히 오래전인 듯 여겨지는 그때를, 이선의 숙소에 위치한 그녀의 방에서 제이크를 만났을 때 목욕 가운만 입고 있던 때를 떠올렸다. 제이크는 이선이 그들을 배신할 거라고 확신했었다. 물론 그 말은 사실이었다. 그때 로즈메리는 여름용 원피스 대신 입기에 편한, 전투를 거치며 닳아빠진 가죽 전투복을 택했다. 지금도 로즈메리는 아름다운 프로토스 의복 대신 그 옷을 택할 생각이었다. 물론 그때의 결정과 지금의 결정 사이에 많은 일들이 일어났지만, 몇 가지는 변하지 않았다. 아마 그 사실들은 앞으로도 절대 변하지 않으리라.

로즈메리는 셀렌디스를 마주보았다.

"아니, 괜찮아요. 내게 익숙한 옷이 여기 있어요. 그 옷이야말로 내가 어떤 사람인지 잘 보여줄 거예요."

그때 로즈메리는 자신의 마음을 쓸어내리는 존경심을 느꼈다. 주저하는 기색이 있었지만, 그 감정은 진짜였다. 로즈메리를 보는 집행관의 평가 기준이 한 단계 올라간 것이다. 아주 미미한 정도이긴 했어도, 분명 확실히 올라갔다.

그녀가 옷을 갈아입도록 프로토스들이 방에서 나가자, 로즈메리는 한숨을 쉬며 될 수 있는 대로 모든 기준을 높일 필요가 있겠다고 생각했다.

• • •

잠시 후, 이제는 자신의 두 번째 피부처럼 느껴질 정도인 유연한 가죽옷으로 갈아입은 로즈메리는 키가 무척 큰 두 명의 프로토스 기사단 호위병들을 양 옆에 대동하고 성큼성큼 걸어갔다. 이들은 로즈메리보다 족히 일미터는 컸으며, 완전히 중무장을 한 채였다. 로즈메리는 바르타닐에게 투덜거렸다.

"이 작고 나이 든 인간에게 이렇게까지 해주시다니."

"우쭐해하지 마시오, 로즈메리."

몇 걸음쯤 앞서 가던 셀렌디스가 뒤를 돌아보지 않은 채 말했다.

"신관회 회의가 열릴 땐 이 정도의 예의는 갖춰야 하오."

"어쨌거나 말이에요."

그들은 복도를 따라 내려갔고, 로즈메리는 기사단 호위병들이 긴 다리로 걸어가는 보폭에 맞추기 위해서 걸음을 서둘러야 했다. 아, 이게 예의를 갖추면서 호위하는 거로군. 그들은 발판을 올라갔고, 그 끝에는 커다란 타원형의 문이 있었다. 문이 조리개처럼 펴지자 로즈메리가 죄수로 잡혀 있던 건물의 옥상 같은 곳에 자리한 착륙장이 보였다. 어머나, 죄수가 아니라 손님이었지. 그곳에는 작은 우주선이 대기하고 있었다. 로즈메리는 눈을 치켜떴다. 이건 암흑 기사단의 기술이 틀림없었다. 프로토스의 기술이 확실했다. 인간은 이토록 아름다운 우주선을 만들 수 없을 것이다. 저그의 기술력에 대해서는 잘 모르겠지만, 무엇을 만들든 절대로 미적 감각이 뛰어나게 만들 리는 없다는 데 기꺼이 돈을 걸 수 있었다. 하지만 저기 보이는 우주선은 파란색이나 금색은 전혀 없었고, 오로지 어두운 색에다가 부드러운 초록색 광채가 날 뿐이었다. 이 행성은 언제나 황혼의 빛을 띠기 때문에 더 어두워 보이는 것일 수도 있지만, 우주선을 만든 이들은 오랜 시간을 어둠 속에서 지내온 종족임이 분명했다.

로즈메리 자신도 역시 어둠 속에서 오랜 시간을 살아왔다. 그래서 그녀는 어둠의 가치를 존중했다.

우주선에 올라 자리에 앉은 로즈메리는 가능한 한 열심히 조종사들을 쳐다보았다. 이게 자신의 우주선이라서 제이크와 함께 어디론가 여행을 떠난다면…….

로즈메리는 눈을 깜빡였다. 도대체 언제부터 제이콥 제퍼슨 램지 교수와 같이 우주선을 타고 여행하는 게 그녀의 꿈이 된 거지? 이건 정말 깜짝 놀랄 만한 생각이었다.

로즈메리는 창문 밖을 내다보면서 생각을 다른 데로 돌렸다. 저 밑에 보이는 자청빛 형상들이 뭔지 알아볼 수 있었다. 아래 보이는 것들은 뾰족한 탑과 고층 건물, 그리고 그보다 더 작고 낮은 건물이었고, 모양과 크기 역시 다양했다. 건물들은 짙은 파란빛을 띠었다. 겉면에서 작은 점같이 반짝이는 빛으로 보아 그 안에 생명체가 살고 있음을 알 수 있었다. 어느 지점에 이르자, 우주선은 지금까지와는 전혀 다르게 생긴 거대하고 육중하게 솟은 건물 위를 지나갔다. 로즈메리는 예술작품이나 건축물 같은 데 별 감동을 받지 않는 사람이었지만 숨도 멈춘 채로 얼굴을 창문에 눌러가며 자기도 모르게 그 건물을 뚫어져라 응시했다. 건물은 고대 피라미드 같기도 했고, 하늘 위로 올라갈 수 있게 여러 층들로 이루어진 고대의 성탑 같기도 했다. 건물의 각 층마다 희미하게 파란빛과 자줏빛이 띠를 이루며 빛났다. 그것들은 케이다린 수정이었다. 맨 꼭대기에는 이렇게 먼 거리에서도 보일 정도로 굉장히 커다란 수정이 하나 떠 있었다. 그것은 아이어의 지하에 있는 방들에서 본 수정과 아주 비슷했다.

"저 건물이 사원이군요."

바르타닐이 경외감을 보이며 말했다. 바르타닐 역시 창문 너머로 시야에서 천천히 멀어져가는 거대한 건축물을 갈망하는 눈길로 열심히 쳐다보았다.

"어? 제이크가 찾아낸 것과 같은 사원이란 말인가요?"

셀렌디스가 대답했다.

"반은 맞고 반은 아니오. 두 건물 모두 이한리, 즉 수호자인 젤나가의 표식을 지니고 있소. 하지만 당신과 제이콥이 탐험한 사원은 이것과 완전히 다르오. 그 사원은 말하자면 좀 더 유기적이오. 야생적이지."

셀렌디스가 전한 마음의 소리에는 야생적인 걸 인정하지 않는다는 어조가 담겨 있었다.

"아래에 보이는 사원은 수학적으로 정확하고 질서가 잡혀 있소."

"황금비율 같은 것이군요. 1:1.6으로 말이죠."

그러자 셀렌디스에게서 놀라움이 일렁였다.

"아라도에 대해 알고 있소? 황금비율에 대해?"

"제이크가 알아요. 그래서 처음부터 자마라를 발견할 수 있었던 거예요. 자마라는 당연히 우리들은 읽을 수 없는 메시지를 남겨 놓고 사원 안쪽에 알 수 없는 방법으로 스스로를 봉인했죠. 그래서 제이크는 수수께끼를 풀기에 프로토스보다 훨씬 더 불리한 조건이었어요. 하지만 그 사람은 연관성을 찾아냈죠. 제이크는…… 다른 사람들이랑은 생각하는 게 달라요."

"그건 분명하오."

사원은 신비하게 사람을 홀리듯 깜빡이던 불빛과 함께 사라졌다. 로즈메리는 다시 의자에 깊숙이 앉았다.

"셀렌디스, 내가 거기에 가면 어떤 상황과 마주하게 될지 알려줄 수 있나요? 혹시 알아차리지 못했을까봐 말하는 건데, 나는 그다지 사교적인 사람이 아니에요."

그러자 셀렌디스는 고개를 휙 숙이고 눈을 반쯤 감더니 로즈메리가 예상했던 것보다 훨씬 호쾌하게 웃었다.

"그렇소, 로즈메리 달. 나는 이미 그 점을 알아차리고 있었소."

셀렌디스는 약간 정신을 가다듬고 말했다.

"알겠소. 당신이 회의에 대비하도록 해주겠소. 나는 이 일의 전령인 당신은 믿지 않는다 해도, 이 일의 동기는 믿기 때문이오."

이 말을 들은 로즈메리는 생각했던 것보다 좀 더 마음에 상처를 받았다. 하지만 이내 그 마음을 치워버렸다.

"내가 바라는 건 우리가 제이크와 자마라를 찾아가서 돕는 것뿐이에요."

"나도 이제 그 점을 아오. 그리고 그들 역시 알게 될 것이오. 회의장에 들어서자마자 당신의 마음을 그들이 즉시 읽을 수 있도록 준비하시오. 거기 있는 모든 이들이 알 수 있도록 말이오. 회의가 끝날 때까지 계속해서 그래야 하오."

로즈메리는 주먹들을 불끈 쥐고 글자 그대로 으르렁댈 뻔했다.

"로즈메리…… 당신은 여족장 라자갈에 대해서 아시오?"

"라자갈…… 제이크가 자마라의 기억을 통해 만났었죠. 라자갈은 아이어를 떠났을 때 어린 소녀에 불과했어요. 아직도 살아 있나요?"

"아니오. 내가 왜 그분이 죽었는지 이야기해주겠소."

· · ·

제이크는 제라툴을 뚫어져라 바라보았다.

"당신…… 당신이 그분을 죽였단 말입니까?"

'자마라, 왜 나를 제라툴에게 데려온 거예요? 이자는 자신의 세상을 반역하고 지도자를 죽였어요! 우리는 내 생명과 당신이 가진 비밀의 운명을 이자의 손에 맡기려고 하지 않았나요?'

'진정해, 제이콥. 이야기를 끝까지 알아야 이해할 수 있어.'

제이크의 목소리에서 충격과 혐오, 전율이 고스란히 드러났다. 그러나 제라툴은 거기에 조금도 주눅 들지 않았다. 그저 꼿꼿하게 서서 고개를 끄덕일 뿐이었다.

"그렇습니다. 내 손으로 말입니다. 나는 우리의 소중한 여족장을 살해했습니다."

"이런 세상에, 도대체 왜 그랬습니까?"

"그분께서 그러라고 시키셨기 때문입니다."

제이크는 머릿속에 계속 현기증이 일었고, 자마라는 계속해서 침묵을 지켰다. 제이크는 왜 그런 부탁을 하게 된 것인지 생각했다.

"그분은…… 혹시 몸이 안 좋으셨습니까? 치료할 수 없는 부상이라도 입은 겁니까?"

"말하자면 그렇습니다. 라자갈은…… 우리의 소중한 여족장께서는…… 강력하고 현명하셨던 그분은…… 이용당하셨습니다. 자기 종족을 배신하도록 말입니다. 그분을 이용한 자는 너무나 교활하고 파렴치해서 나는 오늘날까지도 그자의 마음의 깊이를 가늠할 수가 없습니다."

제이크는 순간 누군지 알아차렸다.

"울레자즈로군요!"

"아닙니다."

제라툴의 빛나는 눈은 제이크의 푸른 눈동자를 뚫어져라 응시했다.

"그 이름을 그대가 어떻게 아는지 궁금하지만 그건 다음에 묻도록 하겠습니다. 내가 말한 건 울레자즈가 아니라 사라 케리건입니다. 칼날 여왕 말입니다. 케리건은 한때 인간이었지만, 지금은 저그의 지도자입니다."

제이크는 얼굴을 약간 찌푸렸다.

"자마라와 나는 한때 케리건을 화제로 삼았던 적이 있습니다. 내가 이해한 바로는 저그들이 케리건을 그들처럼 만들었다고 하던데요."

제라툴은 고개를 끄덕였다.

"저그들은 케리건을 감염시켰지만, 어쩐 일인지 그녀의 인격까지 파괴하지는 않았습니다. 케리건은 겉으로는 좋은 의도인 양 우리에게 찾아와서 프로토스와 자기에게 모두 도움이 되는 제안을 내놓았지요. 그러나 케리건이 우리 세계에 도착하기 전, 그녀는 라자갈을 손에 넣어 자기 뜻대로 움직이도록 그녀를 그릇된 길로 이끌었습니다."

제라툴의 말은 마치 댐이라도 터진 듯 흘러나왔다. 제이크는 열심히 그 말을 들었다.

"그건 모두 속임수였습니다. 책략이었지요. 케리건은 필요한 것을 얻자마자 우리에게서 등을 돌릴 계획이었습니다. 만약 우리의 여족장이 그렇게 하라고 강요하지 않으셨다면, 우리는 케리건의 말이 아무리 논리적으로 들렸다 해도 절대 그 말을 듣지 않았을 겁니다. 케리건은 우리에게서 원하는 것을 얻으려면 그 방법밖에 없다는 걸 알았습니다. 그래서 라자갈을 납치했고, 나는 겨우 그분을 구해낼 수 있었습니다."

제라툴은 잠시 시선을 돌렸다. 프로토스의 얼굴에는 생각이 잘 드러나지 않았다. 하지만 그들의 생각에는 인간의 생각보다 훨씬 더 많은 감정과 의미의 미묘한 차이가 들어 있었고, 우아하고도 강인한 몸을 움직일 때마다 풍부한 생각이 오고 갔다. 제라툴의 표정은 변하지 않았다. 하지만 그의 생각에 묻어나는 고통과 분노, 그리고 그의 강인한 몸이 조금씩 움직이는 것을 통해 제이크는 인간이 말하는 것을 듣는 것만큼이나, 아니 그보다 더 분명하게 그의 생각을 알 수 있었다. 제라툴은 심한 고뇌에 빠져 있었다. 그는 말을 계속 이었다.

"잠시나마 속박을 풀고 자신의 목소리를 낼 수 있었던 건 오로지 족장님의 강력한 의지 때문이었습니다. 그 순간…… 그분이 돌아가셨을 때였죠. 케리건은 내가 그분을 저그 여왕의 영향에서 벗어나게 할 수 있다고 믿었다는 걸 알았습니다. 그리고…… 나도 그러기를 바랐습니다."

제라툴은 제이크에게 등을 돌렸다.

"하지만 나는 잘못 생각했습니다. 나는 그분을 자유롭게 해드릴 수 없었습니다. 최소한, 살아 계신 채로는 말입니다. 죽음만이 내가 온 마음을 다해 존경했던 분에게 자유를 드릴 수 있는 유일한 방법이었습니다. 그리고 그 순간, 그분은 내게 고맙다 하셨지요."

제라툴은 고개를 숙이고 제이크에게서 생각을 닫아버렸다. 하지만 자마라에게는 닫지 않은 듯 보였다.

"'너는 나를 마침내 케리건의 사악한 조종에서 벗어나게 해주었구나.'"

자마라는 다정하고 부드럽게 말했다. 제이크는 자마라가 지금 불운했던 라자갈이 마지막으로 남긴 말을 그대로 전하고 있음을 알았다.

"'너는 항상 나를 명예롭게 섬겨주었어……. 그러니 나는 네게 부탁을 해야겠구나.'"

"그만!"

제라툴은 거칠게 소리치며 몸을 휙 돌리고 제이크와 자마라를 마주보았다.

"그 말을 내게 하지 마시오!"

'오 이런, 라자갈이 도대체 무슨 말을 한 거예요?'

제이크는 이토록 분노하고 상처 입은 제라툴이 혹시나 계승자를 죽이지 않겠다는 다짐을 잊어버리고 그 자리에서 자기 목을 조르지는 않을까 겁에 질린 채 생각했다.

그러나 자마라는 제이크를 무시하고 태연하게 말을 이었다.

"'그러니 내 부족을 돌봐주었으면 한다…… 제라툴…… 너의 손에 내 미래를 맡기마.' 이것이 그분이 당신에게 부탁하신 것이었지요."

제라툴에게선 피처럼 분노가 흘러내리는 것 같았다. 제라툴은 다시 등을 돌렸고, 어깨를 축 늘어뜨린 그의 뒷모습은 훨씬 작고 더욱 연약해 보였다.

"나는 케리건이 날 죽일 거라고 생각했습니다. 그리고 그러길 바랐습니다. 나는…… 그렇게 죽을 계획이었습니다. 하지만 케리건은 대신 나를 칭찬하더군요. 나를 칭송받아 마땅한 전사라고 부르면서 말입니다."

제라툴은 눈을 가늘게 뜨더니 다시 분노했다. 아니, 그건 분노가 아니었다. 제라툴이 품은 것은 그보다 더 깊고 더 넓은 어떤 감정이었다. 제라툴은 다시 공격적인 자세를 취했다.

"케리건은 이미 자기가 나의 명예를 빼앗았다고 말했습니다. 그러고는 나를 살려둘 참이었습니다. 앞으로 나에게는 깨어 있는 매 순간이 고문이 될 테니까요. 케리건은 내가 저지를 수밖에 없었던 행위에 대해 스스로를 절대로 용서하지 못할 거라 생각했던 것입니다. 케리건은 나를 살려두는 게 자기가 생각할 수 있는 최고의 복수가 될 거라고 하더군요."

제이크는 조용히 말했다.

"당신은 그런 식으로 케리건이 이기게 놔두어서는 안 됩니다."

그러자 제라툴은 일렁이는 눈동자에 증오를 가득 담고서 제이크에게 말했다.

"입 조심하십시오, 인간이여."

"케리건은 틀렸습니다. 케리건은 당신의 명예를 앗아가지 않았습니다."

제이크는 도대체 어디서 갑자기 이런 무모한 용기가 났는지 스스로 의아해하면서도 말을 이어갔다.

"케리건이 명예를 가져가도록 놔둔 이는 바로 당신입니다."

'*제이콥.*'

자마라는 제이크에게 그만두라고 경고하고 있었다. 그러나 제이크는 자마라를 무시했다.

"케리건은 당신이 라자갈을 죽여야 한다고 강요하지 않았습니다. 물론 그 상황을 만든 건 맞습니다. 정말 끔찍한 일이 아닐 수 없는 상황이지요. 하지만 그 상황에서 어떻게 해야 할지 결정한 이는 당신입니다. 당신이 라자갈을 죽이는 길을 택한 겁니다. 그걸 가지고 케리건을 비난하지 마십시오."

'*제이콥, 그런 대화는 그만두는 게 좋다고 봐.*'

'자마라, 제라툴에게 주저앉은 자리에서 일어나 우리를 도와달라고 설득하지 않으면, 실제로 남은 시간이 얼마 없어요. 지금 제라툴은 자기 연민에 빠져 허우적대고 있다고요.'

"당신은 명예를 잃었던 게 아닙니다. 오히려 명예를 지켰지요. 라자갈은 당신의 손에서 편안히 잠들었습니다."

제라툴은 처음에 제이크의 말에 큰 충격을 받고 말을 잃었지만, 라자갈의 이름을 듣자 갑자기 깜짝 놀라 벌컥 화를 냈다.

"그대는 나의 여족장에 대해 아무것도 모릅니다! 감히 그분에 대해 말을 꺼내다니!"

"나도 어떤 식으로는 그분을 안다고 할 수 있습니다."

지금 제이크는 조금 전 제라툴이 그랬던 것처럼 막힘없이 말을 쏟아내고 있었다.

"나는 베트라스의 기억을 보았고, 그의 삶을 경험했습니다. 베트라스는 라자갈을 알고 있었죠. 그의 기억 속 소녀였던 라자갈은 대담하고 과감한 기질을 가졌고, 자신의 존재와 신념에 대한 자부심이 있었습니다. 그 성격은 그분이 나이가 들고 암흑 기사단의 수장이 된 후에도 변하지 않았을 거라고 나는 확신합니다. 그분은 더 현명하고 더 지혜로워졌을 테고, 더 강해지셨겠지요. 그래서 명철한 이성과 열정적인 감성을 모두 갖추어 가셨을 거라고 확신합니다. 그분은 분명히 뛰어난 지도자셨을 테고, 케리건의 조종을 받는 그 한 순간 한 순간을 깊이 증오하셨을 거라고 장담합니다. 그러니 라자갈을 죽인 건 제라툴, 당신이 아닙니다. 그분을 죽인 건 케리건입니다. 케리건이 라자갈의 뇌에 억지로 들어가 그분이 자기 종족을 배신하도록 꼭두각시로 이용했던 그 순간, 그분을 죽인 겁니다. 당신이 한 일은 그저 그 꼭두각시의 줄을 끊은 것이죠. 라자갈은 자유의 몸으로 돌아가셨습니다. 만약 당신이 그분을 도와준 사실을 명예로 생각하지 않는다면, 나는 당신이 라자갈이 생각했던 것 같은 프로토스가 아니라고 말할 수밖에 없습니다."

제라툴은 누군가에게 한 대 맞은 듯이 갑자기 몸을 홱 돌렸다.

"라자갈이 유언으로 남긴 의무를 당신은 수행하지 못하고 있습니다. 당신은 그분을 완전히 실망시키고 있다는 말입니다. 라자갈은 당신에게 자기 종족을 돌보라 부탁하셨죠. 당신의 손에 미래를 맡겼습니다. 그런데 지금 당신은 그저 미래는 나 몰라라 하고 앉아 있어요. 내 미래는 물론이고 당신 종족의 미래까지도…… 제기랄, 만약 자마라가 넌지시 암시한 내용들이 맞다면 우주 전체의 미래까지도 당신이 이 동떨어진 행성에 앉아서 신세나 한탄하는 동안 쏜살같이 흘러가버린단 말입니다. 그런 미래가 라자갈의 유산이 되기를 원하십니까?"

제라툴은 제이크가 알아차릴 수 없는 속도로 재빨리 움직였고, 제이크는 프로토스의 두 손이 자신의 목에 닿은 상태로 바닥에 눕게 된 후에야 자기가 살짝 도를 넘은 말을 해버렸다는 사실을 깨달았다. 그 즉시 자마라는 제이크의 몸을 조종해 반격했고 제라툴을 뒤집어버렸다. 제라툴은 몸을 이리저리 꿈틀대다가 웅크린 자세로 주저앉았다.

이전에도 자마라가 제이크의 몸을 조종했을 때, 그는 수준급 암살자와 육박전을 벌여서 이겼다. 제이크는 자마라의 뛰어난 솜씨를 과소평가하지 않았다. 이러니저러니 해도 자마라는 모든 프로토스들이 익혔던 전투기술을 죄다 알고 있었다. 하지만 제이크는 자기 몸의 한계를 알았고, 일개 인간은 지금처럼 특별한 싸움에서 절대 이길 리 없음을 알았다. 인간이 프로토스와 일 대 일로 붙는다면 주도권을 잡을 수조차 없을 것이다.

'여기까지 고생해서 왔건만, 이렇게 프로토스의 손에 죽을 거라곤 생각도 못했어요.'

제이크는 자마라에게 거칠게 말했다.

그러나 제이크는 죽지 않았다.

제라툴은 제이크가 경탄할 수밖에 없는 정신력을 발휘해 다시 평정심을 되찾았다. 그리고 침착함을 망토처럼 몸에 둘렀다. 제라툴은 너무나 심오하여 현실이 아닌 듯한 고요함에 싸인 채 위협적으로 몸을 꼿꼿하게 세웠다.

"떠나십시오. 당장. 그리고 다시는 돌아오지 마십시오."

• • •

로즈메리는 낮고 부드럽게 휘파람을 불었다.

"와우. 그러니까 일개 인간 여자가 암흑 기사단 전체의 여족장을 꾀어서 자기 뜻대로 일하도록 조종한 후에 결국 여족장의 충실한 부하가 여족장을 죽이게 만들었군요. 그래요, 당신 말의 요점을 알았어요. 그런데도 당신들의 신관회가 나랑 이야기를 하고 싶어 한다니, 그 자체만으로도 놀랄 일이군요. 나는 케리건에 대해 좀 들었지만, 이런 일이 벌어진 줄은 몰랐어요."

셀렌디스는 로즈메리의 말에 동의했다.

"당신은 상당히 심한 편견을 극복해야 하오. 케리건이 우리 종족에게 가한 고통의 크기란 결코 우습게 볼 수준이 아니오. 프로토스들은 당신의 문화에 익숙하지 않다는 사실 역시 명심해야 하오. 당신 종족의 모든 여성들은 믿을 수 없는 존재이고, 오로지 남성들만이 가치 있으며 남을 동정하는 행동을 할 능력이 있다 여겨져 왔소."

"음, 그건 사실이 아니에요. 인간은 모두가 개별적인 존재들이거든요."

"그러나 당신의 과거 행적을 보면 우리가 그 말을 믿어야 한다는 생각은 별로 들지 않소."

로즈메리는 한숨을 쉬었다.

"알아요. 하지만 지금 와서 내가 그 점에 대해 할 수 있는 게 없잖아요.

난 과거를 부정하거나 그런 일이 없었던 척할 수도 없고, 하지도 않을 거예요."

셀렌디스는 로즈메리를 빤히 쳐다보았다. 로즈메리는 또다시 셀렌디스가 자신을 평가하고 있다는 느낌을 받았다. 셀렌디스는 계속 말을 이었다.

"앞서 말한 것처럼 모인 이들은 당신의 생각 전부를 읽을 것이오. 그게 준비해야 할 한 가지 사항이오. 명심해야 할 또 다른 사항은, 거기 모인 이들은 할 수 있는 한 당신을 불안하게 만들어서 평정심을 잃게 하리라는 점이오. 절대로 위축되지 마시오. 그리고 태사다르에게 맹세하건대, 결코 적대적인 태도를 보이지 마시오. 그렇다고 과도하게 온순해져서도 안 되오. 거기 모인 이들이 당신을 존중하게 된다면, 당신이 부탁하는 사항을 신뢰하게 될 것이오."

"좋아요. 외교적으로 굴라는 말이군요. 내가 그런 일은 능숙하지 못해서요."

"거기 모인 이들도 그 점을 알게 될 것이오. 그들 중 몇몇은 당신 편에 설 준비가 되어 있고, 다른 몇몇은 반대할 준비가 되어 있소. 우리는…… 아직까지 아둔과 태사다르가 바랐던 것처럼 하나가 되지 못했소."

셀렌디스 집행관의 생각에 아주 미미하지만 고통과 후회의 기색이 잠깐 내비쳤다가 이내 사라졌다.

"하지만 암흑 기사단도 역시 계승자를 존경하고 있소. 당신이 말한 것이 진실로 드러날 수 있다는 점에서 당신은 유리한 입장에 서 있소. 암흑 기사단을 끌어들이시오. 암흑 기사단을 배제해서는 안 되오. 그렇다면 나는 결과가 희망적일 거라 생각하오."

암흑 기사단을 끌어들이고 배제하지 마라. 로즈메리는 얼굴을 찡그렸다. 말로야 누가 그렇게 못하나…… 아니, 이 경우는 말이 아니라 생각인 건가. 로즈메리는 커다란 의자에 등을 대고 앉아서 창밖으로 얼굴을 향했지만, 더 이상 우주선 아래로 지나가는 풍경을 바라보지 않았다.

로즈메리는 예전에 테란 자치령 황태자 앞에 섰을 때 한 걸음도 물러서지 않고 당당했다. 로즈메리는 자기가 한때 사랑했던 남자를 차가운 시체로 만들었다…… 아니, 적어도 죽였다고 생각했다. 저그에게 수류탄을 던지고, 쏟아지는 공격을 받으며 우주선을 조종하고, 그 밖에도 보통 사람들은 상상도 못 할 법한 무수한 임무들을 수행했다.

그런데 공청회를 한다는 생각에 어째서 이토록 배가 뭉칠 정도로 긴장이 되는 걸까?

로즈메리는 그 이유를 깨달았다. 전에는 자기 자신만 신경 쓰면 되었다. 그녀의 삶과 재산, 감정들만 신경 쓰면 되었다. 하지만 지금은 이렇게나 높으신 신관회에 어떻게 좋은 인상을 주느냐에 너무나, 너무나 많은 일들이 달려 있었다. 어쩌면 우주 전체가 로즈메리의 두 어깨에 내려앉은 것인지도 모른다.

그리고 그보다도 더 큰 것…… 바로 제이크의 생명이 그녀에게 달려 있었다.

로즈메리는 투덜거렸다.

"차라리 저그랑 싸우는 게 더 쉽겠어."

제13장

로즈메리는 셀렌디스가 암흑 기사단의 요새라고 말한 건물 안의 대기실에서 이리저리 걸어 다녔다. 우주선이 마치 곡예를 하듯이 착륙하는 장면은 정말 황홀했다. 요새 전체는 공중에 떠 있는 거대한 판 위에 세워져 있었다. 그 이후 로즈메리는 기다리라는 말만 들은 채 이 방에 격리되었다. 그리고 기다림은 계속되었다.

바르타닐은 로즈메리의 마음을 이해한다는 듯이 조용하게 그녀를 지켜보았다.

"프로토스들의 일처리 속도는 정말이지 빙하처럼 느릿느릿하네요."

로즈메리가 투덜댔다.

"나도 당신과 같은 생각이에요, 로즈메리. 내가 지난 사 년간 아이어에서 살았을 때는 때로 아주 짧은 순간에 생사가 결정되곤 했으니까요. 주저하거나 시간을 두고 신중하게 생각할 수 있는 상황이 아니었어요. 지표상에 살던 형제들보다는 어느 정도 안전했지만, 위험하기는 우리 탈다림들도 마찬가지였어요."

바르타닐은 덧붙여 말했다.

"물론 안전하다는 것도 상대적인 표현이죠. 우리는 저그를 두려워할 필요는 없었지만, 우리가 섬기던 자바토르만은 두려웠어요."

로즈메리는 멍하니 고개를 끄덕였다. 우아한 프로토스 옷을 놔두고 해지고 얼룩진 가죽옷을 입고 온 게 잘한 결정인지 다시 생각하는 중이었다. 그러나 이내 고개를 저었고, 비단결같이 부드럽고 빛나는 검은 머리카락이 고갯짓을 따라 나풀거렸다. 이미 벌어진 일을 두고 왈가왈부하는 것은 그녀답지 못한 행동이었다. 이제껏 상황은 하나같이 로즈메리의 기운을 빠지게 만들었다. 지금은 제대로 정신을 차릴 시간이었다. 옷 같은 걸로 난처하고 초조해하며 회의장 안에 들어가기에는 그녀에게 너무 많은 일들이 달려 있었다.

"로즈메리 달, 신관회가 당신을 보기 원하시오."

로즈메리와 함께 우주선을 타고 왔던 셀렌디스의 기사단원 중 하나가 마음으로 말했다. 로즈메리는 그를 바라보고 고개를 끄덕였다. 그리고 예전부터 언제나 그래왔던 것처럼 심호흡을 한 번 한 뒤 애써 침착한 태도를 취했다.

"그럼, 해 보자고요."

기사단원은 퓨리낙스 프로토스 쪽을 바라보았다.

"바르타닐, 당신도 함께 오라는 명을 받았소."

"저요?"

바르타닐은 불안한 기색으로 손을 흔들었다.

"하지만…… 저는 중요하지 않은 자인데요! 왜 그분들이 저를 보고 싶어 하시죠?"

"당신은 울레자즈가 자신의 추종자들에게 어떤 일을 했는지 직접 경험했기 때문이오. 그리고 당신이 로즈메리를 돕기로 했기 때문이기도 하오. 당신의 경험은 신관회의 결정에 중요하게 작용할 것이오."

바르타닐은 흔들리는 눈동자로 로즈메리를 보았다. 그리고 로즈메리에게만 들리도록 생각을 보냈다.

"내가 회의에서 하는 말로 인해 당신이 램지 교수님을 구할 기회를 망치지 않는 게 나의 가장 큰 바람이에요."

"나도 알아요."

로즈메리는 대답했다. 솔직히 그녀도 걱정하는 마음을 숨길 수 없었고, 안타깝게도 그 모습을 본 바르타닐은 더욱 불안해할 뿐이었다.

"이봐요, 하지만 당신이 큰 도움이 될 수도 있어요. 가서 어떨지 보자고요, 알겠죠?"

바르타닐은 고개를 끄덕였다. 기사단원이 손짓하자 로즈메리와 예전에 탈다림이었던 프로토스는 그를 따라갔다.

그들은 널찍했지만 어쩐지 갇혀 있다는 느낌을 주는 긴 복도를 따라 내려갔다. 복도 벽에는 별다른 장식이 없었다. 이 복도는 순전히 길의 기능에만 충실했고, 방들의 입구가 될 뿐이었다. 넓지만 이상하게도 갑갑한 기분이 드는 복도의 디자인은 보안 정책 때문이라고 로즈메리는 생각했다. 청원자들뿐 아니라 예우를 받는 손님들이라 할지라도 이 길을 걷는 걸음마다 감시를 받으리라.

그러나 복도에서 나오자, 로즈메리는 눈앞에 펼쳐진 광경에 놀라 눈을 깜빡였다.

로즈메리는 전에도 부와 권력이 철철 넘치는 광경을 본 적 있었고, 그런 것에 쉽게 압도당하는 사람도 아니었다. 사치스럽게 꾸며진 이선의 숙소에서는 돈을 쓴 티가 역력했다. 발레리안의 개인 서재는 그보다는 고상하고 절제된 취향을 보여주었지만, 사실은 이선이 가진 그 어떤 것보다도 훨씬 더 값진 물건들로 차 있었다.

하지만 여기는…….

단조롭고 아무런 장식이 없었던 복도는 속임수 같았다. 문이 열리자 꿈결 같은 광경이 펼쳐졌다. 암흑 기사단은 분명 칼라이만큼이나 재능이 뛰어난 기술자들을 양성해왔음이 틀림없었다. 로즈메리는 이 건물이 얼마나 오래되었는지, 짓는데 얼마나 오래 걸렸는지 짐작조차 못했지만, 이곳은 장엄했다. 복도가 좁게 느껴졌다면, 이 방은 휑할 정도로 컸다. 발자국 소리가 들리지 않게 해주는 부드럽고 검은 카펫 위를 걸으며 로즈메리는 앞으로 나아갔다. 그녀는 이 장엄한 장소를 보고 놀라기는 했지만 발걸음을 멈추지 않았다.

거대한 홀은 원형으로, 그 안에 한 채의 건물을 지을 수 있을 정도로 컸다. 위로는 세공한 수정들로 만든 돔이 있었다. 로즈메리가 이제까지 봤던 불투명하게 빛나던 수정들과는 달리 이 수정들은 투명해서 가능한 한 자연광을 그대로 통과시켰다. 이제껏 익숙하게 봐왔던 빛나는 수정들은 홀 전체에 보이는 복잡하게 세공된 금속 연단에 환한 빛을 뿌렸다. 둥근 홀에는 전체적으로 움푹 들어간 벽감들이 둘러져 있었는데, 각 벽감마다 들어 있는 커다란 의자에는 수행원 여럿을 대동한 프로토스들이 한 명씩 앉아 있었다. 로즈메리는 이리저리 눈길을 던지다가 이윽고 저 끝에 놓인 연단에 있는 누군가의 모습에 시선을 고정했다. 그 프로토스 옆에 서 있던 셀렌디스가 로즈메리에게 고개를 돌렸다. 장소가 빌어먹게 큰 나머지 셀렌디스는 아주 작게 보였지만, 그래도 로즈메리는 그녀를 즉시 알아보았다. 셀렌디스의 갑옷이 눈에 확 띄는데다 이 권력의 자리에 있는 유일한 여성이었기 때문이다.

셀렌디스의 생각이 로즈메리의 마음을 쓸어내렸다.

"당신을 공식적으로 소개하기 전까지는 신관회가 당신의 생각을 읽지 않을 것이오. 절대로 겁먹지 마시오, 로즈메리 달. 여기 있는 모두는 상황을 인식하고 있고, 그중 많은 이들이 이미 당신의 목적에 공감하고 있소."

"그러면 누군가는 아니라는 말이군요."

"그렇소. 하지만 그럴 거라는 건 이미 알잖소. 지금은 진실이 당신의 편이니 괜찮소. 사실을 차분하게 제시한다면 대표단이 당신의 말을 들을 거라는 큰 희망을 나는 가지고 있소."

사실을 차분하게 제시한다라. 말이야 쉽지.

셀렌디스는 태평스럽게 자기 자리에서 내려와 방 한가운데로 성큼성큼 걸어갔다. 그리고 마치 함성을 지르듯 크고 분명하게 생각이 울려 퍼지도록 했다.

"기사단, 심판관, 칼라이, 그리고 암흑 기사단 여러분. 청원자의 요청을 받아들여 오늘 이곳에 모여 주셔서 감사합니다. 이자는 여기까지 여행하며 많은 일을 겪었으며, 존경하는 마음으로 여러분께 도움을 청하고자 오늘 여러분 앞에 섰습니다. 이자는 테란 여성이지만, 그녀 옆에는 자기가 겪었던 것에 전적으로 의거하여 기꺼이 그녀와 함께하려는 프로토스가 있습니다. 이들이 아는 것을 여러분도 곧 아시게 될 것입니다. 저는 이들의 청원이 참되고 고결하다고 믿습니다.”

자신의 마음을 가볍게 만지는 손길을 느낀 로즈메리는 그 손길을 보낸 쪽으로 몸을 돌렸다.

“앞으로 오시오, 인간이여. 그리고 그대, 바르타닐도 오시오.”

그 마음의 소리는 친절하게 들려서 로즈메리는 순순히 앞으로 성큼성큼 걸어가 말하는 이를 올려다보았다. 바르타닐은 그 뒤를 따랐다.

그 프로토스가 앉은 자리는 척 보기에도 광대한 홀에 있는 다른 자리들보다 더 아름다우면서도 더 단순했다. 수정이나 보석이 여기저기 박혀 있는 것도 아니었고, 디자인에 복잡한 나선형 무늬가 있는 것도 아닌, 소박한 작품이었다. 그렇지만 그 보좌는 정교하고 깔끔해 보였으며, 단순한 선들이 우아하게 조화를 이루고 있었다. 양 옆으로 프로토스의 깃발이 꽂힌 깃대가 하나씩 놓여 있었고, 자주색 천들이 벽감의 벽들을 덮고 있었다. 프로토스는 이런 공식적인 자리의 복장치고는 꽤 단순하고 차분한 차림으로, 갑옷 몇 부분과 앞치마처럼 보이는 것을 입었을 뿐이었다. 이런 평범한 옷차림을 묘사하는 말로는 좀 어울리지 않지만, 그가 앉은 보좌와 마찬가지로 그 옷들도 아주 정성들여 만들었고, 입은 이에게 잘 맞았다. 프로토스는 빛나는 눈을 가늘게 뜨더니 어깨를 웅크렸고, 로즈메리를 안심시키듯 몸짓으로 웃었다.

“나는 퓨리낙스 부족의 타브레누스라고 하오. 내 부족 중 하나가 그대와 함께한 것을 보니 그대에 대해 좋은 인상을 받게 되는구려.”

로즈메리는 그 말에 바르타닐이 자랑스러워하면서도 부끄러워하는 걸 느꼈다. 어떻게 해야 할지 잘 모르는 채로, 로즈메리는 예의 바르게 허리를 굽혔다. 타브레누스가 고개를 끄덕이고 물러난 걸 보니 이렇게 하는 게 맞는 것 같았다.

셀렌디스의 생각이 들려왔다.

"홀을 가로질러 아우리가의 우룬에게로 가시오. 대대로 내려오는 그들의 부족 색상은 밝은 주황색이오. 그런 다음 계속해서 다른 이들에게도 인사를 한 후에 마지막으로 아르타니스에게 가면 되오. 기억하시오…… 이 순간부터 당신의 모든 생각은 우리에게 선명하게 보이게 되오."

셀렌디스의 충고는 반가웠고, 로즈메리는 고맙다는 생각을 짧게 보냈다. 타브레누스 앞에서 몇 걸음 뒤로 물러난 로즈메리는 몸을 돌려 아우리가의 지도자에게로 다가갔다.

그 프로토스가 입은 갑옷은 셀렌디스가 입은 것과 비슷했지만, 그보다 더 정교했다. 로즈메리는 의아했다. 그녀는 셀렌디스가 군 장교 중에서 가장 높은 지위라고 생각했었다. 어쩌면 이 갑옷은 그냥 개인의 취향일지도 몰랐다. 정교한 투구와 커다란 어깨받이는 어찌 보면 너무 크고 우스꽝스러웠지만, 이걸 입은 프로토스의 체격과 존재감은 그 갑옷에 잘 어울렸다.

"그대는 아이어에서 왔군."

우룬은 퉁명스럽게 대답했다. 이 말에 대답을 해야 하는지 알 수 없었던 로즈메리는 그저 고개를 끄덕였다.

"확실히 질문을 받을 때만 대답하도록 하시오."

셀렌디스가 마음에 대고 속삭여주었다. 로즈메리는 다시 한 번 고마움을 느꼈다.

우룬은 만족스러운 모습으로 고개를 끄덕였다.

"우리 종족이 훌륭하게 싸웠군. 놀랄 일도 아니지. 하지만 그대는 저그…… 아니면 울레자즈에게서 우리의 세계를 되찾으러 돌아가자고 주장하러 여기 온 게 아니로군."

우룬이 암흑 집정관의 이름을 말할 때 내비친 혐오감의 크기가 너무 커서 고통스러울 정도였다. 로즈메리는 그 말을 시인하며 천천히 고개를 끄덕였다.

"말씀하신 대로 그건 제가 요구하려는 게 아닙니다. 저는 제이크와 자마라를 도와주십사 요청하러 왔습니다."

우룬의 못마땅한 마음이 로즈메리를 뒤덮었다. 이자는 성미가 급한 데다 프로토스의 명예를 되찾기 위해 기꺼이 맞서 싸우고자 했다. 자마라를 구하는 길이 아이어를 구하는 길이라고 설득할 수 있어야만 우룬은 로즈메리의 편이 될 것이다.

우룬은 손을 흔들어 로즈메리에게 물러가라 했고, 그걸 본 로즈메리는 짜증이 났다. 그러자 우룬이 눈을 가늘게 떴다. 셀렌디스가 다시 주의를 주었다.

"생각을 조심하시오."

"텔레파시를 할 수 없는 입장에서는 그게 빌어먹을 만큼 힘들다고요."

로즈메리는 생각으로 되받아쳤지만, 이내 여기에 온 목적에 집중하기로 했다. 셀렌디스의 지시에 따라 로즈메리는 다시 홀을 가로질러 아라 부족의 나하안 앞에 섰다. 우룬의 복장이 허세가 가득해 보이는 의식용 예복이었다면, 지금 보는 이 프로토스 부족 지도자의 모습은 수도사 같았다. 프로토스 사회는 이미 오래전부터 부족으로 구별하지 않고 계급 제도로 나누어 사회를 유지해왔지만, 부족과 전통을 분명히 기억하고 존중한다는 사실을 로즈메리는 알고 있었다. 그래서 로즈메리가 보기에 프로토스 부족 지도자라는 말 외에는 달리 그들을 더 잘 표현할 말이 없었다. 이 프로토스의 벽감을 장식한 색은 붉은색이었지만, 그가 입은 옷은 어두컴컴하다고 할 정도로 짙은 색인 데다 머리에는 후드를 덮어 눈조차 보이지 않았다. 이윽고 나하안은 조심스럽게 후드를 뒤로 젖히고 생각이 깊은 모습으로 로즈메리를 응시했다.

"그대와 그대가 제시한 문제 때문에 나는 샤쿠라스로 돌아왔소."

나하안은 이런 말을 전했다. 로즈메리는 나하안이 샤쿠라스는 물론 그와 연관된 모든 것을 좋아하지 않는다는 걸 분명히 알 수 있었다.

"안심하시오. 나는 그대가 처한 곤경에 깊이 주의를 기울일 것이오."

그렇지만 그 말을 들어도 별로 편치 않았다. 로즈메리는 나하안이 자신을 주의 깊게 살피는 중임을 알았지만, 그는 일이 어떻게 전개되는가에만 특별히 관심이 있는 듯 보였다. 로즈메리는 허리를 굽혀 절을 했다. 머리끝과 겨드랑이에 땀이 맺히기 시작했다. 로즈메리는 이 모임이 무사히 끝나기만을 바랄 뿐이었다.

셋은 됐고, 셋이 남았군.

제크라스는 여기 모인 지도자들 중 가장 친절해 보였다. 제크라스는 날씬한 체형에 파란빛을 띤 회색 피부를 하고 있어서 이들 중 가장 피부색이 옅었다. 제크라스가 몸에 단순하게 걸친 의복은 밝은 노란색과 주황색이었고, 그 색들은 너무나 선명해서 벽감에 늘어진 흰색 천보다도 더 환하게 보였다. 그는 조용하고 차분한 모습이었다. 로즈메리는 자신도 모르게 제크라스의 머리에서 소용돌이치듯 빛나는 작은 수정에 시선을 고정했다. 수정을 단 제크라스는 왕관을 쓴 것처럼 보였다. 혹은 홀로그램처럼 보이기도 했다.

셸락 부족의 지도자 제크라스는 다른 이들보다도 훨씬 더 말이 아닌 느낌으로 이야기했다. 그 느낌에는 로즈메리가 겪어 왔던 일을 동정하는 마음과 여기 온 의도에 공감하는 마음이 있어서 그녀는 어쩌면 제크라스가 자기편이 될 수도 있겠다고 생각하며 미소를 지었다. 로즈메리는 다른 이들에게 했던 것보다 조금 더 깊이 허리를 굽혀 절을 한 뒤 마지막 부족 지도자를 대면하기 위해 몸을 돌렸다.

로즈메리가 마지막 지도자를 응시하자 그의 이름과 그가 품은 충성심이 뭔지 머릿속에 떠올랐다. 그의 이름은 모한다르이고, 암흑 기사단의 지도자였다. 아니, 로즈메리는 이제껏 그들을 암흑 기사단이라고 생각해왔지만 이제 생각을 정정했다. 아이어에서 추방된 무리에서 비롯된 새로운 부족의 이름으로 그들은 암흑 기사단 대신 네라짐이라는 새 이름을 채택했다.

제크라스가 환한 빛깔과 빛나는 흰색으로 둘러싸였던 반면, 이 존재는 어둠과 암흑으로 둘러싸여 있었다. 초록색으로 빛나는 모한다르의 눈동자는 그의 얼굴 대부분을 가린 베일 너머로도 보였고, 몸의 형체는 훨씬 불규칙적이고 각이 졌다. 모한다르의 눈썹과 광대뼈는 불쑥 도드라져 있어서 이제까지 로즈메리가 익숙하게 봐온 프로토스와 비교하면 마치 도마뱀 같았다. 제크라스와 모한다르는 둘 다 꽤 나이가 들었지만, 그렇게 보이는 이유는 무척 달랐다. 제크라스에게는 로즈메리가 때로 나이 든 인간들에게서 보아왔던 시간을 초월한 듯한 모습이 있었다. 말하자면 나이가 들면서 늙게 마련인 외모와 모순되는 내면의 에너지라든가 광채 같은 게 있었다. 반면, 로즈메리는 모한다르의 나이가 얼마나 많은지 알 수 없었지만, 그의 얼굴이나 자세에는 세월의 흔적이 역력히 묻어났다. 심지어 모한다르가 입은 옷도 상당히 오래되어 보였다. 그 옷은 기묘하게도 다 떨어지고 해진 채로 모한다르의 쭈글쭈글한 몸에 휘감겨 있었다. 그래서 로즈메리는 그 모습을 보고 고대 지구에서 나온 미라를 떠올렸다.

하지만 모한다르가 나이를 먹어 힘이 약해진 것은 결코 아니었다. 네라짐이 택한 부족의 색은 선명한 초록색이었다. 로즈메리는 언뜻 그 사실이 이상하다는 느낌을 강하게 받았지만, 곧 그 색이 아주 적절한 선택임을 깨달았다. 로즈메리는 자기의 마음이 조사받고 평가받는다는 걸 느꼈다. 이윽고 모한다르는 아무런 말도 없이 로즈메리에게서 생각을 거둬들였다.

로즈메리는 당황했다.

"로즈메리 달."

들려오는 마음의 소리는 젊었고, 어쩌면 한때는 열정에 넘쳤겠지만 지금은 성격이 많이 누그러졌다는 기미가 느껴졌다. 로즈메리는 아르타니스, 즉 아킬래 부족의 지도자이자 지금은 모든 프로토스의 신관이 된 자에게로 다가갔다. 아르타니스는 셀렌디스가 입은 것과 사실상 거의 똑같은 갑옷 차림이었고, 프로토스다움이 무엇인지 잘 보여준다는 점에서 강한 인상을 주었다. 아르타니스의 벽감은 황금색과 파란색 천으로 덮여 있었고, 연단은 다른 지도자들의 것보다 조금 더 높았다. 아르타니스의 눈은 차분한 하늘색으로 빛났다.

"프로토스가 인간과 만난 것도 오랜만이오. 그대는 샤쿠라스를 방문한 세 번째 인간이오."

'안락한 감옥에 떨궈 놓고 기다리게 하더니…… 환영을 해주네.' 로즈메리는 얼굴을 찡그렸다. 하지만 이런 생각이 떠오르는 걸 막을 수는 없었고, 곧이어 기분이 상한 프로토스들의 마음이 주위에서 울려대는 걸 느꼈다. 아르타니스는 손을 들어 주위를 조용히 시켰다.

"셀렌디스 집행관이 그대에게 우리가 지난번 만났던 테란 여성에 대해 알려주었을 거라고 생각하오."

아르타니스는 부드럽게 말했다.

"맞습니다."

로즈메리는 대답했다. 그녀의 목소리는 홀 안에서 깜짝 놀랄 정도로 명쾌하게 울렸다. 말을 하지 않은 종족 치고 프로토스들은 상당히 훌륭한 음향 효과를 갖춘 건물을 지었다.

"케리건에 대해 들어서 압니다. 하지만 제가 신관님께 정중하게 상기시켜 드리겠는데, 인간들이 처음으로 프로토스 종족을 만났을 때 여러분은 우리에게 허락 같은 것도 없이 우리 세계 중 하나를 불태워 없앴습니다. 하지만 그럼에도 불구하고 제 친구는 여러분 종족을 도우려다가 죽을지도 모르는 상황에 처했습니다."

웅성대는 느낌은 더 커졌지만 거기에는 감탄하는 기색도 들어 있었다. 놀랍게도 로즈메리는 모한다르가 재미있어한다는 걸 느꼈다.

"저 여자의 말에도 일리가 있소."

아르타니스는 회의를 원래 주제대로 이끌어가려고 애썼다.

"셀렌디스는 그대와 그대가 동행한 이들과 나눈 대화를 통해 알게 된 정보를 우리에게 알려주었소. 하지만 우리는 이 정보를 그대에게서 직접 듣길 바라오."

로즈메리는 마른 침을 삼켰다. 순간 상당히 많은 생각이 머릿속을 비집고 나왔다. 어디서부터 시작하지? 온갖 이미지가 떠올랐다. 제이크와 함께 자마라를 발견했던 동굴, 그 고고학자를 배신했던 일, 자신이 교화되었던 범죄자를 다시 미치게 만들어 결국 친구들을 다 죽이는 데 이용되었음을 알았을 때 제이크가 느꼈던 공포, 템라와 베트라스와 카스와 아둔의 이야기, 선드롭…… 이런 맙소사, 선드롭이 있었지. 그리고 소용돌이치며 불타오르던 암흑…… 참 모순적인 표현이야. 그 암흑의 이름은 울레자즈였지. 제이크가 죽어간다고 말했을 때 느꼈던 마음의 고통, 저그들이 마치 땅을 뒤덮은 살아 있는 카펫처럼 끝도 없이 계속해서 밀려왔던 일, 이선이 그녀를 배신하고 다시 살아난 사실. 이선을 자신의 도구로 만든 이는 바로 케리건이었는데…….

로즈메리가 이 순서대로 차분하게 이야기를 하려고 입을 여는 순간, 셀렌디스가 로즈메리의 마음을 만졌다.

"잘했소, 로즈메리."

잘했다고? 아직 시작도 안 했는데…….

셀렌디스는 대답했다.

"생각은 말보다 의미가 더 깊고 빠른 법이오. 그리고 그대의 생각은 생생했소. 그대는 나나 다른 많은 이들이 예상했던 것보다 더 유창하게 설명을 했소."

로즈메리가 대답했다.

"뭐, 그렇다면 잘된 거겠죠."

아르타니스는 몸을 살짝 앞으로 숙이더니 빛나는 눈동자로 로즈메리를 바라보았다.

"계승자는 우리에게 귀중한 존재요. 우리 모두에게 말이오. 암흑 기사단도 계승자가 지닌 지식을 높이 평가하고 있소. 우리는 사 년 전에 일어난 일의 여파를 아직도 겪고 있소. 계승자가 우리 중에 있다면 큰 도움이 될 거요."

로즈메리가 불쑥 끼어들었다.

"잠깐만요, 그렇다면 여기에는 계승자들이 없다는 말씀인가요?"

"계승자들은 언제나 희귀한 존재였소."

우룬이 말했다. 로즈메리는 고개를 돌려 아우리가의 군 지도자를 빤히 쳐다보았다.

"저그가 우리 세계에 쳐들어왔을 때, 계승자들 중 대부분이 실종되었소. 수백만 명의 프로토스들이 죽었고, 그중에는 계승자들도 있었지. 몇몇 계승자들은 대의회가 파괴되었을 때 살해당했을 수도 있소. 다른 몇몇은 뿔뿔이 흩어졌지. 로즈메리 달, 그대는 온 우주에 있는 프로토스들이 전부 샤쿠라스에만 모여 있다고 생각하시오?"

로즈메리는 자신이 우룬이 한 말과 똑같이 생각을 했음을 깨달았다.

"그렇다면 여러분은 다른 계승자들이 어디 있는지 모른다는 말씀이신가요?"

아르타니스는 슬픈 기색으로 고개를 흔들었다.

"이제까지는 언제나 최소한 한 명은 대의회에 있었소. 내 곁에 계승자가 있다면 정말로 가늠할 수 없을 정도로 귀중한 존재가 될 것이오."

로즈메리는 흥분한 채로 말했다.

"자마라는 울레자즈가 보낸 암살자들을 피하는 도중에 죽었어요. 그녀의 정수가 아직까지도 남아 있는 건 순전히 운이 좋았기 때문이고, 완전히 제이크 덕분이라는 말이죠. 자마라는 자기가 마지막 남은 계승자라고 했어요. 만약 울레자즈가 나머지 계승자들을 전부 죽인 거라면 어쩔 거예요?"

로즈메리는 잠시 말을 멈추고 광대한 방 안을 둘러보았다.

"맙소사, 여러분…… 만약에 자마라가 '유일하게 남은 계승자'라면 어쩔 거냐고요."

제14장

프로토스들 사이로 공포가 물결처럼 퍼져나가는 걸 보며 로즈메리는 더할 나위 없이 만족스러웠다. 어쩌면 그녀가 이제야 이들의 관심을 끈 것 같았다.

셀렌디스는 로즈메리에게 경고했다.

"건방진 태도를 삼가시오, 인간이여."

로즈메리는 앞으로 나가며 말했다.

"들어보세요. 저는 이곳에 저그나 울레자즈, 아니면 프로토스에게 해를 입힐지도 모르는 존재가 안 왔으면 하는 여러분의 마음을 알아요. 저는 저그와 직접 싸워봤어요. 저그가 어떤지 안다고요. 그리고 저그들이 여러분 세계에다 한 짓도 봤어요. 하지만 여러분은 자마라를 반드시 찾아야 해요. 자마라는 여러분을 지금 당장 도울 수 있을 만한 지식을 많이 알고 있거든요. 그리고 이건 제가 부탁드리는 건데…… 제이크를 도와주셔야 해요. 왜

냐하면 자마라가 이토록 오랫동안 살아 있을 수 있는 건 제이크 덕분이니까요. 제이크는 여러분의 도움을 받을 만한 자격이 있어요."

지도자 중 몇 명은 로즈메리의 편으로 기울고 있었다. 물론 저마다 이유는 달랐다. 우룬은 아이어를 되찾으려는 투지로 불타고 있었고, 로즈메리가 보기에 셀렌디스도 그랬다. 아르타니스는 과거와의 중요한 연결 고리는 물론이고 고대의 지식이 가진 힘을 높이 평가한다는 인상을 주었다. 또한 그는 짐 레이너와도 만났었다. 그래서 로즈메리는 아르타니스가 인간 종족에 호의가 있음을 느꼈다. 타브레누스는 거의 관심이 없는 듯했다. 그는 장인과 기술자 무리의 대표일 뿐, 정치 쪽에는 문외한이었다. 셀락 부족의 제크라스는 무슨 생각인지 전혀 알 수 없었다. 아라 부족과 그들의 지도자인 나하안에게서는 뭐라 말로 표현할 수 없는 오싹한 기분이 어느 정도 풍겨왔다.

모한다르로 말할 것 같으면, 그 역시 제크라스만큼이나 심중을 파악할 수 없었다. 로즈메리는 모한다르가 도와줄 거라는 기대는 하지 않았다. 칼라로부터 스스로 분리하길 택했던 암흑 기사단에는 계승자들이 존재할 수 없었기 때문에 당연한 결론이었다. 이자는 자신들이 분리되고자 했던 '옛 아이어의 악습'을 상징하는 계승자에 반대할 가능성조차 있었다. 그렇지만 모한다르는 계속해서 로즈메리를 응시했다. 깜빡이지도 않는 그 시선에 소름이 돋을 것 같은 기분을 애써 누르며 로즈메리는 아르타니스 쪽으로 얼굴을 돌렸다. 아르타니스가 말했다.

"바르타닐, 그대의 생각도 여기에서 들어보고 싶소. 그대는 이 인간 옆에 서서 자마라와 그녀를 담은 존재를 찾도록 도와달라는 주장을 지지하고 있소. 이 일과 더불어…… 우리의 오랜 적인 울레자즈와 지냈던 악몽에 대해서 말해보시오."

바르타닐과 로즈메리 둘 다 그 말을 듣고 깜짝 놀랐다.

"아니, 잠깐만요……. 여러분은 이미 울레자즈에 대해 알고 있었단 말인가요?"

로즈메리는 날카롭게 소리를 질렀다.

"그대가 말한 대로 우린 이미 알고 있소."

아르타니스가 대답했다. 그의 생각은 로즈메리가 이제까지 느껴왔던 것보다 훨씬 더 섬뜩했다.

"우리는 샤쿠라스에서 저그를 소탕한 직후에 처음으로 울레자즈를 만났소. 그때 그는 지금처럼 강한 존재가 아니었소. 그대가 말한 바에 따르면, 지금 울레자즈는 일곱 명의 암흑 기사들을 흡수해서 전례 없는 힘을 가졌으니 말이오."

"자마라도 그렇게 말했습니다."

바르타닐이 대답했다.

"울레자즈는 샤쿠라스 궤도에 강력한 에너지 파장을 방출하는 우주 정거장을 배치해 샤쿠라스를 공격하려고 계획하였소. 그 파장들 때문에 우리의 통신은 붕괴되었고, 샤쿠라스의 에너지 보호막들은 허사가 되었지. 우리에게 샤쿠라스의 피난처를 마련해준 아이어 프로토스의 친구인 제라툴은 해묵은 원한을 치워버리는 것이 최선이라며 울레자즈를 설득하려고 노력했소. 하지만 그때 이미 울레자즈는 세 명의 프로토스들을 흡수해 암흑 기사단 역사상 가장 강력한 암흑 집정관이 된 상태였소."

로즈메리는 코웃음을 쳤다.

"넷이라…… 그땐 지금보다는 쉬웠겠군요."

아르타니스는 그 말을 시인했다.

"지금에 와선 그렇소. 아주 쓰디쓴 교훈을 얻었지. 불행히도 울레자즈는 우리를 피해 달아나고 말았소. 그리고 지금 우리는 그가 어디에 숨어 있는지 알고 있고, 최소한 그가 이제까지 해온 짓도 얼마간 알게 되었소."

자신이 입을 딱 벌리고 있다는 걸 알아차린 로즈메리는 재빨리 입을 다물었다.

바르타닐은 마음 아파하면서 입을 열었다.

"그 괴물…… 우리의 은인이라는 자는 전쟁터에서 동족을 공격했군요……. 어째서 우리는 이토록 그릇된 길을 따랐던 걸까요?"

아르타니스가 친절하게 대답했다.

"더 이상은 그 일로 자책하지 마시오. 울레자즈는 네 명의 암흑 기사가 합체된 몸이었을 때도 우리에게서 달아났을 정도로 영리하고 강력했소. 선드룹을 만들어 아이어에 남은 자들을 속였을 때에는 이미 일곱 명의 기사를 흡수한 지력과 능력을 가지고 있었으니, 놀랄 일이 아니오. 저그가 우리의 사랑하는 아이어를 침략했을 때, 우리는 다시 암흑 집정관들을 만들어내는 걸 허락했소. 암흑 집정관들은 분명히 치명적인 무기였소. 그리고 우리의 적에게 타격을 입히는 대가로 우리는 암흑 집정관들이 보인 야수성과 통제 불능의 상태를 각오해야 했소. 하지만 보통 암흑 집정관들은 그렇게 오래 존재하지 못하오. 지금까지 울레자즈가 존재해온 것처럼 되지는 않소. 그래서 울레자즈가 더 강력한 존재로 자랐다는 걸 알게 되어 얼마나 끔찍한 기분이 드는지 모르오…… 울레자즈가 얻은 암흑의 지식은 무엇이며, 도대체 어디서부터 그 지식을 얻었는지, 그리고 그런 힘을 얻고서도 어떻게 산산조각 나지 않고 자신을 유지할 수 있는지 궁금하오."

로즈메리는 어쩔 수 없이 몸을 돌려 모한다르를 바라보았다. 그리고 다른 이들도 자기와 마찬가지로 모한다르를 보고 있음을 알았다. 그러나 이 회의에 참석한 암흑 기사단의 원로는 그런 따가운 시선을 받고서도 너무나 침착한 태도를 보였다. 여기 모인 이들의 마음속 어딘가에는 여전히 오랫동안 고집을 꺾지 않은 그림자 사냥꾼들인 암흑 기사단에 대한 공포가 숨어 있었다.

아르타니스는 고개를 저었다.

"아니오, 바르타닐. 진정하시오. 정말로 중요한 것은 그대가 일단 울레자즈의 정체를 알고 나자 그를 저버릴 만큼 강한 의지를 가졌다는 사실이오."

바르타닐은 천천히 고개를 끄덕였다.

"로즈메리야말로 선드롭을 극복한 첫 번째 존재입니다. 로즈메리는 자기 자신을 통해 저에게 그 사실을 증명해보였습니다. 그리고 제이콥 램지는 우리가 이제까지 맺어왔던 동맹 중 가장 위대한 존재로 프로토스 역사에 기록되어야 한다고 생각합니다."

로즈메리는 그 말을 듣고 눈을 살짝 크게 떴다.

아르타니스는 분명히 주저하고 있었다. 계승자란 드물고도 소중한 존재였다. 하지만 다른 한편으로는, 결국 계승자란 한 명의 존재일 뿐인데다 그녀의 운명은 너무나도 위험한 암흑 집정관과 얽혀 있었다. 그녀 하나를 추적하는 데 죄 없는 프로토스들의 생명이 희생될지도 모른다. 과연 이게 그럴 만한 가치가 있는 일인가?

"자마라는 그렇게 생각했습니다. 그녀는 자기가 품은 비밀을 위해서 말도 안 되게 많은 사람들을 죽음으로 내몰았어요. 그중에는 내 친구들도 있었습니다."

'그리고 몇몇은 제이크의 친구들…… 그것도 제이크가 아끼는 친구들이었지. 내 쪽은 사업상의 동료들이었지만.'

로즈메리는 말을 계속 이었다.

"그리고 여러분들이 봐왔던 계승자라는 존재들이 미쳤다고 볼 만큼 이기적이고 자기만 아는 자들이었던 전례가 없다면, 물론 저는 자마라가 그럴 리 없다고 봅니다만, 그렇다면 저는 '확실히' 이 모험은 감수할 만한 가치가 있다고 생각합니다."

"어찌 감히 그대가 우리에게 자신의 생각을 내놓을 수 있는 거요? 그대는 무얼 요구할 입장이 아니오!"

우룬의 목소리가 채찍처럼 날카롭게 떨어졌다. 로즈메리는 머리에 울려 퍼진 고통으로 몸을 움츠렸다. 아르타니스는 손을 들어 우룬을 제지했다.

"진정하십시오, 우룬. 이 테란 여성은 자기의 의견을 말했을 뿐입니다."

그러자 나하안이 대답했다.

"이 회의에서 논의하는 것이 무엇이든 테란 여성의 의견은 아무런 의미를 갖지 못하오. 이미 너무나 많은 의견들이 나왔소. 우리는 서로 다른 방향으로 수레를 끌려는 짐승들과도 같소. 이러다가는 아무런 결론도 나지 않을 거요!"

다른 누군가가 이 말에 세차게 말대꾸를 했고, 나하안은 그 말을 맞받아쳤다. 로즈메리는 어깨가 살짝 처졌다. 생각해보면 나하안의 말이 맞았다. 이런 식으로 논쟁을 하다가는 아무 결론도 나지 않을 것이다.

바르타닐이 마음속으로 말했다.

"로즈메리 달, 정말 미안해요. 우리는 다시 화합하기 위해서 애쓰고 있지만, 지금 이 상황을 보니 화합이란 우리에게서 영원히 멀어져가는 듯하네요."

'이들은 나를 편안한 감옥으로 돌려보낸 다음 이 문제를 놓고 논의를 계속하겠지.'

로즈메리는 이렇게 생각하고 바르타닐에게만 은밀하게 생각을 보내려 애썼지만, 그게 잘 되었는지는 알 수 없었다.

"제이크와 자마라는 지금쯤 죽었을지도 몰라요."

"신관이시여! 제가 회의에서 발언해도 되겠습니까?"

로즈메리는 놀라 검은 머리를 번쩍 들었다. 이 청아하고도 강력한 마음의 소리는 셀렌디스에게서 나온 것이었다. 날씬하고 강력한 여성 프로토스는 앞으로 나오더니 인간 여성 쪽으로 우아하게 걸어왔다. 이 광경에 로즈메리만 놀란 게 아니었다. 분명히 여기 있는 그 누구도 셀렌디스가 발언을 하리라고는 예상하지 못했다.

"물론이오, 셀렌디스."

아르타니스는 대답했다. 순간 로즈메리는 다른 프로토스들이 집행관의 의견은 듣고 싶어 하지 않는다는 느낌을 받았지만, 이내 그 느낌을 빨리 억눌렀다. 셀렌디스는 이야기를 시작했다.

"저는 인간이 우리 고향에 다른 피난민들과 함께 왔다는 사실을 맨 처음 전해 들은 공직자였습니다. 저는 제 느낌들을 한 번도 숨기려 한 적이 없습니다. 반대로 저는 제 느낌들에 자부심을 가지고 있습니다. 여기 모이신 분들 중에 그 어떤 분도 제가 동족에 바치는 헌신이나 동족을 보호하고 적에 맞서 싸우려는 갈망을 의심하실 수 없을 겁니다."

셀렌디스는 이의를 제기할 테면 해보라는 듯 홀을 훑어보았다. 그러나 아무도 이의를 제기하지 않았다.

"알려져야 할 일이 있다면, 그 무엇도 영원히 숨길 수 없다는 말이 있습니다. 이 교훈을 처음부터 받아들이지 않는다면, 그 일들은 우리가 교훈을 받아들일 때까지 계속해서 되풀이될 것입니다. 지금 상황이 바로 그렇습니다. 우리가 깨달아야 할 교훈은 빨리 우리가 배우고 터득해주기를 간절히 기다리고 있습니다. 그 교훈을 아는 이들은 침묵하면서, 이걸 알리면 백해무익하다고 진심으로 믿습니다. 예전에는 그 생각이 맞는 것처럼 보였지만, 이제는 더 이상 아닙니다. 신관이시여, 저는 이들에게 그 사실을 이야기하겠습니다."

방에 있던 모든 이들은 몸을 앞으로 숙이며 긴장했다. 놀라움을 감추지 못하며 마음속으로 수군대는 소리들이 로즈메리의 머리를 부드럽게 두드렸다. 신관이 최소한 울레자즈를 안다는 사실에 로즈메리는 벌써 큰 충격을 받은 상태였다. 그런데 또 다시 놀랄 일이 벌어질것만 같아 마음을 다잡아야 했다. 도대체 셀렌디스는 어떤 말을 할 참이지?

아르타니스의 반응과 그 후에 이어진 갑작스러운 침묵으로 미루어볼 때, 그들은 비밀스럽게 의사소통을 한 게 틀림없었다. 그렇다면 이건 큰 사건이었다. 마침내 아르타니스가 몸을 뒤로 기댔다. 그는 썩 내키지는 않았지만 체념한 듯했고, 셀렌디스는 좌중에게 발언하기 위해 뒤로 돌았다. 그리고 엄숙하게 말했다.

"우리가 울레자즈를 처음 대면한 것은 그가 샤쿠라스를 공격했던 때가 아니었습니다. 울레자즈와 그 무리들을 처음 발견했던 때는 그보다 더 전…… 우리가 아이어에 남은 자들을 구출하려는 임무를 수행하기 위해서 작은 프로토스 함선을 보냈던 때였습니다."

셀렌디스의 폭로를 들은 프로토스들은 소리를 쳤고, 거기서 비롯된 정신적 고통으로 로즈메리는 이를 악물고 머리를 쥐어뜯어야 했다.

"당신은 아이어에 생존자가 있다는 걸 알고 있었소?"

"왜 우리는 더 큰 함대를 보내지 않았던 것이오?"

"상당히 많은 생명을 구할 수 있었을 텐데!"

셀렌디스는 손을 들어 좌중을 진정시켰다.

"우리는 남은 프로토스들을 구할 수 있는 기회가 많지 않을 거라 생각하며 조사를 하고 있었습니다. 우리는 정지장 안에 있어서 살아남았던 기사단원 세 명만을 찾을 수 있을 거라 예상했습니다. 그렇지만 우리가 아이어에서 알게 된 현실은……."

"제라툴과 저는 대규모 구출 계획을 세워도 아무런 소득이 없을 거라는 생각에 동의했습니다."

아르타니스가 끼어들었다. 셀렌디스는 아르타니스에게로 시선을 돌렸다.

"결국 이건 제가 결정한 것입니다, 셀렌디스. 우리 형제들을 구하지 않기로 하고…… 그 사실을 비밀에 부치기로 한 결정 말입니다."

로즈메리는 아르타니스를 쏘아보았다.

"어째서, 당신은 정말로 무정한……."

우룬이 상당히 강한 마음의 소리를 질러서 로즈메리는 거의 기절할 뻔했다. 바르타닐은 자기가 사 년 전에 구조를 받을 수 있었다는 소식에 현기증이 일었지만, 로즈메리에게 다가가 폭탄처럼 떨어지는 텔레파시로부터 그녀를 보호하기 위해 최선을 다했다. 우룬은 고함쳤다.

"우리 종족이 거기서 죽어가고 있단 말이오! 당신은 우리가 저그와 맞서 싸워 우리 세계를 회복할 힘이 없었다고 말한 거요……. 당신은 우리더러 그곳에 생존자들이 없다고 믿게 내버려두었소!"

아르타니스가 되풀이하여 말했다.

"우리는 정지장 안에 있는 자들만 찾게 되리라고 예상했습니다. 그렇지만 생각보다 많은 이들이 아이어에 살아 있다는 사실에 큰 충격을 받았습니다. 그리고 거기 있는 동안에도 저그들이 여전히 아이어를 누비며 날뛰고 프로토스들을 제압하는 광경을 보았습니다…… 눈앞에서 참혹하게 형제들이 살해되었고, 우리는 그중 소수만을 구했을 뿐이었습니다. 우리가 구조대를 파견했더라도 아이어에 도착할 때쯤에 남은 자가 있으리라고는 아무도 장담할 수 없었습니다."

"그 말씀은 사실입니다."

바르타닐이 불쑥 말했다. 모두의 시선은 그에게로 향했다.

"저그들이 우리를 더 이상 공격하지 않으리라고는 그 누구도 알 수 없었을 겁니다……. 그리고 우리가 은인을 만나게 될 거라고도 예상할 수 없었을 거고요."

바르타닐은 고개를 들고 아르타니스를 바라보았다. 그러자 셀렌디스가 말했다.

"여전히 많은 이들이 아이어에 남아 있었고, 지난 사 년 간 너무나 많은 일을 겪어야 했다는 사실을 알고서 우리 중 마음이 아프지 않았을 이는 아무도 없었으리라 생각하오. 생존자가 있음을 알았지만 그저 그대들이 저그의 좀비가 되었을 거라고 믿었던 몇몇은 더욱 마음이 아플 것이오."

셀렌디스의 감정은 분명하게 드러났다. 바르타닐은 고개를 끄덕였다.

"저는…… 그 결정을 이해합니다, 신관님."

회의장에는 신관의 결정을 여전히 이해하지 못하는 이들이 있었고, 우룬도 그중 하나였다. 하지만 그 결정 때문에 가장 고통을 당해야 했던 프로토스 중 하나인 바르타닐이 기꺼이 그 결정을 용서하려 하자, 반대자들은 더 이상 항의를 계속할 수 없었다.

아르타니스는 일어서서 젊은 퓨리낙스 프로토스에게 정중하게 절을 했다. 바르타닐이 순간 당황한 모습은 어쩐지 사랑스러워 보이기까지 했다. 셀렌디스가 말했다.

"우리는 현재에 집중해야 합니다. 과거는 돌이킬 수 없기 때문입니다. 저도 과거를 바꿀 수만 있다면 얼마나 좋을까 생각합니다. 울레자즈는 다시 나타나 아이어에 남은 이들 중 일부를 먹이로 삼았습니다. 하지만 그 목적이 무엇일까요? 그리고 울레자즈는 계승자에게서 무엇을 원하는 것일까요? 계승자가 아는 것이 무엇이기에 그토록 강력한 존재를 뒤흔들어 놓은 걸까요? 이 질문에 대해 아직까지 우리가 가진 단서는 바르타닐과 로즈메리가 말한 것뿐입니다. 프로토스 동지 여러분, 이 단서만으로는 사실을 알 수 없습니다. 제가 보기에 우리가 해야 할 일은 구름 한 점 없던 아이어의 밤하늘에 빛나던 별빛만큼이나 분명합니다. 울레자즈는 테란 자치령 군대와 프로토스, 저그의 공격을 받고 실제로 아이어의 땅 위로 쓰러져 죽었을 수도 있습니다. 아니면 죽지 않고 살아나 자마라는 물론이고 다른 모든 프로토스들을 영원히 입 다물게 만들려고 사냥을 계속할지도 모릅니다."

셀렌디스의 눈은 맹렬하게 빛났다.

"우리는 울레자즈가 성공하도록 놔두어서는 안 됩니다. 그는 이미 수많은 프로토스들을 죽이거나 그만의 알 수 없는 목적을 위해 이용했습니다. 그런데 우리는 여기에 태평하게 앉아서 울레자즈가 계승자까지도 똑같이 죽이게 두어야 합니까? 젤나가가 도착한 이래로 존재해왔던 끈을 끊어버리도록 말입니까? 그 노래를 영원히 그치게 하고, 모든 지식을 결국 잃어버리도록 놔두시겠습니까?"

이 말은 제크라스의 가슴을 찔렀다. 로즈메리는 제크라스가 마치 한 대 얻어맞은 것처럼 파르르 떠는 모습을 곁눈으로 보았다. 하지만 제크라스는 자기 생각들을 꼭 닫고 보여주지 않았다.

"더 나쁜 상황은 또 있습니다. 자마라를 담은 테란 남성은 자기가 원한 일이 아니었는데도 할 수 있는 한 최선을 다해 계승자를 돕고 있습니다. 우리 프로토스가 그 테란을 도와주러 가기 너무 두렵다는 이유로 그가 고통 속에서 홀로 죽어가게 두시겠습니까?"

"프로토스는 아무것도 두려워하지 않소!"

우룬은 화를 내며 맞받아쳤다. 우룬은 정말로 자리에서 벌떡 일어나 심하게 성을 내며 반대 의견을 표시했다.

"아우리가 부족은 맹공을 퍼부어 우리의 세계를 되찾을 준비가 항상 되어 있었고, 지금도 그렇다는 사실을 나만큼이나 당신도 잘 알 것이오."

로즈메리는 우룬이 그녀를 싫어한다고 생각했지만, 프로토스들, 그리고 특히 아우리가 부족이 본때를 확실하게 보여줄 수 있음을 드러내자는 점에서는 둘 모두 같은 생각이었다. 로즈메리는 그 점을 받아들여야겠다고 생각했다.

"이 일은 두려움이나 자존심에 관한 문제가 아니라 현실성에 관한 것이오."

타브레누스가 말했다. 바르타닐은 아직도 어렸던지라 자기 부족의 지도자가 하는 말을 듣고 상처를 입은 듯 타브레누스를 바라보았다.

"우리가 제이콥 램지와 그가 담은 계승자를 구하는 일에 모두 찬성한다고 해도, 그들을 어떻게 찾을 것이오? 문을 열고 그들을 찾으려 할 때 이세계에 어떤 무서운 일이 닥칠지 어떻게 아오? 나는 그대의 용기를 칭송하는 바이오, 셀렌디스. 그리고 우룬, 그대의 열정도 역시 칭송하소. 바르타닐, 그대의 생각들이 매우 순수한 의도들로 빛나고 있음도 아오. 하지만 아이어는 지금 폐허가 되었고, 샤쿠라스도 거의 그렇게 될 뻔했소. 바로 테란들을 믿었다가 말이오."

빌어먹을 케리건 이야기로 다시 돌아가버렸군. 로즈메리는 만약 그 여자를 만나게 된다면 죽기 전에 최소한 한 대는 죽을 만큼 아프게 타격을 날려주겠다고 굳게 다짐했다.

"나 역시 타브레누스의 의견에 동의하오."

나하안은 마음의 목소리로 낮게 말했다.

"이 문제에는 너무 많은 것이 달려 있소. 그런데 자마라가 지닌 비밀이 상당히 중요하다는 주장은 이 인간의 신념 말고는 달리 알아볼 데가 없소. 혹시 자마라가 미쳐버려서 이 모든 게 말도 안 되는 두서없는 이야기일지 우리가 어찌 알겠소."

"당신은 저처럼 자마라의 마음을 만져본 적이 없으시잖아요. 그랬다면 그런 말씀은 못 하실 겁니다."

바르타닐이 불쑥 말대꾸를 했다. 바르타닐이 터뜨린 말에 거의 모든 벽감들의 앉은 자리에서 인정할 수 없다는 반응이 흘러나왔다. 타브레누스는 어린 프로토스를 부드럽게 일깨워주었다.

"바르타닐, 그대는 자마라의 마음을 만졌을 때 칼라에 들어가 있던 게 아니지 않소. 그대가 속았던 것일지도 모르오. 그리고 인간은 프로토스와 다르오. 로즈메리는 쉽게 속아 넘어갈 수 있었을 것이오."

그러자 바르타닐에게 부끄러운 기색이 떠올랐고, 로즈메리 역시 나하안이 한 말 때문에 화가 났지만 그 말에 일리가 있음을 인정할 수밖에 없었다.

그러나 셀렌디스는 조금도 당황하지 않은 것 같았다.

"만약 이게 다 미친 소리라면, 울레자즈처럼 강력한 존재가 절대로 주의를 기울였을 리 없습니다."

'아하!' 로즈메리는 마음속으로 환호성을 질렀다.

'정말 그 말 그대로예요, 언니.'

셀렌디스는 로즈메리에게 황당하다는 기색을 짧게 보낸 뒤 다시 프로토스 부족 지도자들에게로 관심을 돌렸다.

아르타니스는 좌중에게 정숙해달라고 요청한 다음, 아직 발언하지 않은 이들 쪽을 돌아보았다.

"결정은 제가 합니다만, 저는 언제나 우리 종족이 한 마음으로 연합하도록 노력해왔습니다. 모한다르, 그리고 제크라스여, 더 하실 말씀이 있습니까?"

제크라스는 고개를 숙였다.

"나는 신관의 결정에 따르겠소. 양편의 주장에는 모두 일리가 있소. 셀락 부족은 과거에 관심을 기울이는 이들이지 현재나 미래를 돌보는 이들이 아니오."

로즈메리는 어느 정도는 그 말이 맞다고 생각했지만, 그래도 제크라스가 이런 말을 하는 게 이상하게 여겨졌다. 그리고 약간 실망도 했다. 셀락 부족이라면 과거와 이처럼 연결되어 있는 일을 해결하기 위해 마음을 쓰리라 생각했기 때문이다.

아르타니스가 대답했다.

"충분히 알겠습니다. 그럼 모한다르여, 말씀하실 것이 있습니까?"

잠시 동안 네라짐의 지도자는 아무 말이 없었다. 로즈메리는 모한다르가 그녀의 머릿속을 뚫고 들어와서 생각을 있는 대로 분석하고 엄밀히 조사한 다음 치워버리고 있음을 느꼈다. 그가 하는 행동이 전형적인 암흑 기사단의 모습이라면, 왜 아이어 프로토스들이 암흑 기사단을 거슬려하는지 납득할 수 있었다. 이윽고 모한다르는 말했다.

"이상하게 들리겠지만, 나 역시 존경하는 동료인 제크라스와 같은 의견이오. 신관이 해야 할 바를 하리라 생각하오."

셀렌디스는 침묵을 지켰지만, 시선은 여전히 아르타니스에게 못 박히듯 머물러 있었다. 로즈메리는 셀렌디스가 신관의 제자이기 때문에 조금은 편들어줄 수도 있을 거라고 생각했다. 하지만 아르타니스가 자신의 제자를 아끼고 자랑스럽게 여기는 건 분명했지만, 이토록 중요한 결정을 하는 데 개인적인 감정을 반영할 정도로 어리석지 않다는 느낌 역시 받았다.

아르타니스는 셀렌디스를 보던 눈길을 거두어 로즈메리에게로 향했다. 로즈메리는 혼자서만 아르타니스의 생각을 느끼고 있었다.

"로즈메리 달, 나는 셀렌디스가 내린 판단을 존중해왔소. 그리고 셀렌디스는 드러내놓고 당신의 목적을 지지하고 있소. 나는 그대에게 질문을 하나 하겠소. 그러면 그 대답이 당신의 가슴에서 나왔는지 머리에서 나왔는지 알게 될 것이오. 그대는 진정으로 그들을 찾아 원정을 떠나는 일이 우리 종족 여럿의 목숨을 걸고서라도 할 가치가 있다고 믿고 있소? 나는 이 원정에서 많은 이들이 죽게 될까 두렵기 때문이오."

로즈메리는 제이크에 대한 자신의 감정을 숨길 수 없었고, 그런 자신의 상태가 신경 쓰이지도 않았다. 로즈메리는 제이크를 되찾고 싶었다. 그는 행복을 누려야 했고 살아야 했다. 그녀는 오로지 제이크에게서만 나타나는 모습을, 말이나 생각, 행동에서 명석함과 얼빠진 모습이 기묘하게 조화를 이루는 그의 모습을 보고 싶었다. 그래서 로즈메리는 아르타니스에게 그 모든 마음을 내보였고, 자마라가 얼마나 다급한 상황에 놓여 있는지 보게 했다. 편협한 마음을 지닌 울레자즈가 얼마간 이 모든 일에 관련됐다는 사실, 그리고 그가 단련된 자들에게 한 짓 역시 보여주었다.

아르타니스는 고개를 한 번 끄덕인 후 조심스럽게 로즈메리의 마음에서 물러나더니 자리에서 일어섰다.

"저는 모든 의견을 들어보았습니다. 또한 이 인간의 마음과 젊은 바르타닐의 마음도 만져보았습니다. 로즈메리가 오늘 여기 오기 전에 저는 이미 셀렌디스가 모아온 증거에 대해서 들었습니다. 제가 내린 결론을 말씀드리겠습니다. 우리는 제이콥 제퍼슨 램지라는 테란과 계승자 자마라가 어디 있는지 찾아서 데려오기 위해 최선을 다해야 합니다."

로즈메리는 안도감에 거의 쓰러질 뻔한 채로 눈을 감았다.

"또한 우리는 즉시 자마라를 제이콥의 정신에서 추출하도록 시도해야 합니다. 그러면 우리는 자마라가 아는 정보를 안전하게 보존할 수 있고, 제이콥은 계승자를 더 이상 담지 않게 되어 생존할 수 있을 겁니다. 우리 모두는 있는 힘을 다해 그 둘을 구할 것입니다."

이 선언을 듣고 눈앞이 아찔해진 이유는 분명 기진맥진한 상태이기 때문이리라. 로즈메리는 눈을 질끈 감았다 떠서 정신을 차린 다음 셀렌디스 쪽을 흘긋 바라보며 말했다.

"고마워요."

"나는 당신을 위해 이 일을 한 것이 아니오. 이것이 프로토스 종족을 위한 최선의 길이라 믿었기 때문이오."

셀렌디스는 이렇게 대답하더니, 주저하면서 말을 이었다.

"하지만 우리 종족을 위해서 너무 많은 일을 견뎌온 당신의 친구를 우리가 정말로 구할 수 있다면…… 그것도 좋은 일일 거요."

"로즈메리, 나는 정말 기뻐요!"

바르타닐의 말이 들려왔다. 정말로 기뻐하는 게 눈에 보였다.

"당신의 진실이 통한 거예요. 분명히 우리는 제이콥과 자마라를 지금 빨리 구하게 될 거예요. 모든 이들이 이게 얼마나 중요한 일인지 알았으니까요!"

로즈메리는 미소를 지으며 바르타닐의 팔을 자기도 모르게 꽉 움켜쥐었다. 누군가 이 일에 이렇게까지 열성을 보인다는 사실이 기뻤다. 하지만 원하는 대로 결정이 내려져 기쁜 와중에도 여전히 문제는 남아 있었다. 어디로 가서 제이크를 찾는단 말인가?

그러자 아르타니스가 묻지도 않은 질문에 대답을 해주었다.

"그게 문제요. 나는 그대가 이 세계에 왔을 때 문을 지켰던 자들과 이야기해볼 것이오. 우리는 제이콥이 간 곳이 어디인지 알려주는 기록이 존재하는지 살펴볼 것이오."

셀렌디스는 이 말에 경고를 보냈다.

"만약 기록이 남아 있다고 해도 우리는 거기서 제이크를 찾지 못할 수도 있습니다. 제이크와 자마라는 그들의 원정을 계속하기 위해서 어디든 이어지는 세계로 갔을 겁니다. 암흑 기사단과 연결이 닿도록 해 제이크의 정신 속에서 자마라의 영혼을 추출하려고 있는 힘껏 애쓰고 있을 겁니다. 자마라와 제이크가 처한 상황을 보면 그 일은 언제가 될지 모르도록 미뤄도 좋은 게 아니라 즉시 해야 할 일입니다."

'빌어먹을, 맞는 말이야.' 로즈메리는 필사적으로 생각했다.

"우리는 바로 움직여야 해요."

반대했던 자들은 지금 말없이 의자에 앉아서 기분이 나쁘다는 태도를 역력히 드러냈다. 하지만 고맙게도, 반대한다고 해서 지금 제이크와 자마라를 찾으러 가려는 시도를 어떻게든 저지하려는 모습은 아니었다.

우룬이 말했다.

"어쩌면 아이어에 남겨진 자들이 자마라가 어디로 가고 싶어 했는지 알수도 있소. 우리는 병력을 아이어에 보내서 아직 남아 있는 자들을 구할수도 있을 거요."

셀렌디스는 우룬에게 정중하게 절하며 말했다.

"우룬이여, 그처럼 쉬운 일이면 얼마나 좋겠습니까. 하지만 자마라가여기에 오고 싶어 했다는 사실을 기억하실 것입니다. 그리고 자마라가 두번째로 가려고 했던 곳이 어딘지 아는 자가 있다면, 그건 우리 종족 중 누군가가 아니라 의심할 여지없이 로즈메리 달이었을 것입니다. 로즈메리가 모른다면 아무도 모릅니다."

"그렇다면 제이콥 램지는 아직도 아이어에서 누군가가 구출해주기를기다리고 있을지도 모르오."

우룬은 계속해서 주장했다. 로즈메리는 우룬에게 동정심을 느꼈다. 그녀도 아이어가 예전에 어떤 세계였는지 들었고, 지금은 어떤지 직접 보았다. 우룬과 다른 이들은 아이어로 돌아가서 그 상처를 치유할 수만 있다면 어떤 이유든 잡아 그렇게 할 것이다. 로즈메리는 셀렌디스가 우룬의 말에 동의하고 싶은 강한 열망이 있음을 느꼈다. 하지만 집행관은 한

숨을 한 번 내쉬는 모습에 상응하는 프로토스 특유의 몸짓을 하며 지도자에게 대답했다.

"제이콥은 재전송되었습니다. 우리는 그 점을 확인했습니다. 제가 보기에는 자마라와 제이콥이 간 곳을 시작점으로 하는 게 제일 좋다고 생각합니다. 그리고 거기서부터는…… 최대한 추리를 해야 할 겁니다."

셀렌디스는 막연하게 추리하는 걸 좋아하지 않았다. 셀렌디스는 확실한 사실들, 구체적인 것들, 그리고 즉시 행동에 옮길 수 있는 일들을 좋아했다. 성격상으로 부딪히기는 했어도, 로즈메리는 자기와 셀렌디스가 공통점이 많다는 사실을 깨달았다.

나하안이 물었다.

"그러면 어떻게 되는 것이오? 모든 관문들은 막히지 않은 한 다른 모든 관문들과 연결되어 있다는 사실은 내가 굳이 설명하지 않아도 집행관이 잘 알지 않소."

'저건 나 들으라고 하는 소리군. 알겠다고요, 친구분.'

"제이콥이 피신했을지도 모르는 세계들은 몇천 개나 되고, 각각의 세계는 또한 광활하오. 그를 찾는데 몇 달, 아니 몇 년이 걸릴 수도 있소. 그러면서 귀중한 자원을 낭비하게 되겠지. 신관이여, 당신은 이것보다는 더 나은 계획을 세워야 하오!"

로즈메리가 보기에 나하안은 정말로 아르타니스의 신경을 건드리는 데 맛들인 것처럼 보였다. 우룬에게 자기만의 관점이 있는 것처럼, 다른 이들역시 그들만의 생각들이 있었다. 우룬은 그저 자기 의견을 숨기려 들지 않았을 뿐이고…… 숨길 이유가 어디 있겠는가? 그의 의견은 고귀했다. 로즈메리는 나하안의 의견이 뭔지 정확히 확신할 수 없었다. 생각해보면 그녀의 의견 말고는 다른 이들의 생각이 어떤지 전혀 확신할 수 없었다. 어쩌면 셀렌디스의 생각 역시 확신할 수 없을 것이다. 어쩌면 말이다.

여기에 신호라도 받은 것처럼 셀렌디스가 말했다.

"말씀하신 대로 이것은 정말 힘 빠지는 작업입니다만, 언제부터 우리 프로토스들이 이렇게 책임을 회피하게 되었습니까?"

셀렌디스는 아르타니스 쪽을 바라보더니 무릎을 꿇었다. 그 모습에 로즈메리는 깜짝 놀랐다.

"신관회에서 동의하고 신관께서 승인하신다면, 제가 제이콥 제퍼슨 램지와 자마라를 찾는 일을 지휘하겠습니다."

아르타니스가 눈을 깜빡였다.

"나는…… 허락하겠소. 나는 나 자신을 믿는 것처럼 그대를 믿소, 집행관. 그리고 그대는 이 자리에 모인 모든 이들의 존경을 받아오지 않았소."

로즈메리는 그 말이 진실임을 깨달았다. 아르타니스와 그 계획에 분명히 반대 의사를 밝혔던 이들도 셀렌디스의 말에 반대하지 않았다.

셀렌디스는 일어서서 고개를 끄덕였다.

"저는 인간과 계승자가 처음에 도착한 곳이 어딘지 알아보는 일로 임무를 시작하겠습니다. 그 후에 우리에게 주어진 선택지를 분석하고 검토하여 경우의 수를 줄일 것입니다. 저는 계승자의 입장에서 생각하도록 노력하겠습니다. 그 일은 분명 벅차겠지만 최선을 다하겠습니다. 로즈메리는 의심할 바 없이 저를 도울 것입니다. 로즈메리는 제이콥과 자마라를 모두 알고 있으니 말입니다."

그때 연로한 모한다르에게서 쉿소리가 나는 마음의 소리가 들려왔다.

"내가 그대의 임무에 드는 시간을 줄여줄 수 있을 거라고 생각하오, 집행관."

로즈메리는 깜짝 놀라 암흑 기사 쪽으로 고개를 돌렸다. 모한다르의 눈은 살짝 주름이 졌고, 그걸 본 로즈메리는 모한다르가 즐거워하고 있다는 사실을 알아챘다.

"나는 자마라가 어디로 가길 원하는지 정확히 알고 있다고 생각하오. 그리고 나는 거기로 가는 길을 알려줄 수 있소."

제15장

    울레자즈는 육체를 뛰어넘은 존재였다. 울레자즈는 총탄이나 창 같은 단순한 것들로는 상처 입힐 수 없는 힘세고 강력한 에너지 그 자체였다. 하지만 그에게 정신 에너지나 물리 에너지를 가하면 상처를 입힐 수 있었다. 공격을 받은 울레자즈는 크게 다쳤고, 그 결과는 예상했던 것보다 훨씬 더 심각했다.

    울레자즈는 샤쿠라스에서 승리를 목전에 두고 있었다. 또한 경멸받아 마땅한 아이어 프로토스와 왜 그런지 알 수 없을 정도로 수동적인 암흑 기사단, 그가 한때 자기 종족이라고 불렀던 자들 역시 이길 참이었다. 어째서 암흑 기사단이 한때 그들을 살육하려 했고 추방해버렸던 바로 그 존재들을 받아들였는지 울레자즈는 정말 이해할 수 없었다. 제라툴, 그는 한때 형제였지만 이제는 프로토스들로부터 선출된 약해빠진 신관보다도 더 혐오스러운 적이 되어버렸다. 울레자즈는 아이어 프로토스들이 파렴치하고 비열할 거라고 예상했다. 그래서 정무관 제라툴처럼 존경받는 암흑 기사가 배신을 하리라고는 생각하지 못했다.

그들은 아이어에 진을 치고 소위 '영웅'이라 하는 이들을 구하려 했다. 그때 울레자즈 무리들은 그 영웅들 셋 중 둘을 벌써 살해한 뒤였지만, 전투 끝에 그들은 결국 붙잡히고 말았다. 하지만 울레자즈에게는 협력자들이 있었고, 이미 이 계획들 말고 다른 계획들도 세워놓은 상태였다. 울레자즈는 귀중한 케이다린 수정을 가지고 탈출했고, 그 수정의 뒤틀린 복제품을 다섯 개나 만들었다. 울레자즈는 고대의 지식을 통하여 그저 평범한 암흑 집정관이 아니라 다른 세 명의 동료들과 그의 정수를 합쳐서 온 우주를 통틀어 가장 강력한 암흑 집정관이 되었다. 그리고 다섯 개의 변형된 수정들을 샤쿠라스로 가져와 전투를 벌였다. 엄청나게 강력한 EMP 생성기를 이용해 샤쿠라스를 혼돈에 빠뜨리고 경멸받아 마땅한 피난민들을 몰아낼 계획이었다. 그들 역시 사냥을 당하는 공포가 뭔지 알게 하려 했다. 아이어에서 저그에게 갈가리 찢겨야 했을 놈들을 사라지게 하려 했다.

하지만 울레자즈는 지고 말았다……. 잠시 동안 말이다. 울레자즈는 다시 은신처로 돌아와 전대미문의 힘을 도로 채우며 어떻게 해야 가장 훌륭하게 복수할 수 있을지 생각했다. 그리고 울레자즈라는 영광스런 존재에 기꺼이 자신을 맡기려는 다른 이들을 그에게로 끌어들였다. 울레자즈가 결국 승리하게 될 때 그의 편에 서기 위해 그들은 기꺼이 자신을 바쳤다.

운명은 다시 울레자즈를 아이어로 이끌었다. 프로토스들은 적진에 떨어진 형제들을 구하기에는 분명히 너무 겁이 많았다. 그들은 아이어에 남은 이들이 있는지 몰랐다고 변명할 수조차 없었는데도 말이다. 무정하고 한심한 바보들 같으니라고. 그들은 자신들의 고향, 암흑 기사단이 떠나야만 했을 때 영혼을 다해 슬퍼하며 그리워했던 바로 그 세계를 등졌다. 버려진 자들은 온정을 받을 자격이 없었다.

황폐해진 고향에 버림받고 남겨져 근심과 두려움에 사로잡힌 피난민들을 모으는 건 울레자즈에게 아주 손쉬운 일이었다. 그를 따르라고 설득하고, 조제한 마약을 피난민들의 피부와 혈관으로 스며들게 해서 그들을 위로하며 조종하고, 마음을 침입하고 간섭하는 칼라에서부터 자유롭게 하는 일은 아주 간단했다.

그러나 예상치 못하게 그들은 울레자즈를 배신했다. 그들이 자신들을 구해준 은인의 정체가 무엇인지 진실을 알게 된다 하더라도 배신하리라고는 생각하지 못했다. 프로토스들이 안 것은 기껏해야 울레자즈의 정체 중 일부가 아니었던가. 이건 저주받을 테란 때문이었다. 테란 남성은 계승자의 존재가 의미하는 광대함을 최소한 얼마 동안은 견뎌낼 수 있을 정도로 강했다. 테란 여성은 마약에 저항할 만큼 강했고, 스스로 마약을 이겨낼 수 있다는 사실을 증명했다. 그를 따르던 프로토스들이 저지른 배은망덕한 배신 때문에 울레자즈는 말 못할 충격을 받았다. 자신은 버려졌던 그들을 구해주지 않았던가. 그런데 그들은 증오와 혐오감, 반역으로 은혜를 되갚았던 것이다.

울레자즈는 자기가 전투에서 얼마나 수적으로 열세에 몰렸던가를 떠올리며 마음을 조금 가라앉혔다. 자치령 함대와 저그가 퍼부은 공격은 프로토스의 사이오닉 폭풍과 결합하자 그를 더욱 위협했다. 그런 공격을 받으면 후퇴해도 부끄러운 게 아니었다. 때로는 퇴각해서 전력을 재정비하고 계획을 세우는 지혜가 필요했다.

하지만 아무리 자기합리화를 해본들 상처를 입은 것은 엄연한 사실이었다. 울레자즈의 힘은 상당량 소진되었다. 젤나가의 방에서 며칠이나마 쉴 수 있다면 다시 회복할 수 있을 터였다. 인간들은 추적을 포기했고, 프로토스들은 있던 자리에서 죽거나 도망쳤다. 하지만 저그들은 거기까지 뒤를 밟았다. 울레자즈는 원치 않게 쫓겨서 지하로 숨어버린 짐승처럼 도망쳐야 했다.

그 생각에 울레자즈는 화가 치밀어 올랐다.

간신히 젤나가 우주선들 중 한 대를 타고 빠져나오는 동안에도 그는 분노로 폭발하기 직전이었다. 있는 힘을 다해 차원 도약에 성공할 수 있었지만 울레자즈는 약해진 상태였다.

울레자즈는 약한 것을 경멸했다. 그게 자기 자신일지라도 말이다.

그는 저그들이 따라온다는 사실을 알고 있었다. 하지만 공격은 받지 않았다.

'우리 모두는 계승자를 원하고 있다.'

울레자즈의 한 부분이 의견을 냈다.

'저그들은 계승자를 생포해서 그녀가 아는 것이 무엇인지 알아보려 한다. 나는 계승자를 파괴해 영원히 입을 다물게 하기를 원한다.'

다른 부분이 결론을 내렸다.

'저그들은 내가 계승자를 찾게 될 장소가 어디인지 안다고 생각한다. 그래서 나를 따라오는 것이다.'

그 말은 의심할 여지없이 사실이었다. 울레자즈는 그곳이 어디인지 확실히 알았고, 자마라와 제이콥 제퍼슨 램지가 도착할 때쯤 그곳에 가 있을 것이다. 자신은 거미가 되어 미묘하고 섬세하며 치명적인 그물을 치고 조용히 앉아 그 둘을 기다릴 것이다.

뒤를 따라오는 저그는 그가 어디든 도착하는 대로 죽이려고 할까? 그럴 수도 있었다. 하지만 울레자즈는 저그들보다는 그들의 여왕이 더 현명하다는 사실을 알았다. 저그들은 여기가 목적지라는 사실을 모를 것이다. 자기들의 사냥감이 그저 부상을 치료할 목적으로 머문다고 생각하지 않을까? 아, 계승자가 올 걸 확인하기도 전에 저그들이 그를 살해한다면 어떻게 될까? 그건 바보 같은 결정일 테고, 사라 케리건은 바보가 아니었다.

울레자즈의 추종자들은 전에도 한 번 자마라를 추적했다. 그리고 자마라를 추적하면서 프로토스 함선을 폭파했고, 자마라가 탔던 작은 우주선을 따라가서 버려진 젤나가 사원 안으로 격추시켰다. 추종자들이 보내온 보고서는 그들이 아는 한 정확했다. 그들은 자마라가 이미 죽었거나 아니면 추락한 충격으로 곧 죽을 거라고 울레자즈에게 말했다. 그토록 척박한 행성에서는 오래 살 수 없었다. 그리고 추종자들의 말은 맞았다. 프로토스의 계승자인 자마라는 오래 살지 못했다.

적어도 그 몸으로는 말이다.

하지만 자마라는 다른 몸을 찾아냈다. 운 나쁘게도 우연히 그녀를 발견한 첫 번째 숙주에게 그녀는 기생충처럼 달라붙었다. 그리고 그렇게, 비밀을 간직한 채로 여전히 살아서 모든 것을 파괴할 수 있는 가능성을 품고 있었다.

울레자즈는 그런 일이 벌어지도록 둘 수 없었다. 저그든 무엇이든 상관없이, 울레자즈는 자마라가 올 거라 예상되는 곳으로 갈 예정이었다. 거기서 쉬면서 몸을 치료하고 계획을 짤 것이다.

자마라는 그에게서 한 번 도망쳤다. 하지만 다시는 그럴 수 없을 것이다.

• • •

모든 이들이 암흑 기사 쪽으로 고개를 돌렸다.

"어딘지 아신다고요? 가실 수 있는 겁니까?"

아르타니스는 탄성을 질렀다. 분명 그조차도 이 말에 깜짝 놀랐다. 그래서 놀라움에 사로잡힌 아르타니스의 반응은 언뜻 어린아이 같았다.

모한다르는 메마르고 새된 목소리로 키득거렸다.

"우리는 오래전 갈라져 나왔던 우리 형제들과 많은 점들을 공유하고 있소. 하지만 우리 암흑 기사단이 당신들에게서 갈라져 나온 후의 역사도 수천 년이나 되오. 겨우 몇 년의 세월 동안 그 모든 걸 다 설명하고 드러낼 수 없을 정도요. 특히 지금처럼 현재와 미래에 관심을 쏟는 것이 과거보다 훨씬 급박한 상황일 경우라면 더욱 그렇소."

로즈메리는 눈을 가늘게 뜨고 모한다르를 자세히 바라보았다. 물론 모한다르가 한 말 중 많은 부분이 사실이었다……. 하지만 로즈메리는 또한 이 교활한 노인이 꼭 그래야 할 때가 오기 전에는 자기 수중에 뭐가 있는지 드러내지 않을 속셈이 아닌가 의심스러웠다. 로즈메리는 암흑 기사단에게 여전히 그들만 간직한 비밀이 엄청나게 많다고 얼마든지 장담할 수 있었다. 암흑 기사단은 어둠 속에 숨어서 안전을 도모했다. 그것이 암흑 기사단이 터득한 교훈이었다. 그들의 태도가 불과 몇 년 사이에 바뀔 리는 없었다.

"그럼 어서 말씀해주십시오."

셀렌디스가 말했다. 로즈메리에게 일을 처리할 시간은 언제든 있다고 말하며 인내심을 가지라 충고했던 셀렌디스는 빨리 떠나고 싶어 안달이 난 상태였다.

"그 장소가 어딥니까?"

"나는 자마라가 가고 싶어 할 곳이 어딘지 알 것 같다고 말했소. 하지만 자마라가 그곳이 어딘지 모를 가능성도 있소. 계승자는 많은 것을 알지만, 그 장소의 존재를 알고 있을 것 같지는 않소. 이것은 암흑 기사단의 지식이오. 심오하고 강력하며 신성한 것이지."

로즈메리는 늙은이가 아주 신이 났음을 알아챘다.

"그렇소."

셀렌디스는 짜증이 역력한 투로 로즈메리에게만 생각을 보냈다.

"모한다르는 이 상황을 즐기고 있소."

모한다르는 의자에 등을 기대고 앉아 자기만을 응시하고 있는 모든 프로토스들을 매우 기쁜 태도로 둘러보았다. 미소 지은 눈초리에는 주름이 잡혔다.

"아이어에서 쫓겨난 후 우리는 수 세기를 떠돌아다녔소. 방랑자들과 탐험가들이 되어 많은 세계들을 발견하고 조사했지. 어떤 곳에는 잠시 머물렀을 뿐이었지만 어떤 곳에는 건축물을 세웠고, 그곳은 일종의 정착지가 되었소. 하지만 그 어느 곳도 영구적인 처소는 되지 못했소. 샤쿠라스와 이곳의 사원을 발견하기 전까지는 그 어떤 곳도 우리 영혼의 진정한 고향이라고 느낄 수 없었소."

모한다르가 말을 이었다.

"하지만 내가 말한 그곳은 우리 종족에게 여전히 중요한 장소로 남아 있소. 그곳의 이름은 알리사릴, 즉 지혜의 성소라 하오. 그리고 알리사릴이 세워진 작은 위성은 엘나라고 부르오. 그건 우리의 언어로 '항구'라는 뜻이오."

모한다르는 로즈메리를 위해서 뜻을 설명해주었다.

"그곳은 우리가 정착한 첫 번째 장소들 중 하나로, 우리는 백 년이 넘도록 거기 머무르다 다시 이동하기로 결정했소. 하지만 우리는 여전히 그곳을 버리지 않았소. 그리고 앞으로도 버릴 일은 결코 없을 것이오. 많은 이들이 거기 남아서 지혜의 성소를 돌보고 있소. 그리고 오늘날까지도 우리의 진정한 고향을 찾아 떠난 이들은 인생의 마지막 날로 향하는 순례길 중 그곳으로 돌아가오. 만약 죽기 전에 그렇게 가는 일이 가능하다면 말이오."

자기들이 태어났던 곳으로 돌아가서 다시 재생산하는 생물들 같은 거로군. 아니, 이 경우에는 죽는 건가. 로즈메리는 이런 생각이 들었다. 하지만 왜 그래야 하지? 그냥 고향에 대한 향수 때문인가?

모한다르는 계속 말을 이었다.

"그곳에는 케이다린 수정들을 바꾸는 에너지의 집합체가 하나 있소. 나는 수정을 '다듬는다'라고는 말하지 않겠소. 그 말은 참으로 정확하지 않기 때문이오. 테란 친구도 우리 종족이 수정들을 많은 방법으로 이용한다는 사실은 알 거라 생각하오. 수정들은 마음을 진정시키고 에너지의 통로가 되며 그 에너지를 모아주오. 우리는 그 수정들을 우리의 기술에 이용하고 있소. 수정들의 용도 중 하나는 정보의 저장이오. 엘나의 에너지는 수정들이 특별한 임무를 수행하기에 더없이 적합하게 만들어 준다오. 물론 다른 이들에게는 그렇게 특별한 임무가 아닐 것이오만."

모한다르는 고개를 돌려 로즈메리를 정면으로 바라보았다.

"그곳은 말하자면 가장 거대한 도서관이오. 암흑 기사단이 모을 수 있는 모든 지식을 수집한 곳이지. 우리 종족의 지성과 기억을 가져다가 영원히 기록해놓은 지식의 저장소요."

로즈메리는 숨을 크게 들이쉬고 모한다르의 말에 동의했다.

"네, 거기라면 자마라가 정말 갈 만한 곳이겠네요. 자마라는 여러분들이 그런 일을 할 능력이 있다는 사실을 알았죠. 하지만 그곳이 어딘지 알아내려면 우선 암흑 기사를 찾아야 했습니다. 그래서 샤쿠라스에 오려고 했던 겁니다."

아르타니스는 비난하는 어조로 말했다.

"친구 모한다르여, 왜 당신은 지금까지 우리에게 그런 장소가 있다고 말하지 않으신 겁니까?"

그러자 모한다르는 아르타니스의 공식 명칭은 생략한 채 그 말에 대답했다.

"친구 아르타니스여, 그 이유는 당신들에게 그 정보가 이제까지 필요하지 않았기 때문이오. 어찌 되었든 당신의 종족에게는 계승자들이 있잖소. 살아 있는 기억의 화신으로 당신들 대의회에게 조언을 했던 이들 말이오. 우리 암흑 기사단은 그 대신 기술적인 대체물을 사용하는 것이오. 우리 고유의 개성을 간직한 기술이지. 당신들 사이에는 살아 있는 성소인 계승자들이 걸어 다니고 있는데 우리에게 그러한 지혜의 성소가 있다고 말해야 할 필요가 어디 있겠소?"

참 그럴 듯한 설명이었다. 하지만 로즈메리는 물론이고 이 자리에 모인 모든 이들은 네라짐의 지도자가 간단하고 겸손한 설명에서 드러나는 것보다 훨씬 교활하다는 사실을 깨달았다. 모한다르는 최후의 수단으로 내세울 패를 쥐고 있으려는 생각으로 지금까지 아무 말 없었던 것이다. 하지만 이제 그럴 필요가 생기자, 모한다르는 그 장소가 존재함을 알렸다.

"그곳을 돌보는 이들을 지혜의 수호자라고 하오. 수호자들은 제이콥과 자마라를 도와 자마라의 정수를 수정으로 전송할 수 있을 거라고 생각하오. 로즈메리, 그대와 제이콥은 아이어의 지하에 있는 방들에서 수정을 찾았다고 말하지 않았소?"

로즈메리는 고개를 끄덕였다. 제크라스와 셀렌디스 역시 새로이 그녀에게 관심을 보이는 것이 느껴졌다.

"그래요. 자마라는 우리에게 그 수정이 필요할 거라고 생각하는 것 같았어요."

"자마라는 알리사릴에서 필요한 수정을 구할 수 있을지도 모르지만, 그렇지 못할 수도 있소. 알리사르들은 한 번에 한 명씩 일반적인 암흑 기사의 기억을 추출하는 훈련을 받소. 우리는 그 수정을 기억의 성배 안에 보관하지. 하지만 계승자는 말 그대로 수백만 명의 기억을 가졌소. 어쩌면 자마라가 아주 강력한 고대의 성소에서 수정을 가져간 일은 현명한 행동일지도 모르오. 어찌 되었든 자마라와 제이콥은 결국 그곳으로 가게 되겠지. 나는 자마라가 기억을 전송하는 우리의 능력까지 알았다는 사실이 놀라울 뿐이오."

로즈메리는 말했다.

"자마라는 계승자예요. 그녀는 매우 많은 것들을 알고 있어요."

셀렌디스가 말했다.

"모한다르여, 우리에게 그 장소에 대해 말해주시기로 결정한 데 깊이 감사드립니다. 그렇지 않았다면 저는 우리가 제 시간에 닿지 못하게 될까 봐 두려워했을 것입니다. 우리는 이제 자마라 역시 그곳의 존재를 알기를 바랄 뿐입니다. 그동안 저는 로즈메리와 함께 그곳으로 가서 계승자가 우리를 기다리고 있는지 알아보겠습니다. 만약 자마라가 거기 없다면, 우리는 다른 방법을 강구해야 할……."

"안 되오."

모한다르는 셀렌디스의 생각을 중간에 끊고 불쑥 대답했다.

"그곳은 암흑 기사단의 성지요. 오로지 우리만이 그곳에 갈 수 있소."

'이런, 제길. 마침내 일을 하기로 결정을 하니까 이제는 누가 거기 가냐는 문제에 묶여버렸군.'

로즈메리는 자신의 생각을 검열하려는 노력조차 하지 않았다. 형식에 얽매인 프로토스들의 관료주의에 신물이 날 지경이라 어서 빨리 행동하기만을 애타게 기다릴 뿐이었다.

제크라스가 나지막이 투덜댔다.

"셀락 부족은 아파에서 온 방랑자들이 남긴 것들을 오랫동안 관리해왔소. 그렇지만 우리는 그 유물들을 모든 프로토스들과 공유하오. 심지어 그림자 사냥꾼, 당신 부족과도 말이오."

모한다르의 두 눈에서 불꽃이 일었다. 그 모습을 본 로즈메리는 이 고대의 존재가 상당히 위험하다는 사실을 새삼스럽게 확신했다. 위험하지 않을 거라 의심한 적도 없었지만 말이다.

"젤나가는 우리 모두를 만들었소, 제크라스여. 암흑 기사단을 포함한 모든 프로토스를 말이오. 그러니 우리 중 누군가가 젤나가의 유산을 공유하지 못하도록 금지하는 일은 있어서는 안 될 어리석은 행동이 될 것이오. 하지만 이것은 젤나가나 아이어의 프로토스들이 만든 것이 아니오. 그 장소는 우리가 지은 것이오. 추방당한 이들, 그토록 사랑했던 고향인 아이어에서 쫓겨난 자들 말이오. 그곳은 우리의 경험으로 이룩하였소. 우리에게 필요한 것들을 이루기 위해서 말이오. 그곳은 당신들의 것이 아니오. 계승자가 그곳으로 여행하도록 장려하고 돕기 위해서 내가 그런 곳이 있다 말한 사실 자체가 이미 우리 쪽에서는 대단한 호의를 베푼 거나 마찬가지요."

"우리는 암흑 기사단의 역사에서 그 장소가 얼마나 중요한 곳인지 이해하고 공감합니다."

아르타니스는 이렇게 말문을 열었다. 그러자 모한다르는 냉담하게 대답했다.

"나는 당신들이 그렇다는 확신이 들지 않소."

"그렇다면 저희와 함께 가시지요."

셀렌디스가 말했다. 로즈메리는 시선을 재빨리 돌려 셀렌디스를 주시했다. 로즈메리는 집행관이 이 점을 따질 거라고 생각했었다.

"저희와 함께 가셨으면 합니다, 모한다르여. 그저 호의로만 끝내는 게 아니라면 말입니다. 이 기회를 통해 우리의 상처를 치유하고 새롭게 시작할 수 있도록 하시지요. 계승자가 가진 지식은 우리 모두에게 도움이 될 수 있습니다. 그리고 당신은 그 지식이 헛것이 되지 않도록 하실 능력이 있으십니다. 네라짐이 계속해서 그걸 감독해야 한다고 주장하신다면, 이 문제에 대해 이 홀에 있는 누구도 동의하지 않으리라는 사실을 충분히 알고 계실 것입니다. 만약 말씀하신 내용이 진심이시라면, 정말로 자마라와 제이콥을 돕고 울레자즈라는 이름의 원한을 이번에 영원히 끝내고 싶으시다면, 이 탐사에 대해서 홀로 반대하시는 처사를 거둬주시기 바랍니다."

홀 안에 있는 모든 이들은 아무런 생각도 내지 않았다. 모두 모한다르의 대답을 기다리고 있었다. 모한다르가 억지로 찬성하게 할 수 있는 방법은 전혀 없었다. 오로지 모한다르만이 그 신비한 도서관이 어디에 있는지 알았기 때문이다. 로즈메리는 셀렌디스가 옳다는 사실을 알았다. 신관회에서는 절대로 이 일을 암흑 기사단끼리 처리하도록 놔둘 리가 없었다. 모한다르가 바보가 아닌 이상에야 그 역시 이 점을 틀림없이 알아야 했다.

모한다르는 오랫동안 침묵을 지켰다. 그의 생각들은 꽉 닫혀 있어서 그 누구도 알 수 없었다. 그러다 마침내 모한다르가 반쯤 눈을 뜨더니 즐겁다는 기색으로 어깨를 웅크렸다.

"말 한번 참 잘했소, 집행관. 정말 근사한 언변이었소. 좋소. 내 다시 한 번 말하지만, 그 장소는 우리에게 아주 중요한 곳이라는 사실을 기억하시오. 불경한 행동은 절대로 용납하지 않겠소."

셀렌디스는 아주 꼿꼿이 몸을 세웠다.

"제 기사단원들에게 잘 일러두겠습니다. 불경스러운 일은 결코 없을 것입니다."

모한다르는 로즈메리에게로 시선을 돌렸다. 그리고 로즈메리만 알 수 있도록 생각을 건넸다.

"나는 그대의 종족에 대한 애정이 거의 없소, 테란이여. 할 수만 있다면 절대로 그대를 데리고 가지 않을 것이오. 하지만 그대는 이 상황에 불가피하게 엮여 있는 듯하오. 그러니 잘 알아두시오. 그대는 샤쿠라스를 떠나겠지만, 여전히 프로토스들은 그대를 지켜보면서 평가를 내릴 것이오. 그대의 행동을 통해 우리가 케리건에게서 받은 테란 여성에 대한 편견이 굳어질 수도 있고, 아니면 잠시 그 편견을 유보하게 될 수도 있다는 사실을 기억하시오."

로즈메리는 그 말을 되받아쳤다.

"그래요, 그 점은 이제 안다고요. 그러니 그냥 일처리나 빨리 하자니까요, 네?"

순간 노여움과 짜증, 즐거움의 감정이 모한다르의 마음에서 동시에 솟아올랐다. 그리고 잠시 후 모한다르는 로즈메리의 마음에서 물러갔다. 아르타니스가 말했다.

"그럼 동의하신 겁니다. 셀렌디스는 이 탐사에 동행할 적당한 기사단원을 선택하도록 하시오. 로즈메리, 그대는 계속 도움이 될 거라고 생각하오. 모한다르여, 이 일에 당신을 대신할 누군가를 선출한다면 그를 기꺼이 데려가도록 하겠습니다. 저는…….."

순간 바르타닐이 신관 앞으로 몸을 던지더니 무릎을 꿇었다.

"아르타니스 님, 제발 부탁입니다, 저도 이 여정에 동참하게 해주세요!"

아르타니스는 놀라서 눈을 깜빡였다.

"그대는 이미 많은 고초를 겪었소, 바르타닐. 그대는 이곳에 머물며 친구와 가족을 찾고 그대가 받은 고난에서 회복하는 시간을 갖는 편이 더 좋을 것이오."

그러자 바르타닐이 말했다.

"저는 자마라뿐 아니라 그분이 동행할 만하다고 여기신 인간을 존경하게 되었습니다. 저는 우리의 적 울레자즈의 영향을 받아서 많은 해를 끼쳤습니다. 저는 울레자즈의 도구였어요. 하지만 이제 올바른 명분을 위해 행동해서 속죄하려고 합니다. 신관이시여, 저는 제이콥과 자마라가 무사히 구출될 때까지 로즈메리를 떠나지 않겠다고 맹세했습니다. 제가 그 맹세를 저버리지 않게 해주시겠습니까?"

난처해진 아르타니스는 셀렌디스를 바라보았다. 두 기사는 잠시 동안 아무 말이 없었다. 로즈메리는 그 둘 사이에서 비밀스런 대화가 오간다는 사실을 알아챘다. 그리고 마침내 아르타니스가 고개를 끄덕였다.

"잘 알겠소. 그대는 본인의 죄를 사할 기회를 갖게 될 것이오. 이를 향한 그대의 열정이 우리에게 신뢰감을 주었소. 하지만 그대는 집행관에게 순종하겠다고 서약해야 하오. 그대가 인간들에게 보이는 애정이 너무 커서 프로토스로서의 충성심을 넘어서면 안 되오."

바르타닐은 바닥에서 일어섰다. 그리고 눈을 환하게 빛내면서 몸을 쭉 펴고 곧게 섰다. 로즈메리는 지금 이 순간 자기가 이제껏 봐왔던 여느 고귀한 기사에 견주어 봐도 바르타닐이 전혀 손색없다고 생각했다.

"제가 품은 인간에 대한 애정과 프로토스로서의 충성심은 서로 대립하지 않습니다. 이 두 마음이 서로 협력하는 관계임을 보게 되실 것입니다. 하지만 신관님의 말씀을 알겠습니다. 저는 집행관에게 순종하겠다고 맹세합니다."

"그렇다면 가십시오. 서두르기 바랍니다. 셀렌디스 집행관, 그대의 무리가 엘나에 있는 알리사릴로 모험을 떠나는 동안, 다른 이들은 다른 세계들을 조사할 것이오. 우리는 계승자가 도착할 때를 준비하고 있겠소."

셀렌디스는 깊숙이 허리를 굽혀 절을 해 존경심을 표했다.

"그러도록 하겠습니다. 엔 타로 태사다르, 신관이시여."

"엔 타로 태사다르, 집행관이여."

'하늘이 우리 모두를 도우시기를.'

로즈메리는 이렇게 덧붙여 생각했다. 이 일에는 하늘의 도움이 있어야 할 터였다.

제16장

　제이크는 과일을 씹어 먹으며 간절하게 스테이크가 먹고 싶다고 생각
했다. 그러다 급기야는 전투식량이라도 먹었으면 좋겠다는 생각도 간절
히 하고 있음을 깨닫고 한숨을 쉬었다. 그러고는 자마라에게 물어보았다.

　'제라툴에게는 언제 다시 갈 거예요?

　'안 갈 거야.'

　'뭐라고요? 무슨 말이에요?'

　'제라툴이 지금 우리에게 오지 않는다면, 우리는 떠나야 해. 이미 우린
할 수 있는 한계까지 그를 몰아세웠으니까.'

　제이크는 아랫입술을 지그시 깨물었다.

　'내가 너무 심했군요, 그렇죠?'

　'나도 처음에는 그렇게 생각했어. 하지만 어쩌면 제라툴에게는 그럴 필
요가 있었을지도 몰라. 그가 짊어진 죄책감, 자기가 지키려고 했던 이들에

게 엄청난 해를 가져온 장본인이 되었다는 사실은 개인이 혼자 감당할 수 있는 선을 넘어섰어. 물론 동정을 해주는 것도 필요하지. 하지만 그런 상처를 입은 제라툴이 나을 때까지 며칠, 아니면 몇 달이 될지도 모르는 시간을 허비하게 둘 수 없어. 제라툴은 우리와 함께하겠다는 결정을 직접 내려야 해. 아니면 우리는 길을 떠나야겠지.'

'어디로요?'

자마라는 제이크 안에서 아무 말도 하지 않았다. 굳건한 신념을 가진 자마라의 영혼조차 절망감에 빠지고 있었다. 그걸 느낀 제이크는 생각했던 것보다 마음이 심란해지고 불안해져서 어떻게든 자마라를 위로하려고 애썼다. 그의 목숨은 물론이고 훨씬 더 많은 것들이 위험에 처했지만, 이제껏 자마라는 언제나 확고한 태도를 보였다.

'암흑 기사가 제라툴만 있는 것도 아니잖아요, 자마라.'

'우리는 샤쿠라스에 갈 수 없어. 그리고 샤쿠라스가 아닌 곳에 있는 암흑 기사는 제라툴 말고는 아는 이가 없어.'

'하지만…… 그래도…… 프로토스들은 다른 세계들에도 많이 있잖아요, 안 그래요?'

'아이어의 프로토스들은 아이어에서 추방당했던 프로토스들이 아니야. 내가 아는 바에 따르면, 암흑 기사단은 한데 모여 머무르지. 그래서 나는 딱 두 가지 방법만을 알 뿐이었어. 그런데 하나는 기술적으로 막혀 있고, 다른 하나는 나를 돕기를 거부하고 마음을 막아버린 거야.'

'그러면 그냥 길을 떠나보죠. 어딘가 논리적으로 생각해서 괜찮다 싶은 곳으로 가봐요. 그리고 하나씩 아닌 데를 지워 나가자고요.'

이 상황에서 느껴지는 쓰고도 슬픈 자마라의 웃음이 제이크의 마음속으로 퍼져나갔다.

'제이콥, 우리 앞에는 말 그대로 수백 개의 세계들이 있어. 그리고 그 세계 하나하나가 광대하지.'

제이크는 투덜거렸다.

"짚더미에서 바늘 찾기인 거군요. 무슨 말인지 알겠어요."

자마라가 무슨 말인지 통 모르겠다는 당혹감 어린 생각을 보내자 제이크는 그 말의 의미를 설명했다. 그리고 과일을 다 먹어치우고 껍질과 씨를 작은 연못에 던진 뒤, 두 손에 얼굴을 파묻고 잠시 동안 그대로 있었다. 이내 제이크는 투덜댔다.

"짚더미에서 바늘 찾기라 하더라도 포기할 수는 없어요. 우리는 계속 해보고, 또 해봐야 해요. 그러다 넘어지면 다시 일어서야지요."

"그런 자세야말로 인간에게서 배울 만한 점이군요."

자마라에게서 나온 게 아닌 생각이 들려왔다.

깜짝 놀란 제이크는 고개를 들었다. 그러나 제라툴의 모습은 보이지 않았다. 제이크는 일어서서 주변을 둘러보았다. 이 마음의 소리는 제라툴의 것이 맞았다. 도대체 그는 어디에 있는 것일까?

그러자 제이크가 주시한 곳 오른편에서 뭔가가 방향을 바꾸는 모습이 보였다. 그곳에 잔물결이 이는가 싶더니 이내 흐려졌고, 다시 아무것도 보이지 않았다. 그러다 커다란 나무 그림자 위쪽으로 더 어두운 음영이 생겼고, 이윽고 제라툴이 나타났다.

제이크는 깜짝 놀랐지만, 예전에도 이런 걸 본 적이 있음을 깨달았다. 그리고 그 기억을 어디서 찾아야 하는지도 알았다. 자마라가 공유해준 기억을 제이크는 다시 떠올렸다.

"도망자들은 자신을 가릴 수 있어야 하오. 그러니까…… 숨을 수 있어야 한다는 말이오."

아둔이 이렇게 말했다.

그러자 라자갈이 약속했다.

"우리는 스스로를 안전하게 보호하기 위한 지식을 찾아낼 것입니다. 그림자와 한 몸이 되어 보이지 않게 되는 것이지요."

그리고 후에 이런 말을 했다.

"당신에게 말했던 대로, 우리는 열심히 연구해왔습니다. 이제 우리는 빛을 굴절시켜서 자신을 숨길 수 있게 되었습니다."

제이크가 속삭였다.

"아둔 토리다스."

제라툴은 고개를 끄덕였다. 그리고 조용히 말했다.

"우리는 배웠습니다. 우리 암흑 기사단이 말입니다. 그 지식 덕택에 우리는 살아남았습니다. 아이어에 있었을 때 우리는 많은 것을 배웠고, 우리의 과거 모습을 절대로 잊지 않았습니다. 우리는 아둔으로부터 그림자와 빛은 환영일 뿐이라는 사실과 더불어 우리 자신을 그 안에 숨기는 법을 배웠습니다. 그래서 다른 이들은 우리가 보이도록 의도한 광경만을 보게 되었지요. 또한 우리는 공허 그 자체의 차가운 암흑으로부터 지식과 기술을 배워 터득했습니다. 다른 프로토스들은 할 수 없는 방법으로 저그와 맞서 싸울 수 있는 기술을 갖게 된 겁니다. 그리고 우리는 저그와 그들의 여왕을 통해서 상대를 너무 쉽게 믿으면 안 된다는 교훈을 비싼 값을 치르고 배웠습니다."

제라툴이 앞으로 걸어 나왔다. 제이크는 당당하게 서 있는 제라툴을 보앞다. 제라툴은 어두운 초록빛을 띠었고 강인해 보였다. 그는 꼿꼿하고 태양빛 광채가 나는 아이어 프로토스와는 무척 달랐다. 하지만 제라툴을 두려워할 이유는 없었다. 제이크는 그 점을 알고 있었다. 제라툴이 너무나 어두운 절망에 빠져 있었을 때나 극도로 분노했을 때조차도 제이크는 제라툴을 두려워한 적이 한 번도 없었다. 그리고 지금 제라툴은 제이크에게서 채일 미터도 떨어지지 않는 거리에 있었고, 제라툴에게서 보이는 고요한 기색에 제이크의 가슴에 있던 긴장감도 누그러졌다.

그러더니 제라툴이 절을 했다. 그것도 정중하게 절했다. 제이크는 놀라서 눈을 깜빡였다. 자마라에게 한 게 아니라 그에게 한 절이었다.

"인간들로부터 나는 타인을 위해 기꺼이 목숨을 버릴 수 있는 게 가능한 일임을 배웠습니다. 친구가 아닌 이들, 친구라고 볼 수 없을 것 같은 이들을 위해서, 심지어 자신의 종족이 아닌 다른 종족을 위해서 말입니다. 제임스 레이너는 저그로부터 샤쿠라스를 구하기 위해 기꺼이 죽음을 택했습니다. 레이너는 자신이 죽을 수밖에 없는 관문의 반대쪽에서 고립될 거라는 사실을 알았지만, 그 위험을 떠맡겠다고 자처했지요. 그리고 당신 역시 자마라를 지닌 채로 여기에 서 있습니다, 제이콥 제퍼슨 램지. 당신은 자마라의 비밀이 무엇인지 모릅니다. 하지만 내가 당신의 마음을 만져서 알게 된 것은 당신 역시도 그 비밀을 위해서 스스로의 목숨을 바칠 거라는 사실입니다."

제이크는 고개를 흔들었다. 두 가지 감정들이 제이크의 마음을 쓸었다. 바로 희망과…… 부끄러움이었다.

"당신의 말이 옳습니다. 나는 이 쾌적한 장소로 물러나와 내 상처를 돌보고 죄책감에 빠져 지내느라 나의 종족을 위해 일하지 않고 있었습니다. 그저 고민만 하는 것은 아무런 도움이 되지 않을 뿐더러 사실상 내가 보호하겠다고 약속한 동족들에게 해를 입힐 수도 있습니다. 나는 포기하지 않겠습니다. 아무리 절망적인 상황에 직면하더라도 말입니다. 너무나 무시무시해서 생각할 때마다 몸에 전율이 오는 미래와 맞부딪힌다 해도, 나라는 존재를 한낱 벌레처럼 짓밟아버릴 너무나 강력하고 낯선 존재들과 대면한다 해도 포기하지 않겠습니다. 당신이 말한 대로 나는 다만 노력하고 또 노력할 것이고, 넘어지더라도 반드시 일어날 것입니다. 나는 이렇게 중요한 가르침을 인간에게서 받았다는 사실이 부끄럽습니다. 하지만 최소한 가르침을 알아듣지 못할 정도로 늙어버린 건 아닌 것 같아 기쁩니다."

제이크는 뭐라 말해야 할지 알 수 없어서 그저 가만히 있었다. 하지만 얼굴에서는 미소가 피어올랐고, 가슴속에서는 다시 희망이 솟아올랐다. 자마라가 말했다.

"인간들은 생긴 지 얼마 되지 않았지만 대단한 종족이지요. 나 역시 제이콥에게서 여러 가지를 배웠습니다. 그리고 제이콥을 살려야겠다는 생각이 점점 더 커지게 되었지요."

제라툴은 고개를 끄덕이더니 두 어깨를 쫙 펴고 말했다.

"나는 당신이 어떻게 죽었는지 들었습니다, 자마라. 그리고 당신과 제이크는 프로토스 종족에 대한 의무를 회피하게 만든 나의 짐이 무엇인지 알게 되었습니다. 나는 그 짐을 다시 짊어질 준비가 되어 있습니다. 우리는 이제야 이야기를 시작했습니다. 나는 더 많은 이야기를 듣고 싶습니다. 하지만 당신이 울레자즈에 대해 이야기하기 전에, 내가 그에 대해 아는 것을 말하고자 합니다."

제이크는 주의 깊게 이야기를 들었다. 자마라가 가진 울레자즈에 대한 지식도 전부가 아니라는 사실을 깨달았기 때문이다. 제라툴은 울레자즈와 처음으로 만났던 때에 대해 말했다. 특히 강력한 세 명의 존재들이 정지장 안에 살아남았다는 소문을 조사하기 위해 제라툴의 지휘 아래 몇 척의 함선들이 아이어에 착륙했다는 이야기였다.

"그리고 물론, 우리가 궤도에 진입하자마자 상당히 많은 이들이 아직도 아이어에 생존해 있다는 사실을 알았습니다. 생존자들을 발견한 일과 거기에 대해서 입을 다물기로 동의했던 일 역시 내가 감당해야 할 또 다른 짐입니다."

제라툴은 어렵게 이야기를 풀어냈다.

"우리 셋, 그러니까 셀렌디스, 아르타니스와 나는 그릇된 희망을 심어주지 않는 편이 현명하다는 결정을 내렸습니다. 우리는 아이어의 표면에서 저그들이 이렇게나 날뛰는 상황이라면 충분한 능력의 구조단을 편성하게 될 즈음에는 구해야 할 프로토스가 하나도 남지 않을 거라고 생각했던 겁니다."

제이크는 천천히 고개를 끄덕이며 말했다.

"제가 기억하기에, 거기 있었던 프로토스들도 저그들이 그들을 표적으로 삼아 죽이기를 갑자기 멈췄을 때 놀랐다고 했습니다."

제이크는 제라툴이 안쓰러웠다. 그는 너무도 많은 짐을 감당해야 했다.

암흑 정무관은 말을 계속 이어갔다.

"울레자즈와 그의 추종자들은 정지장들을 공격해서 세 개 중 두 개를 파괴하고 그 안에 있던 기사들을 죽였습니다. 그때의 그는 그저 한 명의 암흑 기사일뿐이었습니다. 물론 우리 역사상 가장 강력하고 무시무시한 암흑 기사 중 하나이긴 했습니다. 나는 울레자즈가 여러 명의 다른 기사들과 한 몸이 되는 법과 그 상태를 계속 유지하는 법을 어떻게 배웠는지 모릅니다. 암흑 집정관들은 강력한 무기지만, 울레자즈가 나타나기 전까지는 유한한 존재들이었습니다. 울레자즈는 제 힘을 채우고 자신의 광기 속으로 여러 명의 암흑 기사들을 계속해서 끌어들일 수 있는 에너지의 원천을 가진 게 분명합니다."

제이크는 자기 생각을 말했다.

"어쩌면 울레자즈가 그 사원의 방들에서 무언가를 알아냈을지도요. 무언가 오랫동안 잊혔던 젤나가의 기술 말입니다. 만약 울레자즈가 아이어의 위성에 있었다면, 그는 그때 이미 동굴들을 탐험하기 시작했을지도 모릅니다."

"있을 법한 일입니다. 하지만 울레자즈가 어떻게 그런 것들을 배웠는지는 중요하지 않습니다. 중요한 점은 울레자즈가 감추고 싶어 하는 무언가를 자마라가 안다는 사실이지요. 그리고 나는 자마라가 그 비밀이 무엇인지 우리에게 들려줘야 할 때가 왔다고 생각합니다."

제이크는 거의 숨을 쉴 수 없었다. 마침내 무엇 때문에 다리우스와 켄드라, 테레사를 비롯한 자기의 모든 동료가 죽었는지 알게 될 참이었다. 왜 울레자즈가 자마라를 죽이려 하는지, 왜 자기가, 제이콥 제퍼슨 램지가 죽을지도 모르는 상황에 여전히 처해 있는지에 대해서 말이다.

자마라는 한동안 아무 말이 없다가 이윽고 이야기를 시작했다. 그녀의 마음의 소리는 부드러웠지만 힘이 있었다.

"우리는 이미 젤나가가 우리의 형체를 만들고 변화시켰음을 압니다. 그래서 우리의 진화 과정의 특정한 면들을 촉진했다는 사실을 말입니다.

우리는 저그 역시…… 젤나가의 실험체라는 사실도 압니다. 어쨌든 말이지요."

자마라가 그 말을 정정했다.

"이것들이 이제까지 우리가 사용해온 용어들입니다. 그러나 내가 가진 모든 기억들을 통해, 나는 그 상황의 진실이 뭔지 알게 되었습니다. 그 진실은 우리의 오랜 역사 가운데에서 선택된 소수만이 공유해온 것이었지요."

제이크는 수수께끼를 푸는 데 전문가였다. 제이크에게 신비한 수수께끼를 푸는 것보다 더 흥미로운 일은 없다고 해도 좋았다. 그리고 지금 자마라의 생각에서 느껴지는 바에 비췄을 때, 제이크는 그런 수수께끼 중에서도 최고로 신비한 이야기를 듣게 될 것을 예감했다. 제라툴 역시 들떴는지 몸을 앞으로 내밀었다. 제라툴은 스스로를 옭아매던 죄의식을 떨쳐버리고 고양이같이 호기심이 가득한 프로토스의 특성을 그대로 내보이고 있었다.

"우리는 우리 종족과 저그가 실험체라고 생각해왔습니다. 아마도 시행착오 가운데 탄생한 산물이라고 말입니다. 우리는 우리 종족이 어떤 면으로는 흠이 있었고, 그 때문에 버려진 거라고 생각했습니다. 하지만 진실은 그게 아닙니다. 젤나가는 그냥 우리를 완성했습니다. 그리고 그들은 두 번째 종족이 필요했지요……. 저그 말입니다. 우리는 실험 중에 나온 시행착오가 아니었습니다. 젤나가는 자기들이 무얼 하는지 정확히 알고 있었습니다. 젤나가는 전에도 셀 수 없을 정도로 많이 이런 일을 해왔으니까요. 천 년이 몇 번이나 지났는지 셀 수도 없을 정도의 시간, 우리가 가까스로 가늠은 해볼 수 있을 정도의 시간을 통해 말입니다. 젤나가는 우리를 발명한 게 아니었습니다. 그들은 우리를 이용해 무언가를 준비하고 있었던 겁니다."

"무엇 때문에 우리를 이용했단 말입니까?"

"자기들을 위해서였지요."

제이크는 눈살을 찌푸렸다.

"무슨 말인지 모르겠어요."

"영원히 지속되는 것은 아무것도 없어, 제이콥. 그건 젤나가도 마찬가지야. 최소한 그들의 육체 안에서는 말이지."

제라툴의 눈이 둥그렇게 커졌다.

"숙주였군요. 젤나가는 숙주가 될 몸을 준비하고 있었던 겁니다!"

"그렇게 잔인한 개념으로까지 생각할 건 아닙니다, 나의 오랜 친구여. 젤나가의 삶의 특징은 순환한다는 점입니다. 우리가 계산하기로 젤나가의 수명은 믿을 수 없을 정도로 길지만, 그들 역시 결국엔 유한한 존재들입니다. 때가 되어 자신들의 존재가 끝나게 되면, 젤나가는 두 종류의 다른 종들을 찾습니다. 시간을 두고 그들은 이 종들을 조작하고 변화시켜서 완전한 하나가 될 반쪽들을 따로따로 만듭니다. 젤나가는 순수성을 추구합니다. 형태의 순수성과 정수의 순수성을 말이지요. 그리고 이번에는 프로토스와 저그를 선택한 겁니다."

제이크는 떨리는 손으로 머리카락을 쓸어 넘겼다.

"젤나가는…… 당신들을 파괴하려는 건가요?"

"아니, 파괴하려는 게 아니야. 그저 자신들이 지닌 본질의 두 부분을 우리와 저그에게 나누어놓은 거야. 그렇게 다시 이해하기도 힘든 광대한 시간을 지나며 우리는 변화하고 진화하게 되다가…… 다시 하나가 되는 거야. 자연스럽게, 또 조화를 이루면서, 젤나가는 다시 태어나는 것이지."

그 말을 들은 제이크는 낮이라 따뜻한데도 불구하고 팔에 소름이 쫙 끼쳤다. 그는 숨을 들이켰다.

"그렇다면 그 방들은 젤나가가 프로토스들을 가지고 작업하던 곳이었군요."

"젤나가가 전적으로 사심 없는 수호자들은 아니었어. 끝없는 전쟁이 시작되기 전에 처음 생각했던 것처럼은 분명히 아니지."

자마라가 말했다. 제이크 옆에 앉은 제라툴은 미동도 없이 조용히 이야기에 몰입했다.

"하지만 젤나가는 괴물이 아니었습니다. 젤나가는 우리가 위대하고 영광스럽게 되기를 원했습니다. 그들은 갑자기 강림해서 우리의 몸을 취하려는 게 아니니까요. 오히려 우리가 진화해서…… 젤나가가 되는 겁니다."

자마라는 허둥대며 말을 이었다.

"이건 우리를 함부로 침해하는 것과는 상당히 거리가 멉니다. 설명을 잘 못해서 미안합니다……. 이 개념은 설명하기가 어려울 뿐더러 우리같이 이해력이 제한되어 있는 이들은 파악하는 것 자체가 어렵습니다. 그리고 내가 여러분 중 누구와도 칼라로 이어져 있지 못한 까닭에 이 내용에 대해 이해한 것을 전부 공유할 수가 없습니다. 그나마 내가 말할 수 있는 것은, 이런 순환은 아주 자연스럽다는 점입니다. 마치 제이콥, 네가 숨을 쉬는 행동만큼이나 말이야. 그리고 제라툴, 우리 프로토스들이 빛으로부터 양분을 얻는 행동만큼이나 자연스러운 섭리입니다. 이 순환의 법칙은 아주 오랫동안 존재해왔고, 이 우주의 아주 많은 부분을 형성해왔습니다. 그래서 이건 아마도 우주의 차원에서 보면 삶과 죽음, 행성의 자전과 공전, 그리고 별들의 탄생과 소멸처럼 자연스럽고 정당하다고 할 수 있습니다.

나는 이것을 그릇되다 말할 수 있는지 모르겠습니다."

"당신은 나보다 훨씬 너그럽군요."

제라툴은 겉으로 보기에 차분했지만 충격과 분노가 배어난 모습이었다.

"그렇다면 나 역시 이 법칙의 일부분을 보았다고 해야 하는 건지 의문이 듭니다. 이 발전의 정확한 진화 과정을 말입니다. 그러면 이게 바로 당신이 품은 비밀이었습니까?"

"일부는 그렇습니다. 하지만 이미 말했듯이, 나는 젤나가가 다시 태어나는 것이 우리에게 해로운 일이라고 생각하지 않습니다. 이 과정에 그런 의도는 없습니다."

그러자 제라툴이 말했다.

"이 진화가 우주의 법칙에서 큰 부분을 차지한다면, 우리가 두려워할 게 뭐가 있습니까?"

"내가 말한 건 이제까지 항상 이뤄진 방식에 대한 것이었습니다. 만약 발전 과정이 아무런 방해를 받지 않고 지속될 수 있었다면 나는 우리에게 아무런 해도 없었을 거라 확신합니다. 하지만 이번에는 무언가 아주 잘못되어가고 있습니다. 젤나가가 완벽한 준비를 마치기도 전에 자기들이 만든 창조물인 저그가 그들을 제거했던 겁니다. 젤나가가 세운 세심한 계획, 수억 년을 걸쳐 진행되어야 할 계획이 대혼란에 빠진 것이지요. 제라툴…… 당신은 어둠과 망각에서 일어난 일을 보았지요?"

제라툴은 천천히 고개를 끄덕였다.

"내가 가진 죄책감의 무게 때문에 기진맥진한 상태였다는 걸 순순히 인정합니다만, 내가 샤쿠라스로 돌아가지 않았던 이유는 그 때문만이 아니었습니다. 보는 순간 너무나 당황스럽고 끔찍해서 정신이 아찔해질 정도인 무언가를 내가 목격했기 때문입니다. 나는 전혀 말도 안 되는 그 사건이 무엇인지 이해하고자 여기에 왔던 겁니다……. 하지만 지금 난 그게 무엇인지 얼마간은 이해할 수 있게 되었다 생각합니다."

제라툴은 고요한 마음의 소리로 암흑 위성으로부터 나온 프로토스 생명체 신호를 조사했던 이야기를 해주었다.

"그때는 라자갈이 돌아가신 직후였습니다. 우리는 그 구역에 프로토스 거주지가 있다는 기록을 갖고 있지 않았습니다. 그런데 우리가 거기서 찾아낸 건……."

제이크는 자기가 자마라와 연결된 것처럼 제라툴의 마음과도 간단히 연결될 수 있으면 좋겠다고 생각했지만, 그건 불가능한 일이었다. 자마라가 제이크와 얽혀 있는 것과는 달리, 제라툴은 자신만의 자아를 가졌다. 제이크는 단순히 말을 하는 것이 얼마나 거추장스러운 일인지 깨달았다. 그리고 그가 제라툴과 친밀하게 연결될 수 있다 하더라도, 제라툴은 이 특별한 이야기를 최대한 감정을 드러내지 않고 객관적으로 이야기하려 들 것이라는 느낌을 받았다.

물론, 그 이야기는 그런 태도로 말하기에는 너무나도 심란했다.

"우리는 놀랍게도 거기서 테란의 정착지를 발견했습니다. 그곳에는 프로토스 수정탑 하나가 임시 정지장에 동력을 공급하고 있었습니다. 그 정지장 중 몇 개에는 프로토스들이, 다른 몇 개에는 저그들이 있는 걸 알아낸 우리는 공포와 혐오감이 커져갔습니다. 저그와 프로토스 모두 똑같이 깊은 냉동 수면 상태였습니다. 하지만 가장 충격적인 사실은 누군가가 우리 종족과 저그를 실험하고 있다는 점이었습니다."

제라툴은 제이크를 차분하게 바라보았다.

"그자들은 프로토스와 저그의 DNA를 실험하고 있었습니다…… 저그와 프로토스의 유전자를 접합해 너무나 끔찍하고 혐오스러운 혼종을 창조하기 위해서 말입니다. 나는 지금도 그 사건에 대해 차분하게 말하기가 힘듭니다."

정말로 제라툴의 몸은 확연하게 부들부들 떨렸다. 공포가 아니라 분노 때문이었다. 제이크는 그 모습에 대해 조금도 뭐라고 비난할 수 없었다. 제이크는 아이어 지하에 있는 방들에서 생기가 다 빠져 말라비틀어진 프로토스의 시체들을 본 기억을 떠올렸다. 자기 눈으로 직접 봤던 것들과 템라가 봤던 것 모두를 기억해냈다. 그러자 제이크는 신비하고도 칠흑같이 검은 큰 탱크들, 그리고 그것들에서 받은 무시무시한 느낌을 떠올릴 수 있었다. 그때 받았던 느낌은 너무나 강렬해서 자마라는 제이크를 보호하기 위해 방어막을 세워야 할 정도였다.

제이크는 속이 뒤집히는 느낌이 들었다.

"그게…… 그게 뭐든 간에…… 그게 그럼 새로운 젤나가입니까? 프로토스와 저그의 유전적인 조합물인가요?"

"아니야."

자마라는 재빨리 대답했고, 제이크는 안도하며 눈을 감았다.

"그것들은 젤나가가 아니야. 그건 생명체들이라고도 할 수 없고, 정말이지 혐오스럽다고 할 수밖에 없어. 그 안에는 젤나가의 자연스러운 순환이라는 면이 전혀 없어. 나는 그토록 무참히 이용당한 프로토스를 생각하면 너무나 슬퍼. 젤나가도 그들 나름대로 무자비한 면이 있지만, 결코 그 정도로 심하지는 않아. 제라툴, 당신이 본 것, 그리고 제이크와 내가 지하의 방들에서 지켜보았던 것들은 젤나가의 순환과는 완전히 다른 것들입니다.

아주 잘못된 것, 있어서는 안 되는 것입니다."

제라툴 역시 어느 정도는 안도한 것처럼 보였다. 물론 아직까지도 자기가 목격했던 광경을 떠올리며 생긴 분노 때문에 여전히 몸을 가늘게 떨고 있었다.

"거기에는 이 일을 조정하는 인간이 있었습니다. 달리 말하자면 적어도 인간으로 보이는 존재라고 해야겠지요. 그 존재는 자기가 수천 년을 살아왔다고 주장하며 많은 이름을 사용해왔다고 말했습니다. 그 존재의 진짜 정체가 무엇인지에 대해 내가 아는 유일한 단서는 그가 나에게 말해주려고 골랐던 이름뿐입니다. 사미르 듀란이라는 이름이었지요."

제이크는 들어본 적 없었지만, 자마라는 분명히 아는 이름인 것 같았다.

"듀란…… 그건 사라 케리건의 동반자의 이름이었습니다."

"잠깐만요, 와, 나는 이선이 동반자인 줄 알았는데요."

제이크는 어리둥절했다. 자마라가 대답했다.

"듀란은 케리건을 떠났어. 듀란은 자신이 케리건보다 우월한 존재이며, 훨씬 더 강력한 존재를 모신다고 주장했지."

제이크는 이 모두를 이해해보려고 애썼다. 그러니까 젤나가의 생리학에 따르면 저그와 프로토스는 합쳐지게 되어 있었다. 그런데 제라툴이 본 혼종은 그 과정의 산물이 아니었다.

그렇다면 그건 무언가 다른 존재였다. 그렇다는 건…….

"누군가가 오만한 짓을 해온 거군요. 아니면 멍청한 짓이라고 해야겠네요. 젤나가를 완전히 망쳐놓을 작정으로요."

제이크는 숨을 삼켰다.

"그리고 그 시도가 성공한다면……."

"젤나가는 다시 태어날 수 없게 되지. 대신에 무시무시하고 강력한 저 그와 프로토스의 타락한 형체가 온 우주로 풀려나게 될 테고, 우리가 알고 아끼던 모든 것들이 그 짓을 한 이들의 손아귀 안에 떨어지게 될 거야."

제 17장

제이크는 그 말들이 무시무시하고도 극단적이었지만, 사실은 실제로 일어날 상황의 일부만을 겨우 드러냈을 뿐이라는 느낌을 받았다. 이제껏 제라툴은 분노로 떨기만 했을 뿐 거의 움직이지 않았다. 하지만 제라툴이 몸을 갑자기 펴는 바람에 제이크는 깜짝 놀랐다.

"우리는 여기서 충분히 지체했습니다. 지금까지 필요한 이야기는 다했습니다. 이제는 움직일 시간입니다. 우리는 이 모든 사건들 뒤에 누가 있는지, 무엇이 있는지 모릅니다. 하지만 울레자즈와 사미르 듀란이 어느 정도는 연관이 있다는 건 압니다."

제라툴은 빛나는 눈을 제이크 쪽으로 돌리며, 제이크와 자마라 모두를 향해 이야기했다.

"우리의 예언에 따르면 황혼의 인도자가 재림하는 상황은 크나큰 위기를 예고합니다. 우리는 대립을 멈추고 승리를 위해 함께 힘을 합쳐야 합니다. 우리는 아둔에게서 그 예를 보았습니다. 아둔은 아이어 프로토스와 암흑 기사단의 에너지를 모두 이용한 첫 번째 존재이지요. 그는 그렇게 해서 암흑 기사단을 구했고, 아이어 프로토스들이 절대 돌이킬 수 없는 비극적인 실수를 저지르는 상황을 막아주었습니다. 나는 태사다르에게서도 그런 면을 보았습니다. 태사다르가 내 말을 듣고 나의 가르침을 받기 시작했을 때 말입니다. 세상의 어떤 스승이 제아무리 제자를 자랑스럽게 생각한다 한들, 내가 태사다르에게 갖는 자랑스러움보다 크지는 못할 겁니다. 그리고 태사다르 역시 내게 많은 것을 가르쳐주었습니다. 내가 최근까지 잊고 있던 것들을요."

제이크는 제라툴의 마음에서 부끄러운 기색을 느꼈지만, 그 안에는 자기 연민이 아니라 그저 자신의 상황을 인정하고 받아들인다는 마음과 앞으로 나가겠다는 결심만이 있었다.

"나는 태사다르가 서로 화해하도록 이끌었을 때 예언이 이루어졌다고 생각했습니다. 우리가 함께 힘을 모아 저그와 싸우고 동족을 구하기 위해 할 수 있는 일을 하자고 했을 때 말입니다. 태사다르는 자신을 희생해 초월체를 파괴했습니다. 그렇지만 우리가 지금 직면한 위기는 우리의 고향을 잃어버렸던 그때보다 훨씬 더 극악하고 무시무시합니다. 이 상황은…… 모든 걸 잃어버릴 수 있다는 뜻입니다."

제라툴의 눈이 밝게 빛났다.

"내 생각에 어쩌면 아나크 순은 모든 것이 끝나기 전에 한 번 더 나타날 겁니다. 하지만 우리는 먼저 당신들을 돌봐야 합니다. 당신들, 모두를 말이지요. 우리가 아이어에서 추방되고 나서 곧바로 암흑 기사단의 첫 번째 정착지가 되었던 장소가 있습니다. 우리는 엘나를 발견하고 나서도 수백 년 동안 공허를 탐험해왔지만, 그곳을 잊지 않았습니다. 그곳은 지식과 전승의 장소입니다. 실제로도 그곳을 지칭하는 우리말 '알리사릴'은 지혜의 성소라는 뜻이지요."

제라툴은 주저하며 말을 꺼냈다.

"한때 순례의 길에 올라 그곳으로 가려는 생각을 한 적이 있었습니다. 우리는 기억을 보관해줄 계승자들이 없기 때문에 그래야 한다는 가르침을 받았습니다."

자마라가 대답했다.

"나는 네라짐이 기억을 보존하는 방법에 대해 당신이 말했던 것을 기억합니다. 하지만 그게 어디에 있는지는 말해주지 않으셨지요. 그래서 내가 당신을 찾아왔던 겁니다."

제라툴은 고개를 끄덕였다.

"혹시 수정을 갖고 있습니까? 아이어 지하에 있던 방에서 가져온 수정입니까?"

제이크가 대답했다.

"그렇습니다. 자마라는 그곳 수정이라면 자신의 지식을 성공적으로 내려 받을 가능성을 더 높여줄 거라 생각하는 것 같았습니다."

"그 수정을 볼 수 있습니까?"

제이크가 미소를 지었다.

"물론입니다."

제이크는 주머니를 뒤져 소중한 조각을 찾아 부드럽게 손에 쥐었다. 수정은 제이크처럼 텔레파시를 쓸 수 없는 사람에게도 강력하게 느껴졌다. 손 안에서 따뜻하고 부드럽게 느껴지는 수정에 진동이 이는 것 같았는데,

그건 물리적인 진동이 아니었고, 육체가 아닌 영혼으로 느껴지는 진동이었다. 제이크는 처음에는 기분 좋은 감각이 퍼지지만 시간이 갈수록 불편한 느낌이 든다는 것을 경험을 통해 알았기 때문에, 이내 수정을 제라툴의 쫙 편 손바닥 위로 떨어뜨렸다. 제라툴은 두 개의 엄지와 두 개의 손가락으로 수정을 소중하게 감싸 쥐었다. 제라툴이 조용히 말했다.

"정말로 강력하군요. 이런 느낌은 처음입니다. 알리사릴에 있던 수정들도, 우라즈와 칼리스 수정도 이토록 강력하지는 않았습니다. 이 수정은 정말로 특별하군요. 유일한 건 아닐 겁니다. 당신도 말했듯이 그 방에는 더 많은 수정들이 존재하니까요. 그 수정들은 선한 쪽으로도, 악한 쪽으로도 강력한 힘의 원천이 될 수 있습니다."

제라툴은 그 보석에 경외심을 담아 조심스럽게 감싸 쥐며 들여다보았다.

"울레자즈가 수정들이 있는 방을 장악하고 있다는 사실을 알게 된 지금, 훨씬 더 마음이 착잡합니다. 울레자즈가 제어하고 있는 힘이 얼마나 강력한지 이렇게 직접 느껴보니 말입니다."

제라툴은 내키지 않는다는 듯 수정을 쥔 손을 제이크 쪽으로 내밀었다.

"지금은 당신이 이걸 가지고 있는 게 제일 좋습니다, 제이콥. 당신은 나처럼 이 수정을 사용하고픈 유혹을 받지 않을 테니까요. 당신과…… 자마라를 위해 수정을 간직하십시오."

제이크는 고개를 끄덕이며 수정을 다시 조끼 주머니 속에 미끄러뜨려 넣었다.

제라툴은 망설이며 말했다.

"자마라…… 그리고 제이콥. 당신들이 부탁하려는 일은 누구도 시도한 적이 없는 것임을 명심해야 합니다. 우리는 평범한 암흑 기사의 기억은 잡아낼 수 있습니다. 하지만 계승자는 완전히 다른 존재입니다. 그리고 이 기억들을 인간의 뇌에서 가져오는 일은…… 불가능한 일로 판명될 수도 있습니다. 당신들 중 하나, 아니면 둘 다 죽을 수도 있습니다."

"우리도 압니다."

제이크는 자마라가 채 말하기도 전에 먼저 말을 꺼냈다.

"하지만 솔직히 말해서, 이것 외에 다른 방법이 있습니까? 내가 자마라를 머릿속에서 끄집어낼 수 없다면 결국 죽겠죠. 그리고 내가 죽으면 자마라의 기억도 나와 함께 죽습니다. 만약 자마라의 기억을 다른 계승자에게로 전송할 수 있는 방법이 있다고 해도, 그 계승자를 찾는 일은 엘나에 가기보다 훨씬 어려울 겁니다. 특히 지금처럼 울레자즈가 우리 모두를 죽이려는 걸 아는 상황에서는 더욱 그렇죠. 그리고 우리에게는 이게 있습니다."

제이크는 주머니 속에 든 수정을 툭 쳤다.

"그리고 당신이 있습니다. 지혜의 수호자들에게 가서 이 일이 얼마나 중요한지 설득할 수 있는 프로토스가 있다면 그건 제라툴 당신입니다. 나는 이 위험을 기꺼이 감수할 겁니다. 왜냐하면, 이런 제길……. 그 편이 여기 앉아 분홍색 행성에서 죽어가는 것보다는 나으니까요."

제라툴은 눈을 반쯤 감고 어깨를 웅크리며 웃었다.

"그럼 엘나에 가도록 합시다. 거기 있는 지혜의 수호자들은 계승자를 보호하고 인간의 생명을 구하기 위해 최선을 다 할 겁니다."

제이크가 나름대로 생각했을 때 이번 여행은 제법 길 듯했다. 그래서 그는 일어나 제라툴에게 가서 말했다.

"필요한 물건을 좀 챙겨야 할 것 같은데요. 얼마나 걸릴지 모르니 제겐

물과 음식이 필요할 겁니다."

그러자 제라툴은 빙그레 웃었다.

"배가 고프면 지금 뭘 좀 먹도록 하십시오. 그게 아니라면 분명 당신이 먹을 음식을 알리사릴에서도 찾을 수 있을 겁니다. 엘나가 살기 썩 좋은 곳은 아니어도 깨끗한 물이 있고, 생명체도 존재합니다."

"아…… 저는 엘나가 여기서 꽤 멀 거라고 생각했습니다."

"차원 관문을 통해 가지 않으면 그렇습니다."

제라툴이 답했다. 제이크는 얼굴이 좀 빨개진 채 제라툴을 따라 자그마한 대기권용 비행정에 들어가 앉았다.

"기억해 보십시오, 제이콥. 관문들은 프로토스의 기술로 만든 것이 아닙니다. 젤나가가 창조한 것이지요. 그리고 엘나에도 관문이 하나 있습니다. 그래서 우리는 여전히 그곳으로 돌아갈 수 있습니다. 대부분은 순례의 길을 떠나 미래 세대를 위해 우리의 기억들을 그곳에 기록하러 갑니다."

"그렇다면 아이어에 있는 프로토스들도 언제든 자신들이 원할 때 여러분들을 찾아낼 수 있었겠군요."

"아이어 프로토스들이 그 관문의 좌표를 몰랐는데 어떻게 왔겠습니까. 하지만 그들이 알았다면 분명히 우리를 찾을 수 있었을 겁니다. 그리고 아이어 프로토스들이 정말로 우리를 찾아냈었다면, 내 생각에 우리 종족은 그 상황을 어쩔 수 없는 운명의 소행이라 여겼을 겁니다."

오래지 않아 그들 셋은 차원 관문에 도착했다. 제이크는 창밖으로 분홍색 하늘과 자주색 풍경을 내다보았다. 이 광경이 그리워지겠지. 제라툴이 옳았다. 이곳은 마음을 달래주고 차분하게 해주었다. 두통조차 여기서는 좀 덜하지 않았던가. 제이크는 무심코 관자놀이를 문지르다가 괴물 같은 두통이 똬리를 튼 뱀처럼 자기를 기다리고 있음을 깨달았다. 입술을 깨문 제이크는 애써 두통을 누그러뜨렸다.

자마라는 제이콥을 편안하게 해주며 말했다.

'곧 이 모든 게 끝날 거야, 제이콥.'

'어떤 식으로든 끝나겠죠, 그렇죠?'

자마라는 슬프게 웃었다.

'그래, 어떤 식으로든.'

그리고 삼 분 후, 자그마한 암흑 기사단 비행정이 관문을 향해 돌진하는 순간 고통이 찾아왔다. 그러자 제이크는 정신을 잃고 말았다.

• • •

제이크는 자신이 무언가 차갑고 딱딱한 것에 등을 대고 누워 있음을 알았다. 위를 올려다보니 어둡고 윤기 나는 천장이 있었다. 천장에는 노랫소리를 뿜어내는 빛나는 수정들이 눈부신 모습으로 박혀 있었다. 수정들은 아름다웠지만 흐릿하니 형체가 잘 잡히지 않았다. 제이크는 눈을 힘주어 깜빡이다가 순간 엄청난 공포에 사로잡혔다.

인간의 것이 아닌 억센 손이 제이크를 움켜잡고 진정시켰다. 제이크는 사지를 이리저리 휘두르며 보라색 피부를 한 프로토스를 거칠게 노려보았다. 이 자는 누구지? 나는 도대체 어디에 있는 거지? 사바산과 함께 있었던 아이어 지하에 있던 동굴들, 아니면 그 죽은 프로토스가 있었던 사원이던가…….

'제이콥, 내 말 들어, 기억을 해봐.'

머릿속에 들리는 목소리에 제이콥은 아주 잠깐 겁에 질렸다가 이내 기억을 해냈다. 자마라였다. 그는 제라툴이 말했던 고대의 도서관…… 엘나에 있는 알리사릴에 온 것이다. 그가 자는 동안 옆에 앉아 뜬눈으로 간호했던 것은 제라툴이었다.

"이제 괜찮습니까?"

제라툴이 물었다. 제이크는 세차게 고개를 끄덕였다. 제라툴은 제이콥을 놔주고는 다시 몸을 웅크렸다. 제이크는 잠시 눈을 감고서 숨을 깊이 들이쉬었다. 다시 눈을 뜨자 시야가 선명해졌다.

'증상이 더 심해지네요.'

처음에는 두통이 생겼고, 그 다음에는 발작이 일어났다. 그리고 이제는 앞이 흐려지고 기억도 없어졌다.

'그래. 하지만 이제 우리는 여기에 왔어. 그동안 함께해온 긴 여행이 끝나는 거야.'

"알리사르바와 이야기를 나눌 수 있을 만큼 몸이 괜찮습니까?"

제이크는 알리사르바가 도서관의 관리인을 말하는 거라 생각하며 고개를 다시 끄덕였다.

"네. 여기에 앉아 있어 봤자 더 좋아지지는 않을 테니까요. 제가 얼마나 기절해 있었습니까?"

"우리가 당신을 막 여기에 눕힌 직후 당신이 깨어났습니다. 나는 우리가 처한 상황에 대해 알리사르에게 조금 설명을 해놓았습니다."

"그렇군요. 그분은 당신이 저를 이리로 데려오는 걸 보고 대체 뭘 하려는 건지 의아해 했겠네요."

머리를 찌르는 듯한 서늘한 통증은 사라지고 희미한 두통만이 느껴질 뿐이었다. 제이크는 두 발로 천천히 일어섰고, 다리에 힘이 풀렸다는 사실을 깨달았다. 다른 증상이 생긴 것이다. 제라툴은 필요한 경우 도움을 줄 작정으로 자세히 제이크를 지켜보았다. 그러면서도 도와줄 필요가 없다면 굳이 제이크의 자존심을 건드리지 않을 작정이었다.

제기랄. 제이크는 이 프로토스가 정말 마음에 들었다.

"실은 몇 가지 사항에 대해서 내가 먼저 말을 해놓았습니다. 하지만 여전히 많은 점에 대해 당신과 자마라가 직접 설명해야 합니다. 당신이 의식을 잃은 동안은 자마라와 이야기를 나눌 수 없었으니까요."

제라툴은 계속 말을 이었다.

"크리스칼은 이곳에 수 세기 동안 머물러 계셨습니다. 크리스칼은 지금 알리사르바, 즉 알리사르의 우두머리로 계십니다. 크리스칼은 여기서 이루어지는 일들을 감독하고 전통과 적절한 보살핌이 계속 유지되는지 확인하십니다."

제이크는 제라툴을 따라 침실로 쓰이는 것 같은 방들에서 나와 거대한 동굴 방으로 들어갔다. 제이크는 발걸음을 떼다 깜짝 놀라 죽은 듯이 멈춰 섰다.

제이크는 이제까지 사원 속 수정들이 상당히 인상적이라고 생각했지만, 이 방에서 마주친 광경에 비하면 사원의 수정들은 태양 앞에 선 촛불이나 마찬가지였다. 흑요석으로 만든 벽들은 제이크의 머리 저 위에서 아치를 이루며 높이 솟아올라 있었고, 삼십 센티미터 간격으로 수정이 하나씩 박혀 있는 벽감들이 있었다. 어떤 수정들은 좀 컸고, 어떤 것들은 광채가 덜했다. 개중에는 더욱 오색찬란하고 아름답게 빛나는 수정들도 있었는데, 제이크가 보기에는 모두가 다 영광스럽고 찬란하기만 했다. 그 수정들은 제이크가 아이어에서 본 것들이나 자마라를 처음 만났던 사원에서 본 것들과는 뭔가 살짝 다른 빛깔을 띤 것 같았다. 제이크는 손바닥으로 두 눈을 문지르고는 다시 그 광경을 올려다보았다.

"저 수정들이 다른 수정들과 달라 보이는 건 정말로 그런 겁니까, 아니면 뇌종양 때문에 그렇게 보이는 겁니까?"

제이크는 제라툴에게 이렇게 물으며 셀 수도 없이 많은 수정들을 정신없이 쳐다보았다. 벽감들에 자리 잡은 수정들은 하나하나가 모두 독특한 작은 별처럼 보였다.

"프로토스가 아닌데도 그대의 관찰력은 상당히 뛰어나오."

상냥한 마음의 소리가 들려왔다. 제이크는 고개를 돌리고 상당히 나이 들어 보이는 프로토스를 바라봤다. 그 프로토스의 곁에 서 있는 제라툴이 서투른 젊은이로 보일 정도였다. 인간처럼 머리가 하얗게 세거나 피부가 주름지지는 않지만 프로토스들도 역시 나이 드는 게 외양으로 드러났다. 암흑 기사의 피부와 체형에서 드러나는, 어쩐지 부서질 듯한 섬세함으로 미루어보아 이 프로토스는 아주 오랜 세월을 살아왔음을 알 수 있었다.

제이크가 보기에 제라툴보다도 더 창백해 보이는 눈을 반쯤 감은 그 프로토스는 어깨를 웅크리며 웃었다. 제이크는 얼굴이 달아오르는 걸 느꼈다.

"그렇소, 제이콥 제퍼슨 램지. 나는 우리가 고향에서 추방당했던 때를 기억하오. 그때 라자갈보다도 더 나이가 많았지. 그리고 나는 내가 이렇게 오래 살리라고는 예상하지 못했소. 하지만 이리 오래 살아서 우리 종족이 다시 연합하는 것을 보고, 우리만큼이나 우리 지식을 존경하는 외계 종족을 만난 것은 물론이거니와 계승자를 직접 도와 줄 수 있게 되어서 기쁘오. 그대가 수정들에 대해 한 말은 맞소. 이곳에서는 흔치 않게 에너지들이 조화를 이루어 수정들을 아주 깊은 단계에서 변화시킨다오. 이곳에는 이렇게 에너지들이 모인 곳이 두 군데가 있는데, 하나는 대양의 바닥이고 다른 하나는 우리가 선 곳 아래요. 그래서 우리는 이 소중한 장소 위에 머무르며 알리사릴을 만들기로 했소."

크리스칼은 약간 자세를 바꾸었다. 그러자 제이크는 더 이상 그의 생각을 들을 수 없었다. 제이크는 크리스칼이 자마라와 개인적으로 이야기를 하고 있다고 생각했다. 자마라가 뭔가 이야기하자 나이 든 프로토스는 깊은 충격을 받은 모양이었다. 제이크는 크리스칼의 눈이 둥그레지고 몸이 경직되다가, 이제까지 본 프로토스들의 몸짓 중 슬프고 의기소침한 상태에 가장 가까운 것을 취하자 크게 놀랐다. 마침내 크리스칼은 고개를 끄덕였다.

"드디어 어두운 시대가 우리에게 닥쳐왔소. 마침내 말이오. 자마라, 여기 알리사릴에서 우리는 나름의 방식대로 기억들을 계승하는 법을 찾아왔소. 하지만 그렇다고 해서 우리 형제들이 당신 같은 계승자를 통해 지혜를 수호하는 방법을 존중하지 않는다는 뜻은 아니오."

자마라가 말했다.

"저도 압니다. 저는 암흑 기사단이 기술을 통해 이런 결과를 만들어낸 것에 말로 표현할 수 없을 정도로 고마움을 느낍니다. 이제 연합한 프로토스 종족 뿐 아니라 어쩌면 다른 많은 종족의 존속에도 중요한 정보가 전해질 수 있으니까요."

크리스칼은 고개를 끄덕였지만, 뭔가 다른 것이 마음에 걸리는 듯했다.

"그대는 울레자즈에 대해 말했소. 그대는 울레자즈가 아이어에서 죽었는지 아니면 여전히 살아 있는지 혹시 알고 있소?"

제이크가 말했다.

"저는 우리가 울레자즈를 무찔렀는지 아닌지 확실히 알 수 있을 만큼 아이어에 충분히 오래 머무르지 못했습니다. 너무 늦기 전에 차원 관문에 들어가야 했거든요. 사실은 너무 꾸물거린 나머지 보시다시피 샤쿠라스로 가는 막차를 놓쳐버렸습니다. 하지만 분명히 울레자즈는 힘이 약해졌을 겁니다."

제이크는 이 소식을 들은 크리스칼이 즐거워하지는 않더라도 적어도 뭔가 기분 좋은 기색을 드러낼 거라고 예상했다. 울레자즈가 도를 벗어나긴 했지만 원래는 암흑 기사였다. 하지만 암흑 기사단에게조차도 암흑 집정관의 힘은 두려움의 대상이 되었고, 울레자즈가 프로토스들에게 저지른 끔찍한 짓들은 제아무리 굳은 마음을 가진 이라도 동요할 수밖에 없었다. 그래서 제이크는 크리스칼이 진심으로 슬퍼하는 기색을 띠자 놀라고 말았다. 크리스칼이 말했다.

"나는 울레자즈의 악한 행동이 저지된 것은 기쁘지만, 그를 위해 애도를 할 것이오."

제이크는 눈을 껌뻑였다.

"뭐라고 하셨습니까? 울레자즈가 한때 암흑 기사단이었다는 건 압니다만, 그 누구도 그렇게 끔찍한 존재가 죽었다고 슬피 울어야 한다고는 생각하지 않습니다."

"끔찍한 존재라고? 아니오. 그토록 엄청난 힘과 악의를 지닌 암흑 집정관을 두고 한 말이 아니오. 난 그 존재를 위해서는 애도하지 않소. 하지만 울레자즈를 위해서는 애도할 것이라오."

크리스칼은 제이크를 똑바로 응시했다.

"나는 내 제자를 위해 애도하는 것이오."

제이크는 눈을 크게 뜨고 크리스칼을 쳐다보았다. 그의 제자라고?

"울레자즈가…… 예전에 지혜의 수호자였다는 말씀이십니까?"

크리스칼은 고개를 끄덕였다.

"수 세기 동안 울레자즈는 이 수정들을 연구했소. 아직 생생하게 아물지 않은 상처를 지녔던 그때, 우리 모두가 그랬듯이 울레자즈 역시 우리 종족을 위한 일에 큰 열정을 품었지. 울레자즈는 상당히 명석했고, 열의가 있었소. 단순히 이 수정에서 다른 수정으로 기억을 옮기고 목록을 만드는 작업에 만족하지 않았소. 울레자즈는 지식에 굶주려 있었고, 우리는 바보처럼 그걸 그에게 주었다오."

그런 일이 가능한지는 모르겠지만, 크리스칼은 놀랍게도 말을 할수록 훨씬 더 나이가 들어보였다.

"울레자즈는 아주 유능한 학생으로 인정받았기 때문에 우리는 그의 계급을 올려주었소. 우리는 울레자즈가 한정된 정보에만 접근할 수 있도록 상당히 큰 주의를 들였소. 지식의 벽에 저장된 대부분의 정보는 금지된 지식이었기 때문이오. 모든 지식이 소중하기 때문에 계승해야 한다는 것과는 별개로 우리는 그 점을 알기 때문에 거기에 접근하지 않는다오. 나를 포함해서 알리사릴에 사는 이들은 그 벽에 있는 대부분의 비밀들을 알지 못하오."

"그렇다면 울레자즈는 연구해도 좋다고 허락된 장소만 간 게 아니었군요, 맞습니까?"

제라툴의 물음은 확인차 건넨 것에 불과했다. 제라툴은 물론 제이크와 자마라도 이미 그 답을 알고 있었다.

크리스칼은 다시 고개를 끄덕였다.

"그렇소, 허락된 곳만 갔던 게 아니라오. 울레자즈는 한밤중에 몰래 일어나 암흑 기사단이 가진 지식 중 가장 사악하고 금지된 것들을 연구했소."

제이크는 숨을 들이쉬었다.

"어떻게 울레자즈가 그랬는지 답이 나왔군요. 그렇게 해서 단순히 암흑 기사 둘만 합친 암흑 집정관이 아니라 더 큰 존재가 될 수 있는 방법을 알아낸 겁니다!"

"어느 날 밤, 우리는 결국 울레자즈를 붙잡았소."

크리스칼이 말을 이었다. 그의 마음의 소리에는 고통이 배어 있었다.

"나는 울레자즈와 대면해 왜 이토록 우리의 신뢰를 저버렸는지 말해달라고 부탁했소. 나는 울레자즈를 이성적으로 설득할 수 있을 거라고 생각했지만, 이미 울레자즈는 광적인 상태에 깊이 빠져 버린 후였소. 울레자즈는 암흑 기사단을 발전시킬 일이라면 뭐든지 할 만한 가치가 있다고 주장했소. 그 때문에 다른 이에게 해가 되거나 어떤 대가를 치르게 되더라도, 심지어 우리 종족을 해치게 되더라도 상관없다고 했소. 울레자즈는 우리가 우리를 추방한 프로토스에게 복수를 해야 한다고 말하며 자기가 그들을 멸망시킬 무기가 되겠다고 했소."

크리스칼은 눈을 들어 제라툴과 제이크를 바라보았다.

"울레자즈가 여기에 서서 분노했을 때, 나는 그의 예전 모습을 거의 찾아볼 수 없었소. 내가 그토록 자랑스러워했던 총명한 젊은 학자는 흔적도 보이지 않았소. 그저 남은 것이라고는 활활 타오르는 분노와 증오심, 그리고 아이어의 프로토스들에게 복수하겠다는 목적이라면 아무리 가증스러운 수단이라도 쓸 만한 가치가 있다는 굳은 확신뿐이었소. 우리는 울레자즈에게 무엇을 알아냈는지 말하라고 했지만 그는 거절했소. 우리는 울레자즈가 배운 내용을 머릿속에서 지울 수 있게 해달라고 간청했소. 그래서 다시 우리와 함께 알리사르가 되어 지식을 돌보고 남용하지 않는 이로 남아달라고 했소. 하지만 울레자즈는 그 청 역시 거절했소. 그날 밤 울레자즈는 우리를 떠났소. 울레자즈가 품은 끓어오르는 분노와 증오는 너무나도 어둡고 순수해 아연실색할 정도였지. 나는 다시는 그를 보거나 소식을 들을 일이 없을 거라 생각했소. 그런데 울레자즈가 알리사릴을 이용해 이런 괴물같은 존재가 된 것을 알게 되니…… 이럴 수가……."

감정이 북받쳐 오른 크리스칼은 재빨리 생각들을 닫았다. 제라툴은 손을 뻗어 나이 든 프로토스의 어깨를 감쌌다.

"얼마나 후회가 되실지 이해합니다. 하지만 그 누구도 이런 일을 예상할 수는 없었을 겁니다. 자책하지 마십시오. 일단 벌어진 일은 되돌릴 수 없습니다. 울레자즈가 그런 이유로 지식을 훔치기로 한 건 본인이 스스로 결정한 일입니다."

연로한 알리사르바는 고개를 끄덕였지만, 제라툴의 말을 완전히 수긍하지는 못하는 게 분명했다.

"그대 말이 맞지만, 지혜에 따르기란 쉽지 않소. 하지만 나는 문제를 바로잡기 위해 할 수 있는 일을 다 할 것이오. 제이콥과 자마라, 그대들은 내가 긍정적인 결과를 보장할 수 없음을 알아야 하오."

자마라가 말했다.

"알고 있습니다."

거기에 제이크가 덧붙였다.

"하지만 우리는 시도를 해봐야 합니다."

"그래야 할 거라고 나도 생각하오. 이제 우리가 가진 모든 기술을 그대들에게 제공할 것이오. 그대들이 아이어의 지하에 있는 방에서 수정을 가지고 왔다고 들었소. 아파에서 온 방랑자들이 자신들의 고유한 지식을 안전하고 비밀스럽게 보관하던 곳에서 말이오."

제이크는 고개를 끄덕이고는 주머니에서 수정 조각을 꺼냈다. 순간 크리스칼은 잠시 멈춰 고개를 갸웃거리고는 무슨 소리를 듣는 듯했다. 그러고는 이렇게 말했다.

"실례하오, 곧 돌아오리다. 뭔가 소란이 일어난 듯하오."

크리스칼은 돌로 만든 긴 복도를 성큼성큼 걸어 나갔다. 제라툴과 제이크는 서로 눈짓을 교환했다. 굳이 생각들을 만져보지 않아도 둘 다 같은 생각을 하고 있음을 알았다. 그리고 둘 다 마치 한 몸인 듯 고개를 돌리고는 그들을 맞이한 주인을 따라갔다. 연로하기는 했어도 크리스칼 역시 제이크가 봐왔던 여느 프로토스들처럼 마음만 먹으면 꽤나 빨리 움직일 수 있었다. 제이크는 제라툴과 크리스칼을 따라잡느라 성큼성큼 뛰어가야 했다.

몇 명의 알리사르들이 옷자락을 휘날리며 크리스칼 일행에게로 서둘러 다가왔다. 그 몸짓에서 드러난 태도로 보아 알리사르들은 흥분한 상태였다. 상당히 중요한 일을 이야기하고 있는 게 분명한 침묵의 대화가 계속 이어졌고, 제이크는 그 대화에 낄 수 없어서 초조했다. 자마라가 말했다.

'나 역시 대화에 끼지 못했어.'

"제라툴?"

제이크는 제라툴에게 물어보았다. 분명히 암흑 정무관은 대화에 끼어 있었다. 제라툴은 시선을 크리스칼에게 고정시킨 채 제이크의 질문에 침묵했다. 그러다 갑자기 제라툴은 어깨를 웅크리더니 눈을 반쯤 감았다. 제이크는 살짝 눈살을 찌푸렸다. 제라툴이 왜 웃는 거지? 그러자 자마라도 웃기 시작했고, 곧이어 조용한 고대의 사원 안에 강하고 고집스러운, 그리고 여자인 게 분명한 목소리가 울려 퍼졌다.

"회의 중이라도 알 바 아니에요. 내가 여기 들어갈 자격이 없어도 내 알 바 아니라고요. 나는 이상하게 생긴 당신들 프로토스 발가락 따위는 진짜로 얼마든지 밟아줄 수 있어요. 당장 나를 그 사람에게로 데려가지 않으면⋯⋯."

"로즈메리!"

제이크는 소리를 질렀다. 기쁨에 가득 찬 그 순간만큼은 관자놀이를 맴돌며 욱신거리던 고통도 잠시 잊을 정도였다. 제이크는 프로토스들의 작은 무리를 밀치고 나가며 자기 앞을 가린 프로토스 시종들의 커다란 몸 사이로 눈앞의 광경을 보려 애썼다. 그러자 저 아래 알리사르의 무리가 새로 온 이들을 둘러싼 모습이 보였다. 그중에는 이상한 옷을 입었고 키가 큰 암흑 기사와, 금빛과 푸른빛으로 빛나는 갑옷을 입은 여기사가 있었다. 그리고 그 가운데, 프로토스들이 이리저리 둘러싸 밀치는 와중에 윤이 나는 검은 머리카락을 얼핏 보았다.

로즈메리 역시 무리를 뚫고 나왔고, 둘은 서로에게로 서둘러 다가갔다. 제이크는 걸음을 늦추더니 멈춰 섰고, 로즈메리도 그렇게 했다. 그리고 잠시 동안 서서 서로를 응시했다. 제이크는 로즈메리를 껴안고 싶었고, 그녀 역시 자신을 안고 싶어 할지도 모른다고 생각했다. 그러나 제이크가 한 발자국 앞으로 다가가자, 로즈메리는 뒷주머니에 두 손을 꽂아 넣고 제이크를 향해 씩 웃을 뿐이었다.

"당신이 와서 한숨 돌렸어요."

제이크가 부드럽게 말했다. 그리고 눈빛으로 로즈메리를 찬찬히 훑어

내렸다. 빛나는 검은 단발머리와 크고 푸른 눈, 큐피트의 활 같은 입매, 그리고 아담하면서도 매우 육감적인 몸매가 몸에 딱 달라붙는 가죽에 편안하게 감겨 있는 모습까지 전부 쳐다보았다. 로즈메리가 말했다.

"그래요. 이 일이 모두 끝나고 나면 내가 프로토스의 요식에 붙들려 있던 일 따위는 절대로 떠오르지 않게 해줘요."

제이크는 함박미소를 지었다. 순간 제이크는 로즈메리를 다시는 볼 수 없을 거라고 생각했음을 떠올렸다. 어쩔 수 없었다. 제이크는 얼마 안 되는, 그러나 어마어마하게 떨어져 있는 자기와 로즈메리 사이의 거리를 좁히고는 로즈메리 달, 암살자이자 배신자이고 마약 중독자이지만 믿음직한 아군이자 자기 마음을 훔친 여자를 품으로 끌어당겨 꼭 안았다.

놀랍고 기쁘게도 로즈메리는 저항하지 않았다.

제18장

그리 오래지 않아 로즈메리는 뒤로 물러섰다. 제이크는 즉시 로즈메리를 놔주고 얼굴이 시뻘게지는 걸 느끼면서 정신을 새로 온 이들에게로 돌렸다.

"제이콥 제퍼슨 램지."

곁에 선 암흑 기사는 메마른 목소리로 말했다. 그 몸을 감싼 천 조각만큼이나 무미건조한 목소리였다.

"그대는 마침내 우리 종족의 거룩하고도 거룩한 성소인 이곳, 알리사릴까지 왔소. 나는 그대와 자마라가 충분히 감사할 거라 확신하오. 나는 모한다르라고 하오. 그리고 나와 셀렌디스, 라즈투룰, 그리고 바르타닐은 당신과 당신을 숙주로 선택한 계승자를 찾아 로즈메리 달과 함께 이 여행에 동행했소. 나는 그대가 오기 전에 도착할 거라 생각했소만, 지금 보니 제라툴이 나보다 한발 먼저 온 게 분명하군."

제라툴은 살짝 미소를 지으며 고개를 숙였다.

"제가 아니라 자마라가 우리 모두보다 한 걸음 먼저 왔습니다, 나의 오랜 친구여. 자마라는 나를 찾아냈습니다. 자마라와 제이콥은 나를 무감각한 상태에서 일으켜주었습니다. 우리는 여기 온 지 얼마 되지 않았습니다."

"그게 정말이오?"

모한다르의 눈 속 깊은 곳에서 무언가가 번뜩였다. 모한다르는 제이크에게로 고개를 돌렸다.

"나는 그대가 가진 정보에 우리 종족의 안위가 걸려 있다는 이야기를 들었소, 계승자여. 그 정보 때문에 셀렌디스를 비롯한 다른 아이어 프로토스에게 이 장소가 있다는 사실을 밝혔소. 내가 이 비밀을 너무나 가벼이 누설한 것이 아니기를 바라오."

제이크의 다리가 떨려왔다. 그러더니 이내 두통이 찾아왔고, 다리에 힘이 풀려 제이크는 주저앉아버렸다. 제이크는 고통으로 신음하면서도 있는 힘껏 버티기 위해 손을 뻗어 제라툴의 팔을 움켜잡았다. 셀렌디스가 눈을 가늘게 떴다. 그녀는 그 몸짓을 다 보고 있었다.

"당신의 말이 옳았군."

셀렌디스의 마음의 소리는 강력했지만 부드러웠고, 분명 여성의 목소리였지만 명령을 내리는 지휘관의 위엄이 있었다. 그래서 제이크는 로즈메리의 목소리를 떠올렸다. 셀렌디스는 제이크의 생각을 읽었고, 제이크는 그녀가 그런 비교를 달가워하지 않는다고 느꼈다. 어쨌건 셀렌디스는 계속 말을 이었다.

"숙주는 건강이 좋지 않습니다. 너무 늦기 전에 자마라의 정수를 성공적으로 전송할 수 있을지 없을지 결정하셨습니까?"

"당신이 말한 숙주는 제대로 된 이름을 가진 인간이에요."

로즈메리가 거칠게 응수했다.

"그 말이 맞습니다."

자마라 역시 그렇게 대답했다. 자마라가 제이크에게 강한 유대감을 느끼며 신경 쓰고 있음이 분명했다.

"그에게는 제이콥 제퍼슨 램지라는 이름이 있습니다. 그리고 오늘 있을 일의 결과와 상관없이, 그 이름은 계승자들 뿐만 아니라 모든 프로토스들이 기억해야 합니다. 제이콥은 나를 품느라 상당한 희생을 해왔습니다. 우리는 서둘러야 합니다. 나는 필요 이상으로 제이콥이 괴로워하는 모습을 조금도 보고 싶지 않습니다."

"나도 동의합니다. 그리고 나는 지금 여러분을 떠나겠습니다. 그래야 여러분이 이 의식에 참여할 수 있을 테니 말입니다."

제이크는 제라툴을 올려다보았다.

"떠나신다고요?"

제라툴이 고개를 끄덕였다. 제라툴의 눈은 온화한 빛을 띠었다.

"나는 가야 합니다. 내가 여기 있어 봤자 아무런 도움이 되지 못합니다. 나는 이 전송 과정에서 맡을 역할이 없습니다. 실패한다 해도 도울 수 없고, 성공한다 하더라도 더 좋은 결과를 만들어낼 수 없습니다."

모한다르는 고개를 끄덕였다.

"그대는 샤쿠라스에서 자신의 역할을 가장 잘 수행하게 될 것이오, 제라툴. 신관회는 그대의 지혜가 필요하오. 그대는 모든 이들의 존경을 받으니 말이오."

제라툴은 고개를 저었다.

"저는 샤쿠라스로도 돌아가지 않을 겁니다. 물론 곧 가겠다고 약속하겠습니다. 하지만 아직은 아닙니다. 제게는 너무나 오랫동안 미뤄놨던 몇 가지 일이 있습니다. 자마라의 주장에 힘을 실어주기 위해 그 일들을 조사해야 합니다. 자마라의 추측을 어느 정도 확인할 수 있으리라 생각합니다. 많이 알면 알수록, 우리는 미래에 닥칠 일에 더욱 잘 대비할 수 있을 겁니다."

모한다르는 실망하는 기색을 내보였지만 고개를 끄덕였다.

"그대는 내가 모르는 것을 아는군……. 그러나 곧 알게 되겠지. 그게 그대가 해야 할 일이라면 가도록 하시오. 아둔 토리다스."

자마라는 제라툴의 말에 동의했지만, 제이크는 제라툴이 떠나는 것을 보게 되어 슬펐다. 제라툴은 잠시 주저하다가 이윽고 제이크의 마음에만 들리도록 조용히 이야기했다.

"나는 당신에게 신세를 졌습니다, 인간이여. 당신이 아니었다면 내가 그곳에 홀로 앉아서 분홍색 하늘과 폭포를 바라보며 담요처럼 내 고뇌를 뒤집어쓰고 있을 기간이 얼마나 길어졌을지 누가 알겠습니까. 그건 내 참모습이 아니었고, 당신은 그 사실을 내게 일깨워주었습니다. 당신 종족은 생긴 지 얼마 안 되었지만, 이미 몇몇 사람들은 나와 다른 이들에게 당신들이 벌써 어엿한 힘을 지녔음은 물론이고 타고난 지혜와 가능성이 있는 종족임을 증명해 보였습니다. 나는 제임스 레이너의 친구라는 사실이 자랑스러웠습니다. 그리고 당신을 친구로 둔 것 역시 자랑스러울 겁니다."

다리는 말을 듣지 않고 머리는 지끈거렸지만, 제이크는 정무관을 올려다보며 말했다.

"저…… 역시 당신을 친구로 둔 게 자랑스러울 겁니다."

그때 자마라가 말했다.

"제라툴, 전송이 성공하지 못할 경우를 대비해 마지막으로 당신과 나누고픈 것이 있습니다. 내 생각에 이것은 상당히 중요한 정보일 겁니다. 제이크…… 미안하지만 이건 아플 거야."

"어서 해요."

제이크는 이렇게 대답하고는 팔로 자기 몸을 꼭 감싸 안았다.

이윽고 제이크와 제라툴의 머릿속은 영상으로 가득 찼다. 그곳은 어딘가 동떨어진, 먼지가 휘날리는 세계의 모습으로, 다른 수많은 세계들과 비슷해 보였지만 한 가지 다른 점이 있었다. 이상하게 보이는 바위의 형태들이 우연이라고 보기엔 상당히 아름다운 모양을 이루고 있다는 점이었다. 하지만 그건 자연의 작품이었다. 인간은 구름의 형태에서 토끼 모양을 찾아내고 서리가 얼어붙은 모습에서 성스러운 형태들을 떠올릴 수 있는 종족 아닌가. 제이크는 과학자여서 인간에게 그런 면이 있음을 알았다. 풍경을 바라보는 제이크는 이 풍경이 자연적으로 이루어졌다는 걸 알았고, 나선형과 소용돌이 꼴을 비롯한 여러 형태들에 이리저리 시선을 던졌다. 그런데 그중 두드러지게 보이는 형태가 있었는데, 그것은 과학자의 눈으로 보기에도 뭔가 전설에 나오는 야수처럼 보였다. 뭔가 하얗고 날개가 달린 말 같은…….

"잠깐만요!"

제이크는 마음속으로 자마라와 제라툴에게 소리쳤다.

"저기가 어딘지 압니다! 페가수스예요! 내가 저기서 발굴 작업을 지휘했어요……."

제이크는 펼쳐지는 풍경이 자연이 만든 페가수스 조각상에서 다른 광경으로 바뀌는 걸 바라보다 살짝 숨을 들이켰다. 거기에서 광채를 내뿜으며 환하게 빛나는 초록색의 무언가가 진동하고 있었는데, 정말이지 놀랍게도 그것은 살아 있는 젤나가 사원이었다.

제이크가 탐사를 이끌었을 당시 젤나가 사원은 그 자리에 분명히 없었다. 최근에서야 땅 위로 나타난 게 분명했다. 어쩌면 지진이 났을 수도 있고, 태풍이 불었을지도 모른다. 그도 아니라면 그 사원이 땅 아래에 누워 있는 자신을 아무도 발견하지 못하는 상황이 지겹다는 판단을 내리고 스스로의 에너지들을 이용해 땅을 뚫고 올라왔을지도 몰랐다. 제이크는 지난 몇 주간 별별 일을 다 겪은 후라 이제는 어떤 일에도 놀라지 않았다.

제이크는 한 손으로 관자놀이를 누르고 코로 숨을 쉬며 그 광경을 공유해서 생긴 통증을 누그러뜨리려고 애썼다. 제이크는 시야 끝에서 로즈메리가 그를 걱정스럽게 바라보는 모습을 보았다. 이런 모습을 보여주지 않았더라면 얼마나 좋았을까.

"그 장소를 조사할 수 없었다는 사실이 안타깝구나, 제이콥. 하지만 너는 최소한 우리에게 그곳이 정확히 어딘지 말해줄 수 있어. 이곳이 상당히 최근에야 밖으로 나왔다는 사실은 정말 중요한 정보로 보이는구나."

자마라는 이렇게 말했다. 제이콥은 손쉽게 그 정보를 제라툴과 공유하면서 터무니없게도 기분이 매우 좋아졌다. 이 여정에서 정말 처음으로, 자기가 연구하던 분야를 통해 뭔가 실질적인 도움을 주었기 때문이다. 제라툴은 제이크에게 정중하게 허리 굽혀 절했다.

"어쩌면 우리는 다시 만나게 될 겁니다. 이 위기가 지나서 우리의 세계들과 우리가 사랑하는 것들을 보호하게 되었을 때 말입니다. 하지만 그때를 위해서 나는 지금 움직여야 합니다."

제라툴의 빛나는 눈이 살짝 좁아졌다.

"결국 나의 친구 태사다르는 내가 이 일을 해주길 바랐을 테니까요."

제라툴은 다른 이들에게로 몸을 돌렸다.

"모한다르, 셀렌디스⋯⋯. 나는 두 부류의 프로토스, 우리 모두가 필요한 전투가 곧 시작될 거라고 봅니다. 나는 가능한 한 빨리 샤쿠라스로 돌아가도록 하겠습니다."

"우리는 당신이 돌아오시기를 기다리겠습니다, 정무관이여."

셀렌디스는 이렇게 말했고, 모한다르는 고개를 끄덕였다.

"크리스칼⋯⋯. 자마라와 제이크는 둘 다 소중합니다. 최선을 다해 돌봐주시기 바랍니다."

크리스칼은 괜한 걱정을 한다는 듯 온화한 목소리로 말했다.

"내가 이제까지 살면서 익힌 모든 기술을 다 동원할 것이오. 그리고 그대는 아마도 곧 이곳으로 돌아오게 될지도 모르오. 그러면 우리는 당신의 기억 역시 저장할 수 있을 것이오. 아둔 토리다스, 제라툴."

"엔 타로 태사다르."

제라툴은 이렇게 말하고는 뒤도 돌아보지 않고 앞으로 보란 듯이 성큼성큼 걸어서 떠났다. 제이크는 그 모습을 보고 기뻤다. 이것이 자마라가 알던 제라툴의 모습이었다. 태사다르 역시 제라툴의 성실함과 강력한 목적의식을 보고 그를 신뢰하지 않았던가.

자마라는 제이크에게만 들리도록 말했다.

'내게 어떤 일이 일어나도 괜찮아. 이제 우리 종족은 내가 그들에게 말해줄 수 있는 것들을 전부 알게 되었어.'

제이크는 다시 찾아온 찌르는 듯한 두통으로 인해 얼굴에서 핏기가 가시는 것을 느꼈다. 누군가 옆에서 그의 팔을 꽉 잡아서 넘어지지 않게 지탱해주었다. 제이크는 크리스칼이나 다른 프로토스가 잡아주었다고 생각하고 고개를 들었다가 아무도 없는 걸 보고 고개를 내렸다. 로즈메리가 아래에서 그를 올려다보고 있었다. 그녀는 단도직입적으로 말했다.

"크리스칼, 하시려는 게 뭐든지 간에 어서 해주세요. 빨리 하시는 게 좋겠어요."

크리스칼은 당황하며 고개를 끄덕였다.

"알았소. 나를 도와줄 가장 훌륭한 제자들을 모으는 대로 즉시 시작하리다."

제이크는 크리스칼을 따라가면서 자신을 둘러싼 소규모의 무리들을 바라보았다. 이건 누가 봐도 이상한 조합이었다. 나이 든 암흑 기사 두 명에 젊은 암흑 기사 하나, 집행관 하나, 그것도 제이크가 알기론 드문 여자 집행관에다 장인으로 알려진 퓨리낙스 부족 출신의 열정으로 가득 찬 젊은 프로토스 하나, 그리고 인간 둘. 게다가 그중 하나는 머릿속에 계승자를 담고 있었다.

제이크는 힘없이 킥킥 웃고는 모두에게 들리도록 말했다.

"이런 광경을 보리라고는 생각조차 못하셨을 거라 장담합니다."

모한다르가 말했다.

"그 말이 더할 나위 없이 맞소. 운명의 길이란 참으로 이상하구려."

바르타닐의 뚫어질 듯한 시선을 느낀 제이크는 고개를 돌려 긴 보폭으로 느리게 움직이며 함께 걷고 있는 젊은 프로토스를 응시했다.

"제이콥, 당신과 로즈메리와 함께 여기 있게 되어서 정말로 기쁩니다. 비록 미약하나마 당신의 일에 제 힘을 빌려드릴 수 있게 되어서요."

앞서서 성큼성큼 걷던 셀렌디스는 어깨 너머로 그들을 바라보며 말했다.

"바르타닐은 신관회 회의에서 상당히 중요한 발언을 했소. 내가 보기에 로즈메리 혼자서는 그들을 설득할 수 없었을 것이오. 만약 설득했다 하더라도 제시간 안에는 못 했을 것이오. 바르타닐, 그대는 스스로 생각하는 것보다 더 큰 도움을 주었소."

바르타닐은 고개를 홱 숙였다. 제이크는 만약 프로토스도 얼굴이 빨개질 수 있다면 지금 바르타닐은 온통 새빨개졌을 거라고 생각했다.

"고맙습니다."

제이크는 조용히 말했다. 바르타닐은 빛나는 눈을 제이크 쪽으로 향했다. 로즈메리가 말했다.

"프로토스들이 이제까지 유일하게 만난 여자 인간이 사라 케리건이었다는 사실 때문에 진짜 힘들었어요. 그토록 거대한 산 같은 편견을 넘기보다 어려운 일은 없을 거예요."

셀렌디스가 말했다.

"당신이 제이크를 생각하는 성실한 마음과 걱정 역시 우리 결정에 상당히 중요한 요소가 되었소. 우리는 인간 종족에서 그 정도로 지독하게 헌신적인 마음을 가진 이를 보리라고는 생각지도 못 했소."

로즈메리는 제이크를 쳐다보지 않았지만, 두 뺨에서 드러나는 부끄러움은 바르타닐보다 더 컸다.

"그래요. 뭐 어쨌든. 그래서 제이크와 자마라를 갈라놓는 작업은 어떻게 하는 거죠?"

크리스칼은 기다렸다는 듯 제이크 쪽으로 눈길을 돌렸다.

"아, 그렇죠."

제이크는 이렇게 말하며 주머니에 손을 넣었다. 제이크는 수정과 닿은 손끝으로 따가운 감각을 다시금 느끼며 크리스칼에게 수정을 건네주었다. 크리스칼은 긴 손가락이 달린 손바닥 위에 수정을 올려놓더니 깜짝 놀랐다. 제이크는 크리스칼이 내보이는 놀라움과 기쁨이 모든 이들 위로 쏟아져 내림을 느꼈다.

"이건…… 놀랍도록 순수한 수정이오."

크리스칼은 살짝 경외감에 사로잡힌 채 말했다. 그는 이내 마음을 가다듬고 수정을 감싸 쥐고는 덧붙여 말했다.

"알리사르들은 지난 몇 세기 동안 생각들을 연결하기 위한 기술을 발전시켜 왔소. 그 기술을 통해 우리는 이 임무에 적합하도록 특별히 만든 케이다린 수정들로 생각들을 전송할 수 있게 되었소. 수정은 저장 장치요. 우리는 기억을 수정 안에 영상과 정보로 담아두는데, 나중이 되어도 알맞은 기술을 익힌 자라면 누구라도 이 수정에서 기억을 꺼내 볼 수 있소. 그 기술은 아주 간단하오."

로즈메리는 고개를 끄덕이며 말했다.

"홀로그램 같은 거군요. 무슨 말인지 알겠어요. 하지만 자마라는 그러니까…… 엄청난 양의 기억을 가졌잖아요, 그렇죠?"

크리스칼도 그 점을 걱정하고 있는 게 분명했다.

"그렇소. 우리는 이토록 엄청난 일을 해본 적이 없소. 게다가 우리는 프로토스의 정신을 탐사하는 일에는 익숙하지만, 테란의 정신은 해본 적이 없소. 나는 최선을 다할 테지만, 참으로 두렵게도 아무것도 장담할 수 없소."

말 그대로 최선을 다해야 할 것이다.

잠시 후, 제이크는 자기가 길고 좁은 방에 들어왔음을 알았다. 그와 크리스칼, 셀렌디스, 모한다르, 라즈투룰, 로즈메리, 그리고 바르타닐은 좁은 곳에 빽빽이 모여 있었고, 두 명의 알리사르가 더 들어오자 방은 꽉 찼다. 제이크는 방 한가운데에 놓여 있는 작은 탁자를 흘깃 보았다. 탁자는 이 사원을 이루고 있는 재질과 같은 검고 윤이 나는 돌로 만들어져 있었다. 그리고 그리 편해 보이지 않았다.

크리스칼은 둘러싼 이들을 향해 말했다.

"여기 있는 이들은 적으면 적을수록 더 좋소. 우리는 상당히 강하게 집중을 해야 할 테니 말이오."

셀렌디스는 고개를 끄덕이고는 머리를 숙였다.

"그럼 저희는 밖에서 기다리겠습니다."

"싫어요."

로즈메리가 말했다. 셀렌디스는 로즈메리를 바라보며 살짝 짜증을 내비쳤다.

"당신은 이 섬세한 작업을 방해하고 싶은 것이오?"

"난…… 물론 아니죠. 하지만 내가 뭔가 도움이 될 수 있을 거라고 생각했어요."

그때 제이크의 손이 불쑥 튀어나왔다. 마치 제멋대로 움직인 듯한 손은 로즈메리의 손을 움켜잡았다. 놀란 로즈메리는 제이크를 흘깃 올려다보았다. 제이크는 로즈메리가 스스로 한 말을 취소하려는 걸 느꼈다.

'나와 함께 있어줘요.'

로즈메리의 눈이 조금 둥그레졌다. 제이크가 보낸 생각에는 그가 로즈메리에게 느끼는 모든 감정이 들어 있었다. 로즈메리는 입술을 움직여 조그맣게 웃더니 고개를 끄덕였다. 그때 제이크는 너무나도 간절하게 로즈메리의 생각들을 읽고 싶었다. 그가 그녀에게 품은 감정을 보여주었듯이 로즈메리가 그를 어떻게 생각하는지 정확히 알고 싶었다. 하지만 제이크는 생각을 읽지 않을 작정이었다. 그러지 않겠다고 약속했으니까.

셀렌디스는 그 둘을 모두 보고 있었다.

"당신이 있어서 긍정적인 작용을 할지도 모르겠군."

셀렌디스는 로즈메리가 이곳에 있도록 허락했다.

"그래서 제이콥의 정신이 힘을 얻는다면 여기 있도록 하시오."

셀렌디스는 제이크에게 고개를 돌렸다.

"나는 이 일이 성공할 거라고 모든 면에서 확신하오, 제이콥 제퍼슨 램지. 다시 이야기 나눌 때를 고대하고 있겠소."

제이크는 고개를 끄덕였다. 셀렌디스는 시선을 살짝 돌렸고, 제이크는 그녀가 자마라와 이야기하고 있다는 걸 알았다. 잠시 후 무뚝뚝하게 고개를 끄덕인 셀렌디스는 자리를 떴다. 바르타닐은 여전히 주변을 맴돌았다. 그러자 로즈메리가 말했다.

"가요. 제이크와 자마라는 괜찮을 거예요."

그러자 로즈메리가 정말로 미래를 예언하기나 했다는 듯이 바르타닐은 살짝 절을 하고 역시 자리를 떴다. 모한다르는 제이크에게 아무 말도 하지 않았지만 제이크는 나이 든 프로토스와 계승자가 몇 마디 말을 나누었다는 걸 알았다.

나간 이들 뒤로 조용히 문이 닫혔다. 제이크와 로즈메리, 크리스칼, 그리고 두 명의 시종은 작은 방에 남겨졌다. 제이크는 평평한 석판을 내려다본 순간, 등줄기로 서늘한 기운을 느꼈다.

'이걸 보니 우리가 아이어의 지하 방에서 봤던 석판이 떠오르네요.'

제이크는 자마라에게 말했다.

'그래. 하지만 울레자즈가 했던 짓과 지금 이들이 우리에게 하려는 일은 완전히 차원이 달라.'

'확실해요? 결국 울레자즈 역시 이들 중 하나였잖아요. 그리고 이들은 암흑 기사단이라고요……. 어쩌면 크리스칼이라는 자는 아무도 모르게 계승자를 미워하고 있을지도 몰라요. 왜냐하면 당신이 당연히 하는 일을 크리스칼은 절대로 꿈꿔볼 수 없으니까요.'

'그럴지도 모르지.'

자마라는 제이크의 말에 동의했다. 그러자 제이크는 완전히 불안해졌다.

'하지만 내가 이렇게 의심한다 하더라도, 제이콥, 다른 방법이 없어. 여기에 네 생명과 내 지식이 달려 있어. 이 둘은 더 이상 같이 갈 수 없어.'

제이크는 고개를 끄덕이고서 차가운 석판 위에 누웠다. 맨살에 돌이 닿자 몸이 약간 떨렸다.

"최소한 담요 한 장은 주실 수 있는 거잖아요."

제이크는 이렇게 농담을 했다. 그러자 크리스칼이 제이크를 똑바로 응시했다.

"그대는 곧 신체의 감각을 전혀 느낄 수 없는 정신 상태로 들어가게 될 것이오."

크리스칼 나름대로 안심시키려고 하는 말 같았다.

제이크는 한숨을 쉬고는 몸을 쭉 편 다음 소름이 돋은 팔을 모아 가슴 위에 놓았다.

"알겠습니다. 그럼 시작하시……."

제이크의 입술에 겹쳐진 로즈메리의 입술은 부드럽고 따뜻했지만 얌전하지는 않았다. 제이크는 제정신이 아닐 지경에 이를 정도로 로즈메리와 입맞춤하는 상상을 너무나 많이 했었다. 그리고 딱 자신의 상상처럼 입맞춤은 로즈메리만큼이나 무자비하고도 열정적이었다. 처음 받은 충격에서 벗어나자 제이크도 입맞춤에 반응했다. 제이크는 로즈메리의 자그마한 몸에 팔을 두르고 그녀를 끌어당겼다. 그 순간은 길고도 끝없었지만 또한 더할 나위 없이, 너무나도 짧았다.

로즈메리가 물러섰을 때 제이크는 떨고 있었다. 물론 로즈메리는 완벽하게 평정심을 되찾았다. 로즈메리는 미소 짓더니 윙크를 보내며 말했다.

"당신 말이죠, 죽지 마요."

"알았어요."

제이크는 우물거렸다. 입가에 번지는 바보 같은 미소는 행성의 공전처럼 막을 수가 없었다. 제이크는 곁에 선 프로토스들이 어리둥절하고 짜증을 내거나 우스워하는 기색을 느꼈지만 아무래도 상관없었다.

'우리는 살아남을 거예요, 자마라.'

'테란이 애정을 표현하는 몸짓이 이렇게나 박력 있을 줄은 몰랐는데.'

자마라는 빈정대듯 말했지만, 제이크를 위해 기뻐하고 있는 게 분명했다. 제이크가 다시 누워서 눈을 감자, 마치 고양이가 낮잠을 자려고 몸을 웅크리듯이, 자마라가 제이크의 마음 둘레를 본인의 정수로 감싸는 것이 느껴졌다. 아찔하게 현기증이 나는 가운데 제이크는 문득 슬퍼졌다. 이 시도가 완벽하게 성공한다 하더라도, 자마라는 지금처럼 그의 곁에 있지 않겠지.

'나 역시 그리울 거야. 내가 이토록 너를 좋아하게 될 거라고는 생각도 못했어.'

자마라는 제이크가 생각들을 떠올리자마자 그걸 읽어내고 말했다.

'나도 그래요.'

등 아래로 느껴지는 석판은 단단하고 차가웠지만, 이내 모든 감각이 사라져갔다.

눈을 뜬 제이크는 밝은 햇볕이 내리쬐고 고온 다습한, 온통 초록색 천지의 광경을 보았다. 제이크는 지금 아이어에 있다는 걸 깨달았다. 정확히 말하자면 저그의 침략을 받아 황폐해지기 이전의 아이어였다. 제이크는 고개를 돌렸고, 누군가를 보게 되리라는 걸 알았다. 그는 자마라를 향해 미소 지었다.

자마라는 예전에 시체로 봤을 때의 옷차림이었다. 보라색과 흰색의 겉옷들은 부드럽고 환하게 빛나서 경탄을 자아낼 정도로 자마라와 잘 어울렸다. 자마라는 고개를 살짝 기울이고 눈을 반쯤 감았지만, 제이크는 굳이 그 모습을 보지 않아도 자마라의 미소를 느꼈다. 그 둘은 예전에도 수없이 그랬듯이, 자마라가 지닌 무수한 기억들 중의 하나를 풀어냈을 때처럼 함께 앉았다. 파괴되지 않은 아이어의 모습이 비록 기억 속의 영상이기는 하지만, 제이크는 이번에는 이 광경 말고 다른 영상을 보게 되지 않으리라는 사실을 알았다. 이 상황은 얼마나 자마라가 그와 분리되기를 간절히 원하는지를 나타냈다.

제이크는 마치 미풍에 실려 오는 꽃향기처럼 마음속에 감도는 크리스칼의 생각을 느꼈다.

"이 수정은 놀라울 정도로 순수하오. 나는 이것이 모든 기억을 성공적으로 담아낼 수 있을 거라 여기오."

• • •

"그럼 제이크는요?"

로즈메리는 질문을 던졌다. 물론 자마라가 그토록 중요하다고 주장했던 게 뭐든 간에 그 정보를 다 뽑아낼 수 있다는 사실은 좋았다. 하지만 그녀의 관심사는 제이크였다. 제이크는 시커먼 석판 위에 걱정스러울 정도로 꼼짝도 하지 않고 누워 있었다. 사실 로즈메리는 제이크가 숨을 쉬고 있는지도 확신할 수 없었다. 크리스칼은 로즈메리를 타일렀다.

"나는 인간의 해부학에 대해서는 아는 것이 없소, 어린 아가씨. 내가 할 수 있는 것은 자마라의 영향력을 제이크에게서 빼내는 것뿐이오. 그대들은 이후에 테란 의사들에게 가봐야 하오. 지금은 우리가 집중할 수 있도록 조용히 해주시오."

로즈메리는 눈살을 찌푸렸다. 이런 상황은 예상하지 못했다. 일단 자마라를 추출하고 나면 어떻게든 제이크는 갑자기 다시 건강해질 거라고 생각했던 것이다. 하지만 제이크의 증상은 신체적으로 나타나지 않았던가? 뇌종양은 그냥 없어지지 않을 것이다.

크리스칼은 오른팔을 뻗어 수정을 선반에다 올려놓듯 공중에 띄워 놓았다. 공중에서 맴도는 수정은 로즈메리가 동굴에서 봤던 거대한 수정의 축소판 같았다. 크리스칼이 신호를 보내자 텔레파시를 받은 듯 두 명의 프로토스가 한 몸처럼 자기들의 오른팔을 뻗어서 제이크의 몸에서 일 센티미터 위에 떨어진 곳에 놓았다. 그리고 왼팔을 뻗어서는 손바닥을 펴고 수정 조각과 마주보게 했다.

로즈메리는 알리사르들이 갑자기 제이크의 몸 안쪽에서 차갑고 파란 빛을 뽑아내자 놀라서 새된 소리를 질렀다. 잠시 후, 가느다랗게 빛나는 선이 각각의 알리사르의 손바닥에서부터 수정 안으로 이어졌다. 이런 식으로 정보를 전송하는 거였군. 알리사르들은 대상으로부터 물리적으로 기억의 에너지를 뽑아서 수정으로 전송했다. 마치 흡수관으로 피를 뽑아 단지로 옮기는 것처럼 보였다.

로즈메리는 아무런 말도 하지 않았지만 혹시 이게 제이크를 아프게 하는 건 아닌지 참을 수 없이 궁금해졌다.

"아니오."

그러자 크리스칼로부터 생각이 전해졌다.

"제이크는 아무것도 느끼지 못하오."

로즈메리는 입술을 깨물었다. 이게 얼마나 걸릴 지 알 수 없지만…… 한 가지는 확실하게 알 수 있었다. 자마라는 조그마한 수정 안에 넣을 기억을 참 많이도 갖고 있다는 것을.

• • •

"전송이 시작되었소."

크리스칼의 준엄한 마음의 소리가 들려왔다. 자마라의 몸은 마치 무언가가 세차게 잡아당긴다는 듯 살짝 경련을 일으켰다. 드디어 전송이 이뤄지고 있었다! 제이크는 자마라를 향해 씩 웃어 보였지만 안도감과 기쁨 대신 충격과 슬픔이 자마라를 뒤덮고 있다는 사실을 느꼈다. 지금 보이는 상황이 진짜는 아니었지만 아주 진짜처럼 보였기 때문에, 제이크는 자마라의 손을 쥐고 직접 어루만졌다. 예전에 딱 한 번 자마라의 육체를 만졌던 것처럼.

"자마라, 왜 그래요? 뭐가 잘못됐어요?"

"나는…… 이런 상황을 예상했어야 했어."

자마라는 이렇게 말하며 제이크의 손을 꼭 잡아 안심시키려고 했다.

"하지만 최소한 지식은 살아남겠지."

제이크는 갑자기 가슴 속이 서늘해졌다.

"그게 무슨 말이에요?"

자마라는 제이크를 슬프게 바라보았다.

"암흑 기사단이 해온 일은 칭송받아 마땅해. 중요하고도 가치 있는 기술이지. 암흑 기사단은 자신들이 할 수 있는 한 최선을 다해 기억을 저장하니까. 하지만 그들이 기억을 저장하는 방법은 우리와 달라. 계승자들은 유기적인 존재야. 암흑 기사단이 이용하는 기술과는 전혀 다르게 살아 있는 존재들이지."

"무슨 말인지 이해가 안 돼요."

"내가 너와 기억을 공유할 때 어떻게 기억이 펼쳐졌는지 생각나?"

제이크는 고개를 끄덕였다.

"절대 잊을 리 없잖아요. 당신이 공유해준 기억 속에서 나는 그 기억의 당사자가 된 듯했으니까요. 마치 그때 그 장소에서 나에게 벌어진 일 같았어요."

자마라는 부드럽게 말했다.

"그렇다면 그 기억의 주인공들은 살아 있던 거야. 너를 통해서, 또 나를 통해서. 모든 계승자들을 통해서 프로토스들은 우리 계승자들이 나르는 기억의 바다로 들어왔을 때 살아 있게 되지. 우리보다 앞서 간 이들이라고 해서 더 이상 존재하지 않는 게 아니야. 우리는 그저 앞서 간 이들을 기억하는 것만이 아니라 그들을 '계승'하는 거야."

제이크는 고개를 끄덕였지만 아직도 이해가 되지 않았다. 왜 이게 그렇게나……

그 순간 제이크는 갑자기 상황을 깨닫고 눈을 휘둥그레 떴다.

"오 맙소사…… 자마라…… 당신은 그럼 계승되는 건가요?"

자마라는 고개를 저었다.

"아니야. 제이콥. 나는 죽은 이들이 경험한 기억을 갖고 있어. 그건 모든 계승자들이 가진 기억이지. 그래서 그 기억은 앞으로도 살아남을 테니 그 점은 안심이 된단다. 내가 정말로 마지막 남은 계승자가 아니라는 전제 하에 말이야. 나와 내 기억은…… 내가 가진 지식은 보존될 거고, 그건 정말 중요한 점이지. 하지만…… 나는 보존되지 않아. 만약 다른 이들이 저 수정을 활성화시킨다면, 그건 마치 역사책을 읽는 것과 같을 거야. 사실과 형체, 정보가 있겠지. 하지만 그걸 읽는 이들은 내가 누군지 알 수 없어. 나는 처음부터 존재하지도 않았던 것처럼 될 테니까."

제이콥이 이제껏 자마라를 알아온 동안, 자마라는 언제나 실용적인 태도와 용기가 가득한 이였다. 물론 때로는 좌절하는 기색도 보였고, 걱정도 했다. 제이크의 상태가 악화되자 자마라가 그에게 쏟은 애정 역시 전해졌다. 하지만 자마라가 이리도 연약하고 슬픔에 찬 모습을 보였던 적은 단한 번도 없었다. 그래서 제이크는 이 상황이 얼마나 큰일인지를 온전히 이해할 수 있었다.

자마라는 지워질 것이다. 딱딱하고 생기 없는 정보는 살아남겠지만 자마라라고 할 수 있는 그 모든 것, 완고한 태도나 정색하며 던지던 유머, 동족에 대한 사랑이며 오로지 계승자만이 경험해볼 수 있을 만한 깊이의 동정심과 이해심을 프로토스들은 영원히 알 수 없게 되리라.

자마라는 더 이상 존재하지 않을 것이다.

•　•　•

시간이 꽤 오래 걸렸다. 로즈메리는 아직 반 시간밖에 지나지 않았단 생각이 들 때부터 초조해지기 시작했다. 의식이 두 시간째로 접어들자 로즈메리는 더 이상 견딜 수가 없어서 최대한 조용히 자리에서 일어났다. 의식을 집전하는 프로토스들은 시작할 때부터 눈을 감은 채 몸을 전혀 움직이지 않았고, 로즈메리에게 눈길조차 주지 않았다. 로즈메리는 발걸음을 죽이며 문으로 다가갔다. 그리고 문을 열고 밖으로 빠져나왔다.

셀렌디스와 바르타닐, 라즈투룰과 모한다르는 밖에 있었다. 그들은 마치 한 몸처럼 로즈메리에게로 고개를 돌렸다.

"끝났소? 성공한 거요?"

"아직 안 끝났어요. 나는 좀 움직이려고 밖으로 나왔어요. 하지만 사제들은 일이 잘 되어가고 있는 듯하다고 말했어요."

"아, 그거 잘 되었군요! 그럼 교수님은요? 괜찮은가요?"

바르타닐이 물었다.

"우리는 끝나는 대로 의사에게 제이크를 데리고 가야 해요. 뇌종양은 더 이상 악화되지 않겠지만, 그렇다고 사라지는 것도 아니니까요. 어떻게 인간 의사를 찾아야 할지는 잘 모르겠지만, 그건 그 때 가서 생각해야겠어요."

셀렌디스가 말했다.

"우리 종족의 기술을 제공할 수 있겠지만 우리는 인간의 생리학에 대해서는 모르오. 하지만…… 어쩌면 그래도 뭔가 도움을 줄 수도 있을 것이오. 뇌종양이 생긴 건 프로토스의 정신력에 노출되었기 때문이니까……."

셀렌디스는 말을 잇다 말고 그 자리에 얼어붙었다. 그리고는 고개를 확 돌렸다. 로즈메리가 눈을 깜빡이기도 전에 셀렌디스는 주먹들을 불끈 쥐고 손목에 두른 브레이서들에서 빛나는 검 두 자루를 불러냈다. 라즈투룰역시 셀렌디스와 맞먹는 모습으로 무장을 했지만, 그의 검은 차가운 푸른색이 아니라 환하게 빛나는 밝은 초록색이었다. 모한다르와 바르타닐 역시 긴장한 모습이었다. 프로토스들은 모두 복도를 뚫어져라 응시했다.

"도대체 무슨 일이에요?"

로즈메리가 소리쳤다. 프로토스들은 로즈메리에게 무기를 돌려주었다. 이제 로즈메리는 등 뒤에 메고 다니는 소총에 손을 뻗었다.

"알리사릴이 공격받고 있소."

셀렌디스가 말했다.

제19장

이건 운명 같았다. 제라툴은 운명 같은 개념을 믿게 되리라 생각하지 않았지만, 제이크가 '페가수스'라고 말한 그 행성은 엘나와 같은 구역에 있었던 것이다. 제라툴은 오래전에 선대 암흑 기사단이 이 행성에도 잠깐 가보았지만, 조사해본 결과 그다지 중요할 것이 없다고 판단하고 떠났다는 걸 알았다. 아, 전에 왔던 탐험가들이 이 사실을 알았더라면 얼마나 좋았을까.

공허의 구도자로 신속하게 궤도에 진입한 제라툴은 목적지에 기꺼이 다가갔다. 노련한 제라툴은 주의 깊게 심사숙고하는 것과 빠르고 단호하게 행동하는 것 모두 중요하다는 걸 잘 알았다. 그러나 그의 안에서 타오르고 있는 건 다른 것이었다. 지금 그의 핏줄 속에서는 뭔가 걱정에 가까운 이상한 느낌의 급박함이 울려대고 있었다. 이런 기분은 그저 너무 오랫동안 고립된 채 골똘히 생각만 하다가 마침내 다시 뭔가 행동을 하게 되어서 드는 것일까? 그럴지도 모른다.

하지만 아닐지도 모른다.

분명히 이런 느낌은 자마라가 그토록 집요하게 삶에 매달렸던 사실, 아니면 그 비슷하게라도 존재하려고 애썼던 사실에서 비롯되었다. 자마라가 알려준 사실은 실제로 상당히 치명적이었다. 제라툴이 이미 알던 사실과 결합되자, 그 사실은 두려워해야 마땅한 것이 되었고, 어떻게든 빨리 조치를 취해야 했다. 하지만 제라툴은 이미 상황이 그 정도를 넘어선 게 아닐까 생각했다.

제라툴은 우주선을 타고 대기권에 진입했다. 제라툴은 자신의 생각을 함선에 전달하는 수정 위로 손가락을 가벼이 움직였다. 그러자 페가수스 표면의 홀로그램 이미지가 나타났다. 자마라와 제이크의 마음에서 봤던 것과 똑같은 모습이었다. 굽이 있고 날개 달린 짐승 모양을 한 거대한 바위의 형상이 있었다. 그리고 거기에는…….

바로 젤나가 사원이 있었다. 제라툴은 사원을 바라보며 애써 침착함을 유지하려고 했다. 그는 이 시점에서 이 광경을 목격하는 게 특권처럼 느껴졌다. 환하게 빛나는 초록빛의 야생적인 사원은 샤쿠라스에 있었던 것처럼 체계적으로 지은 건물이 아니었다. 그렇지만 제라툴은 저것이 확실히 사원이라고 생각했다. 사원에서 뭔가 엄청나게 놀랍고 성스러우며 대단한 무언가를 찾게 되리라.

제라툴은 조금 더 사원을 응시하며 마치 우주로부터 영양분을 빨아들이듯 그 광경을 만끽했다. 그렇게 보기만 해도 몸이 영양분으로 가득 차는 느낌이 들었다. 그런 다음 제라툴은 정신으로 우주선을 조종해 가까이 다가갔다. 착륙한 다음 직접 걸어갈 작정이었다. 제라툴은 사원에 해답이 있다는 사실을 온몸으로 알 수 있었다. 제라툴은…….

그때 사원의 윗부분에서 갑자기 밝고 하얀 빛이 나타나 지그재그 모양으로 흔들렸다. 제라툴은 단번에 옆으로 방향을 틀었다. 무슨 일이 일어나는 거지? 조금 떨어진 곳에 선 제라툴은 눈도 깜빡이지 않고 사원 위 갈라진 틈이 표면을 따라 벌어지는 광경을 지켜보았다. 처음 보았던 빛은 이제 훨씬 더 밝게 빛나고 있었다. 그 순간 제라툴은 자마라가 그와 제이콥에게 해준, 본인이 죽었을 때의 이야기가 떠올랐다. 자마라는 비행정을 타고 이런 사원에 추락했었다. 하지만 그때 사원은 흐릿하니 초록색과 갈색을 띠고 있었지, 이토록 밝게 흔들리는 초록색으로 빛나진 않았다. 자마라가 그 색을 보고 알아냈던 사실은……

에너지 생명체였다. 사원은 에너지 생명체의 알들, 다시 말해 고치들이었다. 그리고 제라툴은 그 안에 든 것이 부화하는 장면을 목격할 수 있게 제시간에 딱 도착한 것이다. 어쩌면 바로 이걸 느꼈던 것일지도 모른다. 아까의 조급했던 마음, 너무 늦기 전에 빨리 도착해야 한다는 마음은 이 때문이었던 걸까.

제라툴은 황홀한 마음으로 사원이자 고치의 표면이 지그재그로 빛나는 틈새에 강하게 밀려 휘어지는 듯한 광경을 지켜보았다. 그 순간, 제라툴은 사원이 산산이 부서지더니 자신의 이해력을 훨씬 넘어선 무언가가 나오는 모습을 뚫어져라 바라보았다. 프로토스들과 처음 접촉했을 때의 인간들도 이런 기분이었으리라.

아름다웠다. 그 존재는 정교하고 찬란하게 빛났으며 영광스럽고 아름다웠다. 마치 프로펠러가 달린 듯 껍질을 뚫고 솟아나온 그것은 희고도 빛나는 순수한 빛과 에너지의 존재였다. 촉수가 있고 깃털 같은 것이 난 날개들이 솟은 데다, 커다란 눈에서는 제라툴이 눈을 감고 고개를 돌려야 했을 만큼 굉장히 환한 빛을 내뿜고 있었기 때문에, 이 생명체는 언뜻 무시무시해 보였다. 하지만 사실은 그렇지 않았다. 생명체는 벌써 희미해지며 녹색을 띈 갈색으로 변해가는 부서진 껍질 위를 떠돌면서 공중에서 잠시 동안 춤을 추었다. 제라툴은 실눈을 뜨고 고개를 돌려 그 모습을 보았고, 제라툴의 영혼은 하늘 높이 솟구쳤다. 생명체는 힘이 넘쳤다. 그리고 치명적인 존재일 가능성도 있었다. 그러나 생명체가 그 끔찍하고도 경이로운 시선을 이쪽으로 돌려 그를 당장 죽인다 해도, 제라툴은 행복하게 죽을 수 있을 것만 같았다.

하지만 에너지 생명체, 아주 새롭고 신선한 그 존재는 제라툴에게 아무런 관심도 주지 않았다. 에너지 생명체는 잠시 동안 더 공중을 떠돌다가 마치 프로펠러가 달린 듯 위로 솟아오르더니 분명한 목적의식을 가지고 어디론가 움직였다. 아주 잠깐 동안 제라툴은 너무 놀란 상태로 멍하니 있었지만, 이대로 꾸물거릴 수는 없었다. 제라툴은 재빨리 정신을 차리고 생명체를 뒤따르기 시작했다.

• • •

고향이군.

이 위성은 그렇게 간단히 말하기에는 더욱 큰 의미를 지닌 장소로, 울레자즈가 처음으로 자신의 운명을 받아들인 곳이었다. 하지만 한 존재의 운명을 낳은 모든 것들이 그렇듯이, 이 세계는 그를 지배하는 힘이 있었기에 울레자즈는 이전에도 여러 번 이곳으로 돌아왔었다.

이곳이 내뿜는 독특한 에너지는 울레자즈가 지금 모습으로 변화하고, 발달하게 해주었다. 그리고 울레자즈는 힘이 고갈될 때마다 이곳으로 돌아왔다. 울레자즈는 지난 사 년간 그랬던 것처럼 조용한 그림자의 형태로 보이지 않게 엘나의 대양 깊숙한 곳으로 들어가 자리 잡았다. 그리고 수면의 빛이 사라져 암흑이 내려앉고 빛나는 수정들이 무리를 지은 곳만 반짝일 때까지 기다렸다.

그녀는 벌써 이곳에 와 있었다. 울레자즈가 사냥했던 똑똑한 먹잇감 말이다. 어찌어찌하여 자마라는 엘나와 알리사릴의 존재를 알아냈다. 그리고 계승자의 탄생이라는 어지러운 사건을 통해서가 아니라 조사와 기술, 지력을 수단으로 삼아 지식을 저장할 수 있다는 것 역시 알아냈다. 자마라가 이곳을 어떻게 알아냈는지 울레자즈는 알지 못했고, 관심도 없었다. 그건 중요하지 않았다. 그 괴상한 계승자와 그녀가 지닌 셀 수 없는 이들의 기억은 사라질 테고, 비밀은 안전하게 지켜지리라.

만약 즐거운 기분에 빠져들 수 있다면, 힘을 모으고 회복하는 달콤한 감각을 느끼며 울레자즈는 그렇게 했을 것이다. 울레자즈는 최근에 벌어진 전투에서 그가 썼던 에너지를 완전히 다시 채울 수는 없었다. 적들은 바로 뒤에 와 있었다. 울레자즈는 저그가 그를 죽이려고 온 게 아님을 알았다. 저그는 그가 쫓는 바로 그 사냥감을 잡으려고 왔다. 울레자즈는 아주 조금이기는 하지만 아직은 늑장을 부릴 시간이 있었다. 그런 다음에는 자마라와 저그를 둘 다 파괴할 수 있으리라. 일단 목적을 달성하고 나면, 달콤하게 휴식을 취하고 즐겁게 치료도 하며 완벽하게 회복된 상태에서 오는 평화를 즐기리라.

아, 육체의 형태를 떨쳐버린 것처럼 나약함을 떨쳐버리기 시작하니 이 얼마나 좋은가. 울레자즈는 이 상태를 즐길 것이다.

•   •   •

프로토스들 사이로 생각이 아주 빨리 전달되어서, 로즈메리는 생각의 진행 과정을 이해하며 따라갈 시간이 없었다. 하지만 요점은 파악할 수 있었다. 알리사릴은 상당히 무방비한 상태였다. 최소한 로즈메리와 셀렌디스가 생각하기에는 그랬다. 이곳에는 험한 날씨나 자연 재해가 닥칠 경우 건물과 그 안에 든 소중한 내용물을 보호하기 위한 에너지 방어막이 있었다. 그리고 위기 시에는 알리사르들이 그들의 정신력을 이용해 방어막을 늘릴 수 있었다. 제기랄, 지금이 바로 위기라고 로즈메리는 생각했다. 방어막을 어떻게 만들 것인가라는 생각이 재빨리 스쳐 지나갔고, 로즈메리는 그 생각의 속도와 강도에 놀라 움찔했다.

"누가 공격해오고 있죠? 무슨 일인 거냐고요?"

로즈메리는 이렇게 말하며 자기가 이해할 수 있는 뭔가를 잡아내려 애썼다.

셀렌디스가 고맙게도 고개를 휙 돌려 말해주었다.

"저그요."

로즈메리는 욕설을 내뱉으며 말했다.

"아이어에서 싸웠던 그놈들인가요?"

"그런 것처럼 보이오."

"칼라에 연결해 도와달라고 할 수는 없나요?"

"이미 시도해보았소. 하지만 무슨 이유에선지 여기서는 칼라에 들어갈 수가 없소."

셀렌디스의 차분한 목소리와는 달리, 그녀에게서는 긴장감과 좌절감이 느껴졌다.

몇몇 알리사르들이 옷자락을 휘날리며 로즈메리 일행에게로 달려왔다. 알리사르들은 모두 공포에 질려 있었다. 그들이 내뱉는 생각이 로즈메리의 머리를 때렸다. 저그들이, 그것도 아주 많은 수의 저그들이 쳐들어왔고, 저그를 이끄는 자가 이곳 책임자가 누구든 그와 이야기하고 싶다는 내용이었다.

모한다르는 분명 분노하고 있었다. 로즈메리는 모한다르를 심하게 뒤덮은 분노가 눈에 보이는 듯했다.

"저그가 이곳, 우리의 가장 성스러운 장소에 왔단 말인가."

모한다르는 로즈메리에게 시선을 돌렸다. 그 눈빛은 분명 로즈메리를 비난하고 있었다.

"그대 때문에 저그가 여기에 왔소, 인간."

"우리는 연합한 종족으로 이곳에 오기로 결정한 겁니다, 모한다르."

셀렌디스가 말했다. 그녀의 말은 차분했지만 확고했다.

"그 결정에 당신 역시 동의하셨습니다. 이런 일이 일어날 가능성을 아시고도 말입니다."

로즈메리는 모한다르가 이 말에 동의했는지 아닌지 분간할 수 없었다. 모한다르는 여전히 그녀로부터 생각을 차단한 상태였다. 하지만 모한다르가 여전히 화가 났다는 건 분간할 수 있었다.

"이곳은 당신들의 세계입니다."

셀렌디스는 그곳에 있는 모든 이들에게 마음의 대화가 들리도록 하며 조용히 말을 이어갔다.

"위험에 처해 있는 건 당신의 종족입니다. 하지만 저는 집행관입니다. 허락하신다면, 나는 가서 저그의 지도자와 우리 종족의 대표로서 대화해 보겠습니다."

모한다르는 눈에 보일 정도로 침착해지려고 애쓰며 마음을 가라앉혔다. 그리고 말했다.

"가시오."

이 말에 로즈메리가 놀란 것은 물론이고 셀렌디스조차 놀란 것 같았다.

"라즈투룰과 나는 이곳을 보호하기 위해 뭘 할 수 있는지 알아보겠소. 여기는 실제로 방어태세가 안 된 곳이니 말이오. 곧 연락하리다."

셀렌디스는 인사를 한 뒤 바깥으로 달려갔다. 사원 밖에는 사원을 둘러싼 마당과 마당에서부터 아래로 이어진 가파른 돌계단이 있었다. 로즈메리는 셀렌디스를 따라갔고, 셀렌디스는 거부하지 않았다. 잠시 후 바르타닐 역시 그 둘을 따라왔다. 로즈메리는 셀렌디스의 긴 보폭을 따라잡기 위해 전속력으로 달려야 했다. 그러다 갑자기 멈춰 서서 능숙한 솜씨로 한번에 소총을 돌려 뽑았다.

저그가 정말로 많으리라는 사실은 이미 알고 있었다. 하지만 이곳에 빽빽하게 모여 있는, 아직 공격을 시작하지 않은 저그들은 끝이 없어 보였다. 그렇지만 로즈메리의 시선은 단 한 존재, 거대한 날개 달린 뱀처럼 보이는 괴물 위에 걸터앉아 있는 인간 모양의 생물을 향했다.

이선이었다.

"프로토스!"

힘 있는 남자의 목소리가 들렸다. 로즈메리는 마치 어디에 찔린 듯 몸을 움츠렸다. 이번에 들은 소리는 마음의 소리가 아니었고, 한두 번 들은 것도 아니었지만 그 소리에 혈관이 요동쳤다.

"나의 여왕께서는 피를 보길 원치 않으신다. 우리는 다만 계승자를 데리러 왔을 뿐이다. 계승자를 넘겨주면 우리는 아무도 해치지 않고 물러나겠다."

로즈메리가 맞받아쳤다.

"아, 정말 어이가 없네. 우리는 지난번에도 안 속았거든. 그런데 어째서 이번에는 속아줄 거라고 생각한 거야? 원하는 걸 가지고 순순히 갈 수 있는 방법은 어디에도 없을 거야."

이선은 고개를 돌려 로즈메리에게 시선을 고정했다. 이선은 로즈메리를 응시하며 입가에 지긋지긋할 정도로 낯익은 미소를 지었다. 그는 점잔빼며 말했다.

"사실 이건 거짓말이 아니야, 사고뭉치. 나는 정말로 여기 있는 그 누구도, 그 무엇에도 관심이 없어. 나는 자마라를 찾으러 온 거야. 그리고 난 어떻게 해서든지 자마라를 데려갈 거고."

그 말에 대한 대답으로 로즈메리는 한쪽 눈을 감고 소총의 조준기를 통해 이선을 응시했다. 그리고 손가락으로 방아쇠를 죄었다. 여기서 모두 다 죽게 된다면, 최소한 이번에는 이선도 데리고 갈 심산이었다.

"안 되오! 로즈메리!"

셀렌디스의 마음의 소리는 너무나 강력해서 로즈메리는 잠시 숨을 헐떡였다.

"다른 방법이 있을 것이오."

로즈메리는 천천히 무기를 내려놓은 뒤 셀렌디스를 쏘아보았다. 셀렌디스는 똑바로 서서 몸을 꼿꼿이 세우고는 손바닥을 편 채 위에 떠 있는 이선 쪽으로 손을 들었다.

"나는 셀렌디스라 하오. 기사단의 집행관이오. 그리고 진심으로 말하건대, 지금 이 사원을 공격한다면 자마라는 사라질 것이오!"

이선은 잠시 동안 아무 말도 없었다. 로즈메리는 눈도 깜빡이지 않는 수

천 마리의 저그들이 셀렌디스를 주목하는 광경을 지켜보았다. 마침내 이선이 입을 열었다.

"계속 이야기해보시오. 그럼 거짓말인지 아닌지 알 수 있을 테니까."

로즈메리는 그 말이 정말인지 아닌지 의아했다. 그리고 어쩌면 그럴지도 모른다고 생각했다. 셀렌디스는 말을 이었다.

"자마라가 제이콥의 몸속에 들어 있기 때문에 제이콥은 죽어가고 있소. 우리는 아주 섬세한 작업을 통해 자마라의 정수를 제이콥에게서 추출하고 있는 중이오. 만약 우리가 성공적으로 자마라의 정수를 특별히 준비한 수정 안으로 전송한다면, 제이콥과 자마라의 지식 모두가 살 수 있게 될 것이오. 만약 그대가 지금 이 의식을 방해한다면, 둘 다 죽게 될 것이고 그대의 여왕이 찾고 있는 지식도 영원히 사라지게 될 것이오. 당신이 그런 결과를 원하리라고는 생각하지 않소."

로즈메리는 능글맞은 미소가 나오려는 걸 억지로 참았다. 이선이 말이 없는 걸로 보아 그런 결과는 절대로 원하지 않는 것 같았다.

"당신은 수적으로 절대 이길 수 없는 상황이오, 셀렌디스 집행관."

이선은 경멸 어린 목소리로 말했다.

"그리고 이…… 수도사들 말인데, 여기서 얼마나 오랫동안 은둔해왔는지 누가 알겠소만, 이자들을 전력으로 친다 하더라도 결국 우리가 이길 거요. 이 점은 알아두길 바라오."

"알겠소."

셀렌디스는 재빨리 대답했다. 로즈메리는 고개를 돌려 눈을 가늘게 뜬 채 셀렌디스를 바라보았다. 이제껏 로즈메리는 프로토스의 정신력이 어떻게 작용하는지 자주 겪어 봤기 때문에 셀렌디스가 마음을 꼭 닫았다는 걸 알아챘다. 셀렌디스가 듣고 싶지 않거나 알리고 싶지 않은 것들은 아무 것도 머릿속을 넘나들 수 없었다.

'나도 당신만큼이나 아는 게 없어요, 로즈메리 달.'

바르타닐은 당황하고 있었다. 이윽고 이선이 거칠게 웃었다.

"그럼 자마라의 정수를 싸워보지도 않고 나에게 건네주겠다는 말이오? 그것 참 실망스럽군. 우리 저그들은 몸을 좀 풀고 싶어 하는데 말이야."

"저그들은 우리 프로토스의 고향에서 충분히 몸을 풀지 않았소. 우리는 더 이상 피를 보고 싶지 않소."

셀렌디스가 날카롭게 대꾸했다. 그녀의 두 눈에서 불꽃이 일었다.

로즈메리는 눈살을 찌푸렸다. 셀렌디스는 도대체 무슨 도박을 하고 있는 거지? 로즈메리는 알리사릴에 저장된 지식이 프로토스에게는 더할 나위 없이 소중하다는 사실을 알았다. 어쩌면 자마라가 지닌 지식보다 더 중요할지도 모른다. 그녀와 제이크가 살아남는다면야 상당히 기쁘겠지만, 그렇다고 이게 좋은 거래라고 생각하느냐면 그렇다는 확신도 들지 않았다. 셀렌디스는 고개를 돌려 로즈메리를 응시했지만, 셀렌디스의 생각은 너무 꽉 닫혀 있어서 로즈메리는 낌새도 읽어낼 수 없었다.

셀렌디스는 정말로 자마라를 팔아넘길 셈인가?

이선은 손을 공중에 휘저었다. 그러자 이선의 등에 달린 큰 낫 모양의 팔도 같이 움직였다.

"그럼 기다리겠소. 지금 죽이나 나중에 죽이나 나에게는 마찬가지로 쉬운 일이니까. 일이 그렇게 흘러간다면 말이지."

셀렌디스는 고개를 숙였다.

"고맙소. 그럼 로즈메리…… 바르타닐……. 크리스칼에게로 돌아가 얼마나 일이 진행되었나 봅시다."

"한 가지 조건이 있소."

이선은 말을 이었다.

'올 것이 왔군.' 로즈메리는 이렇게 생각하며 긴장했다.

"당신 이야기는 정말 그럴 듯하군. 나는 그 의식에 대한 당신의 말을 믿소. 하지만 갑자기 당신이 마음을 바꿔서 의식이 끝난 다음에 그 둘을 데리고 도망치면 그걸 누가 막겠소? 그럼 안 되지. 당신에 대한 믿음을 뒷받침해줄 증거가 필요하오."

셀렌디스는 지금 같은 상황에서도 흔들림 없이 차분함을 발휘했다.

"그럼 어떻게 해야 만족하겠소?"

"나는 당신이 말해준 그 의식 같은 걸 지켜볼 저그를 하나 보내고 싶소. 그리고 의식이 다 끝나면 자마라가 담긴 수정을 그 저그에게 주시오."

로즈메리는 뭐라 대꾸하려던 것을 말 그대로 깨물어 참았다. '꺼져'나 그와 비슷한 말을 날려주려던 걸 아랫입술을 깨물어 막았다. 로즈메리는 벌어진 판을 엎을 수 없었다. 그게 어떤 판이든, 지금은 셀렌디스를 믿어야 했다.

"나는 신성한 프로토스 의식이 진행되는 동안 그곳에 저그를 두는 게 원하는 결과에 도달하는 데 도움이 될 거라고 생각하지 않소."

셀렌디스는 날카롭게 반박했다. 그러자 이선은 어깨를 으쓱했다.

"저그는 공격받지 않는 한 먼저 공격하지 않을 것이오. 그리고 생각을 해보시오, 집행관. 당신이 나라도 그렇게 했을 거요. 당신이 말한 게 진실임을 입증할 증인이 필요하오. 그리고 주기로 동의한 걸 받아와야 하잖소. 분명히 이건 무리한 요구가 아니오."

셀렌디스는 고개를 끄덕였다.

"당신 입장에서 보자면 이해할 수 있는 조치요. 알겠소. 하지만 당신의 생물은 절대 방해할 짓을 해서는 안 되오. 그렇지 않으면 자마라와 제이크를 모두 영원히 잃게 될 것이오."

"알겠소. 이 녀석은 얌전히 굴 것이오. 아니, 아가씨인가. 이놈이 정확히 뭔지는 모르겠소. 아…… 그리고 당신들이 만약 배신을 한다면…… 뭐, 사고뭉치, 네가 맨 처음 죽게 될 거야."

이선은 아무런 몸짓을 하지 않았지만, 조용히 대기하던 생물들 중 하나가 갑자기 로즈메리 일행 쪽으로 스르르 다가왔다. 계단을 기어 올라오는 몸통 앞에 달린 큰 낫 모양의 앞발은 저그가 움직일 때마다 까닥거렸다. 로즈메리는 그 자리에서 히드라리스크를 쏴버리고 싶은 충동을 억눌렀다. 대신 히드라리스크가 다가오자 좀처럼 들지 않는 한 줄기의 공포가 온몸을 뒤덮음을 느꼈다. 저그는 턱에서 침을 뚝뚝 흘리며 로즈메리 앞에서 몸을 높이 세워 그녀를 내려다보더니 주인에게 완전히 고분고분한 자세로 셀렌디스 앞에 멈춰 섰다.

로즈메리는 혼란스러운데다 불안했다. 또한 분노도 치밀어 올라 다시 이선에게 시선을 던졌다. 이선은 로즈메리와 눈을 마주치고는 아직도 알아볼 수 있는 얼굴로 승리에 찬 일그러진 미소를 능글맞게 지었다. 로즈메리는 이를 갈고서 내키지 않은 발걸음으로 셀렌디스와 저그를 따라 안으로 들어갔다.

"도대체 무슨 짓을 하는 거예요?"

로즈메리는 길고 넓은 보폭으로 모두와 함께 사원의 중심부를 향해 급히 달려가면서 물었다.

셀렌디스는 고맙게도 짧게 시선을 던지며 대답했다.

'나는 시간을 벌고 있소.'

이 생각은 로즈메리에게만 들렸고, 로즈메리는 입을 다물고 자기 생각을 셀렌디스에게 말하려고 노력했다.

'제이크와 자마라가 죽을 거라는 말은 거짓이었나요?'

'아니오. 내가 이해하기로는 이 의식이 중간에 끊어지게 되면 두 쪽 다 손실이 일어나오. 그러니 크리스칼이 방해받지 않고 그의 임무를 완전히 끝내도록 해야 할 것이오.'

'그럼 새로 생긴 친구는 어떡하죠?'

셀렌디스는 잠깐 고개를 돌려 그들 뒤에서 미끄러지듯 따라오는 저그를 흘깃 보았다. 저그가 조용하게 아무 공격도 하지 않는 모습은 노골적으로 공격을 해대는 것보다 훨씬 으스스했다.

'별다른 방법이 없었소. 이선의 말이 맞으니까. 나라도 그렇게 했을 것이오. 잠시 동안은 그냥 저것이 보도록 놔두어도 해는 없소. 그리고 더군다나 이 의식이 성공할 거라는 보장이 없잖소.'

로즈메리는 굳이 그 말을 듣지 않아도 상황을 인식하고 있었다. 그러나 참 이상하게도, 로즈메리는 그들 모두 위기에 처했는데도 그저 앉아서 기다리는 것보다는 뭐라도 할 수 있다는 데에서 안도감을 느꼈다. 셀렌디스도 그 생각에 동의했다.

'무기력한 채로 있기란 힘드오. 이선이 오지 않았으면 더 좋았겠지만……. 하지만 그렇소. 나도 당신이 어떤 기분인지 이해하오.'

로즈메리는 집행관을 흘깃 바라보았다. 그 둘은 여러 면에서 달랐고, 심지어 종족도 달랐지만, 마침내 뭔가 행동할 수 있게 되었다는 데서 셀렌디스는 로즈메리와 같은 마음으로 기뻐했다.

잠시 후 로즈메리와 셀렌디스, 바르타닐과 모한다르, 그리고 라즈투룰은 크리스칼이 분리 의식을 진행하는 동안 책임자 역할을 맡은 아탈디스와 한적한 곳에 조용히 모였다. 그들 모두는 히드라리스크를 응시했다. 히드라리스크는 끔찍한 머리를 돌려서 그곳에 있는 이들을 차례대로 하나씩 빤히 바라보았다. 로즈메리는 저 노란 눈을 통해 이선 역시 이곳을 보고 있을 거라고 짐작했다. 거기 있는 이들은 겁에 질리고 불쾌해 보였지만 아무도 놀라지 않았다. 로즈메리는 셀렌디스가 여기에 저그를 데려온다고 모두에게 이미 경고했을 거라 생각했다.

셀렌디스는 잔인하리만큼 솔직했다. 로즈메리는 셀렌디스의 이런 점 역시 마음에 들었다.

"우리는 저그를 상대로 전면전을 해서 이길 가망이 없습니다."

모두의 주의를 끈 상태에서 셀렌디스는 말했다. 다시 한 번, 로즈메리는 셀렌디스가 자신의 생각을 바로 전해서 옆에서 엿듣는 히드라리스크가 알지 못하도록 하려는 것을 눈치챘다.

"우리는 수적으로 상당히 불리합니다. 말 그대로 백 대 일의 싸움입니다. 게다가 이런 열세를 극복할 만한 첨단 무기도 없습니다. 전사로서 이런 말을 하는 것이 정말 내키지 않지만, 우리가 싸운다면 전부 죽게 될 것입니다. 그러면 저들은 자마라를 데리고 갈 겁니다."

마른 침을 삼키고 얼굴이 하얘지는 상황에서 프로토스들은 어떻게 대처하는지 바르타닐은 생각으로 보여주었다. 로즈메리는 가볍게 눈살을 찌푸렸지만 고개를 끄덕였다.

"그럼 우리는 싸우지 않을 건가요?"

셀렌디스는 무시무시하게 이글거리는 눈을 테란에게로 향했다.

"우리 중 몇은 싸울 것이오. 그리고 싸우기로 결심한 이들은 죽게 될 것이오. 하지만 다른 이들은, 그리고 성스러운 장소의 지식은 계속 살아남을 가능성이 있소."

모한다르는 승낙하는 기색을 내비쳤다.

"그대에게는 적어도 우리 중 몇 명을 안전한 곳으로 싣고 갈 비행정이 한 척 있소. 이게 그대의 계획이오?"

"그건 계획의 일부입니다. 프로토스 몇 명과 구할 수 있는 최대한의 수정들을 가져가야겠지요. 하지만 먼저 알아야 할 것이 있습니다. 이곳에 우리가 사용할 수 있는 다른 우주선들이 있습니까?"

셀렌디스는 아탈디스를 향해 물었다.

알리사르는 주저하며 말했다.

"우리는 알리사릴을 지키는 자라서 이곳을 떠나지 않소. 다른 이들이 우리에게 오기 때문이오. 우리는 다른 이들에게 가지 않소."

"그럼 하나도 없다는 건가요?"

로즈메리가 물었다.

"정확히는 아니오. 우리가 처음으로 엘나에 정착했을 때 타고 온 우주선들이 있기는 하오. 하지만 나는 그 우주선들이 아직까지도 작동하는지는 모르오. 그리고 여기에는 우주선들을 수리할 지식을 가진 이가 하나도 없소."

"내가 할 수 있을 것 같은데요."

"그대가 말이오? 그대는 프로토스도 아니잖소!"

로즈메리는 이 말을 받아쳤다.

"나는 아이어에서 자마라를 도와 차원 관문을 수리했어요. 자마라는 내 머릿속으로 들어왔죠. 나는 사물의 간단한 물리적 구조들은 많이 알고, 당신들의 기술이 어떻게 작용하는지도 이제는 적지 않게 알아요. 최소한 한 번이라도 기회를 주세요."

"당신에게 조사해볼 기회를 주도록 하겠소."

셀렌디스가 말했다. 아탈디스가 살짝 분개하자 셀렌디스는 덧붙여 말했다.

"시간이 너무나 부족합니다, 아탈디스. 만약 로즈메리가 우리를 도와줄 수 있다면 더 많은 생명과 지식을 구할 수 있습니다. 우리는 그녀에게 기회를 주어야 합니다."

아탈디스는 아직도 언짢은 기색이 역력했지만 고개를 끄덕였다.

"그럼 따라오시오. 우주선이 있는 곳으로 데려다주겠소."

"내가 동행하리다."

모한다르가 말했다.

로즈메리, 아탈디스, 그리고 모한다르가 자리를 뜨려고 하자, 지금까지 가만히 있었던 저그는 으르렁거리며 큰 낫 모양의 팔을 휘둘러대며 길을 막았다. 로즈메리는 고개를 들어 히드라리스크를 올려다보았다. 저그는 무척 몸집이 컸기 때문에 한껏 올려다보아야 했다. 로즈메리는 저그의 악의 어린 노란 눈을 똑바로 응시했다. 그러고는 성난 목소리로 말했다.

"보고 있다는 거 알아, 이선. 나는 이 방에서 나갈 거야. 이 저그한테 나를 죽이라고 하면 여기 있는 이들이 저그를 죽일 거고, 너는 자마라를 데려갈 수 없게 되겠지. 이놈한테 나를 따라가라고 하든지 아니면 여기서 네가 성공하길 원하는 분리 의식을 지켜보라고 하든지 알아서 해. 이 녀석이 따라 오든 말든 나는 갈 거야."

저그는 눈을 가늘게 뜨며 주저했다. 로즈메리는 저그가 갈고리가 달린

317

부속지를 들어 아주 부드럽게 그녀의 뺨을 쓸어내리는 동안 꼼짝도 않고 서 있었다. 저그는 그런 다음 등을 돌려 셀렌디스에게 시선을 돌렸다. 집행관은 몸을 휙 돌려 크리스칼이 의식을 집전하는 방 쪽으로 보란 듯이 걸어갔다. 저그는 셀렌디스를 따라갔다.

로즈메리는 그 광경을 보며 몸을 떨었지만, 이번에는 공포가 아니라 증오가 치밀어 올랐기 때문이었다. 로즈메리는 자기가 직접 이선 스튜어트를 죽일 기회를 얻기 바랐다.

• • •

다른 때 같았다면 로즈메리는 상당히 오래된 외계 우주선들을 수리하는 일을 두고 황홀해했을 것이다. 몇 시간이고 즐거운 마음으로 우주선들을 고치고 그 구조를 배우면서 이것저것 시도하고 적용시켜봤을 것이다.

그러나 시간이 많지 않았다. 로즈메리는 앞으로 한 시간이나 남았을지도 확신할 수 없었다. 그녀는 앞에 놓인 고대의 우주선을 너무나 황홀하고도 동시에 오싹한 마음으로 바라보았다. 우주선은 모두 세 척이었지만, 그중 단 한 척만이 대기권 밖으로 나갈 수 있었다. 우주선들은 이제까지 로즈메리가 봤던 프로토스 우주선들과 비교해보아도 기묘할 정도로 거대하고 육중했다. 심지어 암흑 기사단의 우주선보다도 몸체가 컸다. 우주선들은 사원의 주요 지반 아래에 있는 특수 공간에 보관되어 있었다. 로즈메리는 지난 백 년 동안 아무도 이곳에 내려오지 않았다는 데 기꺼이 백만 크레딧이라도 걸 작정이었다. 우주선들에 덮개가 씌워져 있어서 참으로 다행이라고 생각했지만, 그럼에도 불구하고 우주선들은 먼지투성이인데다 꼼짝도 않은 채 불길하게 놓여 있었다.

모한다르가 말했다.

"우리가 아이어에서 추방당했을 때, 처음에 대의회는 우리에게 젤나가 우주선 한 척 말고는 다른 어떤 우주선도 줄 수 없다고 주장했소. 아둔은 우리가 우주선 몇 척은 있어야 여행을 할 수 있다고 반박했지. 도착한 행성을 탐험할 수 있도록 말이오. 대다수의 우주선들은 다른 세계로 떠났지만 다행히 우리 선조들은 이곳에 몇 척을 남겨놓은 것 같구려."

"네, 다행이네요."

로즈메리는 주저하며 말했다. 그러고는 그중 한 척의 우주선으로 한 걸음 나아가 손으로 만져보았다. 손가락 아래로 차가운 금속이 느껴졌다. 안을 들여다보자, 예상대로 거기에는 수정이 하나 있었다. 하지만 수정은 무척 어두웠다.

"어때요, 로즈메리?"

바르타닐은 이렇게 물으며 로즈메리 옆으로 살금살금 다가와 희망에 찬 모습으로 그녀를 내려다보았다.

"고칠 수 있죠, 그렇죠?"

"잘 모르겠어요. 이걸 수리하는 데 나를 도와줄 수 있는 프로토스가 있나요?"

바르타닐은 부끄러운 듯 고개를 푹 숙이고 말했다.

"나는 퓨리낙스 부족이에요. 직접 우주선을 건조해본 적은 없지만 이게 어떤 식으로 작동하는지 그 역학 구조들은 분명히 알고 있어요."

로즈메리는 바르타닐을 향해 미소 지었다. 바르타닐은 셀렌디스처럼 전사도 아니었고, 모한다르처럼 정치가도 아니었으며 크리스칼처럼 사제도 아니었다. 바르타닐은 보잘것없는 장인이며 노동자였다. 그래서 그는 지금 꼭 필요했다. 로즈메리는 바르타닐이 여기 있어서 아주 기뻤다. 그녀는 자마라와 생각을 공유했을 때 어떻게 도구들을 다루었는지 기억해 내면서 조종부를 바라보았다. 로즈메리가 말했다.

"그러면 조종석으로 들어가서 이게 과연 작동되는지 알아보도록 하죠."

바르타닐은 고개를 끄덕이고선 네 손가락이 달린 손을 조심스럽게 금속 몸체에 갖다 대었다. 로즈메리가 만졌을 때는 아무런 변화도 없었던 우주선이 지금 프로토스의 손이 닿자 문 부분이 살짝 덜컹거리더니 여러 차례 요동치면서 미끄러지듯 열렸다. 로즈메리와 바르타닐은 승리감이 깃든 눈길을 주고받았다. 젊은 퓨리낙스 프로토스는 조심스럽게 안으로 들어가 수정을 만졌다.

그러나 아무 반응이 없었다.

로즈메리는 마음속으로 욕지거리를 내뱉고는 말했다.

"다시 해봐요."

바르타닐은 주저했지만 그녀의 말대로 했다. 그러자 이번에는 갑자기 수정이 아주 짧은 시간 동안 활성화되었다. 보라색 광채가 조종부 위로 저절로 퍼져가는 걸 본 로즈메리는 고대 우주선이 잠시 동안 다시 부활한 것처럼 '느꼈다'. 그건 느꼈다는 말로밖에 설명할 길이 없었다.

"잘했소, 로즈메리."

셀렌디스의 마음의 소리가 들렸다.

로즈메리는 고개를 돌려 셀렌디스를 바라보았다. 우주선을 성공적으로 활성화시킨 모습을 집행관이 봐서 기뻤지만, 왜 셀렌디스가 여기 있는지 의아했다.

"당신은 이선이 보낸 귀여운 친구랑 같이 있는 줄 알았는데요."

"나는 그 저그를 방까지 데려다주었소. 저그를 감시할 필요는 없소. 이선은 바보가 아닌 이상에야 히드라리스크에게 누구를 죽여도 좋다고 허락할 리 없소. 그러기에는 너무 위험 부담이 크니 말이오."

로즈메리는 그 말에 동의할 수밖에 없었다. 이선은 언제나 자기만 알던 놈이었으니까. 로즈메리가 말했다.

"내 생각으로는 수정을 교체해야 해요. 하지만 당신들의 우주선이 어떻게 움직이는지 내가 아는 바에 따르면, 다른 부분들은 내가 정상화시킬 수 있어요. 그 점은 확실해요."

이렇게 말한 로즈메리는 잠시 동안 셀렌디스가 기쁜 내색을 표하는 걸 보고 자기도 마음껏 즐거운 기분을 느꼈다. 하지만 셀렌디스는 이내 다시 요점으로 돌아갔다.

"참으로 좋은 소식이오. 우리는 곧 두 번째로 작동 가능한 우주선을 얻게 되겠군요. 이선이 수하에 수많은 저그들을 거느린 것은 사실이지만 그 수가 무한하지는 않소. 우리가 제시간에 샤쿠라스에 도착한다면 지원군을 데리고 올 수 있을 테고, 저그들은 분명히 프로토스의 공격을 받고 패할 것이오."

그것만큼은 두말할 것도 없는 사실이었다. 그러나 차원 관문에 가기 위해서는 누군가 이 우주선으로 알리사릴을 여섯 겹이나 둘러 싼, 그것도 땅과 하늘 모두에 가득 찬 저그를 돌파해야 한다는 것 역시 사실이었다. 그리고 그곳을 돌파하는 건 확실히 자살 행위나 다름없었다.

"나는 우리가 타고 온 우주선을 타고 가서……."

"안 됩니다."

라즈투룰은 무례하다고 볼 수 있을 정도로 불쑥 말을 끊었다.

"제가 가겠습니다, 집행관이여. 저는 숙련된 조종사입니다. 그리고 당신은 이곳에 꼭 필요합니다."

셀렌디스는 그 말에 반발했다.

"나는 훈련을 받은 전사요. 이것은 나의 의무요……."

라즈투룰은 평온하게 말했다.

"솔직히 말해서 지원군을 요청하는 건 자살 행위나 마찬가지입니다. 당신은 우리 종족의 생존을 위해 저보다 더 필요한 존재입니다. 그리고…… 알리사릴은 암흑 기사단의 성소입니다. 오랫동안 우리는 이곳을 경외해 왔고 안전하고 비밀스럽게 지키려 애썼습니다. 성소의 마지막 순간이 될 지도 모르는 이 시간 동안 제게 이곳을 방어할 수 있는 영예를 주시기 바랍니다."

로즈메리는 라즈투룰을 빤히 바라보았다. 이제까지는 이 암흑 기사를 그다지 좋아하지 않았다. 그녀가 다른 아이어 프로토스들과 함께 차원 관문에서 굴러 떨어졌을 때 라즈투룰은 퉁명스러웠고, 그녀를 거칠게 대했다. 그래서 라즈투룰도 이 여정에 동참한다는 걸 알고 그리 반갑지 않았다. 그런데 지금 라즈투룰은 웬만큼 위험한 일도 공원을 산책하는 것으로 보일 만큼 무모하고 위험한 임무를 수행하겠다고 완고하게 말하고 있었다.

모한다르가 말했다.

"라즈투룰의 말이 옳소. 당신은 전략가요, 셀렌디스. 그리고 라즈투룰는 암흑 기사단의 전사요. 라즈투룰이 임무를 수행하게 해줍시다."

그러나 셀렌디스는 여전히 주저했다. 그러자 라즈투룰이 말을 이었다.

"인간과 바르타닐은 이 우주선을 고칠 수 있습니다. 의식이 끝나는 대로 이 우주선을 수정을 옮기는 데 쓰십시오. 저는 가서 최선을 다해 지원군을 데려오도록 하겠습니다."

라즈투룰은 눈을 반쯤 감고서는 고개를 옆으로 숙이며 짧게 웃었다.

"그리고 누가 압니까? 제가 저그를 피해 탈출해서 당신을 구한 존재가 되어 우리 종족의 영광이 될지 말입니다, 집행관이여."

"정말로 그건 아무도 모르는 일이오."

셀렌디스는 이렇게 말했다. 그리고 로즈메리는 그 말로 집행관이 라즈투룰의 요청을 승낙했다는 걸 알았다. 라즈투룰이 말한 대로 될 가능성은 분명 있었다.

하지만 그렇게 될 것 같지 않았다.

로즈메리는 무릎을 꿇은 다음 가져온 작은 공구 상자를 열고서 장비를 집고는 바르타닐을 올려다보았다. 이제껏 프로토스들의 작별 인사를 많이 보아온데다, 라즈투룰이 작별을 고하는 모습은 지켜보고 싶지 않았다. 바르타닐은 알겠다는 듯 고개를 끄덕였고, 로즈메리는 먼지투성이 유물 같은 우주선을 고치는 데 다시 집중했다. 한 시간 내로 죽게 될 존재보다는 몇백 년은 된 고물 기계에다 관심을 쏟는 편이 나았다.

"우리 모두 한 시간 내로 죽을지도 몰라요."

바르타닐은 로즈메리에게 그 사실을 다시금 일깨워주었다.

"닥치고 그 수정이나 다시 만져봐요."

로즈메리는 성을 내며 말했다. 그리고 일을 시작했지만, 여기 있는 모든 이들이 그녀의 무심한 겉모습 안을 꿰뚫어본다는 걸 생각하니 기분은 조금도 나아지지 않았다.

제20장

로즈메리는 라즈투룰의 죽음을 느꼈다.

라즈투룰이 작별 인사를 보냈을 때 로즈메리는 두 손과 얼굴, 그리고 가죽옷에 기름때 대신 수정 부스러기가 묻어 환하게 빛나는 상태로 고대의 우주선 아래 누워 있었다.

아주 짧은 순간, 로즈메리는 라즈투룰이 한 일을 보았다. 땅에서는 저그들이 바다를 이루며 넘실대었고, 하늘에서는 구름떼 같은 저그들이 사방에서 날아왔다. 로즈메리 쪽으로 땅이 솟아오르고 있었다. 즉, 비행정이 하늘에서 추락한 것이다. 그리고 아무것도 없었다.

로즈메리는 비록 직접 보지는 못했지만 라즈투룰이 관문까지 불과 몇 분을 남겨두었다는 사실 역시 알았다. 라즈투룰을 뒤쫓느라 저그들은 상당히 고생을 했다. 그는 암흑 기사다운 모습을 발휘했다. 그리고 거의 성공할 뻔했다.

"로즈메리?"

바르타닐이 생각을 보냈다. 로즈메리는 흐려진 시야 사이로 바르타닐이 허리를 굽혀 우주선 아래를 뚫어져라 바라보는 모습을 보았다. 바르타닐이 로즈메리를 걱정하는 마음이 그녀 주변을 맴돌며 마음을 달래주었다. 로즈메리는 손으로 빠르게 얼굴을 닦았다.

"빌어먹을 먼지가 눈에 들어갔나봐요."

로즈메리는 이렇게 말했지만 물론 그게 거짓말이란 걸 바르타닐이 모를 리 없다는 사실을 알았다.

"조종부로 돌아가요. 계속 해보자고요."

빌어먹을, 프로토스들 때문에 얼마나 짜증이 나는지. 로즈메리는 그들을 신경 쓰고 있는 자신에게도 짜증이 났다. 그리고 보니 자기가 정말로 신경 써야 할 사람은 제이크였다. 도대체 나는 지금 뭘 하고 있는 걸까……

그때 예상치 않게 빛이 들어와서 로즈메리는 순간 기쁨의 환성을 터뜨렸다. 우주선은 마치 햇빛 드는 창가에서 낮잠을 자던 고양이처럼 깨어나 붕 하고 쾌적한 소리를 냈다. 바르타닐은 흥분과 자랑스러움을 드러내며 무척 기쁜 마음으로 셀렌디스에게 생각을 전했다.

"로즈메리가 해냈어요! 우주선이 작동하게 됐어요!"

집행관의 대답이 들렸다.

"참으로 좋은 소식이오. 그리고 이쪽에서도 의식이 거의 끝나간다는 소식을 들었소. 이들은 조심스럽게 낙관적인 결과를 기대하고 있소. 그렇지만……"

가벼웠던 어투가 갑자기 엄청나게 밀려온 감정에 파묻혔다. 감정은 이

내 재빨리 진정이 되었다. 로즈메리는 자기에게 들려온 단 한 마디 말을 듣고 가슴이 철렁 내려앉았다.

"울레자즈."

울레자즈가 이곳에 왔다. 어떻게 했는지 몰라도 제길, 그놈이 그들을 찾아온 것이다. 정보 자체가 로즈메리의 마음으로 직접 주입되었다. 울레자즈가 여기 왔고, 다시 강하고 힘이 넘치는 상태가 되었으며, 알리사릴 방향으로 바로 오고 있다는 내용이었다. 로즈메리는 그게 무슨 말인지 굳이 텔레파시로 설명을 전해들을 필요가 없었다. 이선은 최소한 자마라를 산 채로 데려가려는 의도인 듯했다. 최소한 어떤 이의 정수를 케이다린 수정에 전송해놓은 것도 살아 있는 상태라고 볼 수 있다면 말이다. 그리고 이선은 자기가 보낸 히드라리스크가 노획물을 받기만 한다면 알리사릴은 물론이고 나머지 모든 이들을 살려둘 생각이었다. 아마 로즈메리도 꼭 포함해서겠지. 이선은 잔인하게도 그들이 앞으로 패배감에 젖어서 살게끔 내버려둘 것이다.

그러나 울레자즈는 아무것도 거칠 것이 없었다. 울레자즈는 자마라는 물론 그녀를 포함한 나머지 모든 이들과 모든 것을 파괴하러 온 것이다.

• • •

이선은 눈앞의 광경을 믿을 수 없었다. 마음속으로 미칠 것 같은 두려움이 스치고 지나갔다. '저건 아무도 막을 수 없어.' 하지만 그건 말이 안 되는 생각이었다. 세상에 막을 수 없는 것은 없었다. 이선은 커진 두 눈으로 직접 울레자즈도 상처를 입을 수 있다는 사실을 보았다. 제기랄. 그때 저 그도 한몫했었지. 케리건은 암흑 집정관을 따라가면 이선이 자마라를 찾게 될 거라고 예측했고, 그가 흠모하는 여왕의 생각은 물론 옳았다. 하지만 케리건이 예상하지 못했던 사실은 거의 죽어가던 울레자즈가 여기서 완전히 회복했다는 점이었다. 그것도 이토록 빨리.

아이어에서 벌어졌던 전투 같은 건 다시는 일어나지 않을 듯 보였다. 울레자즈는 그들을 향해 다가왔다. 어둠이 회오리치는 모습은 프로토스와 테란, 저그가 연합하여 공격한다 하더라도 울레자즈를 해치울 꿈조차 꿀 수 없을 것처럼 보였다. 이건 마치 데자뷰 같았다……. 한 가지만 제외하면 말이다. 이번에는 울레자즈의 걸음을 늦출 프로토스의 사이오닉 폭풍 같은 건 없을 것이다. 울레자즈가 가까이 다가오자 검은 번개가 콰르릉 소리를 내며 내리쳤다.

이선은 재빨리 자기가 보낸 히드라리스크의 눈들을 통해 사원 내부를 보았다. 물론 저그는 그 방에 들어갈 수 없었다. 하지만 저그는 열린 문틈으로 방 안을 관찰할 수 있었다. 프로토스 두 명이 문 옆에 각각 서 있었다. 그 사제들은 무장하지 않았다. 그들은 전사들이 아니라 학자들이었지만, 어찌 되었든 문을 지키고 있었다. 잠시 동안 이선은 저그를 한 마리 더 보내서 로즈메리가 뭘 하고 있는지 알아볼까 싶었지만, 이내 그 생각을 접었다. 로즈메리 일행이 그를 속인다 해도, 그는 얼마든지 빠르게 로즈메리를 찾아낼 수 있었다.

이선은 제이크 램지가 누워 있는 모습을 보았다. 제이크는 검은 돌로 만든 작은 탁자 위에 미동도 없이 누워 있었다. 나이 든 프로토스와 두 명의 조수가 테란 곁에 서 있었다. 그들은 손을 편 채였다. 한 손은 제이크의 몸에 거의 닿을 듯이 두고 다른 손바닥은 공중에 떠 있는 수정 쪽으로 펴두었다. 푸르게 빛나는 선이 사제들의 손바닥에서 수정으로 이어졌다. 의식은 여전히 진행 중이었다. 그건 이들이 의식을 끝낼 때까지 이선이 울레자즈를 저지해야 한다는 걸 뜻했다.

이선은 물론 저그들을 보냈고, 저그들은 사냥에 투입된 한 떼의 사냥개들처럼 그 말에 복종해 제각각 잰 걸음으로 가거나 미끄러져 기어가거나 하늘을 날아 울레자즈 쪽으로 향했다. 뮤탈리스크들은 공중에서 탐욕스럽고 소름끼치는 쐐기벌레들을 뱉어냈다. 그러자 울레자즈의 형태가 고동치더니 태평스러워 보이는 기색으로 물결치는 그림자가 기름 웅덩이처럼, 그러나 비정상적으로 빠른 속도로 그에게서 펼쳐져 나왔다. 뮤탈리스크들은 순간 엄청난 충격을 받았다. 그리고 뮤탈리스크들과 탐욕스러운 쐐기벌레들의 시체가 동료들 위로 육중하게 떨어져서 저그들 중 여럿을 박살냈다. 이선은 뮤탈리스크들의 시체 밑에서 미친 듯이 발버둥치는 저글링의 다리를 언뜻 보았다. 다른 시체들은 울레자즈 위로 떨어져 닿자마자 한 줌의 재로 변했다.

히드라리스크들은 앞으로 나가며 울레자즈를 향해 연달아 가시뼈를 쏘아댔다. 가시뼈들은 살갗에 박히면 치명적이었지만 어쩐지 이 괴물 같은 존재는 가시뼈들을 흡수하는 듯 보였다. 그리고 암흑 집정관은 방금 받았던 공격을 흉내내보겠다는 듯 파랗고 흰 빛의 에너지 번개를 내뿜었다. 히드라리스크들은 발광하는 에너지에 찔려서 비명을 지르며 죽어갔다. 히드라리스크들은 죽으면서 발작을 일으켰고, 마지막으로 이선의 등에 달린 것과 같은 큰 낫 모양의 팔들을 휘둘러댔다.

저글링들은 떼로 움직였다. 그것들은 적에게 닿지도 못했다. 저글링들은 울레자즈가 한 번 고동치자 바람에 휘날리는 낙엽처럼 너무 쉽게 날아가 버렸다.

끝없는 도미노처럼 쓰러지는 저글링들을 보며 이선은 마른침을 삼켰다. 분명 예전에는 공격의 효과가 있었다. 그때 저 자식을 어느 정도 약화시켰지 않았던가. 하지만 이번에는 아니었다. 울레자즈의 약점이 보이지 않았다. 그들이 산이나 가시뼈, 집게발 같은 물리적인 수단만을 쓴다면 어떤 방법으로도 울레자즈를 무찌를 수 없었다.

이선의 매끈하고 회색빛 도는 초록색 살갗 위로 식은땀이 흘러나왔다. 이선은 이미 한 번 여왕이 내린 임무를 해내지 못했다. 두 번째도 실패할 수는 없었다. 이선은 나중을 위해 마지막 공격 무기를 아껴두고 싶었지만 지금이 수호군주를 불러내야 하는 상황임을 깨달았다. 게처럼 생긴 이 괴물들은 한때 그들의 전 단계였던 뮤탈리스크들보다 훨씬 더 강했다. 수호군주들은 산 덩어리로 울레자즈를 폭격하기 시작했다. 이 거대한 괴물들과 함께 다니는 것은 열 마리가 넘는 작은 갈귀들이었다. 갈귀들은 자살하려는 듯 울레자즈에게 달려들었다. 갈귀들의 유일한 목적은 살아 있는 조그마한 플라스마 폭탄처럼 터지려는 것이었다. 이번 공격으로 마침내 암흑 집정관은 당황하며 흔들리는 듯 보였다. 울레자즈는 멈춰 서서 고통스럽게 울부짖었고, 이글거리던 어두운 오라는 옅어지고 형태가 일그러졌다. 울레자즈는 무시무시한 눈길을 수호군주들과 갈귀들에게로 돌렸다. 몇몇 수호군주들과 갈귀들은 그 순간 사라져버렸지만, 다른 것들은 얼른 울레자즈에게서 도망쳐서 다음 공격을 준비하기 위해 이선에게 돌아왔다.

울레자즈는 잠시 동안 멈춰 섰다. 그는 이제 앞으로 천천히 움직일 것이다.

그게 이선이 바라는 최상의 각본이었다.

이 말은 그렇지 않을 경우를 대비한 다른 계획도 세워야 한다는 의미였다. 이선은 생각으로 명령을 보내 수십 마리의 저글링 떼를 프로토스의 사원 쪽으로 달려가게 했다. 울레자즈와 싸우는 데는 전혀 쓸모없었지만, 프로토스 수도사 몇 명쯤 찢어버리는 데는 아무런 문제가 없었다. 이선이 느끼기에 위험할 정도로 울레자즈가 사원에 너무 가까이 다가간다면, 암흑 집정관이 발밑으로 이 사원을 전부 쓸어버리기 전에 그 의식이 끝났든 아니든 상관없이 제이콥 제퍼슨 램지 교수와 그 위에 떠 있는 수정을 저그의 수중에 넣으리라.

· · ·

프로토스들은 한 무리의 학자들 입장에서 보자면 최선을 다해 분주하게 움직였다. 이들 사이로 오가는 명령의 속도에 로즈메리의 머리는 어지러울 지경이었다. 로즈메리는 그 계획의 요점이 뭔지 대강 파악했다. 맹공격을 버틸 수 있는 자들은 그렇게 할 참이었다. 특이하게도 그들은 저그를 거느린 이선과 이번에 두 번째로 아군이 된 상태였다. 프로토스나 저그 둘 다 울레자즈의 승리를 바라지 않았기 때문이다.

"이곳과 지식을 지키는 것은 무엇보다 중요하오."

셀렌디스의 생각은 생각들이 뒤범벅이 된 가운데서도 케이다린 수정만큼이나 확고하고 순수하게 솟아올랐다.

"우리는 자마라의 지식을 보호하기 위해 크리스칼이 이 의식을 완수하도록 해야 하오. 의식이 진행되는 동안, 로즈메리 달이 우리를 위해 고쳐준 우주선에 가능한 한 많은 수정들을 실을 것이오. 우리는 아무런 무기도 없이 이토록 적은 수로 공격을 개시할 수는 없소. 이선과 저그는 현재 전투 중이오. 우리는 그들이 우리 적을 막아주도록 놔둘 것이오. 저그들은 울레자즈의 진격을 늦춰주고 있는 걸로 보이오. 하지만 나는 저그들이 울레자즈가 못 오도록 저지할 수 있으리라고 보지 않소. 그러므로 우리는 알리사릴을 방어할 준비를 해야 하오. 하지만 가능한 한 마지막까지 기다릴 예정이오. 우리 계획을 너무 빨리 드러내는 건 아무런 도움이 되지 않소."

로즈메리는 누군가가 사원 둘레에 사이오닉 방어막을 세우자고 했던 말을 기억했다. 그러면 어느 정도 시간을 벌 수 있겠지만, 방어할 힘을 아끼자는 셀렌디스가 옳았다. 프로토스들이 그런 방어막을 펼칠 수 있는 지식이 있다 하더라도, 그 능력은 만일의 경우를 대비할 비장의 무기여야 했다. 다시 한 번, 로즈메리는 셀렌디스의 뛰어난 지성을 인정했다.

"하지만 우리가 일단 시작하게 되면, 방어막이 파괴될 때까지 알리사릴을 보호할 것이오. 그런 다음에는 최선을 다해 적들을 교란시켜서 이 우주선이 안전하게 탈출할 수 있도록 하겠소."

그러자 학자들에게서 더 많은 생각이 쏟아져 나왔고, 아탈디스도 의견을 말했다. 하지만 로즈메리는 무슨 말인지 이해할 수 없었고, 자기가 남은 인생을 프로토스들 사이에서 산다 하더라도 앞으로도 이해하지 않을 참이었다. 어떻게 이곳을 방어할 것인지, 프로토스들이 최후의 저항을 어떻게 할런지는 로즈메리가 알 바 아니었다. 여기서 그녀와 제이크가 빠져나가는 것, 그리고 그들이 가져갈 수 있는 정보가 무엇이든지 그걸 가지고 가는 것이 로즈메리의 관심사였다.

로즈메리는 서둘러 마지막으로 우주선을 점검하려고 노력했다. 이 과정을 그냥 전부 생략하면 얼마나 좋을까 생각했지만, 그러기에는 노련하고 주의 깊은 전문가였기에 차마 그럴 수 없었다. 아주 진지해 보이는 몇 명의 알리사르 무리가 반짝거리고 빛나는 수정들이 담긴 상자를 들고 다가오자, 로즈메리는 가죽옷 위로 수정 부스러기를 뒤집어써서 반짝거리고 빛나는 채로 자리에서 일어나 화물을 조사했다.

"이게 끝인가요?"

로즈메리는 그들이 벌써 가장 중요한 기억들이 담긴 수정을 골라냈다는 사실에 놀랐다. 그러자 알리사르 중 하나가 대답했다.

"아, 아니오. 이것은 첫 번째 분류물에 불과하오. 이것 말고도 더 많이 있소."

로즈메리는 푸른 눈을 살짝 크게 뜨며 물었다.

"그러니까 얼마나 많이요?"

"최소한 몇십 가지가 더 있소. 이 우주선은 충분히 크지 않소?"

"그럼 그렇게 분류된 수정들 모두가 각각 상자에 담긴 상태로군요."

로즈메리는 찡그리며 말했다. 그러자 알리사릴 중 하나가 당황한 기색이 역력한 채로 말했다.

"물론이오. 우리는 수정 하나하나의 기억을 분석하고 분류하오. 그렇지 않으면 어떻게 기억의 목록을 만들 수 있단 말이오?"

"그 태도는 도서관 사서들로서는 참 좋지만 물건을 빼돌리는 데는 별로 좋지 않아요. 여러분이 그냥 상자에 수정을 무더기로 쌓는다면 더 많은 수정을 가져갈 수 있을 거예요. 구석구석마다 수정을 넣는다고 해서 프로토스가 살아 숨 쉬는 데는 아무런 지장이 없잖아요……."

로즈메리는 프로토스들이 실제로 숨을 쉬지 않는다는 사실을 깨닫고는 말을 멈췄다가 이렇게 바꾸었다.

"어…… 그러니까 프로토스가 존재하는 데 전혀 지장이 없다는 거예요. 그렇게 해야 여러분이 최소한의 공간에 최대한 많은 수정을 실을 수 있을 거라고요."

그 말을 들은 알리사르들은 마치 로즈메리가 우주선에 프로토스들을 끼워 넣어야 하니 자기들 사지를 토막내자고 말했다는 듯한 표정을 지었다.

"하지만…… 수 세기 동안 분류하고 조직해온 노동의 결과를 허사로 돌리자는 거요?"

"여러분은 가능한 한 많은 수정을 가져가고 싶지 않나요?"

그 프로토스는 여전히 뭐가 뭔지 모르겠다는 듯 보였다.

"아니, 난……."

로즈메리는 그 알리사르가 안쓰러워졌다.

"보세요, 수정을 잠시 여기 놔두세요. 우리는 이제 마지막 점검을 하는 중이에요. 가서 여러분 상관들 중 하나에게 내가 한 말을 전하세요. 이건 여러분의 수정이잖아요. 여러분 종족의 역사지 내 역사는 아니에요. 나는 여기에 수정을 세 개를 싣든 삼천 개를 싣든 삼백만 개를 싣든 상관없어요."

'나와 제이크가 안전하게 빠져나가기만 한다면 말이죠.'

"여러분이 정 원한다면 이 수정들을 상자에 그대로 넣을게요. 하지만 나는 여러분이 가능한 한 많은 수정을 구하고 싶을 거라고 생각해요. 우리 모두 이 위성을 벗어나서 저그들은 물론 반쯤은 신 같은 암흑 집정관이 우리를 더 이상 뒤쫓지 않게 된 다음, 어딘가 평화로이 동떨어진 곳에 가서 수정을 분류하면 되잖아요."

알리사르들은 서로 눈짓을 주고받았다. 분명 그들은 서로 대화를 하고 있었다. 그런 다음 알리사르들은 고개를 끄덕이고는 상자들을 내려놓고 서둘러 자리를 떴다.

"전장에서 싸우고 있는 우리 친구 저그들의 상황은 어때요?"

로즈메리는 다시 우주선 아래로 들어가며 바르타닐에게 찡그리며 물었다. 바르타닐 역시 로즈메리와 같은 마음이었다.

"그리 좋지 않아요. 울레자즈는 저그들을 무자비하게 돌파하고 있어요. 마치 황혼녘의 그림자처럼 느리지만 꾸준히 다가와서 저지할 수 없어요. 울레자즈는 잠깐 멈췄지만, 저그들이 아주 오랫동안 울레자즈를 멈춰 세울 수는 없을 거라고 봐요. 이선은 저글링 수십 마리를 퇴각시켰어요. 그 저글링들은 사원 아래 계단들 위에 소리 없이 가만히 앉아 있고요."

"이런 제길. 이선은 사원으로 들어와 제이크를 데려갈 생각이야!"

"하지만 의식이 아직 끝나지 않았다는 사실을 이선도 알 텐데요."

바르타닐은 어리둥절한 모습으로 대답했다.

"그래요. 하지만 만약 울레자즈가 여기에 먼저 온다면 의식이 끝났든 안 끝났든 다 상관없다는 걸 우리는 물론이고 이선도 알고 있어요. 나는 이선이 어떻게 생각하는지 알아요."

로즈메리는 몸 아래 바닥이 떨리는 걸 느꼈다. 점점 더 많은 수정 가루의 잔재가 눈송이처럼 얼굴 위로 떨어졌다. 로즈메리는 이게 무슨 일인지 물어볼 필요가 없었다.

울레자즈가 알리사릴로 다가오고 있었다.

'조금만 더 하면 돼. 그러면 이걸 끝내고 여기서 제이크와 빠져나갈 수 있어. 제이크, 꼭 성공하는 게 좋을 거예요. 지금은 이렇게 말할 수밖에 없네요.'

땅이 다시 흔들렸다. 이번에는 강도가 더 셌다. 그때 로즈메리는 고대 우주선이 뭔가 다르게 내는 소리를 들었다. 이마에 송골송골 맺힌 땀방울은 수정 가루와 섞여서 끈적끈적해졌다. 로즈메리는 더 이상 참을 수 없었다. 로즈메리는 신음을 내뱉으며 우주선 아래에서 재빨리 나와서 급히 두 발로 섰다. 그리고 빛나는 수정 찌꺼기를 정신없이 닦아내고는 벽에 세워

두었던 소총을 잡고 임시 격납고의 문 쪽으로 뛰어갔다.

"로즈메리! 어디 가는 거예요?"

바르타닐이 보낸 마음의 소리가 로즈메리의 마음에 울렸다.

"지금 제이크를 보고 있는 히드라리스크가 언제 그를 납치할지 몰라요. 나는 당신들 모두의 계획에는 관심 없어요. 나는 그 저그가 제이크를 차지하기 전에 먼저 그를 빼낼 거예요."

로즈메리는 어깨 너머로 생각을 쏘아 보냈다.

"그럼 우주선은 어떡해요?"

"이제 그건 우주를 항해할 수 있어요. 당신은 그게 최종적으로 작동이 되는지 시험할 수 있을 거예요. 그리고 나만큼이나 쉽게 수정을 모서리에 넣을 수 있잖아요. 난 프로토스가 아니어서 그걸 조종할 수도 없다고요."

"아…… 당신 말이 맞아요. 내가…… 잊고 있었네요."

로즈메리는 희미한 불을 밝힌 넓은 복도를 지나 지상으로 달려가며 싸울 거라는 생각에 씩 웃었다. 이제 홀쪽으로 달려 내려가는 로즈메리의 부츠에서는 뛸 때마다 소리가 울렸다. 지금 상황은 급박했다. 이 건물을 기초부터 통째로 흔들고 있는 괴물의 공격을 받고 있는데다 문가에선 전투의 소음이 들려왔지만, 그럼에도 불구하고 로즈메리는 고대의 홀을 큰 소리를 내며 지나가는 게 잘못이라는 생각이 들었다.

로즈메리는 모퉁이를 돌아 계속 전진했다. 이제는 너무 늦지 않았기를 바랄 뿐이었다.

• • •

제이크는 불안하게 자마라를 바라보며 양손으로 자마라를 꼭 잡았다. 마치 그렇게 해서 자마라를 물리적으로 여기에 계속 잡아놓으면 완전한 무로 흩어지지 않게 할 수 있다는 듯이 말이다. 사실 자마라와 만난 것도 그저 자기 머릿속에서 일어난 일임을 제이크도 알고 있었다.

"다른 방법은 없어요? 내가…… 잘은 몰라도…… 다른 계승자를 찾을 때까지 정지장 같은 데 들어가 있으면 안 될까요?"

"그런 일을 시도해본다 해도 결과가 달라질지는 모르겠구나. 지금 이 기억들은 인간의 뇌 속에 들어 있지 프로토스의 뇌에 들어 있는 게 아니니까. 어쩌면 너와 묶였던 그 순간부터 이렇게 될 운명이었을지도 몰라."

자마라는 긴 손가락이 달린 손을 뻗어 제이크의 뺨을 어루만지며 말을 이었다.

"그리고 그게 운명이라면 받아들여야겠지. 네가 없었다면 나는 내 지식을 드러낼 기회조차 갖지 못했을 거야. 지금 나는 네가 살아남기만을 바랄 뿐이야, 제이콥. 나는 매 고비마다 그걸 받아들이고 회복하며 버텨나가는 네 힘을 보며 정말로 놀랐어. 너의 종족이 너 같은 존재들을 계속 낳는다면…… 프로토스들은 이렇게 어디서 왔는지도 모르는 새파랗게 어린 종족에게서 배울 점이 참 많겠지."

자마라는 가벼운 말들을 섞어가며 분위기를 달래보려 노력했지만 제이크는 고개를 저었다. 이 상황이 믿기지 않았다. 자마라가 이제껏 얼마나 많은 일을 겪었던가. 절대로…… 이런 식으로 없어져버릴 수는 없었다…….

"자마라!"

제이크는 더듬거리며 소리쳤다. 그리고 충동적으로 손을 내밀어 조금이라도 더 자마라를 붙잡아두려고 했다. 이상하게 보일지도 모지만 제이크는 자신이 이 프로토스를 사랑하게 되었다는 사실을 깨달았다. 자마라는 그의 몸을 빼앗았고, 동료들을 죽음으로 몰아넣었으며, 그녀가 뇌 속에 들어 있기 때문에 그도 죽을 위험에 처했다. 하지만 제이크는 이런 고결함을 지금까지 본 적이 없었다. 자마라는 그의 일부가 되었다. 그리고 그녀는 곧 사라질 예정이었다. 영원히 없어져 버리리라.

제이크는 맹세했다.

"아니오, 당신은 사라지지 않을 거예요. 내가 당신을 기억할 테니까요……. 인간의 방식으로 말이에요. 나는 모든 이들이 당신에 대해 알도록 할 거예요. 당신이 자기 종족을 위해 무슨 일을 했는지, 얼마나 용감한 존재였는지, 얼마나 자기 종족을 사랑했는지에 대해 알도록 할 거예요. 이게 프로토스의 방식과 같지는 않다는 걸 알지만, 제기랄, 전혀 다르기는 하죠. 그래도 당신은 수정 안에 갇혀 있는 무미건조한 정보 이상의 존재로 계속 남게 될 거예요. 인간들에게 말하겠다고 맹세할게요. 프로토스들이 우리에게 무언가를 배웠다면, 맹세컨대, 우리 인간들 역시 프로토스에게서 무언가를 배울 거예요. 내가 바라는 건 그저……."

살짝 거칠고 메마르긴 했지만 따뜻한 자마라의 손이 제이크의 뺨을 어루만졌다.

"나도 알아, 제이콥 제퍼슨 램지. 나도 알아."

그리고 제이크의 눈앞에서 자마라는 희미해지기 시작했다.

• • •

에너지 생명체는 분명한 목적을 가진 것 같았지만 칼로 자른 듯이 직선으로 날아가지 않고 춤을 추며 가는 것처럼 보였다. 상황 자체는 급박했지만 그 존재를 따라가는 제라툴의 마음은 한껏 고양되었다.

즐거웠던 제라툴의 마음은 잠시 혼란스러워졌다. 갑자기 레이더 스크린 위에 지금 따라가는 생명체와 동일한 대상으로 표시되는 수십 개의 영상이 나타났던 것이다. 스크린이 고장 난 게 틀림없어. 어쩌면 신호가 반복표시된 것일지도…….

잠시 후 제라툴은 놀라움에 눈을 둥그렇게 뜨고 눈앞에 펼쳐진 광경을 응시했다.

거기에는 정말로 수십, 아니 어쩌면 수백의, 어렴풋이 보면 수중 생물 같기도 한 너무나도 신비한 존재들이 빛을 내며 맴돌고 춤을 추면서 서로를 향해 솟구쳐 오르고 있었다. 오랫동안 이 빛나는 의식이 거행되었고, 제라툴은 그저 지켜보았다. 제라툴은 이 장대한 광경을 목격하면서 자신은 한낱 미물에 불과하다는 겸손한 마음이 드는 걸 즐기기까지 했다. 자마라가 두려워했던 일이 일어났을 때 자기가 혹시 살아남게 된다면 다시 한번 이 느낌을 맛볼 수 있게 되리라는 사실을 제라툴은 알았다.

돌연, 마치 들리지 않는 신호라도 받은 듯 존재들이 모두 움직임을 멈추더니 미동도 하지 않았다. 제라툴은 기다리며 지켜보았다. 그러자 에너지 생명체들은 제라툴의 시력이 인식할 수 있는 속도를 넘어선 빠르기로 맴돌기 시작했다. 그들은 그 형체가 그저 흐릿하게 빛나는 움직임으로밖에 보이지 않게 될 때까지 점점 빠르게 돌았고, 거기서 나오는 빛은 더욱더 환해져서 제라툴은 눈을 가늘게 뜨다가 급기야는 손으로 가려야 했다. 곧 빛이 엄청나게 휘몰아치자 제라툴은 고통으로 몸을 움츠리며 잠시 동안 눈을 감았다. 이윽고 그는 조심스럽게 눈을 떴다.

에너지 생명체들은 모두 떠났다. 생명체들이 있던 자리에는 구멍이 하나 나 있었다. 그 구멍은 터널 또는 웜홀로, 밝게 빛나는 빛이 윤곽을 이루고 있었다. 그 가운데 있는 검고 신비한 구멍은 간신히 어렴풋하게 보이는 또 다른 세계가 저쪽에서 기다리고 있다는 사실을 알려주며 보는 이를 유혹했다. 제라툴은 신비한 문으로 들어가고 싶은 욕망을 억눌렀지만, 피부로 우주에서 양분을 섭취하는 걸 그만두는 것보다 더 견딜 수 없었다. 제라툴은 프로토스였다. 이지적인 조심성을 익혀 왔고 그 태도가 얼마나 중요한지 잘 알았지만, 호기심이 너무나 커져서 더 이상 참을 수 없었다.

제라툴은 사실 흥분으로 몸을 떨 지경이었지만, 차분히 생각을 정돈했다. 자기를 기다리는 저 세계가 호의적인 곳이 아니라면, 제라툴은 자기가 가진 모든 지혜를 총동원해야 할 것이었다. 제라툴은 안으로 들어가기 위해 잠시 동안 억지로 마음을 진정시켰다. 그리고 준비가 되자 천천히, 그러나 멈추지 않고 웜홀 쪽으로 움직였다. 저쪽에서 기다리는 것이 무엇인지 제라툴은 어쩐지 알 것만 같았다. 아름답고 경이로운 것일 수도 있고 끔찍하고 파괴적인 것일 수도 있는 그 존재는 모든 것을 바꾸어 놓으리라.

제21장

상자나 표시, 분류 따위는 더 이상 생각하지 않았다. 성스러운 장소가 자기를 침략하려는 암흑 집정관의 발소리 아래에서 기초부터 흔들리고 있는 가운데, 알리사르들은 수정들을 상자며 자루에 가득 채워 양손 가득 들고 뛰어왔다. 우주선은 컸지만 엄청나게 크지는 않았다. 우주선은 원래 열두 명 정도의 프로토스들과 그 인원이 충분히 쓸 수 있을 만큼의 화물을 싣고 짧은 기간 동안만 여행을 할 수 있도록 설계되었다. 바르타닐은 물론이고 거기 있는 모두는 자기들 중 소수만이 알리사릴을 빠져나가 살아남으리라는 사실을 알고 있었다.

바르타닐은 몇몇 프로토스들과 함께 우주선 안의 의자를 뜯어내기 시작했다. 그들은 가능한 한 많은 프로토스들과 수정들을 실어야 했다. 그러려면 이게 최선의 방법이었다.

• • •

울레자즈는 정말이지 하마터면 실망할 뻔했다.

전장에서 자기를 상대로 이길 가능성을 누군가에게 준 것도 오래전 일이었다. 하지만 아이어에서 싸울 때는 세 집단의 공격을 동시에 받고서 실제로 잠깐 걱정했었다. 그가 그때 후퇴하지 않았더라면 적들이 이겼을지도 모른다.

하지만 그를 정말로 위협하려면 세 병력들이 모두 동시에 대규모로 필요했다. 지금 여기 있는 것이라고는 저그의 찌꺼기들과 몇 안 되는 알리사르들, 그것도 전투를 위한 훈련을 받지도 않았으면서 이토록 강력한 울레자즈가 목적을 달성하는 걸 막아보겠다고 헛되이 노력하는 이들뿐이었다.

울레자즈는 힘 들이지 않은 채 게으름을 부리는 듯 건물을 향해 느릿느릿 움직였다. 그곳에서 그는 한때 열정이 넘치는 학생이었다. 아, 그때의 기억들은 지금도 그의 안에서 뛰놀고 있지 않은가. 울레자즈는 그리움에 취해 이 건물은 그냥 남겨둘 수도 있지 않을까 생각했다. 아니다. 프로토스들이 그에게 대적하려고 이용할 수 있는 여지를 왜 남겨 놓겠는가? 프로토스며 테란, 저그며 수정들, 그리고 건물까지 전부 남김없이 파괴하는 편이 나았다. 표면을 깨끗이 쓸어버리는 거다. 그러면 언제든 그가 원할 때 방해받지 않고 여기로 돌아올 수 있으리라.

· · ·

때가 되었다. 이선은 자기가 시간을 너무 촉박하게 둔 건 아닌가 하는 생각이 들었다. 이 생각이 떨어지기가 무섭게 저그들이 움직였다. 사원 아래 계단부에 얌전한 개들처럼 앉아 있던 저그 떼는 바로 행동에 들어갔다. 저그들은 시끄럽게 지절거리고 턱을 딱딱 부딪치면서 계단들을 껑충껑충 뛰어올랐다.

저그들이 모습을 드러냈다. 셀렌디스는 앞으로 돌진해 빛나는 사이오닉 검으로 단칼에 저그 셋을 반토막냈다. 피와 고름이 검은 계단 위로 뚝뚝 떨어졌다. 하지만 저그들은 명령을 받았고, 거기에 철저히 순종하는 태도로 계속 몰려왔다.

안에서는 히드라리스크가 행동을 개시했다. 히드라리스크는 몸을 앞으로 둥글게 구부리며 등에서 가시뼈를 발사했다. 문을 지키고 섰던 두 프로토스들은 즉시 앞으로 뛰어올라 치명적인 가시들을 온몸으로 받아내며 자신들의 알리사르바와 그분이 돌보는 인간을 보호하려 했다. 조용히 쓰러진 프로토스들의 몸에 수십 군데 구멍이 났고, 그 밑으로 피가 웅덩이를 이루었다.

방 안에 있는 형체 넷은 아무것도 보지 못했다는 듯 움직임이 없었다. 히드라리스크는 고개를 숙이고 앞으로 가서 방 안으로 기어들어갔다.

주의를 끌기 위한 함성도, 경고나 위협을 주기 위한 몸짓도 없었다. 그 순간 히드라리스크는 대못을 박는 듯한 잔혹한 충격을, 그러나 저그의 독침과는 전혀 다른 종류의 충격을 받으며 구멍투성이가 되었다. 히드라리스크는 소리를 지르며 마구 몸부림을 쳤고, 몸을 비틀며 여전히 자기에게 총탄을 퍼붓고 있는 작은 인간 여자를 보았다.

히드라리스크는 여자에게로 몸을 솟구치고는 팔에 달린 큰 낫을 뻗어 인간의 목을 잘라버리려 했다. 그러나 인간은 물러서지 않았다. 창백한 입술을 꼭 다문 채 여자는 푸른 눈빛을 강하게 내뿜으며 사격을 계속했고, 마침내 히드라리스크는 마지막으로 힘없이 팔을 휘저어 공격을 시도하다 흔들거리며 바닥으로 쓰러졌다. 그 강렬했던 노란 눈은 검게 흐려졌다.

로즈메리는 숨을 헐떡이며 저그를 잠시 내려다보았다. 히드라리스크는 거의 그녀 앞 몇 센티미터 거리에서 팔을 휘둘렀던 것이다. 로즈메리는 재빨리 방 안을 들여다보았다. 모든 것은 그녀가 방을 떠났을 때와 똑같았다. 로즈메리는 혼자 고개를 끄덕이고 마당으로 향했다. 거기에서는 탐욕스러운 저글링들이 미친 듯이 날뛰는 소리가 들려왔다.

* * *

이선은 자기에게 상황을 보여주던 저그가 죽은 걸 보고 투덜댔다. 분명 로즈메리야……. 사고뭉치가 여기에 대해 할 말이 많겠지. 여전히 저글링 몇 마리는 어떻게든 셀렌디스 곁을 지나 안으로 들어가는 데 성공했다. 집행관은 자기가 공격한 저그들은 모두 죽였지만 저그의 수가 어처구니없이 많았기 때문에 모두 죽일 수는 없었다. 이선이 생각을 보내자 두 번째 무리가 암흑 집정관을 괴롭히기를 멈추고 계단으로 밀려들어왔다.

순간 희미하게 파랗고 흰 광채가 알리사릴을 둘러쌌다. 저글링들은 전속력으로 보호막에 돌진했지만 모두 나가떨어졌다. 저그들 중 몇 마리는 일어서지 못했다. 나머지 저그들은 계속해서 보호막에 부딪쳐보았지만 헛수고일 뿐이었다.

사이오닉 보호막이군. 그러니까 이곳…… 이 도서관에서 일하는 프로토스들은 전사들이 아니라서 아이어의 기사단처럼 싸울 수 없었다. 하지만 알리사르들은 이 건물을 보호하려는 의지와 정신력이 있었다.

이선은 욕지거리를 내뱉었다. 이런 사태를 예상했어야 했다. 화가 난 이선은 수호군주들을 소환해서 사원을 완전히 뒤덮은 뒤, 환하게 빛나는 둥근 에너지 막을 공격하도록 했다.

* * *

알리사릴에 더 가까이 온 울레자즈는 잠시 멈춰 섰다. 그리고 자기의 생각을 가볍게 스치는 무언가를 느꼈다. 그는 그게 알리사르들이 스스로를 보호하기 위해 세운 방어막임을 알고 살짝 즐거워졌다. 이들이 노력하는 모습은…… 참으로 사랑스럽지 않은가. 사랑스럽지만 어리석었다. 뭐, 잠깐 동안은 그들이 성공했다고 생각하도록 놔둬 볼까. 울레자즈는 이 상황이 재미있었다.

건조한 대지는 울레자즈가 사정없이 지나갈 때마다 더욱더 황량하게 변해갔다. 마치 민달팽이가 지나간 자리에 점액으로 얼룩이 남듯, 울레자즈가 지나간 자리마다 암흑 집정관의 에너지가 그 밑의 토양을 삼켜버려서 검은 자취만이 남았다. 울레자즈는 마음을 뻗어 알리사르들이 세운 보호막을 건드렸다. 그러고는 그 막이 자기의 첫 번째 공격을 실제로 막아냈음을 마지못해 인정했다. 알리사르들은 자기가 예상했던 것보다 강했던 것이다. 그 프로토스들은 예전의 자신보다 더 강한 정신력을 가지고 있다. 어렸을 적 몰래 금지된 지식의 벽에 다가가 거의 힘들이지 않고 휘두르는 지금의 힘을 갖기 전의 자신보다 말이다.

그래, 첫 번째 공격은 견뎌낼지도 모르지. 어쩌면 두 번째 공격도 막아낼지 모른다.

그러나 세 번째는 그렇지 않겠지.

이제 이걸 끝낼 시간이었다. 이만하면 충분히 갖고 논 셈이었다. 무자비한 아이가 발밑에 있는 곤충들을 마구 밟아대듯이 울레자즈는 저그들을 뚫고 계속 움직였다. 저그들은 살짝 기분 나쁜 느낌이 드는 것 외에는 거기 있는 것 같지도 않았다.

태양은 잔혹하고 냉정하게 환한 빛을 비추었다. 이미 죽은 저그들과 비명을 지르고 몸부림치며 죽어가는 저그들, 명상을 하고 있는 프로토스들과 곧 그들 전부를 파괴하려는 거대한 암흑 집정관의 모습이 모두 햇살 아래 드러났다. 그러나 강하게 내리쬐는 햇볕도 울레자즈를 꿰뚫지는 못했다. 울레자즈의 어두움은 빛을 받아 삼켰다.

그런데 이 환한 빛을 받은 죽음의 땅에 그림자 하나가 생겼다. 그리고 그림자의 수가 늘어갔다. 곧이어 수십 개의 작은 그림자들이 땅 위에서 춤을 추었다.

이윽고 울레자즈는 세 번째 적이 다시 자기와 맞서 싸우려고 온 사실을 알고는 무시무시하게 분노하며 몸을 흔들었다.

· · ·

로즈메리는 프로토스들이 그 광경을 보며 받은 충격과 기쁨이 자기 마음속을 뚫고 질주하는 것을 느꼈다.

함선들, 그것도 하늘이 붐빌 정도로 많은 함선들이었다. 바로 테란 진영에서 온 함선들이었다.

"이런, 구원의 기사들이 우리를 구하러 오셨군 그래."

로즈메리는 조용히 중얼거렸다.

물론 이 구원의 기사들은 당연히 발레리안 멩스크가 지휘하는 것이었다. 그리고 그 말은 문제가 하나 더 생겼다는 뜻이었지만, 로즈메리는 그 문제는 나중에 처리하기로 했다. 로즈메리는 자기를 향해 달려오는 저그 두 마리를 쏴죽이고는 마당으로 달려 나가 소총을 돌려 잡고서 전황을 파악했다.

로즈메리는 이제 이쪽으로 무시무시하게 다가오는 울레자즈를 두 눈으로 직접 볼 수 있었다. 그 어두운 모습은 프로토스들이 쳐 놓은 푸르고도 흰 방어막 때문에 다소 흐릿하게 보였지만 똑똑히 알아볼 수 있을 정도였다. 울레자즈의 발치에는 온갖 모양과 크기의 저그 시체들과 죽어가는 저그들이 엄청 넓게 퍼져 있었다. 이곳의 뜨거운 대기는 로즈메리가 이곳에 처음 왔을 때만 해도 아주 조용해서 그 어떤 것도 이 고요함을 깨뜨릴 수 없을 거라 생각했지만, 지금 대지에는 휘날리는 흙먼지와 소리들로 가득했다. 저그들은 방어막에 몸을 부딪치며 새된 비명을 지르고 울부짖었다. 울레자즈가 내뿜는 어두운 에너지는 밖으로 밀려나올 때마다 둔중하게 고동쳤다. 곧이어 이보다는 친숙한 자치령 함선의 소리 역시 들려왔다. 로즈메리는 플라스마 폭탄이 폭발하며 울려 퍼지는 소리와 클러스터 로켓의 폭발음, 그리고 한 번 들으면 절대 잊을 수 없어서 듣기만 해도 불안감에 손톱을 깨물게 되는 야마토 포의 윙윙대는 소리를 들었다.

로즈메리는 함선들 중 몇 척을 당장 알아보았다. 저런 수송선들은 얼마 전에도 직접 조종해봤다. 함선 중에는 물론 전투순양함도 있었다. 로즈메리는 함대에 네 대의 전투순양함이 있다는 걸 확인했다. 전투순양함들은 어디에 있든지 상관없이 야마토 포의 소리를 들으면 그 위치를 알 수 있는 데다, 특이하게 망치 모양으로 생겼기 때문이었다. 하지만 지금 본 전투순양함들은 뭔가 좀 다르게 생겼다. 그리고 전투기들은…… 순간, 로즈메리는 눈을 깜빡이면서 혹시 공기가 너무 뜨거워서 아지랑이가 피어올라 눈앞에 헛것이 보이는 건 아닌가 생각했다. 로즈메리는 난생처음 신기루와 오아시스 현상이라는 걸 이해했다. 몇 분 전까지 그게 정말로 여기 있었다고 확신했는데…….

이윽고 전투기가 다시 나타났다. 다시 보니 참으로 그립다는 생각까지 드는, 터보 팬 엔진으로 날아오르는 기운차고 작은 행성 전투기였다. 그렇다면 저건 은폐 기능이 있군. 전투기가 작고 날렵하게 움직이며 아래로 급

강하해 집속탄 로켓을 발사하는 모습을 본 로즈메리는 전투기와 사랑에 빠질 것 같다는 생각까지 들었다.

그리고 저 너머로 지상군 장비가 나타났다. 로즈메리가 보기에는 일종의 공성 전차가 몸체 아래에 육중한 다리를 박은 것 같았다. 어떻게 했는지 전차는 공중으로 도약하더니 날개를 펼쳤다. 이제 전차는 하늘로 날아오르다가 다시 하강했고, 뮤탈리스크 한 마리가 같은 행동을 하자 울레자즈에게서 퇴각했다.

'흥…… 말하자면 공대지로군.'

로즈메리는 생각에 잠겨 가만히 바라보았다. 분명 아크튜러스 황태자, 아니 적어도 그의 군인들은 몇 년 동안 엉덩이를 붙이고 앉아 포트와인이나 마셔댔던 건 아니군.

그리고 정말 놀랍게도 저그와 자치령 함선들은 분명히 울레자즈를 멈춰 세웠다.

로즈메리는 자기가 비현실적인 일에 희망을 거는 사람이라고 생각해 본 적이 지난 몇 년간 없었고, 지금도 아니었다. 로즈메리가 알기로 울레자즈는 어디서든 스스로의 힘을 쉽고도 효과적으로 보충할 수 있었다. 그녀가 보는 와중에도 작고 빠른 전투기 중 암흑 집정관 쪽으로 너무 가까이 간 몇 대는 그 자리에서 증발해버렸다. 발레리안이 자치령 함대를 전부 데리고 왔다 하더라도 울레자즈의 안방 같은 이곳에서 그를 이길 수 있을지는 의문이었다.

아직도…… 그들 모두에게 필요한 건 시간이었다. 함선 안에 짐을 싣고, 차원 관문을 통과해서 프로토스 무리와 다시 돌아와서 준비를…….

로즈메리는 검은 머리칼을 좌우로 흔들었다. 아니야. 프로토스들은 우주선을 타고 여기를 뚫고 지나갈 수 있을지도 모르지. 알리사르 두 명 정도, 그리고 얼마간의 수정들을 가지고서 말이다. 하지만 그녀가 아이어에서 목격했던 것처럼 완벽하게 해낼 만한 프로토스들이 제아무리 많다 해도 울레자즈를 막을 수는 없을 터였다. 울레자즈는 프로토스들의 기운을 뺀 다음…… 본인은 다시 힘을 회복할 것이다.

그들은 지고 있었다. 울레자즈는 거의 다 왔다. 로즈메리는 이 순간 자기가 너무나도 무력하다는 사실을 깨달았다. 아무것도 할 수 없었다. 수류탄이나 가우스 소총도, 평범한 인간 여자인 자기가 휘두를 수 있는 그 어떤 무기도 전세를 역전시킬 수는 없었다. 울레자즈를 무찔렀던 일은 프로토스들, 바로 프로토스들과 그들이 만드는 사이오닉 폭풍에 달려 있었다. 여기 있는 프로토스들은 그들이 할 수 있는 모든 걸 다 했음을 로즈메리도 인정했다. 하지만 그것만으로는 부족했다.

그들은 지고 있었다. 그리고 로즈메리와 제이크는 죽을 것이다.

로즈메리는 고집스럽게 양미간을 찌푸렸다. 아군이든 적군이든 지금 로즈메리의 얼굴을 보았다면 찌푸린 모습을 알아챌 정도였다. 로즈메리는 소총을 들고 조준기를 통해 암흑 집정관을 바라보았다. 의미 없고 헛된 행동이었지만, 울레자즈가 사정거리 안에 들어온다면 발포할 것이다.

최소한 로즈메리는 싸우다가 죽을 것이다.

• • •

제이크는 손가락이 네 개 달린 자마라의 두 손을 여전히 쥐고 있었다. 두 손은 점점 빛나며 투명해졌다. 기묘한 연약함이 느껴지는 그 손은 뼈와 살이 아니라 속이 빈 알껍데기를 쥐고 있는 것 같아서 조금만 세게 잡아도 부서질 듯했다. 물론, 자마라의 손이 이토록 얇은 알껍데기 같다는 느낌이나 좀 더 단단하다는 느낌 모두 실제로는 존재하지 않는 것이었고, 그저 그의 마음속에서 일어나는 현상일 뿐이었다.

생각보다 단단한데……

제이크는 그 손을 응시했다. 이건 상상이 아니었다. 아, 물론 상상 속에서 벌어지는 일이긴 했다. 모든 게 그랬다. 하지만 지금 요점은 그게 아니라, 제이크가 부여잡은 자마라의 손이 정말로 점점 단단해지고 있다는 것이었다.

"이게 대체……"

제이크는 감히 희망을 다시 불러일으킬 엄두도 내지 못했지만 자마라의 눈은 밝게 빛났다.

"수정이야."

자마라는 이렇게 말했고, 제이크는 순간 무슨 말인지 이해했다.

보통 암흑 기사단은 기억을 저장하려는 목적으로 엘나에서 찾은 케이다린 수정을 이용했다. 하지만 제이크는 사제들에게 엘나의 수정을 준 게 아니었다. 그는 아이어의 지하 깊숙한 곳에 떠 있는 거대한 수정에서 떼어 낸 조각을 주었던 것이다. 그 수정은 살아 있는 프로토스들이 이제까지 찾은 그 어떤 케이다린 수정보다도 단연 강력했다.

그리고 이 독특한 수정은 단순한 정보 이상의 것도 저장할 수 있었다.

"당신은…… 당신은 없어지지 않는군요."

제이크는 숨을 내쉬었다. 입가에 커다란 미소가 번져가는 걸 느낀 제이크는 혹시 지금 자기가 바보같이 웃고 있는 건 아닌가 걱정이 들었다.

자마라 역시 어깨를 둥글게 구부리며 웃었다.

"그런 것 같아. 어쩌면 앞으로 우리는 이런 수정들을 더 많이 찾을 수 있을지도 몰라. 그러면 암흑 기사단은 우리가 하는 방식과 거의 비슷하게 기억을 저장할 수 있을 거야."

제이크는 밀려드는 안도감에 현기증을 느끼면서도 자마라의 손을 꼭 잡은 채 놓지 않았다. 그 손은 진짜가 아니었다. 하지만 확실히 진짜이기도 했다. 이 어지러운 모험의 시발점이 된 젤나가 사원 아래로 추락했던 일 만큼이나, 친구들의 죽음을 생각하며 여전히 드는 죄책감만큼이나, 그리고 그가 이 정신 상태가 되기 전에 했던 로즈메리와의 입맞춤만큼이나 그 손은 진짜였다.

그리고 또 진짜 같은 것은……

"울레자즈!"

제이크는 이렇게 소리치며 반사적으로 잡은 손을 더 꽉 쥐었다.

"나도 알아."

자마라는 말했다. 자마라도 제이크만큼이나 깊이 고뇌했다.

"나는 울레자즈를 여기로 끌고 왔어. 무엇과도 바꿀 수 없는 지식이 담긴 이 성스러운 장소로 말이야. 그 때문에 연구밖에 해본 적이 없는 무고한 이들이 피해를 보게 되었지. 울레자즈는 나를 잡으러 온 거야, 제이콥 제퍼슨 램지."

제이크는 자마라에게 맹세했다.

"울레자즈는 당신을 데려가지 못할 거예요. 이게 일단 끝나고 나서, 당신이 수정 안에 안착하고 나면 우리는 당신을 데리고 탈출할 거예요. 우리는 당신 지식을 안전하게 지킬 거라고요."

'당신이 죽음을 무릅쓰고 지켜왔던 걸 잃어버릴 수는 없어요.'

자마라는 눈을 반쯤 감은 채 미소 지으며 말했다.

"넌 이해 못 하는구나. 내가 가진 지식은 계승되어야 해. 하지만 울레자즈 역시 저지해야 한단다."

제이크는 이해가 안 된 상태로 자마라를 뚫어져라 쳐다보았다.

"무슨 말이에요? 그럼 당신은 내 머릿속으로 다시 들어오고 싶다는 건가요? 전송을 멈추고 싶어요?"

"아니야. 그러기에는 너무 늦었어. 나의 정수는 벌써 수정 안에 들어왔어."

자마라가 재미있어하는 기색이 제이크를 뒤덮었다. 그 기색에서는 소녀다운 수줍음이 느껴졌다. 제이크는 이제까지 한 번도 자마라가 소녀 같다고 생각해본 적이 없었지만, 그런 소녀다운 모습 역시 강인함이나 의지, 그리고 때때로 나타나는 신랄함만큼이나 분명한 자마라의 특성이었다.

"나는 그래야 할 때가 오기 전까진 작별인사를 하고 싶지 않을 뿐이야. 삶은 달콤한 것이니까, 제이콥. 프로토스나 테란에게나 모두 마찬가지야."

자마라는 지금 뭘 하려는 걸까.

"이해가 안 돼요. 당신이 이렇게 하면 괜찮아진다고 했잖아요. 그러니까 가능한 한 괜찮아지는 거라고 말이에요."

"그렇게…… 생각했지. 하지만 제이콥, 지금은 내가 울레자즈를 단번에 영원히 멈출 수 있을 거라고 생각해."

"어떻게요?"

"알리사릴은 더할 나위 없이 강력한 에너지가 결집해 있는 곳 위에 지어졌어. 여기는 힘의 보금자리 같은 곳이어서 사원의 터로 선정된 거야."

제이크는 고개를 끄덕였다. 여기까지는 그도 아는 내용이었다.

"울레자즈는 알리사릴 바로 밖에 있어. 그리고 울레자즈와 맞서 싸우는 적들도 있지. 다시 한 번 저그와 테란은 연합해 우리 공동의 적인 괴물을 파괴하려 하고 있어.”

그러면 이선과 발레리안은 암흑 집정관을 따라온 것이군. 제이크는 머리를 빠르게 굴렸다. 만약 울레자즈가 패배한다면, 그 다음에는 발레리안의 군대는 물론 저그와도 싸워야 할 것이다. 그렇다면 그들은…….

자마라의 부드러운 충고가 들려와 제이크는 다시 그녀의 말에 귀를 기울였다. 자마라는 제이크를 타일렀다.

“그건 일단 울레자즈를 이기고 난 다음에 생각해도 늦지 않을 일이야. 세 집단이 밖에서 싸우고 있지만, 그들이 벌이는 전투는 거기서 승패가 날 수 없어. 울레자즈를 이기는 건 여기서, 바로 네 머릿속에서, 그리고 내가 모은 모든 기억과 나의 남은 부분이 들어 있는 케이다린 수정 안에서 일어날 거야.”

“뭐라고요?”

“울레자즈는 힘을 대부분 회복했어. 내 생각은 이래. 이 세계, 수정들을 이러한 상태로 만드는 이 에너지가 지금 내내 울레자즈에게 힘을 공급해준 거야. 울레자즈는 한때 이곳 학생이었지. 실제로 울레자즈란 존재는 여기서 태어났어. 그러니 여기서 울레자즈의 존재를 끝내야 해. 울레자즈를 괴물로 만든 바로 그 에너지가 그를 억제할 수 있는 능력을 나에게 줄 거야.”

제이크는 자마라가 뭘 하려는 건지 이해하기 시작했다. 그게 무슨 말인지 알게 되자 온몸에 소름이 쫙 끼쳤다. 그리고 자기 생각이 틀렸기를 간절히 바랐다.

“그럼 당신은…… 우리가 당신에게 하듯이 울레자즈도 수정 안에 가둘 수 있다고 보는 거예요?”

“정확히는 아냐. 물론 나는 울레자즈를 가두는 데 수정을 이용할 생각이야. 하지만 나를 담은 수정과 비슷한 건 여기 없어."

제이크는 자마라의 말이 무슨 뜻인지 이해하자 하늘이 무너지는 것 같았다. 그리고 제이크는 지금 자마라와 깊은 단계로 연결되어 있는 상태였지만, 누워 있는 그의 진짜 몸마저 자마라의 말에 저항하듯 움찔대는 걸 느꼈다.

"안 돼요……. 자마라, 그럴 수는 없어요……."

"나는 할 수 있다고 봐. 만약 이 수정이 내 지식뿐 아니라 내 정수까지도 담을 정도로 강력하다면…… 내가 이 수정의 힘과 결집된 에너지의 힘을 이용해서 그 안에 울레자즈를 가둘 수 있을지도 몰라. 이 수정은 분명히 울레자즈를 가둬 놓을 만큼 충분히 튼튼할 거야. 최소한 시도는 해봐야겠지."

자마라는 자기 종족을 위해서 암흑 집정관과 함께 스스로를 영원히 가둘 작정이었다.

제이크는 자마라가 그렇게 하도록 둘 수 없었다.

"안 돼요, 자마라. 나는 당신이 그런 일을 하게 두지 않을 거예요. 이봐요!"

제이크는 전혀 실제가 아닌 상상 속의 하늘을 향해 고개를 들고는 소리도 없는 고함을 질렀다.

"거기 내 말 들립니까! 자마라를 막아요!"

"제이콥, 이렇게 해야만 해. 나는 이제까지 어떻게든 최선을 다해 우리 종족을 섬겨 왔어. 울레자즈를 봉쇄하지 않는다면, 그는 나는 물론이고 너와 로즈메리, 그리고 여기 있는 프로토스들을 죽이고 알리사릴과 그 안에 있는 모든 정보를 파괴할 거야. 나에게 맡겨진 기억을 안전하게 지키기 위해 나는 너무나 많은 일을 해왔어."

"그럼 울레자즈와 당신의 기억이 함께 있게 될 텐데, 당신은 그런 상황이 위험하지 않을 거라고 생각해요? 울레자즈가 그 기억을 갖고 도대체 무슨 짓을 벌일지 모르잖아요. 맙소사, 자마라. 울레자즈가 당신에게 무슨 짓을 할지 어떻게 알아요?"

"그건 중요한 게 아니야. 나는 울레자즈를 막아야 하고, 이게 내가 가진 유일한 방법이야. 제이콥, 부탁이야. 나를 지금 놔줘야 해. 이 일을 하게 해줘야 해. 그렇지 않으면 너도 우리와 함께 갇히게 될 거야."

"상관없어요!"

제이크는 개의치 않고 소리쳤다. 그리고 그 말이 진심임을 깨달았다. 물론 제이크는 살고 싶었다. 그래서 로즈메리와 함께 있고 싶었고, 계속해서 탐험하며 배우고, 얼굴에 내리쬐는 햇볕을 느끼며 음식을 먹고, 달리면서 웃고, 사랑을 나누고 싶었다. 하지만 제이크는 자마라를 버릴 수 없었다. 어쩌면, 그가 자마라와 함께 수정에 갇힌다면 어떻게든 도움이 될 수도 있을지도 모른다.

"아니야. 나는 너에게 충분히 피해를 끼쳤어. 나는 이제 가야 할 시간이야, 제이콥. 나는 처음부터 들어오지 말았어야 했을 곳에서 떠나는 거야. 나는 너를 데리고 가지 않을 거야."

"자마라……."

자마라는 눈을 반쯤 감고 고개를 옆으로 기울이며 제이크를 향해 마지막으로 미소를 지었다. 제이크의 마음속에 그를 향한 애정과 믿음이 담긴 속삭임이 맴돌았다.

제이크는 자마라가 손을 뻗어 그를 만지면서 동시에 어쩐지 그를 밀어내고 있다는 걸 느꼈다. 처음 자마라가 그의 마음속으로 들어왔을 땐 너무나 단호해서 견딜 수 없을 정도였다. 하지만 이제 제이크는 자마라를 떠나

보내고 싶지 않았다. 자마라가 스스로를 희생하게 두고 싶지 않았다. 맙소사, 울레자즈를 자기의 일부로 삼아 영원히 마음 한구석에 두는 일은 제이크라면 절대 할 수 없을 것이다. 제이크는 자마라와 싸웠지만 자마라의 의지가 더 강했다. 마침내 자마라가 그를 밀쳐내고 자유롭게 되자 제이크는 버려졌다는 상실감과 너무나 큰 공허함을 느끼며 격렬하게 자마라의 이름을 외쳤다.

"자마라!"

자마라는 떠나버렸다.

암흑이 내리덮었다.

· · ·

그 거대한 암흑의 존재가 순간 얼어붙었다. 로즈메리는 눈살을 찌푸리고 조준기를 통해 울레자즈를 계속 응시했다. 무슨 일이지? 뮤탈리스크들과 다양한 자치령 전투기들이 계속해서 울레자즈를 맹폭격하고 있었는데도 울레자즈는 그저⋯⋯ 서 있는 건가? 앉은 건가? 어쨌든 그 자리에서 조금도 움직이지 않았다. 갑자기 울레자즈의 거대한 몸뚱이가 떨리면서 경련을 일으켰다. 이쪽으로는 암흑으로 이루어진 팔 하나가 뻗어나오고 저쪽으로는 몸이 불쑥 부풀어 오르는 광경은 마치 자루 안에 들어간 무언가가 자루에서 빠져나오려고 발버둥치는 모습처럼 보였다. 로즈메리는 주위로 에너지가 탁탁 소리를 내며 튀어 올라서 모골이 송연해지고 소름이 돋고 배에 힘이 들어갔다. 하지만 그 에너지는 느낄 수 있을 정도였지, 맞았다고 해서 불타버리거나 해를 입을 정도로 강하지는 않았다. 로즈메리는 천천히 소총을 내려놓고 눈앞의 광경을 응시했다.

무시무시한 울부짖음이 터져 나와서 로즈메리조차도 움츠러들었다. 암흑 집정관이 보이는 이상한 행동과 귀를 찢을 듯한 고함에 자치령 함대 몇 척은 뒤로 물러섰다. 그러나 저그들은 계속 돌진해댔고, 울레자즈는 이번에는 그들을 격퇴하지 않았다. 저그들은 그저 서 있기만 한 울레자즈 주위로 떼를 지어 몰려들었다. 저그들은 암흑 집정관에게 해를 입히지는 못했지만 분명히 공격을 받지도 않았다.

"이게 도대체 무슨……."

로즈메리는 중얼거렸다.

순간 울레자즈로부터 한 줄기 어둠이 뿜어져 나왔다. 그 어둠은 너무나 강력해서 마치 밝은 빛 같았다. 로즈메리는 잠시 동안 눈을 감고 숨을 헐떡였다. 그러고는 마음을 가다듬고 눈을 떴다.

울레자즈가 사라졌다.

로즈메리는 일 초도 안 되는 짧은 순간 동안 무슨 일이 벌어진 걸까 생각했다. 그리고 이내 그녀의 얼굴에 포식자의 미소가 떠올랐다. 로즈메리는 날렵한 몸짓으로 한 번에 기둥 뒤로 안전하게 몸을 숨기고는 가우스 소총을 들어올렸다. 그리고 저그들의 등딱지와 살이 들끓는 저 아래를 향해 발포하기 시작했다.

로즈메리는 가능한 한 많은 수를 죽일 것이었다. 마침내 뭔가 죽일 이유가 충분한 것들을 마음껏 죽일 수 있게 되어 기뻐하면서 말이다.

그리고 이들 무리의 지도자 역시 이들과 똑같이 만들어주리라.

•　•　•

이선은 이 상황을 믿을 수 없었다. 무슨 일이 벌어진 것인지는 몰랐지만, 솔직히 신경 쓰이지는 않았다. 이선은 아주 인간다운 미소를 지으면서 힘들이지 않고 단번에 생각을 보내 남은 저그들의 무리를 남아 있는 두 적들에게로 보냈다. 이선은 더 이상 그들과 한편에 서서 싸울 필요가 없어져 기분이 좋았다. 저그는 그들을 파괴하는 존재들이지 협력하는 존재가 아니었다. 여왕이 말했고 이선도 믿고 있듯이, 저그야말로 가장 뛰어난 종족이 아닌가. 이선은 여왕이 찾는 것을 갖다 줌으로써 그 사실을 증명해보이는 건 물론이고 자기의 가치와 충성심 역시 증명해보이리라.

자마라를 교수의 몸에서 분리하기 위해 프로토스들이 벌인 비밀스럽고 조그마한 의식은 지금쯤이면 끝났을 터였다. 그렇지 않더라도 최소한 이선은 알리사릴 쪽으로 움직여서 테란이 요구하기 전에 먼저 전리품을 가로챌 위치에 있어야 했다.

이선은 아이어에서 많은 저그들을 데려왔지만, 울레자즈가 그 수를 줄여 놓았다. 울레자즈 때문에 여기서도 많은 저그들이 죽었다. 그래서 이선은 함선들로 뒤덮인 하늘을 흘깃 바라보다 아주 살짝 걱정이 들었다. 아니야. 이렇게 가까이 왔잖아. 걱정 따위로 주의가 산만해질 수는 없었다.

이선이 일개 인간이었을 때부터 연마해온 체력과 정신력은 예전에도 그랬듯이 지금도 강력했다. 이선은 그 모든 힘을 끌어올려 칼날처럼 예리하게 정신을 집중해 부하들을 배치했다.

바로 저기, 인간 여자 하나가 있었다. 여자는 기둥 뒤에 몸을 숨기고 사원에 한데 모인 저그들을 향하여 발포하는 중이었다. 이선의 입가에는 뒤틀린 미소가 번졌다. 역시 사고뭉치의 솜씨는 죽지 않았군. 이선은 이번에야말로 로즈메리를 끝장내버릴 작정이었다. 그렇게 생각하자 이선은 이성적으로 약간 미안했지만 그 때문에 조금이라도 주저하지는 않았다. 마치 침입자를 공격하라고 사냥개들을 부추기는 것처럼, 이선은 저글링과 히드라리스크 무리 전체를 로즈메리 쪽으로 보냈다.

"잘 가라, 사고뭉치."

이선은 저그들이 계단을 솟구쳐 올라가 마당 쪽으로 향하는 광경을 지켜보았다. 저그들은 거의 사정거리 안에 도달했고, 이선은 히드라리스크들이 등딱지를 올려 면도날처럼 날카로운 가시를 쏘아대는 장면을 보았다. 히드라리스크들은 일제 사격을 퍼부었지만, 로즈메리는 그럴 상황을 예상하고 기둥 뒤에 숨어서 투창처럼 떨어지는 가시뼈로부터 자신의 매끄러운 맨살을 보호했다. 그리고 슬쩍 고개를 돌려 전방을 엿보고는 히드라리스크 중 두 마리를 향해 발포해 넘어뜨렸다.

수십 마리 중 두 마리였다.

거의 로즈메리 가까이로 다가온 저글링들이 날카로운 발톱과 독니며 낫으로 공격하는데 기둥 뒤에 숨어 봤자 소용없는 일이었다. 로즈메리 역시 그 점을 알았겠지만 그럼에도 불구하고 계속해서 발포했다. 그 모습을 본 이선은 예전부터 항상 로즈메리에게 느껴왔던 존경심을 그녀가 죽기 전에 마지막으로 다시 한 번 느꼈다.

그 순간, 저그들의 작은 무리가 폭발했다. 피와 고름이며 살점이 하늘 높이 치솟았다가 질척한 파편이 되어 비처럼 쏟아져 내렸다. 일 초가 채 지나기도 전에 이선은 작은 테란 함선들 중 하나가 마침 제때에 매처럼 쏜살같이 내려와서 저그들의 무리 한가운데에 집속탄 로켓을 마구 쏘아댔다는 사실을 알아챘다. 두 마리의 그나마 멀쩡한 저글링이 민달팽이처럼 뒤에 체액을 남기며 로즈메리에게 다가가려 애썼다. 로즈메리는 그 둘을 즉시 해치워버린 뒤 검은 머리를 하늘로 들어올렸다.

그녀는 도발하듯 이선을 똑바로 보았다.

작은 전투기는 계속해서 로즈메리를 보호하듯이 주위를 맴돌았고, 이선은 욕지기를 퍼부었다. 말할 것도 없이 발레리안이 자기의 귀여운 애완용 암살자를 지키라는 명령을 내린 것이다. 뭐, 상관없지. 로즈메리는 나중에 잡으면 된다.

이선은 마당에 있는 다른 저그들이 움직이는 쪽으로 주의를 돌렸다. 그때 프로토스 하나가 불쑥 나타났다. 이선은 그게 얼마 전 자기와 이야기를 나누고 의식이 끝날 때까지 기다려준다면 요구를 들어주겠다던 프로토스임을 알아보았다. 이선은 조용히 이를 갈았다. 진작 알아차렸어야 했는데. '섬세한 의식'이니 뭐니 하는 이야기는 다 시간을 벌려는 거짓말이었다. 이선은 집행관 셀렌디스라는 자가 갈가리 찢겨 죽는 것을 보고 싶었다. 이선이 머리털도 없는 자기 머리를 홱 움직이자, 자치령 지상군 부대와 싸우던 한 떼의 저그가 갑자기 빠져나와 셀렌디스를 찢어 죽이기 위해 그녀 쪽으로 향했다.

셀렌디스는 마당에서 나와 전장으로 뛰어들어 중간 지점에서 저그들과 마주쳤다. 이선은 솜씨 좋은 전투가 어떤 것인지 평가할 줄 아는 이여서, 지금 보는 것이 상당히 훌륭한 전투임을 알 수 있었다. 셀렌디스의 손목에서 푸르게 빛나는 검이 튀어나왔다. 그녀가 검을 휘두르며 싸우는 모습은 마치 춤을 추는 것 같았다. 셀렌디스의 빛나는 갑옷은 태양빛을 사정없이 반사해서 그 번쩍이는 찬란한 빛에 이선조차 눈을 찡그렸을 정도였다. 가까운 거리에서는 갑옷이 무자비하게 반사하는 빛도 분명히 나름의 무기가 되기에 충분하리라. 셀렌디스는 거의 단숨에 저글링 두 마리를 해치웠고 몸을 돌려 또 한 마리를 죽였다. 히드라리스크들은 일제히 가시를 발사했다. 셀렌디스는 소리를 들으려는 듯 고개를 옆으로 기울이더니 공중으로 훌쩍 뛰어올랐다. 그녀의 검은 너무나 빨라서 흐릿해 보일 정도였다. 이선은 셀렌디스가 상당히 빠르게 움직이기 때문에 가시뼈가 닿기도 전에 그 자리를 피할 수 있고 미처 피하지 못한 가시뼈는 베어버릴 수 있음을 알게 되었다.

이선은 수중의 저그 군대에서 더 센 병력을 불러올까 말까 고민했지만, 그 저그들은 이미 자치령의 공격을 막아내며 충분한 시간을 버느라 고군분투하고 있었다. 이선은 자신이 기분에 따라 행동하느라 그만의 장점을 발휘하지 못하고 있음을 깨달았다. 여왕을 위해 이길 작정이라면 이것을 사사로운 전투가 되도록 내버려둘 수 없었다. 로즈메리와 셀렌디스에게는 적은 수의 저그만을 남겨두도록 하자. 제아무리 소총의 달인인 계집애와 프로토스 집행관이라 한들 결국 이 전투에선 지게 될 테니까.

그러나 이선이 고개를 돌리자마자 전투순양함 두 대가 수호군주들을 공격하기 시작했다. 수호군주들은 새로 나타난 이상한 부대가 저그들을 엉망진창으로 파괴하고 있는 곳에다가 산을 토하는 중이었다. 이런 상황에서도 이선은 테란의 우주선들을 잠시 지켜보다가 새로운 기술력에 감탄하고 말았다. 빨간색으로 산뜻하게 테두리를 칠한 작고 맵시 있는 비행정들은 날개를 동체 안으로 끌어들이면서 다리를 채 뻗기도 전에 거의 땅에 닿을 듯 내려오더니 지상 유닛으로 변했다. 이선은 어깨를 으쓱였다. 정말로 인상적이지 않은가. 하지만 일단 땅 위에 내려앉기만 하면 그 비행정들은 수호군주의 손쉬운 먹잇감일 뿐이었다. 이선은 저그떼에 수호군주 두 마리를 더 넣고서는 로봇이자 비행정인 것들에게로 보냈다.

이번에는 발레리안도 이길 수 없을 것이다.

• • •

로즈메리는 하늘을 한 번 잠깐 올려다봤을 뿐이었다. 자치령 함선들이 그녀를 보호하러 온 수호천사라면, 수호천사들을 보낸 이는 발레리안이라는 이름의 타락천사였다. 발레리안이 그녀가 죽지 않기를 바란다면, 분명히 그녀에게서 뭔가 원하는 게 있을 것이었다. 제길, 발레리안이 그녀를 구하려고 자원을 공급해준다면야, 로즈메리는 지금 하고 싶어 안달이 난 일을 할 작정이었다.

로즈메리는 비교적 안전한 기둥 뒤에서 나와 계단 아래로 달려 내려가다가 미끄러져서 하마터면 저그의 시체더미 위로 넘어질 뻔했다. 하지만 다시 자세를 고쳐 잡고는 남은 길을 뛰어넘어 단단한 땅 위에 확고히 섰다. 로즈메리는 이선이 뮤탈리스크를 탄 채 안전한 곳에서 나는 모습을 보았다. 그리고 곧이어 저 위로 전함들이 물결무늬를 이루며 날다가 목표지점을 설정하고는 전속력을 다해 돌진하는 광경도 지켜보았다.

함선들이 그 위로 날아와 이선을 폭격하는 장면을 본 로즈메리는 이선이 예상했던 것보다는 무찌르기 쉽다고 생각했다. 뮤탈리스크는 고통에 차서 귀청을 찢을 듯이 끔찍한 비명을 지르며 발버둥 치더니 돌멩이처럼 추락했다. 전함들은 몸부림치는 저그와 그 위에 탄 존재를 향해 계속해서 폭격했다.

• • •

케리건은 이선의 눈을 통해 상황을 지켜보고 한숨을 쉬었다. 이선을 만들기 위해 상당한 노력을 기울였고, 그래서 기대치도 높았다. 이선이 총탄에 맞아 구멍투성이가 되어 엄청난 고통으로 몸을 뒤틀며 경련하는 모습을 본 케리건은 적지 않게 후회했다. 하지만 그녀가 할 수 있는 일은 없었다. 이 임무는 이선이 완수해야 할 일이었고 실패했으니 이제 그는 죽게 될 것이다.

"나의……여왕이시여……."

이선은 케리건의 마음속에서 숨을 헐떡였다.

케리건은 이선에게 뺨을 가볍게 톡톡 치는 것에 해당되는 생각을 보냈다. 그러고는 이선이 배신감에 너무나 큰 충격을 받고 울부짖는 모습에도 아랑곳하지 않고 그의 뇌에서 빠져나왔다.

하지만 케리건은 여전히 실험이 잘 되었다고 생각했다. 얼마 후에 다시 새 동반자를 창조하면 될 일이다. 자기의 첫 번째 도전에서 살아남을 희망이 있는 동반자를 말이다.

• • •

"제길!"

로즈메리는 못마땅한 얼굴로 달려가며 자기가 직접 죽일 수 있는 이선의 일부가 어느 정도 남아 있기를 바랐다. 전함들은 로즈메리가 사정거리 안으로 들어오자 그녀를 사격하지 않으려고 뒤로 물러났다.

이선은 아직 살아 있었다. 로즈메리는 달려오던 걸 급히 멈추느라 앞으로 몇 걸음 더 비틀거렸고, 숨을 몰아쉬었다. 그러고는 몇 마리의 저그가 죽으면서 마지막 공격으로 남긴 산 웅덩이를 조심스럽고도 빠르게 피하며 앞으로 걸어갔다. 이선은 그리 운이 좋지 못했다. 그가 탔던 저그는 이런 산 웅덩이 중 하나에 떨어졌고, 지금 이선의 그슬리지 않은 신체 부위는 산에 녹아드는 중이었다.

이선은 엄청난 고통을 느낄 것이 분명했는데도 비명을 지르지 않았다. 로즈메리는 그 점을 높이 샀다. 그러고는 이선이 그녀 앞에서 고통으로 몸부림치는 것을 잠시 동안 응시했다. 이윽고 로즈메리는 태연히 말했다.

"흥, 나는 저그 떼가 당장 몰려와서 자기를 빼내 치료해줄 거라고 생각했는데 말이야."

이선은 한쪽 팔과 다른 쪽의 낫 같은 팔로 몸을 지탱해 올렸다. 두 다리는 녹아서 흐느적거리는 살덩이로 웅덩이를 이루었다. 고통을 어떻게든 참아보려는 노력에 목에 난 힘줄이 마치 굵은 밧줄처럼 도드라져 나왔다. 하지만 이선은 그런 노력에도 불구하고 고통에 찬 눈빛을 드러냈다. 로즈메리는 눈썹을 치켜세웠다. 그토록 심한 고통은 본 적이 없었다. 그리고 그 고통은 육체적인 게 아니라는 사실도 알게 되었다.

"잠깐만, 내가 한번 맞춰볼까? 자기는 저그들이랑 연결이 끊긴 상태지, 안 그래?"

아무 말도 없는 이선의 모습에서 그렇다는 사실을 알 수 있었다.

"와, 자기가 모시는 여왕님은 참 좋으시네, 안 그래? 조금만 도와주면 되는 때에 딱 자기를 버리다니 말이야. 보니까 자기는 그냥 다음 저그로 갈아 낄 수 있는 소모품인 것 같은데, 이선."

"아니야!"

이선의 목에서 외마디 말이 터져 나왔다.

"여왕님은 나를 버리지 않으실 거야……."

부정하며 말하는 목소리는 거친 흐느낌으로 변해갔다.

"나의 여왕님은…… 케리건은……."

로즈메리는 씩 웃고는 마음에 있지도 않은 동정심을 가장하며 혀를 찼다.

"너는 배신당한 채 죽어가는 거야. 뜻밖의 결과가 아주 적절하게 나타나서 만세가 나온다, 이 개자식아."

로즈메리는 소총을 천천히 들어 이선이 자신의 행동을 볼 수 있게 했다. 그러고 나서 신중하게 과녁을 향해 총을 겨누었다.

순간 황금빛과 푸른 잔상 그 자체가 로즈메리와 그녀의 사냥감 사이에 끼어들었다. 로즈메리가 반응하기도 전에 이선은 목숨이 끊어진 채 앞으로 나동그라졌다. 이선의 머리는 몸에서 떨어져 나왔고, 살은 사이오닉 검에 힘없이 부스러졌다. 셀렌디스가 로즈메리 앞에 섰다.

"대체 무슨 짓이에요!"

로즈메리는 비명을 질렀다.

"당신을 보호하고 있는 것이오."

집행관은 차분하게 대답했다. 로즈메리는 입에서 쏟아지는 대로 욕설을 퍼부었다.

"나를 보호한다고? 내 사냥감을 뺏어갔으면서! 저 놈은 죽은 거나 다름없었다고요! 어떤 상황에서도 나를 보호해줄 필요는 없단 말이에요!"

셀렌디스는 정말이지 너무나 짜증날 정도로 고요한 마음의 소리로 말했다.

"나는 케리건이 이선 스튜어트에게 남겨 놓은 것으로부터 당신을 보호했소. 바로 미움 때문에 누군가를 살육하는 상태로부터 보호한 것이오. 당신과 나, 우리는 모두 전사들이오. 우리는 때로 생명을 뺏어야 하오. 하지만 우리가 그래야 하는 이유는 그럴 필요가 있기 때문이지, 살육을 즐기기 때문이 아니오. 지금 이 순간부터 당신이 다시는 마음속에 담긴 증오 때문에 살육하지 않게 되기를 나는 진심으로 바라오."

원한과 분노, 속았다는 생각과 더불어 증오심 역시 아직도 사납게 로즈메리 안에서 솟구치고 있었지만, 마음 한구석으로는 그 말을 이해했다.

"나중에 내 생각이 어떤지 알려주도록 하죠."

이렇게 말한 로즈메리는 이 말이 얼마나 그녀의 본심을 그대로 담고 있는지 깨닫고는 순간 당황했다.

"지금 우리는 저그들을 막아야 하니까요. 그리고 발레리안도요."

셀렌디스는 고개를 끄덕였다. 그리고 기사단의 집행관과 테란 암살자
는 함께 전장으로 뛰어들었다.

제22장

제이크는 눈을 깜빡이며 깨어났다. 얼굴은 눈물에 젖어 있었다. 잠시 동안 그는 뭐가 뭔지 정신을 차릴 수가 없었다. 뭔가 아주 중요한 것을 잊은 듯한, 잃어버렸거나 어디 잘못 두고 온 듯한 기분이 들었다. 그리고 그를 자세히 내려다보는 프로토스의 얼굴을 멍하니 응시했다. 그러자 비로소 무슨 일이 일어났는지 깨달았다.

자마라는 가버렸다. 마음이나 생각 속 어디에서도 자마라를 더 이상 찾을 수 없었다. 잠시 동안 제이크는 자기가 아플 거라고 생각했다. 그럴 정도로 자마라의 부재는 압도적이었다. 네 손가락으로 이루어진 손이 강하지만 부드럽게 제이크의 팔을 감싸고 등 아래로 미끄러져 들어가더니 제이크가 쉽게 앉을 수 있도록 도와주었다. 제이크는 손을 뻗어 크리스칼의 옷자락을 쥐었다.

"가버렸습니다. 자마라는……."

"우리도 알고 있소."

제이크의 머릿속으로 생각이 전해졌다. 최소한 제이크는 여전히 프로토스의 생각을 이해할 수 있었다. 하지만 뭔가 사지가 절단된 것 같은 느낌이 들었다. 맙소사. 인간이란 원래 이토록…… 고독한 존재였나?

크리스칼은 손을 들었다. 손바닥 위에는 의식이 시작되기 전에 제이크가 크리스칼에게 주었던 수정이 놓여 있었다. 바로 그와 로즈메리, 알자다르와 라드라닉스, 그리고 다른 모든 이들이 아이어의 미로 같은 심장부의 깊숙한 곳에서 찾아낸 수정이었다. 그때 수정은 빛나고 맑고…… 깨끗했다. 제이크는 지금 그 수정 조각을 뚫어지게 바라보았다. 지금은 그 빛깔이 어두웠지만, 여전히 어딘가 음침한 보라색 내지는 검은 빛으로 빛나고 있었다. 무언가가 그 안에서 소용돌이쳐댔고, 간간히 밝은 빛이 불꽃을 튀기며 솟아올랐다가 이내 보이지 않게 되기를 반복했다.

제이크는 몹시 조심스러운 태도로 수정을 받았다. 예전에는 이 수정을 쥐는 게 언제나 힘들었다. 수정은 너무 오랫동안 쥐고 있으면 점차 고통이 느껴질 정도의 힘을 발산했다. 하지만 그 고통은 어쩐지 정화를 시켜주고 더러운 것을 닦아내는 듯한 느낌을 주었다. 쥐고 있거나 휘두르기에는 너무 강한 무언가가 분명했지만, 적대적이지도 않았다.

하지만 지금, 자기 손바닥 위에 있는 그 수정의 느낌은…… 뭔가 잘못되었다. 제이크는 이렇게밖에 달리 표현할 말을 찾을 수 없었다.

"저는…… 의식을 잃었습니다."

제이크는 수정을 바라보며 말했다. 수정은 차가웠고, 감각이 마비되는 듯한 느낌이 손바닥 위로 퍼져갔다.

"무슨 일이 일어난 겁니까? 자마라가…… 자마라가 한 겁니까? 울레자즈를 자기와 함께 이 안에 가둬버린 겁니까?"

크리스칼의 마음의 소리에는 동정심이 가득 담겨 있었다.

"그건 말하기 어렵소. 울레자즈는 분명 사라졌소. 자치령과 저그들은 이제 서로 맞붙어 싸우고 있소. 저그들은 전투에서 지는 듯 보이오. 우리가 느꼈던 것은 맨 마지막 순간에 일어난 일이었소. 수정에서, 자마라에게서 힘이 솟아오르더니 어디론가 뻗어가서는…… 그리고 그 후 우리는 자마라를 더 이상 느낄 수 없게 되었소."

한기가 심해졌다. 제이크는 수정을 쥔 손에 고집스럽게 힘을 주었다. 어쩐지 제이크는 자마라를 위해서 자기가 할 수 있는 한 오랫동안 수정을 꽉 쥔 채 손을 펴지 말아야 한다는 느낌이 들었다. 마치 자마라가 할 수 있는 한 오랫동안 그녀의 임무에 매달려 있었듯이 말이다. 어쩌면 자마라는 아직도 그 임무에 몸을 바치고 있을지도 모른다.

제이크는 슬픔이 거칠게 묻어난 목소리로 물었다.

"자마라는 울레자즈의 모든 걸 가져갔습니까? 그의 영혼과 기억, 그의 전부를 다 끌어간 겁니까?"

그게 자마라를 잃을 만큼 가치 있는 일이었을까?

"그럼 자마라는 어떻게 되는 겁니까? 만약 그 안에 울레자즈와 같이 있는 거라면……."

제이크는 말을 잇지 못했지만 대화를 텔레파시로 나누었기 때문에 굳이 말을 이을 필요가 없었다. 그 둘은 함께 갇혀서 영원히 지옥 같은 전투를 벌이게 되는 것일까? 수정 속의 자마라는 여전히 스스로를 인식하는 존재일까? 그렇다면…… 자마라는 고통을 받고 있다는 건가? 그가 어떻게 했어야 자마라를 막을 수 있었을까? 그는 뭔가 할 수 있지 않았을까?

작고 따뜻하며 부드러운 인간의 손가락이 수정을 꽉 쥔 제이크의 손을 감싸더니 손가락을 풀어냈다. 제이크는 로즈메리가 그의 손을 펴게 두었다. 그리고 연한 검은 빛을 띠며 진동하는 수정을 뒤덮은 핏자국을 멍청히 응시했다. 제이크는 수정을 너무 꽉 쥐어서 날카로운 수정 가장자리에 손을 베었던 것이다. 제이크는 로즈메리의 하트 모양 얼굴을 올려다보며 자기가 느끼는 고통을 그대로 드러내 보였다. 로즈메리는 부드럽게 미소 짓더니 몸을 돌려 수정을 셀렌디스에게 건네주었다.

"제이콥."

셀렌디스의 마음의 소리가 들려왔다. 제이크는 로즈메리를 바라보던 시선을 마지못해 셀렌디스에게로 돌렸다.

"자마라는 자신이 가진 모든 것으로 그녀의 종족에게 봉사하기 위해 살았다가 죽었고 또 다시 살아날 방법을 찾아냈소. 자마라의 기억과 희생을 기리기 위해 우리 역시 그녀와 같은 일을 해야 하오. 저그는 이제 패배한 것이나 다름없고, 그 지도자는 죽었소. 그 말은 발레리안이 곧 여기 올 거라는 의미요. 발레리안은 자마라를 요구할 것이지만 자마라를 찾아내서는 안 되오."

그러면 이선은 죽었군. 제이크는 로즈메리가 이선을 죽였는지, 아니면 자치령 함대나 셀렌디스가 무찔렀는지 궁금했다. 하지만 누가 죽였는지는 중요하지 않았다. 이선이 살아 있는 한 저그들은 케리건 말고도 똑똑한 지도자를 가지는 것이었다. 그들이 이기려면 이선은 없어져야 했다. 제이크는 힘들게 팔을 올려 눈을 가리고는 고개를 끄덕이며 몸을 뒤로 당겨 앉았다.

"당신 말이 맞습니다. 우리는 자마라가 했던 일을 허사로 돌아가게 만들 수 없습니다."

"발레리안은 전송 작업이 성공했는지에 대해서는 모르오. 만약 발레리안이 여기서 당신을 찾게 된다면……."

그때 로즈메리가 셀렌디스에게 눈살을 찌푸리며 말했다.

"아니, 잠깐만요. 여러분은 여기에 제이크를 죽도록 내버려두고 우리를 떠날 작정인 거예요? 여러분이 자마라를 데리고 떠나는 동안 미끼로 두려고요? 미안한데, 내가 보기에는 그다지 좋은 의견이 아니에요."

제이크는 로즈메리를 올려다보았다.

"셀렌디스의 말이 맞아요. 우리는 자마라와 울레자즈를 자치령 수중에 들어가게 놔둬서는 안 돼요. 멩스크가 울레자즈 같은 무기를 어떻게 쓸지 생각해봐요. 당신도 알겠지만 멩스크는 울레자즈를 풀어주고 조종하려 들 거예요."

로즈메리는 여전히 양미간을 찌푸린 채였다. 제이크는 계속 말했다.

"게다가 나는 치료를 받아야 해요. 인간의 의술로 말이에요. 고통은…… 사라진 게 아니에요. 뇌종양은 아직 그 자리에 있다고 생각해요. 프로토스들이 똑똑하다 해도 나를 제시간에 치료해줄 수는 없을 거예요. 하지만 발레리안의 의사들은 할 수 있을지 몰라요. 그리고 발레리안은 당신이 생각하는 것만큼 나쁜 놈이 아닐 수도 있어요. 발레리안에게는 뭔가……진정성이 있었어요. 그리고 데본 스타크라는 친구한테도. 뭐라 설명할 수는 없지만……."

제이크는 로즈메리의 손을 잡았다.

"그리고…… 제길, 나는 도망다니는 데 지쳤어요. 아주, 아주 신물이 날 지경이에요. 하지만 로즈메리…… 내 생각에 당신은 프로토스와 함께 가야 해요. 발레리안이 찾는 건 나지 당신이 아니니까요. 나는 당신과 프로토스들이 탈출할 수 있도록 충분히 시간을 끌 수 있어요. 하지만 여러분은 서둘러야 합니다."

제이크는 자마라 때문에 무척 슬펐다. 하지만 로즈메리가 고개를 흔들어서 곱고 짧은 검은 머리카락을 휘날리는 모습을 보자 제이크의 마음은 더없이 부풀어 올랐다.

"어림없는 소리 말아요."

로즈메리는 이렇게 말했다. 그 말뿐이었지만 제이크에게는 충분했다. 아니, 충분하고도 남았다. 이제 앞으로 무슨 일이 벌어지더라도 그들은 함께 맞서나갈 것이다.

셀렌디스는 고개를 옆으로 기울였다. 그리고 엄숙히 말했다.

"전세가 바뀌었소. 저그들은 이제 패한 거나 마찬가지요."

제이크는 비틀거리며 두 발로 일어나서는 처음으로 문 밖에 있는 시체들을 보았다. 프로토스 둘과 저그 한 마리의 시체였다.

"이게 무슨……."

"말하자면 길어요."

로즈메리가 대답했다.

"무슨 일인지 알고 싶지만, 지금은 때가 아니에요. 여러분은 가야 합니다."

제이크는 이렇게 말하며 거기 있는 이들을 하나씩 바라보았다. 크리스칼은 자신의 생명을 구한 이였다. 셀렌디스는 강력하고 당당하며 자부심이 넘치는 프로토스였다. 바르타닐은 그를 믿어 주었다. 모한다르, 이 암흑 기사는 계승자의 지식을 회수하기 위해 셀렌디스는 물론 로즈메리와도 협력했다. 제이크는 프로토스들이 그의 생각에서 존경심과 감탄을 읽을 수 있다는 걸 알았다. 셀렌디스가 말했다.

"제이콥 제퍼슨 램지, 당신은 우리 종족의 영웅이오. 우리는 당신을 잊지 않을 것이오. 당신은 우리 역사의 일부가 되었소. 그 부분은 아주 찬란한 순간으로 남게 될 거요."

바르타닐이 말했다.

"그리고 당신 역시 그래요, 로즈메리 달."

로즈메리의 뺨이 붉어졌다. 그녀는 거칠게 말했다.

"제길, 난 누구의 영웅도 아니라고요."

"당신은 내 영웅이에요."

바르타닐은 프로토스의 미소를 지으며 대답했다.

순간 찌르는 듯한 고통을 느낀 제이크는 가늘게 신음을 내뱉으며 비틀거렸다. 로즈메리는 제이크를 붙잡았고, 작고 호리호리했지만 강한 그녀는 그를 부축했다. 감정이 북받친 제이크는 프로토스들에게서 얼굴을 돌렸다.

"고맙습니다. 그리고 저는 자마라를 잊지 않을 겁니다."

프로토스들은 한 몸인 것처럼 제이크에게 허리를 굽혀 정중하게 절을 했다. 그러고는 돌아서서 거대한 돌덩이들과 잔해 사이를 이리저리 빠져나가 복도를 따라 재빨리 내려갔다. 제이크는 프로토스들이 사원의 저 아래 깊은 곳에 있는 격납고로 내려가 거기 있는 한 척의 우주선을 타러 가는 모습을 시야에서 사라질 때까지 지켜보았다. 그러나 크리스칼은 그들과 함께 가지 않았다.

"당신은…… 남으실 겁니까?"

그는 고개를 끄덕였다.

"알리사릴은 공격을 받아 손상을 입었소. 저그들은 많은 알리사르들을 죽였지. 그리고 아주, 아주 많은 수정들이 파괴되었소. 우리는 여기를 두고 갈 수 없소."

제이크와 로즈메리는 서로 눈짓을 교환했다. 로즈메리가 경고했다.

"발레리안이 이 장소를 보면 보물창고를 발견했다고 생각할 거예요. 발레리안은 고대의 지식이라면 사족을 못 쓰니까요."

크리스칼은 눈을 반쯤 감고 고개를 옆으로 기울였다.

"이걸 이해하려면 그자는 프로토스가 되어야 할 것이오."

"어떻게든 알아내려고 할 겁니다."

제이크가 말했다.

"만약 막으려는 이가 이곳에 아무도 없다면 그대가 두려워하는 대로, 그자는 의심할 바 없이 여기를 약탈할 것이오. 하지만 어쩌면 우리는 대화를 할 수 있을 것이오. 나는 성인이 된 이후로 이곳에서 대부분의 시간을 보내며 살아왔소. 어찌 되었든 나는 이곳을 떠날 수 없소. 그리고 누가 알겠소. 언젠가 때가 되어 우리가 협력해야 할 필요가 생기고 우리의 지식을 열등한, 아니 다른 종족과 나눠야 할 때가 올지 말이오."

로즈메리는 냉소적으로 대답했다.

"딱 맞는 말씀이네요. 그러면…… 이제 뭘 하죠?"

"기다리죠."

제이크가 말했다.

그들은 마당으로 나갔다. 그곳에서는 전쟁의 마지막 순간을 볼 수 있었다. 제이크는 작고 투박한 우주선에서 눈을 떼지 않았다. 로즈메리가 수리를 도왔던 그 함선은 알리사릴의 바닥에서 솟아나와 속력을 높여 차원 관문 쪽으로 쏜살같이 날아갔다. 전투기 한 대가 대열에서 빠져나와 그 우주선을 따라가는 광경을 보고 제이크는 가슴이 철렁했지만, 전투기는 즉시 연속 회전을 하며 우아하게 대열에 합류했다. 제이크는 안도감에 주저앉았다. 프로토스 우주선에 인간의 형태가 없다는 사실을 투시해 보고는 중요하지 않다 여겨 내버려둔 것이다. 제이크는 계속 지켜보았고, 우주선이 시야에서 사라졌을 때 그의 입가에는 작은 미소가 감돌았다.

크리스칼은 함선이 안전한 곳으로 질주하는 동안 셀렌디스와 정신으로 연락을 했다. 잠시 후, 크리스칼은 조용히 기뻐하며 제이크와 로즈메리에게 말했다.

"그들은 차원 관문에 도달했소. 이제 안전하오."

'해냈군요, 자마라. 당신은 요구받은 것 이상의 일을 해낸 겁니다. 그리고 이제 당신과 울레자즈는 샤쿠라스에 갈 겁니다. 샤쿠라스의 프로토스들은 울레자즈를 감시하겠죠. 당신은 해냈어요.'

제이크는 자기가 오랫동안 서 있을 수 없음을 알았다. 로즈메리는 마당의 돌 위에 제이크를 편하게 눕혔다. 그러고는 로즈메리도 앉아 제이크의 머리를 자기 무릎 위에 올려놓았다.

제이크는 로즈메리를 올려다보았다. 조금 있으면 고문을 받고 심하게 더러운 죽음을 맞이할 수도 있겠다는 생각이 들었지만, 이상하게도 마음이 편안했다. 제이크는 그의 가느다란 머리카락을 매만지는 로즈메리에게서 자신과 같은 이상한 편안함을 보았다.

"좋은데요."

제이크는 조용히 말했다.

"이런 행동에 너무 길들지 말아요. 나는 당신 입에 포도알 같은 걸 넣어

줄 마음은 없으니까.”

그러자 제이크는 순수하고 거리낌 없이 웃음을 터뜨렸다. 그 모습을 본 로즈메리의 짙은 빨간색 입술이, 아무리 입 맞춰도 부족할 것만 같은 그 입술이 미소로 휘어졌다.

발레리안 멩스크는 삼십 분도 채 되지 않아 그들을 찾아냈다. 황태자는 마지막 계단에 멈춰 섰고, 소총으로 무장한 해병 몇 명과 더불어 민간인 복장을 한 정체를 알 수 없는 호리호리한 체격의 사내를 대동했다. 발레리안의 날카로운 회색 눈은 주변을 쏘아보았고, 곧 재빠른 동작으로 한 손을 들어올렸다. 그러자 해병 여섯 명이 급히 달려 나와 두 패로 나뉘어 각기 다른 방향으로 향했다.

“램지 교수, 로즈메리. 무사한 것을 보니 참으로 기쁘오.”

발레리안이 말했다. 그 말은 진심같이 들렸다.

“당신들을 쫓아다니느라 상당히 힘들었소. 나는…….”

발레리안이 말을 하는 동안 정체를 알 수 없는 사내는 제이크를 응시하고 있었다. 사내가 불쑥 말했다.

“저하, 없어졌습니다.”

“뭐라고?”

“램지 교수의 머릿속에 있던 프로토스 말입니다. 사라졌습니다.”

제이크가 말했다.

“그럼 당신이 데본 스타크겠군요. 당신 말이 맞습니다. 자마라는 더 이상 여기에 없습니다.”

제이크는 몸을 일으키고 앉아 머리를 톡톡 두드렸다.

“이제 이 안에 들어 있는 건 인간의 뇌와 아주 심한 통증을 일으키는 뇌종양뿐입니다."

발레리안의 황금색 눈썹은 회색빛 눈 위에서 한데 모였다. 그걸 본 제이크는 갑자기 바다에서 일어난 태풍이 연상되었다.

"뭘 어떻게 한 것이오?"

"그 프로토스는 처음부터 제이크의 머릿속에 있어서는 안 될 존재였어요."

로즈메리는 거칠게 쏘아붙이며 일어서서는 황제의 아들을 노려보았다.

"프로토스들이 자마라를 꺼내갔어요."

"그럼 그 존재는 지금 어디에 있소?"

발레리안은 물었다.

"내가 알게 뭐예요."

발레리안은 욕지기를 내뱉은 뒤 머리를 쓸어 올렸다.

"이들을 함선으로 데려가라."

발레리안은 남아 있던 해병들에게 명령을 내렸다. 그러고는 마치 지금에서야 알아봤다는 듯이 시선을 돌려 프로토스를 바라보았다.

"당신이…… 이곳의 담당자요?"

크리스칼은 고개를 숙여 인사했다.

"나는 크리스칼이라 하오. 알리사릴을 감독하는 알리사르바요."

발레리안이 말했다.

"나는 이곳을 자치령의 영토로 차지하라는 지시를 받았소. 당신 종족은 반항하지 않는다면 해를 입지 않을 것이오."

발레리안은 잠시 주위를 둘러보았다. 제이크는 텔레파시가 없어도 발레리안이 무슨 생각을 하는지 알았다. 발레리안의 얼굴에는 알고 싶어 하는 욕망과 후회가 역력히 드러났다. 제이크가 예상했던 그대로였다. 발레리안은 지식을 추구하는 자이기 때문에 이 장소를 차지해서……

순간 제이크는 뭔가 깨달은 듯 눈을 깜빡였다. 방금 전에 발레리안은 확실히 무언가 하라는 '지시를 받았다고' 말하지 않았나? 그럼 지시를 내린 건 아마도…… 제이크의 눈이 휘둥그레졌다.

"전투 중에 이곳이 손상을 입게 되어 정말로 유감이오. 정말로 그렇게 생각하오."

발레리안은 말을 이었다. 그리고 회색 눈동자로 제이크를 쏘아보았다.

"교수, 로즈메리. 나와 함께 가도록 합시다."

•　•　•

제이크는 자치령 황제와 대면하게 되리라고는 한번도 생각해 본 적이 없었다. 하지만 다시 한 번 생각해 보면, 지난 몇 달 간 이런 일이 일어날 거라고는 꿈도 꿔보지 못한 일들이 그에게 무수히 일어나지 않았던가.

제이크와 로즈메리, 발레리안과 스타크는 발레리안의 개인 숙소에 들어왔다. 물론 이 방은 황태자가 제이크를 접대했을 때, 아득한 옛날같이 느껴지던 첫 만남 때의 방보다는 작았지만, 역시 주인의 취향대로 꾸며져 있었다. 여기에도 고대의 무기들이 화려한 조명을 받으며 벽에 걸린 유리 진열장 속에 전시되어 있었고, 섬세하게 세공된 목재 진열장에는 희귀하고 맛 좋은 술들이 들어 있는 게 틀림없었다. 그리고 제이크의 기억에 따르면 첫 번째 만났던 방에는 소파가 있었지만 이 방에는 가죽을 댄 네 개의 의자들이 있었다.

아크튜러스 멩스크의 얼굴이 스크린에 커다랗게 나타났다. 제이크는 의도적으로 그렇게 영상을 크게 해서 멩스크 스스로 유리한 위치를 차지하려는 속셈임을 알아차렸다. 다른 때 같았으면 심하게 불안하고 걱정스런 마음이 들었을 테지만, 지금 제이크는 너무나도 지쳐 있었기 때문에 황제의 눈을 마주보았다. 황제는 그런 제이크의 태도 때문에 짜증이 나는 듯했다. 아크튜러스는 말했다.

"내 아들이 그대의 상황에 대해서 약간 설명해주었네, 램지. 그대는 우리를 속였다지."

제이크 옆에는 로즈메리가 긴장한 채로 서 있었지만, 그녀는 가만히 있어야 할 때를 잘 알았다. 제이크는 발레리안을 힐끗 보았지만, 이 젊은이는 표정을 알아차릴 수 없도록 조심스럽게 가면을 쓴 채였다. 제이크는 발레리안에게서 아무런 단서도 찾아내지 못하리라. 그는……

'걱정하지 마십시오. 그냥 솔직하게 대답하십시오.'

제이크는 데본 스타크가 마음의 소리를 보냈음을 깨달았다. 하지만 전직 유령 요원이 그를 도와주었다는 사실을 누설하지 않도록 그쪽은 쳐다보지 않았다. 제이크는 말했다.

"폐하, 자마라가 제 머릿속에 있어서 저는 죽어가고 있었습니다. 만약 자마라가 계속 거기에 있었다면 저는 이 상태로나마 살아남을 수 있었을지도 의문이 듭니다. 실제로 저는 여러 개의 뇌종양을 제거하는 수술을 받아야 할 상황입니다."

아크튜러스는 웃었다. 황제의 확대된 얼굴은 편안하고 매력적으로 보였다.

"뭐, 나는 내가 얻을 수 있는 걸 받아낼 걸세. 나는 이미 발레리안에게 프로토스 사원을 자치령 영토로 선포하라 명령을 내렸다네. 그리고 이제 발레리안은 나에게 그대를 주었지."

발레리안은 깜짝 놀랐다.

"아버지, 그게 무슨 말씀이십니까?"

"너는 나에게 도움을 청했다. 나는 너를 도와주었어. 너에게 내가 가진 가장 좋은 함선들과 조종사들을 주지 않았느냐. 너는 나에게 네가 그토록 간절하게 쫓아다녔던 프로토스의 지적 존재를 줄 예정이었다. 하지만 너는 그걸 놓쳐버렸다. 그래서 나는 대신 교수를 데려가야겠다. 이렇게 말해 미안하지만 내가 조사를 마치면 이미 교수에게 남아 있는 게 얼마 없을 거다. 하지만 우리는 가능한 한 모든 걸 뽑아내야겠다."

발레리안은 얼굴이 창백해졌다가 이내 붉어졌다. 하지만 발레리안이 뭐라 말하기도 전에 제이크는 불쑥 말을 뱉었다.

"그러실 필요가 전혀 없습니다! 저는 기꺼이 폐하께 제가 아는 걸 전부 말씀드릴 겁니다! 그 정보는 그저 프로토스만을 위한 것이 아닙니다. 그건 우리 모두를 위한 겁니다!"

멩스크는 눈을 가늘게 뜨고서 제이크를 찬찬히 응시했다.

"물론 자네는 그럴 걸세, 젊은 양반. 나한테서는 그 어떤 빌어먹을 것이라도 숨길 엄두도 내지 못할 테니까."

'못된 늙은이 같으니라고…… 황제는 발레리안과 저에게 거짓말을 했습니다. 교수님, 거래 조건은 당신을 놓아주는 것이었습니다. 유감입니다.'

스타크의 목소리가 들렸다.

'나도 그렇습니다.'

"그럼 다시 원점으로 돌아가도록 하자. 바로 네가 회색호랑이호에 대한 일로 심문을 받아야 하는 것 말이다."

발레리안의 눈가에 경련이 일었지만, 젊은 황태자는 이내 마음을 가라앉혔다. 발레리안은 한숨을 쉬고서 어깨를 곧게 펴고 씁쓸한 미소를 지었다.

"뜻대로 하겠습니다, 아버지. 아버지께서 도와주지 않으셨더라면 저는 이 일을 해낼 수 없었을 겁니다. 제가 바이킹 조종사들 중 몇 명이나 제 개인적인 일로 쓸 수 있었겠습니까?"

제이크는 처음에는 발레리안을 노려보다가 다음으로 스타크를 보았다. 스타크는 실망한 듯 보였지만, 어쩔 수 없다는 듯한 표정이었다.

로즈메리는 가시 돋친 말로 소리쳤다.

"제이크가 프로토스들과 함께 떠나야 한다는 내 생각이 맞았어. 이 비열한 사기꾼 겁쟁이가……."

발레리안은 말했다.

"저희가 잠시 처리해야 할 일이 생겨 실례하겠습니다, 아버지. 뜻밖의 사태가 일어나서 말입니다."

멩스크가 말했다.

"조그만 게 당돌하고 뻔뻔하군."

"지금 보시는 건 실제의 반도 안 됩니다."

발레리안은 이렇게 말하며 사람 좋은 미소를 짓고는 몸을 앞으로 숙여 스크린의 스위치를 껐다. 몸을 돌린 발레리안의 얼굴에는 웃음기가 사라져 있었다.

"이거 좋지 않군. 이런 일이 일어날 거라고 예상은 했지만 당신이 수술을 먼저 받아야 할 거라고는 알지 못했소, 교수."

로즈메리는 발레리안을 노려보았다.

"그럼…… 이게 지금 연기를 한 건가요?"

"물론이오. 나는 아버지가 본인이 이기셨다고 생각하도록 두어야 했소. 그분은 불독 같아서 당신이 이겼다고 생각할 때까지 물고 늘어지시오. 지금 아버지는 내가 교수를 본인에게로 데리고 갈 거라 생각하고 계시니, 잠시 동안은 우리를 내버려둘 거요."

제이크는 입을 떡 벌리고 발레리안을 노려보았다.

"제가…… 졌습니다."

제이크는 이렇게 말하고는 한바탕 웃은 다음 허공으로 손을 들었다.

"그럼 이제 어떻게 되는지 말씀해주시지요."

발레리안은 한숨을 쉬고는 머리를 쓸어 올렸다.

"뭐, 나도 잘 모르겠소. 지금까지는 표적이 되는 사람들을 당연히 어떻게든 살며시 치웠어야 했소. 하지만 아버지가 이토록 간절히 누군가를 원하는 건 당신이 처음이오."

제이크는 조용히 말했다.

"제가 아까 한 말이 진심이라는 걸 아시겠지요. 저는 모든 걸 말할 생각입니다. 황제 폐하는 그러실 필요가 없습니다. 제 머리를 반으로 갈라 낱낱이 보실 필요가 없단 말입니다."

황태자는 살짝 미소 지었다.

"나도 아오. 하지만 아버지는 인간이 그리 솔직하다고 보지 않소, 교수. 이제까지 배신과 속임수를 너무나 많이 겪어 오신 분이라 나와 당신은 아주 잘 이해하는 걸 그분은 전혀 이해할 수 없다오. 때로 지식이란 배우기 원하는 모든 이와 함께 나눌 때만 쓸모가 있다는 사실 말이오."

"경이로운 것들을 발견하는 것 말씀이시군요."

제이크는 조용히 말하며 예전에 발레리안과 나누었던 대화를 떠올렸다. 발레리안은 더 크게 미소 지으며 고개를 끄덕였다. 그리고 둘은 잠시 동안 서로를 응시했다.

"남자들끼리 끈끈한 정을 나누는 이토록 감동적인 순간을 방해하기는 싫지만, 제이크는 머리에 뇌종양이 있어요. 도망칠 만한 장소도 필요하고요."

로즈메리가 말했다. 그러자 발레리안이 대답했다.

"언제나 그렇듯 아름다운 달 여사께서 정곡을 찌르시는군. 나는 언제나 최고의 의료진을 대동하고 있소. 의사들은 당신이 왜 살아 있어야 하는지 자세하게 알 필요가 없소. 그저 당신이 살아야 한다는 것만 알면 되오. 나를 따라오시오."

"태자 저하."

데본 스타크의 목소리는 별 특징이 없는 그의 생김새와는 전혀 다르게 듣기 좋았고, 깊고 독특한 울림이 있었다.

"태자 저하, 그러시면 안 됩니다. 저는 그렇게 하시도록 둘 수 없습니다."

발레리안은 미소를 지었지만 회색 눈동자에는 강철이 번뜩이듯 강렬한 눈빛이 스쳤다.

"데본, 내가 자네를 좋아하기는 해도 자네가 나한테 이래라 저래라 할 위치는 아니라고 생각하는데."

"죄송합니다, 태자 저하. 무례를 범할 의도는 없었습니다. 하지만 지금 태자 저하는 엄청나게 곤란한 상황에 놓여 계십니다."

스타크는 로즈메리와 제이크를 흘깃 바라보고 마음을 정한 듯했다. 그는 말을 이었다.

"태자 저하가 로즈메리와 제이크를 황제 폐하 쪽으로 넘기지 않으신다면 폐하께 노골적으로 반항하시는 게 됩니다. 저는 태자 저하가 그러기를 원치 않으신다는 걸 압니다."

발레리안은 얼굴을 살짝 찌푸렸다.

"그래, 자네 말이 맞아. 하지만 달리 방법이 없지 않나."

"아닙니다, 태자 저하. 방법은 있습니다. 황제에게 반기를 들 수 있을 거라는 희망을 품으셔서는 안 됩니다. 그리고 교수와 로즈메리가 망가지도록 두셔서도 안 됩니다. 다른 길이 있습니다."

제이크와 로즈메리는 서로 눈짓을 주고받았다. 한때 제이크는 방에 있는 누구의 생각이라도 쉽게 읽어낼 수 있었다. 하지만 그는 다시 예전과 같이 텔레파시를 쓸 수 없는 몸이 되었다. 제길, 그는 원래 표정이나 몸짓 같은 걸 보고 남들이 무슨 생각을 하는지 알아내는 데 서투르지 않았던가. 제이크는 로즈메리 쪽으로 어깨를 으쓱였고, 그녀는 눈썹을 찌푸리고는 푸른 눈동자로 다시 스타크를 응시했다. 발레리안은 조용히 말했다.

"그럼 말해 보게. 그 방법이 내 마음에 들 거라고 보는가?"

"마음에 드실지는 모르겠습니다만, 이 방법을 택하셔야 할 겁니다."

그 순간 데본 스타크는 제이크의 생각 속으로 다시 들어왔다.

'저는 교수님이 처음으로 탈출하셨을 때 어떤 느낌이었는지 압니다. 교수님이 우리가 서로의 일부로서 존재하도록 서로 연결했을 때, 모두가 서로의 생각과 감정을 느꼈을 때, 반목이 존재하지 않았을 때 어떤 느낌이었는지 저는 압니다.'

스타크는 단순한 말이 아닌 더 깊은 의미를 담은 생각을 전했다. 제이크는 자기가 연결되었던 상황을 기억하자 눈가에 눈물이 고였다. 그리고 자마라가 해주었던 말을 생각해내고는 그때의 대화를 데본에게 보여 주었다. 제이크는 자마라에게 이렇게 말했다.

'합일은 프로토스를 변화시켰어요. 우리에게는 어떤 효과가 있을까요?'

그러자 자마라가 대답했……. 아, 자마라를 얼마나 그리워하고 있는

가. 제이크는 아마도 평생 그녀를 그리워하게 되리라.

'합일의 순간은 우리 종족 이외에 다른 종족을 위한 것이 절대 아니었어. 칼라는 우리 프로토스의 것이지, 너희 테란의 것이 아니야. 그리고 장난감이 아니라 신성한 물건이야……. 솔직히 말할게, 제이콥. 나는 이것으로 자네 종족에게 무슨 일이 일어날지 몰라. 자네 종족은…… 진정한 의미를 깨닫기에는 아직 어려. 아마 합일을 체험한 사람들도 대부분은 이 체험의 의미를 과소평가할 거야. 한 순간의 공상 정도로 치부하고 잊어버리겠지.'

'하지만…… 모든 사람들이 그럴까요?'

'그래, 모든 사람들이 그런 건 아니야.'

데본 스타크의 마음의 소리에는 고통과 환희, 희망과 갈망이 생생하게 깃들어 있었다.

'모든 사람들이 그런 건 아닙니다, 교수님.'

제이크는 데본을 응시하며 입을 열고 뭐라 말을 꺼내려 했다. 하지만 무슨 말을 채 시작하기도 전에 제이크는 전직 유령 요원이 자기 마음속으로 깊숙이 파고드는 걸 느꼈다. 살짝 아팠다. 스타크는 지금 자신이 뭘 하는 건지 알고 있었다. 이것은 인간과 인간끼리의 연결이었지 프로토스와 인간 사이의 연결이 아니었다. 하지만 제이크는 갑자기 사로잡힌 듯한 느낌에 허를 찔려서 살짝 숨을 헐떡였다. 제이크는 스타크가 그의 생각을 이리저리 파헤치면서 어떤 생각은 가져가고 어떤 건 그냥 버리고 있다는 걸 느꼈다…….

'감사합니다, 교수님. 모든 면에 감사드립니다. 그리고 제가 지금 해야만 하는 일에 대해서 사과드립니다.'

그리고 고통이 뒤따랐다. 몹시 엄청난 고통이었다. 제이크는 날카롭게 비명을 지르며 배신당했다고 생각하며 스타크를 응시하다가 이내 의식을 잃고 바닥으로 쿵 쓰러졌다.

제23장

"스타크! 이게 무슨 짓인가!"

발레리안은 쓰러진 이들에게로 급히 달려가며 소리쳤다. 평소 부드러운 어조로 잘 다스려졌던 발레리안의 목소리에는 깊고 거칠게 화난 기색이 묻어나 있었다. 발레리안은 제이크의 맥박을 확인하고 나서 눈을 들어 구름이 휘몰아치는 듯한 회색 눈동자로 전직 유령 요원을 올려다보았다.

"두 사람은 무사합니다. 태자 저하께서는 가능한 한 빨리 교수를 수술실로 보내시는 게 좋을 것 같습니다."

스타크는 발레리안을 안심시켰다. 램지와 달이 모두 무사한 것을 직접 확인한 발레리안은 한계까지 치솟은 분노가 다소 누그러졌지만, 아직도 무시무시하게 화를 내고 있었다.

"이런 짓을 한 데는 이유가 있겠지?"

"분명히 그렇습니다, 태자 저하. 저는 저하께서 하지 못하실 일을 했습니다."

발레리안이 일어섰다.

"그럼 설명해보게."

"태자 저하의 아버님께서는 가혹한 요구를 하고 계십니다. 제가 그 요구물이 되게 해주십시오."

발레리안은 눈을 가늘게 떴다.

"그게 무슨 말인가?"

"태자 저하, 태자 저하께서 아버님께 반항하시면 결코 좋은 결과가 일어날 리 없습니다. 저는 제 모든 능력을 다해서 저하를 섬기기로 맹세했습니다. 그래서 제가 이 일을 하려는 것입니다."

스타크는 주저하더니 내키지 않는다는 듯 수줍은 미소를 지었다.

"태자 저하께서는 제 생명을 구해주셨습니다. 저는 그 이후로 제 것이 아닌 삶을 빌려서 살아왔습니다. 저는 태자 저하를 믿습니다. 태자 저하와 램지 교수를 말입니다. 태자 저하와 저 두 사람의 생명을 제 생명과 바꾸도록 해주십시오. 그러면 모두 계속해서 안전하고 자유롭게 사실 수 있습니다. 저를 태자 저하의 아버님과 그 수하의 유령 요원들에게 내주십시오."

발레리안은 어릴 때부터 정교한 정치 게임을 하는 훈련을 받아왔다. 자신의 감정을 드러내지 않는 법을 스스로 주의 깊게 익혀 왔던 것이다. 하지만 감정을 솔직하게 드러낸 지 채 몇 분도 지나지 않은 지금 두 번째로 이런 상황을 맞이하게 되자 발레리안의 균형 잡힌 겉모습이 산산이 부서지고 말았다.

"뭐라고?"

"저는 램지 교수의 마음 깊숙한 곳까지 들어갔습니다. 그래서 상당히 많은 양의 정보를 추출했습니다. 아크튜러스 황제는 그 정보를 얻으려 유령 요원들을 제게 보낼 것이고, 제 머릿속에는 충분한 정보가 있기 때문에 유령 요원들은 그들이 알아야 할 것을 전부 확보했다고 생각할 겁니다. 저는 정신 방어벽을 충분히 쳐 놓을 것이고, 그들은 정보를 캐내려고 상당히 애써야 할 겁니다. 그렇게 하면 믿을 만해 보일 것이고, 태자 저하와 램지, 달에게 충분한 시간을 벌어드릴 수 있습니다. 태자 저하는 그들을 아버님이 찾지 못하실 어딘가 먼 곳에 숨겨 놓을 기회를 갖게 되시는 겁니다. 제가 램지 교수에게 상당히 큰 고통을 줬다는 사실이 저는 두렵습니다. 저 대신 교수에게 사과의 말을 전해 주십시오. 부탁드립니다."

"데본…… 만약 자네가 유령 요원들과 싸우는 상황에서 그들이 억지로 정보를 캐내야 한다면…… 그 때문에 자네는 죽게 될 거야, 안 그런가?"

전직 유령 요원은 여윈 어깨를 으쓱였다.

"그럴 겁니다. 그렇지 않다 하더라도 최소한 제 정신은 산산조각 날 겁니다. 그 후로는 아무에게도 쓸모없는 존재가 되겠지요."

스타크는 이렇게 말하면서 아주 살짝 몸을 떨었다. 만약 그를 잘 모르는 사람이 이 광경을 봤다면 스타크가 그저 날씨같이 별로 중요하지 않은 이야기를 하는 중이라고 생각했을 것이다.

"태자 저하와 관련된 사항은 걱정하실 필요 없습니다. 저는 훈련받은 유령 요원입니다. 지금 나눈 대화의 기억은 황제의 유령 요원들이 그 기억에 닿을 즈음에는 모두 뒤섞이고 어긋나 있을 겁니다. 그들은 뭐가 거짓이고 뭐가 진실인지 확신할 수 없을 테지요. 태자 저하는 궁지에서 완전히 벗어나셔서 이 모든 건 제가 단독으로 저지른 일이라고 주장하실 수 있으실 겁니다."

"우리가 다른 방법을 찾을 수…… 있을 걸세."

이렇게 말은 했어도, 발레리안은 다른 방법을 찾는 게 그저 헛된 희망에 불과하다는 사실을 깨달았다.

"태자 저하, 지당하신 말씀이십니다만 저는 그렇게 생각하지 않습니다. 태자 저하께서는 교수를 되찾기 위해 황제께 도움을 요청하셔야 했습니다. 우리는 갈림길에 서 있고, 이것이 유일하게 가능한 방법입니다."

발레리안은 천천히 고개를 끄덕였다.

"그…… 좋아, 그럼 내가 자네의 신변에 대해 통지해야 할 누군가가 있는가?"

데본 스타크는 유령 요원 양성 과정에 징집된 이후로 가족과 떨어져서 살아왔다. 아무도 데본을 그리워하지 않을 것이다. 발레리안을 제외하고는 말이다.

"없습니다. 태자 저하. 하지만 저를 위해 해주신다면 더할 나위 없이 감사드릴 것이 있습니다."

"말해보게."

"램지가 경험했던 유대감, 제가 이 일을 하는 이유 중 얼마간은 그 유대감을 알았기 때문입니다. 그것과 더불어 저하를 위한 저의 충성심 때문입니다. 그 사실을 잊지 말아주십시오. 우리 인간은 지금보다 더 나은 존재가 될 수 있습니다, 태자 저하. 저는 그 점을 잘 압니다. 그게 무엇인지 맛보았으니까요."

발레리안은 손을 뻗어 스타크의 손을 꼭 잡았다.

"잊지 않겠네, 데본. 그 점과 더불어 자네와 자네가 한 일도 잊지 않을 걸세. 약속하겠네."

제이크는 눈을 깜빡이며 깨어났다. 벽 안으로 파인 공간 안에 놓인 작은 침대에 누운 채였다. 이불은 편안했다. 제이크는 부드러운 목소리가 들려오자 눈을 다시 감고 싶은 충동에 빠졌다.

"잘 잤나요, 잠자는 숲 속의 왕자님."

제이크는 고개를 돌려 의자 위에 둥글게 몸을 말고 앉아 자기를 향해 미소 짓는 로즈메리를 바라보았다. 로즈메리는 손 위에 턱을 괴고 앞머리를 늘어뜨렸다. 제이크는 심장이 뒤집어질 것만 같았다.

"무슨 일이 있었죠? 데본은…… 우리한테 뭘 한 거죠?"

"데본 스타크는 정의의 사도 콤플렉스가 좀 있었던 걸로 드러났어요."

"있었다니, 그럼 데본은 죽었어요?"

로즈메리의 얼굴에서 웃음기가 살짝 사라졌다.

"뭐, 데본은 아직 살아 있기는 해요. 지금은 말이죠. 데본은 당신 뇌에서 정보를 가져다가 자원해서 아크튜러스에게 갔어요. 그 정보로 황제의 주의를 분산시켜서 발레리안이 우리를 안전한 곳으로 빼돌리도록 충분한 시간을 벌려고 말이에요."

제이크는 깜짝 놀랐다.

"데본은…… 황제 일당은 데본을 죽일 거예요."

"데본은 이미 알고 있었어요. 사실 그건 데본이 낸 의견이었으니까요."

"하지만 어째서?"

"발레리안에 대한 충성심이랄까……. 그리고 당신이 우리 모두에게 했던 정신 연결에 관련된 무언가에도 정말로 큰 감명을 받았던 거죠."

제이크는 천천히 고개를 끄덕였다.

"무슨 말인지 알겠군요."

"좀 더 좋은 소식을 알려줄게요. 뇌종양은 다 제거되었어요. 완전히 회복되기까지의 차도도 좋은 편이고요. 비록 이제 당신은 대머리에다가 머리에 끔찍하게 보이는 흉터가 남게 되겠지만 말이에요."

제이크는 재빨리 머리에 손을 댔다. 로즈메리의 말이 맞았다. 그의 머리는 아기 엉덩이만큼이나 매끈매끈한 상태였고, 그 위에는 붕대가 감겨져 있었다.

"이제 난 공부나 하는 샌님에 대머리까지 되어버렸군요."

제이크는 무표정하게 말했다. 로즈메리는 이렇게 빈정거리는 말을 듣자 순간 긴장을 탁 풀더니 놀라움과 즐거움이 가득한 기색으로 웃었다. 비록 데본 스타크를 잃었다는 슬픔이 옅게 묻어나기는 했지만 제이크 역시 작게 미소를 지었다. 로즈메리가 말했다.

"이리 와요, 대머리 씨. 브이 씨가 우리를 기다리고 있어요."

• • •

방에는 부드러운 음악이 흘러나왔다. 제이크와 로즈메리가 방에 들어갔을 때, 예전에는 자기들의 추격자였다가 이제는 그들을 환대하는 주인장이 된 발레리안이 등을 돌리고 앉아 있었다. 이윽고 발레리안은 돌아서서 미소를 지었다. 제이크는 발레리안이 손에 황금빛 술잔을 들고 있는 모습을 보았다.

"램지 교수, 수술이 정말 잘 되었다는 소식을 들었소. 의료진이 확실히 말한 바에 따르면 당신은 하루나 이틀 내로 여행을 할 수 있을 것이오. 당신만 좋다면 나와 같이 술 한잔 하는 것도 전혀 위험하지 않소."

제이크는 고개를 숙였다.

"감사합니다. 그럼 한잔 하겠습니다."

"내가 마시는 건 배 브랜디인데, 다른 게 마시고 싶다면 얼마든지 그래 도 되오."

"저도 그게 좋습니다. 감사합니다."

발레리안은 직접 술을 따랐다. 그는 제이크의 호기심 어린 눈을 직시 했다.

"기억해두시오. 당신들은 사실 죄수라오. 그러니 휘티어는 우리가 모여 축배를 드는 걸 봐서는 안 되오."

발레리안은 로즈메리와 제이크에게 작은 술잔을 건네주며 씩 웃었다. 제이크는 향긋한 술에서 풍기는 냄새를 맡았다. 아찔할 정도로 달콤한 향 기를 맡자 입 안에 침이 고였다. 지금 생각하면 아주 오래전에 일어난 일 처럼 여겨지던 한때를, 뭔가 새로운 것을 막 맛보던 때를 생각하며 제이크 는 작게 한숨을 쉬었다.

"삼무로 열매."

로즈메리는 조용히 말했다.

"뭐지, 이제 당신이 생각을 읽게 된 거예요?"

제이크는 장난치듯 말했다.

"아니에요. 나도 그 생각을 하고 있었어요."

제이크는 프로토스들이 아이어로 돌아갔을까 궁금했다. 제이크는 프로 토스들이 아이어에 얼마간 남아 있다고 확신했다. 저그들은 물론이고 올 레자즈와 끔찍한 선드롭의 손아귀에 떨어졌음에도 불구하고 말이다. 그 프로토스들은 생존자들이었다.

잔을 든 발레리안은 둘을 차례차례 바라보면서 미소 띤 채 말했다.

"내가 바라던 날이 드디어 왔군. 우리는 이제 여기에 함께 앉아 있소. 고용인과 피고용인으로나 서로를 적으로 인식하는 이들로서가 아니라 바로 친구로서 말이오. 나는 이날이 오기를 정말로 애타게 기다렸소."

"그러기 위해서는 대가를 치러야 했습니다."

제이크가 말했다. 로즈메리는 한쪽 눈썹을 들어 올리고는 제이크가 대담하게 내뱉은 말이 맞다는 듯 살짝 고개를 끄덕였다.

"저는 데본 스타크가 우리를 위해서 미끼가 되었다는 걸 압니다……. 그리고 데본은 임무를 수행하면서 살아남지 못하게 될 가능성이 큽니다."

발레리안의 고귀한 얼굴 위로 슬픈 기색이 스쳐 지나갔다.

"당신 말이 사실이오. 나는 데본이 그럴 거라고는 예상하지 못했소. 데본의 행동은 정말로 용감했소."

제이크는 말을 계속 이었다.

"그리고 당신은 프로토스의 성지를 차지하고 계십니다. 제 무례함을 용서해주십시오, 태자 저하. 하지만 저는 지금까지 프로토스들과 친밀하게 지내왔던 터라 그걸 생각하니 마음이 편치 않습니다."

"나 역시 그렇소. 안타깝게도 그때는 내가 당신을 찾기 위해서 그럴 필요가 있었소. 하지만 당신이 수술실에 들어간 지 몇 시간 뒤에 당신의 프로토스 친구들이 돌아왔다는 소식을 들으면 기쁠 것이오. 그것도 아주 많은 무리가 말이오."

"우리를 위해서 온 거군요."

로즈메리가 말했다. 로즈메리는 자기 손에 든 배 브랜디 잔을 뚫어져라 바라보고 있었지만 입술 끝에는 미소가 번졌다.

"하, 그랬단 말이지."

제이크는 가슴이 뛸 듯했다. 그들은 그를, 그리고 암흑 기사단을 버리지 않았다. 하지만 제이크는 그 사실을 알고 기분이 좋았지만, 그다지 놀랍지는 않았다.

"프로토스들은 정말로 당신들을 위해서 왔소. 나는 엘나에서 병력을 철수해야만 했소. 그렇지 않았다면 아버지가 아끼시는 아주 값비싼 함선들이 공중에서 폭발하는 걸 봐야 했겠지."

제이크가 말했다.

"하지만…… 그 모든 지식은…… 정확히 당신이 이제까지 찾으시던 것입니다. 제길, 그건 바로 제가 이제껏 찾아왔던 것이었고요."

"아버지께서는 그 정보를 있는 대로 이용하셨을 거요. 그리고 그럴 수 없었다면 전부 파괴하셨겠지. 나는 그 정보가 계승되고 보존되는 게 더 좋소. 비록 내가 그게 뭔지 절대로 알아낼 수 없게 되더라도 말이오. 그리고 고백할 게 있는데, 나중에 천천히 살펴보려고 작은 수정 상자 하나를 내 방 안쪽에 숨겨 놨소."

제이크는 작게 미소를 짓고는 브랜디를 맛보았다. 술은 견딜 수 없을 정도로 달콤했다. 이제 나무에서 수확될 준비가 된, 두툼한 육질에 과즙이 넘치는 황금빛 배가 햇빛을 받아 따뜻해진 채로 던진 농익은 입맞춤을 맛보는 듯했다. 잠시 동안 제이크는 이전에 발레리안과 함께 술을 마셨던 때를 생각했다.

'어떤 사람들은 제 직업이 매우 낭만적이고 흥미로운 일이라고 생각합니다. 그러나 실제로는 매우 힘들고, 수수께끼를 푸는 것처럼 어려운 일입니다. 지적 능력의 한계에 도전하는 멋진 일이라는 점은 분명하지만, 현장에 낭만 같은 건 거의 없습니다.'

"무엇 때문에 그렇게 웃고 있어요?"

로즈메리가 말했다. 제이크는 로즈메리를 보고 미소 지었다.

"내가 발레리안과 처음으로 만났던 때를 떠올리고 있었어요. 그때는 고고학에 낭만 같은 건 정말로 없었죠. 내가 틀렸고 태자 저하가 맞으셨습니다. 이건……."

제이크는 뭐라 말해야 할지 몰랐고, 또 정신이 연결되어 있지 않았기 때문에 말로 전할 수 없는 걸 더 이상 생각으로 표현할 수도 없었다.

"저는…… 저는 더 이상 무심한 관찰자가 아닙니다. 물론 계승자도 아니지요. 프로토스가 하는 것처럼은 못 합니다. 하지만 저는 이제 이야기를 할 수 있습니다. 이야기의 수호자라고나 할까요. 저는 이제까지 매사 회의적인 과학자였습니다. 하지만 당신이 맞았습니다, 발레리안. 고고학은 경이로운 것들을 발견하는 작업입니다."

제이크는 발레리안의 얼굴을 보았다. 발레리안의 얼굴에는 진심으로 이야기를 듣고 싶다는 호기심과 흥분, 그리고 열정이 그대로 드러나 있었다. 제이크는 그를 마주 보며 부드러운 미소를 짓는 로즈메리를 보았다. 로즈메리는 처음 봤을 때보다 지금이 훨씬 더 아름다웠다. 제이크의 머릿속으로 생각과 이미지가 수없이 떠올랐다. 다리우스, 켄드라, 로즈메리, 데본 스타크. 알자다르와 라드라닉스, 바르타닐. 셀렌디스와 모한다르, 그리고 제라툴까지. 그리고 이 모든 것의 처음과 끝에는 빈정대는 유머 감각과 위대한 마음을 지닌 프로토스의 영혼이 있었다. 자마라라는 이름의 그 프로토스는 평화로운 소멸을 놔두고 영원한 전투를 벌이는 길을 택했다. 제이크는 충동적으로 술잔을 들었다.

"축배를 들겠습니다. 용기와 호기심, 희생과…… 이야기를 위하여."

작은 술잔들은 쨍 소리를 내며 부딪쳤다. 제이크는 단숨에 잔을 들이켰고, 그 모습에 옆에 앉은 이들은 물론이고 자기 자신도 깜짝 놀라고 말았다. 제이크는 씩 웃으며 술잔을 내밀었고, 발레리안은 잔을 채워주었다.

"그럼 무슨 일이 일어난 건지 말씀드리도록 하겠습니다."

제이크는 즐거움과 자부심에 가득 차서 떨리는 목소리로 말했다.

"말씀드리지요…… 전부 다."